Hauptsache Meerblick

Julia Sander

Hauptsache Meerblick

Roman

Weltbild

Besuchen Sie uns im Internet:
www.weltbild.de

Werner-von-Siemens-Straße 1, 86159 Augsburg
Projektleitung und Redaktion: usb bücherbüro, Friedberg/Bay.
Umschlaggestaltung: Alexandra Dohse, München, www.grafikkiosk.de
Umschlagmotiv: © Oliver Wetter / Ars Fantasio / www.fantasio.info
Satz: Datagroup int. SRL, Timisoara
Druck und Bindung: CPI Moravia Books s.r.o., Pohorelice
Printed in the EU
ISBN 978-3-95973-330-4

2021 2020 2019 2018
Die letzte Jahreszahl gibt die aktuelle Lizenzausgabe an.

Prolog

»… die Neununddreißig und …«

»Die Zweiundvierzig, die Zweiundvierzig, die Zweiundvierzig, die Zweiundvierzig«, flüsterte Betty gebetsmühlenartig und ließ den Lottoschein nicht aus den Augen.

»… die Zweiundvierzig. Als Zusatzzahl …«

Den Rest bekam sie nicht mehr mit, weil die Welt um sie herum vergessen war. Sie starrte nur noch abwechselnd auf den Zettel, auf dem sie die soeben gezogenen Zahlen notiert hatte, und auf den Lottoschein, der auf dem Blatt lag. Gleich die erste Tippreihe war es, in der jede der sechs Zahlen mit denen übereinstimmte, die die Lottofee vor Sekunden vorgelesen hatte.

»Betty?«

Von irgendwoher kam eine Stimme, die ihren Namen rief. Aber sie konnte einfach nicht den Blick abwenden, sie wollte auch nicht, weil sie Angst hatte, wenn sie wieder hinsah, könnten da andere Zahlen stehen.

»Schatz? Alles in Ordnung?«, redete die Stimme weiter. Ach so, ja, natürlich, das war ihr Mann, der da so besorgt klang.

»Ja … oder … oder auch nicht«, murmelte sie. »Ich weiß nicht. Sieh du dir das doch bitte mal an, Martin.« Sie beugte sich vor, um ihm den Lottoschein und den Zettel mit den Gewinnzahlen zu geben. Er saß wie üblich in seinem Fernsehsessel rechts von ihr, während sie es sich auf dem Sofa ausgestreckt bequem gemacht hatte.

»Ist das euer Gemeinschaftszettel?«, fragte er.

Betty nickte.

Er verglich die Zahlen, dann sah er seine Frau über den Brillenrand hinweg an. Er musste erst einmal schlucken, ehe er sagte: »Herzlichen Glückwunsch.«

»Also habe ich es nicht an den Augen?«, hakte sie nach.

»Nicht, wenn du alles richtig aufgeschrieben hast«, erwiderte Martin. »Warte kurz.« Er griff zur Fernbedienung und schaltete den Videotext ein. Im gleichen Moment meldete Bettys Smartphone den Eingang einer Nachricht.

Sie öffnete sie und sah ein Foto von Kathrins Fernseher, auf dem die vor ein paar Minuten gezogenen Lottozahlen zu sehen waren. Außerdem hielt Kathrin die linke Hand mit nach oben gestrecktem Daumen ins Bild. Betty musste grinsen.

Das Grinsen wurde noch etwas breiter, als sich ihr Mann zu ihr umdrehte und ihr zunickte. »Das sind die Zahlen. Sechs Richtige.«

Betty fing an zu lachen, weil sie nicht fassen konnte, dass so etwas tatsächlich passiert sein sollte. »Sechs Richtige », wiederholte sie im Flüsterton. »Kneif mich mal, damit ich weiß, dass ich nicht bloß träume.«

»Wenn du unbedingt willst«, sagte Martin und streckte den Arm nach ihr aus.

Plötzlich schrie sie auf und presste sich gegen die Rückenlehne der Couch. »Aah, nimm die Finger weg! Mir fällt gerade ein, dass ich drei Wochen lang mit einem blauen Fleck rumgelaufen bin, als ich dich das letzte Mal gebeten hatte, mich zu kneifen! Das hat mir gereicht.«

»Wenn du dich daran erinnern kannst, muss ich dich ja auch gar nicht kneifen«, meinte er beschwichtigend und zwinkerte ihr zu. »Dann bist du nämlich eindeutig wach.« Er deutete auf ihr Smartphone. »Alice oder Kathrin?«

Sie hielt das Smartphone so hin, dass er das Display sehen konnte. »Von Kathrin. Alice wird sich bestimmt in den nächsten …«

Ein »Ping« unterbrach sie mitten im Satz. »Eine SMS von Alice«, sagte sie. »›Ist das wahr?‹ Ich schicke ihr einen Smiley, dann weiß sie Bescheid.«

Nachdem sie das Smartphone zur Seite gelegt hatte, sah sie ihren Mann an. »Ist was? Du guckst so … so undefinierbar.«

»Na ja, ich überlege gerade, ob ich am Montag meine Anstellung kündigen soll«, antwortete er. »Dann kann ich den ganzen Tag auf der faulen Haut liegen, und du kannst mich mit deinem Gewinn durchfüttern.«

Sie legte den Kopf schräg und erwiderte mit gespieltem Mitleid: »Das hättest du mir nicht sagen sollen. Jetzt werde ich natürlich gleich am Montagmorgen einen Anwalt aufsuchen und die Scheidung einreichen, damit du von dem Gewinn keinen Cent abbekommst und von dem bisschen, was du dann noch hast, auch noch Unterhalt zahlen darfst.«

Im nächsten Moment mussten sie beide ausgelassen lachen. Schließlich schüttelte Betty den Kopf. »Wenn uns jemand hören würde, der würde garantiert glauben, dass wir so was tatsächlich vorhaben«, sagte sie amüsiert.

Martin beugte sich vor und gab ihr einen Kuss. »Ich gratuliere dir … nein, ich gratuliere euch allen.«

»Danke«, flüsterte sie und rutschte ein Stück vor, um ihren Mann an sich zu drücken.

»Und wisst ihr schon, was ihr mit eurem Gewinn machen werdet?«, fragte er nach einer Weile. »Ich meine, hattet ihr euch von Anfang irgendwas überlegt, was ihr machen wollt, wenn mal mehr als drei Richtige gezogen werden? Eine Weltreise? Eine Kreuzfahrt?«

Sie schüttelte den Kopf. »Wenn überhaupt, will ich eine Kreuzfahrt mit dir machen, und zwar *nur* mit dir«, erklärte sie. »Kathrin, Alice und ich, wir haben bislang eigentlich immer nur rumgealbert, weil wir ja nie damit gerechnet haben, dass so was passieren würde. Jetzt werden wir uns ernsthaft Gedanken machen müssen.«

Martin zwinkerte ihr zu. »Ihr werdet schon was Gutes finden, was ihr mit dem Geld anfangen könnt«, sagte er zuversichtlich und fügte dann noch hinzu: »Notfalls gründe ich einen Einmannverein für verarmte Ehemänner, und dann könnt ihr mir ja die Hälfte von eurem Vermögen spenden. Ihr bekommt natürlich auch eine Spendenquittung. Als Steuerberaterin weißt du ja, wie wertvoll so etwas ist.«

Betty nickte. »Ja«, bestätigte sie und musste lachen, als sie weiterredete: »Und als Steuerberaterin weiß ich auch, wie teuer mich das zu stehen kommt, wenn ich eine Geldspende von der Steuer absetze, obwohl ich genau weiß, dass der Empfänger jeden Cent in die eigene Tasche stecken wird.«

Wieder ging eine SMS ein. Betty las sie und fragte ihren Mann: »Haben wir für morgen Vormittag eigentlich irgendwas geplant, was ich nicht weiß … oder was ich vergessen habe?«

»Du bist doch mit deinen Freundinnen zum Brunch verabredet, um euren Lottogewinn zu feiern«, sagte er todernst. »Oder werfe ich da was durcheinander?«

»Nein«, entgegnete sie lächelnd. »Da wirfst du gar nichts durcheinander.« Dann antwortete sie auf Kathrins SMS und vereinbarte die Uhrzeit für ihren Brunch.

Eins

Bevor Betty das Lokal betrat, blieb sie kurz stehen und ließ den Blick über das Hafengelände schweifen, wo auch heute wieder eines von diesen riesigen Kreuzfahrtschiffen vor Anker lag, mit dem sie irgendwann mal zusammen mit ihrem Mann eine ausgedehnte Reise machen würde – wenn ihre Arbeit das zuließ. Ihre Steuerberatungspraxis war eigentlich ständig mehr als ausgelastet, aber einen Partner wollte sie auf keinen Fall ins Boot holen. Es war ihre Praxis, und da sollte ihr niemand reinreden. Sie kam mit dem angestellten Steuerberater gut aus, und bei diesem einen sollte es auch bleiben. Für einen zweiten Angestellten reichten die Mandanten letztlich nicht aus, und anstatt sich noch ein Gehalt aufzuhalsen, machte sie lieber mehr Überstunden.

Allerdings konnte sie unmöglich so viel vorarbeiten, dass sie sich drei oder vier Wochen an Bord eines Kreuzfahrtschiffs hätten gönnen können. Vielleicht würde sich das ja jetzt ändern, abhängig davon, wie hoch dieser immer noch unfassbare Lottogewinn ausfallen würde.

Der kalte Oktoberwind wehte einen Regenschauer an Land. Betty schlug den Kragen ihres Mantels hoch, drehte sich um und überquerte den Gehweg, zog die Tür auf und betrat das *Geselli-Gezeiten*. Der Name war als Wortspiel gemeint, das sich auf die Auswirkungen von Ebbe und Flut im Hafen gleich gegenüber bezog. Als sie, Alice und Kathrin hier zum ersten Mal nach ihrem Selbstverteidigungskurs essen gegangen waren, hatte es noch *Leonardo* geheißen, was ihr irgendwie sympathischer war als diese neue Kreation, die sie an das krampfhafte Bemühen von Friseursalons erinnerte, das Wort »Haare« auf möglichst originelle Weise in den Namen einzubauen.

Sie sah sich um; wie immer war das Lokal am Sonntagmorgen recht gut besucht, auch wenn heute etwas weniger Andrang zu herrschen schien, vor allem rund um das Buffet. Vermutlich lag es am schlechten Wetter der letzten Tage, das manchen davon abhielt, morgens um zehn das gemütliche Zuhause zu verlassen. Das einzig Ungemütliche war aber der Weg hierher gewesen, denn in Sachen Gemütlichkeit konnte niemand dem *GeselliGezeiten* das Wasser reichen. Der Boden war mit dicken Teppichen ausgelegt, anstelle von harten oder bestenfalls ein wenig gepolsterten Stühlen standen bequeme Sessel an den Tischen und luden zum Verweilen ein. Durch die kleinen Fenster drang selbst bei grellem Sonnenschein nur wenig Licht nach drinnen, sodass die Kerzen auf allen Tischen bestens zur Geltung kamen.

Betty ging zielstrebig zu einem Tisch in der rechten hinteren Ecke, die vom Eingang nicht einsehbar war. Sie musste gar nicht erst einen vorsichtigen Blick um das Bücherregal werfen, das so wie etliche andere als Raumteiler diente und dem Lokal eine noch privatere Atmosphäre verlieh. Sie wusste ohnehin, dass ihre Freundinnen dort saßen. Das war seit Jahren ihr Stammplatz, und bislang hatte immer noch jede Reservierung geklappt.

»Hey, ihr …«, begann sie, als sie um das Regal stürmte, verstummte aber gleich wieder, als sie eine Frau mit einer schwarzen Kurzhaarfrisur entdeckte, die struwwelpeterartig in alle Richtungen abstand. »Oh, ich …«, unternahm sie einen erneuten Anlauf, stutzte dann aber ein weiteres Mal und hielt inne, um die Frau, die auf Alice‘ Stammplatz saß, genauer zu betrachten. Als die sie breit angrinste, atmete Betty erleichtert auf. »Alice, du bist das ja doch«, sagte sie verwundert. »Deine Haare …«

»… sind ab«, gab die andere Frau amüsiert zurück. »Und rot sind sie auch nicht mehr.«

»Ja, das sehe ich«, murmelte Betty. »Du siehst so komplett verändert aus, dass ich dich im ersten Moment nicht wiedererkannt habe. Und im zweiten Moment auch nicht.« Sie schüttelte ungläubig den Kopf. »Wow, das ist … das ist … mir fehlen die Worte, muss ich gestehen.«

»Ich war diese lange rote Mähne leid«, meinte Alice. »Das dauerte immer eine Ewigkeit, bis die Haare trocken waren, und bei dem Wind hier in der Stadt wird einem sowieso dauernd alles durcheinandergeweht.«

»Ja, ich weiß, darum trage ich meine Haare ja auch als Pferdeschwanz », gab Betty zurück, stellte die Handtasche in den Sessel gleich vor ihr und zog den Mantel aus.

Alice verzog den Mund. »Du hast leicht reden, Herzchen. Du hast ja auch Haare wie Tina Turner, nur dass deine echt sind, und wenn du die zusammenbindest, sehen sie immer noch nach was aus. Aber du weißt, was für dünnes Haar ich habe. Da liegt ja alles nur platt an, und das gefällt mir schon lange nicht mehr.« Sie deutete auf ihren Kopf. »Jetzt haue ich eine Portion Gel drauf, rubbel ein bisschen hin und her, und dann habe ich für den Rest des Tages Ruhe.«

Nachdem Betty den Mantel aufgehängt hatte, zog sie den Sessel nach hinten, als ihr plötzlich ein Gedanke kam. »Sag mal, Alice, du hast doch nicht etwa jemanden kennengelernt, dass du …«

»Hat sie nicht, hab ich auch schon gefragt«, ertönte eine vertraute Stimme hinter ihr.

Betty schaute über die Schulter und sah Kathrin mit einem Teller in der Hand an ihr vorbeigehen. Auf dem Teller lagen zwei Brötchen, dazu zwei Schälchen mit Marmelade und zwei kleine Stücke Butter. »Aber gut aussehen tut es trotzdem«, redete die jüngere Frau weiter, während sie rechts von Betty Platz nahm, die sich jetzt erst hinsetzte. Mahnend hob Kathrin einen Finger: »Was aber nicht heißen soll, dass ich jetzt auch so eine Frisur haben möchte.« Sie sah Alice an. »Hat nichts mit dir zu tun, das weißt du ja.«

Die andere Frau nickte. »Ich weiß, und ich kann es auch gut verstehen.«

Kathrin hatte die blondesten Haare, die ihre beiden Freundinnen je gesehen hatten. Und nichts daran war gefärbt, das war das Schönste. Die Farbe tendierte zu einem Platinblond, das bewundernde Blicke zahlreicher Männer und neidische Blicke vieler Frauen auf sich lenkte. Sie trug die Haare fast immer schulterlang, ganz selten ließ sie sie mal länger wachsen. Aber in Sachen Mode war Kathrin ohnehin eine völlig unorthodoxe Frau, die sich weder darum kümmerte, welche Farben aktuell angesagt waren, noch Interesse daran hatte, irgendwelchen modischen Trends hinterherzulaufen. Jeans, T-Shirt, bequeme Sandalen im Sommer, Jeans, warmer Pulli und warme Schuhe im Winter.

Als sie alle drei saßen, sahen sie sich an und sagten einen Moment lang nichts. Dann fassten sie sich plötzlich an den Händen und begannen wie eine Horde Zwölfjähriger zu kreischen und zu johlen. Das Ganze dauerte sicher eine halbe Minute, und in der Zeit war deutlich zu hören, wie zwei Teller oder Tassen zu Bruch gingen, die wohl vor Schreck losgelassen worden waren.

So plötzlich sie angefangen hatten, so abrupt verstummten die Freundinnen auch wieder. »Hey, die Leute gucken schon seltsam zu uns rüber«, sagte Alice leise, die von ihrem Platz aus durch das zu beiden Seiten offene Bücherregal schauen und einen Teil des Lokals überblicken konnte.

»Sollen sie ruhig«, meinte Betty ausnahmsweise einmal völlig ungerührt, auch wenn das sonst nicht ihre Art war. »Nächste Woche kaufen wir das Lokal und erteilen ihnen Hausverbot. Dann können sie sehen, wo sie ihren Brunch bekommen«, fügte sie gut gelaunt an.

»Genau, und danach kaufen wir jeden anderen Laden auf, in dem wir nicht prompt und freundlich bedient werden«, fand Kathrin und setzte eine todernste Miene auf. »Zum Beispiel diese Postfiliale bei mir um die Ecke. Wenn die mir gehört, kann ich meine Post endlich abgeben, wann ich will.«

»Langsam, langsam, Leute«, warf Alice ein. »Wir sollten lieber tiefstapeln und nicht gleich jeden Laden aufkaufen wollen.«

»Was willst du tiefstapeln?«, gab Kathrin zurück. »Wir haben das große Los gezogen.«

»Ich will damit sagen«, beharrte sie, »dass wir nicht gleich von zehn Millionen Euro ausgehen sollten, sondern von … ach, was weiß ich … vierhunderttausend oder so.«

»Wie kommst du denn auf so was? Wir haben sechs Richtige! Das ist der Jackpot!«, hielt Kathrin dagegen, wobei sie darauf achtete, leise genug zu sprechen, um nicht vom Nebentisch aus belauscht zu werden.

»Der Jackpot wäre es, wenn wir auch noch die Superzahl hätten«, korrigierte Alice sie. »Und was den Sechser angeht, kann es immer noch so sein, dass hundert andere Leute die gleichen Zahlen getippt haben. Dann bleibt …«

»Warum sollten noch hundert Leute unsere Zahlen tippen?«, warf Kathrin ein.

»Keine Ahnung, ich sage das ja auch nur so«, machte Alice ihr klar. »Ich finde, wir sollten uns darüber im Klaren sein, dass uns so was passieren kann. Ich kann mich da ganz vage an eine Ziehung erinnern, bei der Zahlen rauskamen, die übertrieben gesagt jeder Zweite getippt hatte, und bei der es Tausende von Sechsern gab. Da hat jeder bloß ein paar Mark bekommen.«

»Mal nicht den Teufel an die Wand«, sagte Betty.

»Das will ich ja gar nicht«, wehrte Alice ab. »Aber ich finde, wir sollten erst mal abwarten, bis die Quoten bekannt sind. Was bringt es denn, wenn wir jetzt schon überlegen, was jeder von uns mit seinen vier Millionen macht, und am Ende erfahren wir dann, dass jede von uns nur vierhunderttausend kriegt.« Sie hob abwehrend die Hände, weil sie die Reaktion ihrer Freundinnen bemerkt hatte. »Ja, ich weiß, was ich gerade gesagt habe. Vierhunderttausend ist nichts, was man als ›nur‹ bezeichnen kann, aber es ist halt ein Unterschied, ob man überlegt, wie man vier Millionen Euro anlegt, oder ob es um ein Zehntel der Summe geht.«

Kathrin seufzte. »Ach, wenn wir nicht unsere Stimme der Vernunft hätten, die uns immer wieder auf den Boden der Tatsachen zurückholt.«

»Wenn ihr meine Stimme der Vernunft nicht hättet, dann …«, begann Alice.

»Ja, dann hätten wir damals den Kurs nicht bis zum Ende durchgezogen, und dann würden wir heute nicht hier beisammensitzen und über unseren Lottogewinn spekulieren«, sagte Betty und zwinkerte ihr zu. »So, bevor wir jetzt weiterreden, gehe ich erst mal zum Buffet, bevor die hungrige Meute da vorn alles wegfuttert.« Sie stand auf und sah ihre Freundinnen an. »Kann ich irgendwem noch was mitbringen?«

Kathrin hatte den Mund voll und schüttelte nur den Kopf.

»Wenn das Rührei aufgefüllt worden sein sollte, kannst du mir gern noch eine Portion mitbringen«, sagte Alice.

»Wird erledigt.«

»Davon könnte ich noch drei Portionen verspeisen«, erklärte Alice eine Viertelstunde später, als der Teller Rührei leer war. »Aber ich will meinen Anteil am Gewinn ja nicht für neue Klamotten ausgeben müssen, nur weil ich mich am Rührei kugelrund gegessen habe … oder gefressen, was wohl eher zutreffen würde.«

»Du könntest dich auch einfach in weite Tücher hüllen und dein Geld für eine Sänfte und zwei Träger ausgeben, die dich überall hinbringen, wenn du erst mal kugelrund bist«, scherzte Kathrin.

»Erteil anderen Leuten keine Ratschläge, an die du dich selbst nie im Leben halten musst«, knurrte Alice im Spaß und erklärte auf Kathrins fragenden Blick hin: »Im Gegensatz zu mir könntest du tatsächlich fünf Portionen Rührei essen, und du könntest immer noch Kindergröße tragen.«

»Ich trage keine Kindergröße«, widersprach Kathrin ihr. »Außerdem kann ich nichts dafür, dass ich kein Fett ansetze, egal was ich esse.«

»Ich vermute«, warf Betty ein, die sich eben noch eine Tasse Kaffee geholt hatte, »dass sämtliches Fett einfach aus deinem Magen weggebeamt wird, sobald das Essen da ankommt.«

»Und auch aller Zucker«, ergänzte Alice. »Überhaupt alles, was dir irgendwie deine Figur versauen könnte.«

Kathrin seufzte leise. »Ich sollte mich mit euch nur da treffen, wo es garantiert nichts zu essen gibt, damit ihr nicht immer auf mir rumhackt.«

»Wir hacken nicht auf dir rum, Schatz«, stellte Alice klar. »Wir sind nur unglaublich neidisch auf dich und würden dich vermutlich sogar ermorden, wenn wir wüssten, dass wir dann deinem Geheimnis auf die Spur kommen, nicht wahr, Betty?«

»Ohne zu zögern«, bestätigte die todernst.

»Okay, damit steht fest, wofür ich meinen Gewinn ausgebe«, meinte Kathrin amüsiert.

»Für ein Rudel Leibwächter, die aufpassen, dass wir dir nicht zu nahe kommen, stimmt's?«, fragte Betty.

»Falsch. Für einen Profikiller, der euch beide ausschaltet, bevor ihr mich erwischen könnt«, sagte sie und lachte ausgelassen.

»Himmel, wenn uns jetzt jemand belauschen würde, der keine Ahnung hat, was Sarkasmus ist …«, stöhnte Alice auf und grinste in die Runde.

Sie betrachtete ihre beiden besten Freundinnen und wunderte sich einmal mehr darüber, wie gut sie sich verstanden, obwohl sie eigentlich so gut wie keine Gemeinsamkeiten hatten – zumindest nicht zu der Zeit, als sie sich kennengelernt hatten. Ein Selbstverteidigungskurs war der Anlass, der sie vor nunmehr sieben Jahren miteinander bekannt gemacht hatte. Richtig zusammengebracht hatte sie dann Kathrins streikendes Cabrio, das nach der ersten Kursstunde auf der Heimfahrt nach Kiel mitten in einem Wolkenbruch einfach stehen geblieben war und sich nicht mehr von der Stelle rühren wollte – was an sich nicht ganz so schlimm gewesen wäre, hätte das Faltdach nicht genau in diesem Moment ein Eigenleben entwickelt und sich geöffnet.

Es hatte nur Sekunden gedauert, dann waren sie bis auf die Haut durchnässt gewesen. Danach war es ihnen allen egal gewesen, ob sich das Dach noch mal schließen ließ oder nicht. Kathrin hatte den Pannendienst angerufen, und dann hatten sie geduldig auf Hilfe gewartet, während der Regen auf sie niedergeprasselt war.

Diese Episode war aber nicht der Grund für Kathrin und Betty gewesen, den Kurs nach nur einer Stunde hinschmeißen zu wollen. Vielmehr hatte es den beiden nicht gefallen, in einem Kurs, für den sie bezahlt hatten, von der Ausbilderin zur Schnecke gemacht zu werden, weil sie bei den Übungen nicht schnell genug begriffen, worauf es ankam.

Erst nachdem Alice ihnen mit ebenso deutlichen Worten klargemacht hatte, dass es sich nur um eine Taktik der Ausbilderin handelte, um sie zu besseren Leistungen anzuspornen und ihren Ehrgeiz zu wecken, waren sie schließlich bereit gewesen, zur zweiten und danach auch zu jeder weiteren Kursstunde zurückzukehren. Alice wusste selbst nicht, was sie dazu gebracht hatte, den beiden vom Regen durchnässten Frauen auch noch sprichwörtlich den Kopf zu waschen, damit sie nicht diesen Kurs aufgaben, der für sie so wichtig war. Sie konnte nur vermuten, dass sie die beiden vom ersten Augenblick an sympathisch gefunden hatte, und sich ihnen auf irgendeine Weise verbunden fühlte.

Da musste gleich irgendein Funke übergesprungen sein, denn von der Teilnahme an diesem Kurs und von der Tatsache abgesehen, dass sie alle drei in Kiel wohnten, hatte es damals keine gemeinsamen Interessen gegeben. Kathrin war da mit einundzwanzig noch mitten in ihrem Tiermedizinstudium gewesen, Betty war zu der Zeit fünfunddreißig und erlebte eine erfreulich ereignislose Pubertät ihres zwölfjährigen Sohnes, was für sie und ihren Mann Martin sehr nervenschonend gewesen war.

Und sie selbst? Über sich selbst konnte Alice nur den Kopf schütteln. Mit zweiunddreißig hatte sie ihre Scheidung gerade hinter sich gehabt, was auch ein Grund für den Selbstverteidigungskurs gewesen war, da ihr Ex sich ein paar Mal dort hatte blicken lassen, wo sie einkaufen ging, wo sie arbeitete, wo sie wohnte. Auch wenn der Kurs dem Namen nach ihrer Selbstverteidigung diente, war sie auch hingegangen, um in der Lage zu sein, sich schützend vor ihre zu der Zeit acht und neun Jahre alten Töchter zu stellen, sollte ihr Ex auf dumme Gedanken kommen.

Sieben Jahre waren seitdem vergangen, in denen sich viel ereignet hatte. Sieben Jahre, in denen sich zwischen Kathrin, Betty und ihr eine echte, enge Freundschaft entwickelt hatte. Wenn eine von ihnen irgendetwas brauchte, waren die anderen zur Stelle und halfen, wo sie konnten. Dass sie in der Gruppe die Stimme der Vernunft war, wie Kathrin es vorhin über sie gesagt hatte, stimmte zwar, denn sie war es, die die anderen von dummen Ideen abbrachte, die ihnen ins Gewissen redete.

Der Haken war nur, dass sie selbst diejenige war, die absolut nicht auf die Stimme der Vernunft hörte. Anders war nicht zu erklären, dass sie mit nunmehr neununddreißig Jahren die zweite Scheidung hinter sich hatte. Natürlich hatten Kathrin und Betty versucht, ihr die zweite Ehe auszureden; zumindest hatten sie sehr lange und eindringlich auf sie eingeredet, um Gewissheit zu haben, dass es tatsächlich das war, was sie wollte. Unbewusst musste ihr das auch klar gewesen sein, aber sie hatte sich diesen erneuten Anlauf offenbar nicht ausreden lassen wollen, sonst hätte sie nicht während einer Woche Urlaub am Bodensee klammheimlich dort geheiratet. Später war ihr klar geworden, dass sie einen kapitalen Fehler begangen hatte, aber zu ihrem großen Glück war das auch ihrem zweiten Ehemann bewusst geworden, sodass sie die Scheidung schnell und einvernehmlich hatten abwickeln können.

Von Männern hatte sie seitdem definitiv genug, auf jeden Fall von solchen, die ihr einen Heiratsantrag machten.

»… kaufen«, sagte Betty gerade, und Alice fiel auf, dass ihre Freundinnen sich längst wieder unterhielten, während sie einen Ausflug in die Vergangenheit unternommen hatte. »Was meinst du, Alice?«

»Wie? Was?«, fragte sie verdutzt.

»Ach, darum die ganze Zeit der abwesende Blick«, sagte Kathrin. »Ich hatte mich schon gewundert. Hast du von besseren Zeiten geträumt?«

Alice schüttelte den Kopf. »Die besseren Zeiten haben wir doch schon, was soll ich da noch träumen?«

Die beiden anderen Frauen sahen sich verwundert an, zuckten fast gleichzeitig mit den Schultern und ließen aus irgendeinem Grund diese Äußerung auf sich beruhen.

»Also noch mal, damit du weißt, was los ist«, entgegnete Betty, die sich ein Lächeln nicht verkneifen konnte, wohl weil die Stimme der Vernunft mit etwas gar nicht so Vernünftigem beschäftigt gewesen war. »Wir überlegen gerade, was wir mit unserem Gewinn machen sollen.«

»Wir finden, wir könnten zum Beispiel ein paar Eigentumswohnungen kaufen, damit wir immer Mieteinnahmen haben«, ergänzte Kathrin.

Alice verdrehte gar nicht mal so ironisch die Augen, aber das schienen die beiden in ihrem Investitionseifer gar nicht zu bemerken. »Wie sollen wir entscheiden, was wir mit dem Geld machen, wenn wir keine Ahnung haben, wie viel Geld wir überhaupt bekommen?«, fragte sie und hatte das Gefühl, sich im Kreis zu drehen. »Was bringt es, zu sagen, wir werden fünf Eigentumswohnungen kaufen, wenn wir gerade mal genug Geld für zwei Wohnungen rauskriegen? Und wollen wir überhaupt gemeinsam etwas auf irgendeine Weise investieren, wenn es nur … was weiß ich … dreihunderttausend werden und jede von uns danach gerade mal hunderttausend auf dem Konto hat? Was ja sehr schön wäre, aber eben nicht der Superjackpot.«

»Na ja, ich finde, wir sollten auf jeden Fall einen gewissen Betrag gemeinsam investieren«, sagte Kathrin. »Wir haben ja überhaupt nur gewonnen, weil wir gemeinsam gespielt haben. Und jede von uns hat pro Reihe zwei Zahlen getippt. Das ist schon ein richtiges Gemeinschaftswerk, da sollte nicht jede ihren Anteil einstecken und mit dem Geld machen, was sie will.«

Betty nickte zustimmend. »Sehe ich auch so. Und du, Alice?«

»Ich sowieso. Das war von Anfang an meine Meinung«, antwortete Alice, erntete aber skeptische Blicke von den beiden.

»Und warum fragst du uns dann erst?«, wollte Betty wissen.

»Weil ich eure unvoreingenommene Meinung hören wollte«, machte Alice ihr klar.

»Also investieren wir in ein gemeinsames Projekt«, sagte Kathrin und nickte begeistert. »Das gefällt mir.«

»Aber nicht alles!«, warf Betty im nächsten Moment ein.

»Was nicht alles?«, wunderten sich Alice und Kathrin gleichzeitig.

»Ich meine, jede von uns sollte einen Teil für sich behalten dürfen, um ihn so auszugeben oder anzulegen, wie sie das möchte. Angenommen, unsere Investition erweist sich als kompletter Fehlschlag, dann sollten wir nicht ganz ohne Geld dastehen«, erklärte sie.

Alice nickte. »Ja, Betty hat recht. Und wenn wir was gefunden haben, das Geld abwirft, können wir immer noch überlegen, ob wir von dem zurückbehaltenen Geld noch was anderes versuchen.« Mit einem Schulterzucken fügte sie dann hinzu: »Aber auch auf die Gefahr hin, mich zu wiederholen: Wir wissen nicht, was wir überhaupt bekommen, und so lange bringt es nichts, dass wir überlegen, wofür wir unseren Gewinn ausgeben wollen.«

»Aber …«, begann Kathrin und verstummte erst mal wieder. »… wir …«

Betty sah zu Alice und lächelte ihr ironisch zu. Das war typisch für Kathrin: Sich zu Wort zu melden, obwohl sie noch gar nicht wusste, was sie sagen wollte und ob sie überhaupt etwas zum Thema zu sagen hatte. Meistens endete es in einem »Ist schon gut«, und obwohl sie wussten, dass nichts weiter kommen würde, hakten sie dann gewohnheitsmäßig dennoch nach.

»Ja?«, fragte Betty und zog die Augenbrauen hoch.

»Na ja, ich meine, wir könnten uns doch überlegen, was wir mit wie viel Geld anfangen werden, auch wenn wir die Summe noch nicht kennen«, sagte Kathrin zur allerseitigen Verwunderung.

»Wie soll das gehen?«, wollte Betty wissen und kam damit Alice zuvor. »Das ist doch ein Widerspruch in sich.«

Kathrin schüttelte den Kopf. »Nein, nein, ihr versteht nicht, was ich meine. Wir wollen uns ja eigentlich nicht überlegen, was wir mit zehn Millionen machen würden, weil wir vielleicht nur fünf Millionen gewinnen.«

»Oder zwei«, warf Alice ein.

»Ja, oder zwei«, sagte die Jüngste der Gruppe. »Aber wir können doch die Beträge staffeln. Wir fangen bei fünfhunderttausend an und überlegen uns, was wir damit machen werden. Dann überlegen wir uns, was wir mit einer Million machen, dann mit eineinhalb Millionen und so weiter.«

Alice zog die Stirn in Falten. »Und was soll das bringen?«

»Das soll bringen«, erklärte Kathrin und strich sich die Haare aus dem Gesicht, »dass wir in jeder Preisklasse etwas vor Augen haben, was wir uns davon leisten können. Wir sind dann nicht enttäuscht, wenn es keine zwölf Millionen werden, weil wir ja schon wissen, was wir uns stattdessen mit sieben oder drei Millionen leisten können. Dann bekommen wir auch nicht so leicht das Gefühl, dass wir uns mit viel weniger zufriedengeben müssen.« Sie sah die beiden abwechselnd an. »Wir ziehen ein Drittel ab, das wir als private Reserve zur Seite legen, und für den restlichen Betrag suchen wir uns was aus. Wie hört sich das an?«

»Gut hört sich das an«, sagte Betty. »Für so ein junges Ding hast du ziemlich weise Ideen auf Lager.«

»Wenn ich noch ein junges Ding wäre, würde ich das wohl als Kompliment ansehen«, gab Kathrin lächelnd zurück. »Aber ich steuere unaufhaltsam auf die Dreißig zu.«

»Und dann auf die Vierzig«, ergänzte Alice mit gespielt mitfühlender Miene.

»Und dann, o Gott, auf die Fünfzig«, fügte Betty an und tat so, als müsste sie sich eine Träne verdrücken.

»Ja, ja, schon gut«, sagte Kathrin und winkte ab. »Und ehe ich mich versehe, bin ich im Ruhestand. Lasst uns lieber Geld investieren, das wir noch nicht haben.«

»Das kann ich gut«, sagte Betty. »Das habe ich schon als Kind mit meinem Taschengeld gemacht.«

»Bevor wir damit anfangen, werde ich noch in einen Teller Ravioli investieren, den ich schon bezahlt habe«, verkündete Alice und stand auf, um zum Buffet zu gehen.

»… wir könnten auch Anteile an einem von den neuen Seniorenheimen kaufen«, überlegte Betty, als sie sich bereits eine ganze Weile ihrer Liste widmeten und mittlerweile bei einem Gewinn von zwei Millionen angekommen waren. »Ihr wisst schon, so was mit betreutem Wohnen. Das dürfte auch eine sichere Anlage sein.«

»Und wenn wir irgendwann viiiiiel, viiiiiel später selbst so was brauchen, können wir in die Wohnungen einziehen, die uns gehören, und haben mit nichts mehr was am Hut«, meinte Alice. »Außer natürlich die Kosten für das Personal.«

»Ich halte das für eine gute Idee«, warf Kathrin ein, »auch wenn ich noch so ein ›junges Ding‹ bin.«

»Aber bemerkenswert weise, wenn du in deinem Alter nicht einfach argumentierst, dass dich das noch lange nicht kümmern muss«, gab Betty zurück und zwinkerte ihr zu.

»Dann werde ich das mal auf unsere Liste setzen«, sagte Kathrin und tippte als Stichwort »Seniorenheim/Betreutes Wohnen« ein. Die Aussicht, mit Betty und Alice gemeinsam den hoffentlich nicht zu niedrig ausfallenden Lottogewinn zu investieren, gefiel ihr. Beide waren für sie seit dem ersten Tag so etwas wie die älteren Schwestern, die sie nie gehabt, sich aber immer gewünscht hatte. Stattdessen war sie mit einem nervigen zehn Jahre älteren Bruder gestraft gewesen, der sie noch heute nicht für voll nahm, obwohl sie als Tierärztin in einer der renommiertesten Tierkliniken von Schleswig-Holstein arbeitete, die an ihre Mitarbeiter höchste Anforderungen stellte. Zugegeben, es war »nur« eine Anstellung, keine eigene Praxis, aber ihr Ego kam frühestens an zweiter Stelle, wenn sie in der Klinik den kranken Tieren viel besser helfen konnte als in einer kleinen Praxis. Außerdem stand ja ein Wagen zur Verfügung, um Hausbesuche bei den Tierhaltern zu machen, die in einem der umliegenden Dörfern wohnten und keine Möglichkeit hatten, in die Praxis zu kommen.

Ihrem Bruder Torsten verdankte sie allenfalls, dass er mit seiner Missachtung bei ihr dafür gesorgt hatte, dass sie sich umso mehr anstrengte. Nicht zuletzt, um ihm zu beweisen, dass er völlig falsch lag, wenn er ihr Dummheit und Unfähigkeit unterstellte. Es hatte aber nicht lange gedauert, da war ihr klar geworden, dass Torsten niemals etwas von dem anerkennen würde, was sie leistete. Von dem Moment an war ihr seine Meinung völlig egal gewesen, und sie hatte nur noch sich selbst beweisen wollen, wozu sie fähig war. Mit Torsten redete sie eigentlich nur, wenn sie sich bei ihren Eltern zu Geburtstagen oder zu Weihnachten über den Weg liefen, und selbst dann war es kaum mehr als ein »Hallo«. Wie es ihm ging und was er machte, interessierte sie nicht, und umgekehrt ging es ihn nichts an, weil er ohnehin nur mit einer blöden Bemerkung darauf reagieren würde. Die anfängliche Freundschaft auf Facebook hatte sie schnell wieder beendet und ihn sogar blockieren müssen, weil er zu jedem Beitrag verletzende Kommentare gepostet hatte, mit denen er sich nicht nur über sie, sondern auch über andere Facebook-Freunde lustig gemacht hatte.

Von Betty und Alice war sie dagegen ohne Vorbehalte und ohne Vorurteile akzeptiert worden, obwohl sie deutlich jünger war. Aber vielleicht sahen sie ja in ihr auch so was wie eine kleine Ersatzschwester, die sie behüten wollten. Auf jeden Fall fühlte sie sich in diesem Freundeskreis wesentlich wohler als unter Leuten ihres eigenen Jahrgangs, von denen sie viele einfach nur schrecklich oberflächlich fand. Mit Betty und Alice konnte sie über alles Mögliche reden, und die beiden hörten ihr auch zu, so wie sie es umgekehrt bei ihnen ebenfalls machte.

»Wisst ihr, wovon ich immer noch träume?«, sagte sie, nachdem sie alle drei eine Weile schweigend dagesessen und überlegt hatten, wie man am besten Geld ausgeben konnte, das man noch gar nicht besaß.

»Clooney hat inzwischen geheiratet«, gab Alice prompt zurück. »Aber das hast du bestimmt mitgekriegt.«

Kathrin winkte lachend ab. »Ihr hättet mich ihn ja sowieso nicht heiraten lassen, weil er für mich zu alt ist.« Sie schüttelte den Kopf. »Nein, ich meine dieses Strandlokal bei Heiligenhafen.«

»Das *Strandhus*«, warf Alice ein und lächelte erfreut. »Das war schön. Kaum zu glauben, dass das auch schon fünf Jahre her ist. Wir drei sollten unbedingt mal wieder zusammen Urlaub machen.«

»Warum kaufen wir uns nicht so ein Strandlokal?«, beharrte Kathrin. »So viel wird der Sechser bestimmt abwerfen. Dann stellen wir einen Geschäftsführer und ein paar Aushilfen als Bedienungen ein, und mehr müssen wir doch nicht tun. Ihr habt doch gesehen, wie gut der Laden lief. Die Gäste fallen einem doch regelrecht in den Laden. Vor allem bei so einer Lage, wenn da gleich noch ein Campingplatz nebenan liegt. Das ist eine Goldgrube.«

»Eben, diese Lokale dürften alle Goldgruben sein«, hielt Betty dagegen. »Und genau deshalb wird es so gut wie unmöglich sein, da irgendwo Fuß zu fassen. Wer so einen Laden hat, gibt ihn nicht wieder her, und wenn doch, dann findet der unter der Hand bestimmt sehr schnell einen Käufer.«

»Aber wenn wir mehr bieten können?«, wandte Kathrin ein.

»Mehr bieten könnten wir bestimmt«, gab Betty zurück. »Aber dafür müssten wir schon wissen, wer überhaupt verkaufen will. Sollen wir die Küste abfahren, bei jedem Lokal anhalten und fragen, ob der Inhaber verkaufen möchte?«

»Wär doch eine Idee«, meinte Kathrin. »Vielleicht bringen wir ja den einen oder anderen auf den Geschmack, und er lässt mit sich reden.«

Betty zuckte mit den Schultern. »Zugegeben, das mit dem Strandlokal finde ich eine reizvolle Idee, und wenn wir das richtige Personal finden, dann wird der Laden auch laufen. Aber wenn wir die Initiative ergreifen und die Inhaber ansprechen, werden die uns mit Sicherheit mehr Geld abnehmen wollen, als das Lokal wert ist.«

»Als Kaufinteressentin kannst du die Buchhaltung prüfen, Betty«, wandte Kathrin ein. »So sehr wird uns dann keiner ausnehmen können.«

»Natürlich kann ich die Bücher prüfen, und das würde ich auch machen«, betonte Betty und griff nach ihrer Kaffeetasse, um einen Schluck zu trinken. »Aber wir müssten uns erst mal erkundigen, welche Preise für solche Objekte angemessen sind. Das heißt, am sinnvollsten wäre es, einen Immobilienmakler zu fragen, ob er uns weiterhelfen kann.«

»Dann rufen wir doch mal Karl Lowitz an«, sagte Alice unvermittelt.

»Wer ist Karl Lowitz?«, fragten Betty und Kathrin gleichzeitig.

»Natürlich ein Immobilienmakler«, antwortete sie und zeigte auf ihr Smartphone. »Während ihr diskutiert habt, war ich ein bisschen im Internet unterwegs. Tja, und da bin ich auf Karl Lowitz gestoßen.«

»Wieso ausgerechnet auf ihn?«, wollte Kathrin wissen.

»Weil der einen Strandpavillon im Angebot hat.« Sie schaute ihre Freundinnen abwechselnd an.

Die zwei blickten etwas ratlos drein, da sie nicht wussten, auf welche Pointe sie warten sollten.

»Und? Wo ist der Haken?«, fragte Betty schließlich. »Kostet so ein … Pavillon etwa fünf Millionen Euro?«

»Einen Haken gibt es vermutlich nicht«, redete sie leise weiter.

»Jetzt sag schon!«, drängelte Kathrin.

Alice drehte das Smartphone um, damit sie das Foto sehen konnten. »Was er anbietet, ist … das *Strandhus* bei Heiligenhafen!«

Die drei sahen sich sekundenlang sprachlos an, dann begannen sie vor Freude und vor Begeisterung abermals wie ein paar Zwölfjährige zu kreischen und zu johlen. Dass sich wieder alle Gäste im *GeselliGezeiten* nach ihnen umdrehte, kümmerte sie auch diesmal nicht.

Zwei

»Noch nicht mal halb elf«, sagte Betty, als sie auf die Uhr sah, nachdem Alice ihren Van auf einem der beiden Privatparkplätze hinter dem Strandpavillon abgestellt hatte. »Wir sind besser durchgekommen als erwartet.«

»Na ja, wenn es so geregnet hätte, wie im Wetterbericht angedroht, wären wir bestimmt noch lange nicht hier«, gab Alice zu, zog den Schlüssel ab und stieg aus.

»Ist doch gut«, fand Kathrin. »Dann können wir uns schon mal bisschen umsehen, bevor der Makler eintrifft. Das ist mir immer lieber, anstatt jemanden im Nacken sitzen zu haben, der es nicht erwarten kann, dass man das Angebot am besten sofort annimmt.«

Das *Strandhus* lag an einem Küstenabschnitt im Westen von Heiligenhafen, an dem eine leichte Anhöhe dafür sorgte, dass vor dem Strand eine Art sehr flacher Deich verlief. Der Strandpavillon war in diesen Deich hineingebaut worden, sodass er sich über zwei Etagen erstreckte – der geschlossene Teil des Lokals und eine Terrasse auf der oberen Ebene, eine von der Terrasse halb überdachte untere Ebene am Strand selbst. An den Tischen, die sich unterhalb der Terrasse befanden, konnte man auch bei Regen etwas trinken und dabei den Ausblick auf Strand und Meer genießen, ohne nass zu werden.

Neben dem Pavillon führte ein abfallender breiter Weg runter zum Strand. Zusätzlich gab es eine Holztreppe, die in erster Linie dem Personal dazu diente, mit den Tabletts voll mit Getränken und kleinen Gerichten zu den Gästen zu gelangen. Der recht ausladende Pavillon war fast rundum verglast, um von allen Plätzen im Lokal beste Sicht aufs Meer zu haben.

»Erst mal will ich an den Strand«, erklärte Betty und stemmte sich gegen den Wind, der ihr Sand ins Gesicht wehte. »Wenn ich schon mal wieder hier bin, dann lasse ich mir das nicht nehmen.«

Kathrin und Alice sahen sich an, zuckten gleichzeitig mit den Schultern und folgten ihr auf der leichten Schräge nach unten. Dort angekommen, blieben sie bei Betty stehen und sahen schweigend hinaus aufs Meer. Ein starker Wind blies, die Wellen schlugen stärker als üblich an den Strand, aber insgesamt bot sich ihnen doch ein eher ruhiges Bild.

Zufrieden nickend atmete Betty noch einmal tief die frische Seeluft ein, dann drehte sie sich um und betrachtete den Pavillon. »Seltsames Gefühl«, murmelte sie.

»Was meinst du?«, wollte Alice wissen.

»Na ja, als wir drei hier Urlaub gemacht haben, da haben wir fast jeden Tag da oben auf der Terrasse oder hier unten gesessen und was getrunken oder Eis gegessen«, antwortete Betty. »Und da haben wir uns auch ausgemalt, wie wir so ein Strandlokal führen und was wir anders machen würden, wenn uns so was gehören würde. Aber wir haben doch nicht mal im Traum daran gedacht, dass wir uns irgendwann in einer Situation befinden könnten, in der wir ernsthaft mit dem Gedanken spielen, das da zu kaufen. Und jetzt …«

»… jetzt sind wir genau da angekommen«, führte Alice fort. »Ja, stimmt, das ist ein seltsames Gefühl.«

»Ich kriege bei der Vorstellung eine Gänsehaut«, gestand Kathrin. »Allerdings vor Freude, nicht etwa vor Angst.«

»Hey«, sagte Betty plötzlich und ging auf das Gebäude zu. »Mir ist noch nie dieser Unterbau aufgefallen.«

Alice überlegte kurz, dann nickte sie. »Das ist auch kein Wunder, Betty. Zwischen dem Bereich und der letzten Tischreihe hat immer so eine Art spanische Wand gestanden, wisst ihr noch? Die war mit Plastikfischen und -krebsen und Fischernetzen behängt.«

»Genau, und darum habe ich diese Wand dahinter nicht gesehen«, stimmte Betty ihr zu. »Und diese große Schiebetür auch nicht. Dahinter befindet sich bestimmt ein Lagerraum für die Tische und Stühle, die sonst hier aufgestellt sind.« Sie legte den Kopf in den Nacken und sah sich an, was sie von hier unten von der Terrasse ausmachen konnte. »Und momentan sind die Stühle und Tische von der Terrasse bestimmt auch hier verstaut.«

»Klar, kann gut sein. Wir haben schließlich Mitte Oktober, jetzt will niemand mehr draußen sitzen, und wenn das immer noch die Holztische von damals sind, bekommen denen Wind und Wetter sowieso nicht gut«, meinte Alice und fuhr fort: »Da muss auch irgendwo der Vorratsraum untergebracht sein. Drinnen geht doch hinter der Theke so eine schmale Treppe nach unten, wenn ich mich nicht irre.«

»Richtig«, bestätigte Betty und ging zu den Stahlpfeilern, die der Terrassenkonstruktion über ihnen Halt gab. »Sieht so aus, als wäre das alles erst vor Kurzem frisch gestrichen worden«, meinte sie und wandte sich der Holztreppe zu, die zur Terrasse hinaufführte. Mit einer Hand fuhr sie über das Geländer, dann schüttelte sie den Kopf. »Hier müssten wir wohl selbst rangehen.«

Ihre beiden Freundinnen stellten sich zu ihr. »Was denn?«

»Der Vorbesitzer hat einfach nur drübergestrichen«, erklärte sie und zeigte auf verschiedene Stellen. »Da und da kann man fühlen, dass die Farbschicht darunter abgeblättert ist. Da müssten wir einmal alles abschleifen und neu streichen.«

»Na, wenn das alles ist. Hauptsache, wir bekommen für unser Geld was mit Meerblick«, sagte Alice und winkte ab. »Da dürfen meine Mädchen mal zeigen, was sie draufhaben.«

Die Treppe knarrte, als Betty vor den anderen nach oben ging. »Wenn ich nicht wüsste, dass das Ding jeden Tag hundert Mal oder häufiger von den Bedienungen benutzt wird, hätte ich vermutlich kein Vertrauen in diese Treppe«, erklärte sie, während sie eine Stufe nach der anderen erklomm.

»Dann würden wir dir auch nicht folgen, solange du noch nicht oben angekommen bist«, erwiderte Kathrin, die ein paar Stufen hinter ihr und ein paar vor Alice ging.

Auf der Terrasse angekommen, strich Betty auch über das ringsum verlaufende Holzgeländer. »Na ja, hier müssten wir dann wohl auch ran, das ist genauso überpinselt worden wie an der Treppe.«

Kathrin strich ebenfalls mit den Fingerspitzen über den Lack. »Ach, ich weiß nicht, ob das wirklich nötig ist. Die Feuchtigkeit und das Salz in der Luft nagen doch ständig an allen Oberflächen. Da müssen wir nach einem halben Jahr wahrscheinlich schon wieder ran, weil irgendwo was abblättert. Wir können ja nicht jedes Mal alles abschleifen und neu streichen, da kommt ja kaum noch jemand dazu, vor lauter ›Frisch gestrichen‹-Schildern irgendwas anzufassen.«

»Ich weiß, was du meinst«, erwiderte Betty. »Aber falls wir das hier durchziehen, würde ich so was gern beseitigen, damit niemand sagen kann: ›Unter neuer Leitung, aber mit den alten Methoden.‹ Es soll wenigstens bei der Neueröffnung tadellos aussehen, und danach wird erst mal nur ausgebessert, wo was ausgebessert werden muss.« Sie hob kurz die Schultern an. »Das würde für mich genauso dazugehören wie neue Kissen für die Stühle. Die alten sind vielleicht noch ganz gut in Schuss, aber bei einem Neuanfang sollte auch all das neu sein, was man an vorhandenen Dingen ersetzen kann.«

Alice nickte verstehend. »Ganz richtig. Es soll nicht ›gebraucht‹ aussehen, nicht wahr?«

»Genau. Aber es muss trotzdem noch das Einladende an sich haben, das die Kundschaft dazu veranlasst, jedes Jahr wieder herzukommen, und das nicht nur einmal in drei Wochen Urlaub.«

Kathrin sah in die Runde. »Ich schätze, da wir uns in dem Punkt alle einig sind, werden wir schon gegenseitig darauf aufpassen, dass wir keinen Unsinn machen.« Sie strich zum xten Mal die Haare nach hinten, die ihr immer wieder ins Gesicht geweht wurden, sobald sie mit dem Rücken zum Wind stand.

Ein dunkelblauer SUV kam den Weg entlanggefahren, der normalerweise nur Fußgängern vorbehalten war. Ausgenommen waren der Inhaber des Pavillons und die Lieferanten, denen nicht zugemutet werden konnte, Dutzende Getränkekisten rund zweihundert Meter weit vom Ende der asphaltierten Straße über den sandigen Weg bis zum Pavillon zu schaffen. Mit einer Sackkarre wäre das auf diesem Untergrund kein Vergnügen, erst recht nicht, wenn der Lieferant bei jeder Runde nur sechs bis sieben Kästen transportieren konnte.

»Das muss der Makler sein«, sagte Kathrin.

»Oder jemand, dem das Navi erzählt hat, dass der kürzeste Weg nach Fehmarn hier entlangführt«, merkte Betty im Spaß an, hoffte aber, dass der Spaß auch ein solcher war und der Fahrer nicht tatsächlich bis an den Strand runterfuhr. Aber dann parkte er neben Alice' Van ein, und ein schmächtiger Mann in Jeans und dickem Pullover stieg aus. Er hatte feuerrote Haare, die regelrecht leuchteten, obwohl der Himmel bedeckt war.

Er hielt einen dicken Stapel Akten fest an sich gedrückt, damit der starke Wind ihm nichts davon aus der Hand reißen und wegwehen konnte. Durch den oberen Zugang betrat er die Terrasse und kam freundlich lächelnd auf das Trio zu. Dann streckte er Kathrin die Hand entgegen, die sie nahm und kräftig schüttelte.

»Karl Lowitz«, stellte er sich vor. »Haben wir telefoniert?«

»Kathrin Moll«, antwortete sie. »Nein, das war meine …« Sie zögerte, weil ihr einfiel, dass sie nicht besprochen hatten, wie sie auftreten sollten. Sie fand, dass »Freundin« zwar der Wahrheit entsprach, aber den Eindruck vermittelte, dass sie lediglich eine verrückte Idee in die Tat umsetzen wollten. Es klang nach vielleicht sogar ein bisschen naiven, fröhlichen Frauen, die alle leicht angetrunken gewesen waren, als sie beschlossen hatten, ein Strandlokal zu eröffnen. Es klang … unprofessionell. »… meine Geschäftspartnerin Betty Hansen.«

Betty ging einen Schritt auf den Mann zu. »Herr Lowitz«, begrüßte sie ihn. »Schön, dass Sie so kurzfristig herkommen konnten.«

»Frau Hansen, das ist mein Job«, erklärte er mit ernster Miene. »Ich wäre ein schlechter Makler, wenn ich bestimmen würde, wann ich Lust habe, einem Interessenten ein Objekt zu zeigen.«

Er begrüßte auch noch Alice mit Handschlag, dann deutete er auf das *Strandhus*. »Von außen haben Sie das Lokal ja schon begutachten können … ähm, warten Sie eigentlich schon lange? Wir waren doch für elf Uhr verabredet, oder nicht?«

»Ja, ja, das ist richtig«, antwortete Alice. »Kein Grund zur Sorge, Herr Lowitz. Wir sind von Kiel aus einfach viel besser durchgekommen als erwartet. Aber das macht nichts. Wir konnten ja die schöne Aussicht genießen.«

»Ja, die Aussicht ist natürlich bei einem solchen Objekt unbezahlbar«, pflichtete ihr der Makler bei und holte einen kleinen Schlüsselbund aus der Hosentasche. »Allerdings genieße ich bei einem solchen Wetter die schöne Aussicht lieber, wenn ich dabei hinter Glas sein kann. Wollen wir reingehen?«

»Gerne«, stimmte Betty ihm zu, dann folgte sie ihm zur Eingangstür. Als er ihr die Tür aufhielt, um sie und ihre Freundinnen vorgehen zu lassen, da fühlte es sich an, als würde sie nach langer Zeit an einen Ort zurückkehren, der für sie wie ein Zuhause gewesen war. Es kam ihr vor, als wären nur ein paar Tage, aber nicht fünf Jahre vergangen, seit sie das letzte Mal in diesem Pavillon gewesen war. Es war fast schon ein wenig unheimlich, immerhin hatte sie in diesen zwei Wochen Urlaub letztlich nur ein paar Stunden hier verbracht, nicht ihre halbe Kindheit.

Als sie sich umdrehte und ihre Freundinnen ansah, wusste sie beim Blick in deren Gesichter sofort, dass es ihnen nicht anders erging. Sie nickten ihr zu, aber sie zog nur kurz eine Augenbraue hoch und schüttelte flüchtig den Kopf. Sie konnte nur hoffen, dass die beiden verstanden und sich so neutral verhielten, wie sie selbst es auch versuchen wollte. Das hier war wie ein Autokauf oder wie der Anblick eines Schnäppchens an einem Stand auf einem Trödelmarkt. Wenn die andere Seite merkte, dass man in diesem Moment mehr mit dem Herzen als mit dem Verstand bei der Sache war, konnte einen das teuer zu stehen kommen. Ganz sicher verspielte man jede Chance auf einen Preisnachlass, wenn der Verkäufer einem ansah, wie sehr man das Objekt begehrte. Und wenn es ganz schlecht lief, tischte der Verkäufer einem den angeblichen anderen Interessenten auf, der bereits signalisiert hatte, auf den geforderten Preis ohne Weiteres noch einmal zehn Prozent draufzulegen, wenn er damit garantiert den Zuschlag erhielt.

Daher mussten in diesem Augenblick all die schönen Erinnerungen zumindest diesem Mann gegenüber unter Verschluss bleiben. »Was können Sie uns über das Objekt sagen?«, fragte sie, während sie mit skeptischer Miene die Einrichtung betrachtete, so als würde das alles nicht so ganz ihren Vorstellungen entsprechen.

»Ehrlich gesagt, nicht all zu viel«, erwiderte er. »Ich betreue das Objekt erst seit gut zehn Tagen und habe mich für den Augenblick auf das verlassen müssen, was mir der Eigentümer an Angaben gemacht hat.« Er legte die mitgebrachten Akten auf die Theke und schlug die oberste Mappe auf, überflog das erste Blatt und nickte schließlich. »Ja, hier sind alle relevanten Angaben. Baujahr, bebaute Fläche und so weiter und so fort.« Er hielt ihr das Blatt hin. »Möchten Sie selbst …?«, fragte er.

»Wenn es Ihnen nichts ausmacht«, sagte Betty.

»Nicht, wenn Sie damit einverstanden sind, dass ich mich in der Zwischenzeit gründlich umsehe«, entgegnete er. »Das ist nämlich auch mein erster Besuch hier, und ich will wenigstens überprüfen, ob die Angaben auch stimmen.« Er zog sein Smartphone aus der Tasche und schaltete die Kamera ein, dann begann er zu fotografieren. »Sie müssen wissen, ich bin nie davon angetan, einfach das weiterzugeben, was der Eigentümer mir erzählt. Ich mache mir lieber an Ort und Stelle selbst ein Bild von einem Objekt, damit ich weiß, wovon ich rede. Schließlich fällt es immer erst einmal auf den Makler zurück, wenn irgendetwas nicht so ist wie in der Objektbeschreibung.«

»Gilt das auch für den Preis?«, hakte Alice nach.

Lowitz atmete schnaubend aus. »Der Preis ist immer ein ganz heikles Thema. Ich habe hier erst mal den Preis übernommen, den der Verkäufer haben will. Aber zum einen will ich mir einen Eindruck von allen Gegebenheiten machen, ob die Summe grundsätzlich gerechtfertigt ist. Und zum anderen werde ich Erkundigungen einholen, um zu erfahren, wie realistisch der Preis im Vergleich mit anderen Objekten ist. Ich habe keine Ahnung, ob einem diese Pavillons nachgeschmissen werden oder ob die so begehrt sind wie Taxilizenzen oder Marktstände.«

»Hm, das könnte uns unter Umständen aber teuer zu stehen kommen«, gab Alice zu bedenken. »Wenn Sie feststellen, dass sogar der doppelte Preis noch günstig ist, haben wir das Nachsehen.«

»Oh, nein, nein, nein«, rief der Makler und hob abwehrend die Hände. »Der Eigentümer hat seinen Preis genannt, und den bekommt er auch, aber nicht mehr. Wenn er Pech hat, bekommt er höchstens weniger, weil Sie vielleicht sagen, dass Sie so viel eigentlich nicht ausgeben wollen.«

»Wie viel ist eigentlich ›so viel‹?«, warf Kathrin ein. »In der Annonce stand ja nur ›Preis auf Anfrage‹.«

Verdutzt sah Herr Lowitz Betty an. »Haben wir nicht darüber gesprochen? Stimmt, ich kann mich nicht erinnern, dass Sie nach dem Preis gefragt haben.«

Betty hatte das Gefühl, einen knallroten Kopf zu bekommen. So viel zu der Taktik, die beiläufig Interessierte zu spielen. Wenn sie nicht mal nach dem Preis gefragt hatte – und das war ihr tatsächlich nicht in den Sinn gekommen, wie ihr jetzt wieder einfiel –, musste der Mann doch denken, sie wollten den Pavillon um jeden Preis haben.

Nach einem minimalen Zögern, das ihm hoffentlich nicht auffiel, behauptete sie: »Ja, ich weiß. Das habe ich absichtlich nicht gemacht, weil wir uns erst mal den Pavillon ansehen wollten, ohne schon irgendwie voreingenommen zu sein. Wenn der Preis überraschend niedrig ist, denkt man direkt, was so wenig kostet, kann ja nichts sein. Und wenn der Preis astronomisch hoch ist, erwartet man fast zwangsläufig einen kleinen Palast mit Marmorboden. Sie wissen, was ich meine?«

Lowitz nickte und lächelte. »Ja, ich weiß. Das passiert mir bei Wohnungen und Häusern immer wieder.«

»Okay, aber wie viel ist nun ›so viel‹?«, hakte Kathrin nach, die allmählich die Geduld verlor.

»Oh … warten Sie …« Er begann in der Mappe zu blättern, aus der er zuvor schon das Blatt geholt hatte, das Betty in der Hand hielt. »Wo habe ich denn … ach ja … also … mit allen anfallenden Steuern und Gebühren und meiner Maklergebühr käme ein Gesamtbetrag von hundertzweiundsiebzigtausend Euro zusammen.« Er hielt das Blatt mit der Ausrechnung hin, das Kathrin an sich nahm.

Sie überflog die Zahlen und gab den Zettel an Betty weiter.

Der Makler sah in die Runde und grinste schief. »Gut, keine von Ihnen ist bei der Summe kreidebleich geworden, dann nehme ich an, dass wir auf einem guten Weg sind. Ich schaue mich weiter um und mache noch ein paar Fotos. Falls Sie nicht interessiert sein sollten, will ich die Anzeige nämlich um ein paar Bilder ergänzen. Das, was ich habe, besitzt wenig Aussagekraft, wenn man nicht mit dem Objekt vertraut ist.«

»Wir fanden die Fotos zumindest vielversprechend genug«, sagte Alice. »So wie viele andere sicher auch.«

Während der Mann hinter die Theke ging, um sich die Einrichtung genauer anzusehen und die erwähnten Fotos zu machen, redete er weiter: »Sie werden lachen, aber außer Ihnen hat noch niemand auf die Anzeige reagiert. Sie wurde zwar von dreißig oder vierzig Besuchern auf meiner Seite angeklickt, aber die waren alle nach spätestens zwanzig Sekunden wieder weg.« Er zuckte mit den Schultern. »Vermutlich haben die gedacht, dass es um ein Wohnhaus am Meer geht, und nachdem sie die ersten Zeilen gelesen haben, wussten sie, dass sie falsch sind.« Er bückte sich, um die Schränke unter der Theke zu öffnen und hineinzusehen. »Bekommen Sie aber keinen Schrecken, dass Sie sich hier einen Ladenhüter andrehen lassen. Wie gesagt, ich weiß nicht, ob solche Pavillons normalerweise auf die klassische Weise zum Kauf angeboten werden. Es kann sein, dass die eigentlich woanders gehandelt werden und dass niemand, der ein solches Lokal kaufen will, jemals einen Makler fragt, ob der was für ihn hat.«

»Das ist sehr anständig von Ihnen«, sagte Alice. »Normalerweise wird man ja sofort unter Druck gesetzt, dass drei andere Interessenten schon so gut wie zugesagt haben, damit man sich möglichst schnell entscheidet.«

»Ja, leider höre ich das immer wieder«, bestätigte Lowitz und setzte eine betrübte Miene auf. »Mancher Kollege würde Ihnen jetzt erzählen, dass am Sonnabend schon vier Interessenten hier waren, und einer will sogar notfalls mehr bieten, damit er den Vortritt bekommt. Darum hängt uns Immobilienmaklern auch so ein schlechter Ruf an, dass wir nur Provisionen kassieren wollen und uns ansonsten nichts interessiert.« Er hob die Schultern an und schaute betreten drein. »Sicher wollen wir unsere Provision sehen, wir müssen schließlich auch über die Runden kommen, und vielen Kollegen ist auch völlig egal, wie sie nach außen hin wirken. Und man muss natürlich zugeben, dass man in der Regel mit den Wohnungssuchenden keine langfristige Geschäftsbeziehung eingeht. Niemand braucht vier Mal im Jahr in der gleichen Stadt eine neue Wohnung. Aber es spricht sich schon herum, wenn ein Makler einem Interessenten wortlos die Tür aufschließt und am liebsten gleich nach der Besichtigung die Provision bar auf die Hand in Empfang nehmen will.« Er nickte, als wollte er seine eigenen Worte unterstreichen, und ging in Richtung Treppe, die nach unten in den »Keller« führte. »Aber wie gesagt, ich sehe mich noch rasch überall um, dann stehe ich Ihnen zur Verfügung, um Ihnen so viel wie möglich über das Objekt zu sagen.«

Die drei Freundinnen sahen sich ein wenig genervt an, während er nach unten verschwand. Er hatte wohl erst die Hälfte der Treppe zurückgelegt, da ertönte auf einmal die *Star-Wars*-Melodie und verstummte nach wenigen Takten wieder. An ihre Stelle trat Lowitz' Stimme, und die drei konnten hören, wie er mit jemandem telefonierte. »Ja? … Was denn? Heute? Der Termin ist für morgen angese… ja, genau, das habe ich mir groß aufgeschrieben … so steht es auch in der Mail seines Managers … ich weiß ja nicht mal, ob wir heute reinkommen und … was? … Das hast du schon geklärt? Na gut, dann … wir haben jetzt … ja, richtig … in einer Stunde, wenn nichts dazwischenkommt … aha … aha … gut, dann bis gleich.«

Gleich darauf kam er wieder nach oben und kehrte kopfschüttelnd zu den dreien zurück.

»Gibt es Probleme?«, fragte Alice, die gegen die lange Seite der Theke gelehnt am nächsten zu ihm stand.

»Ja, das kann man wohl sagen«, murmelte er. »Diese Schauspieler. Da drehen sie einen erfolgreichen Film, und schon denken sie, dass ihnen die ganze Welt zu Füßen liegen muss. Dieser … na ja, ich will keinen Namen nennen. Jedenfalls hat vor Kurzem ein ›Star‹ durch sein Management anfragen lassen, ob ich eine Villa im Großraum Hamburg im Angebot hätte, natürlich nicht unter vierhundert Quadratmeter und fünfzehn Zimmer und was weiß ich noch alles. Ich habe gesucht und tatsächlich von einem passenden Objekt erfahren. Das war vor vier Monaten, und seitdem haben wir einen Termin nach dem anderen angesetzt, und er hat immer wieder abgesagt, und ich dachte schon, da kommt gar nichts mehr zustande. Für morgen war ein weiterer Versuch geplant. Und jetzt ruft sein Manager an, um Bescheid zu geben, dass der große Meister wie angeblich vereinbart heute die Villa begutachten will. Morgen hat er einen Termin beim SWR, da könnte er ja sowieso nicht, also müsse ich mich mit dem Termin vertan haben.«

Alice sah auf die Uhr. »Da müssen Sie sich aber sputen, wenn Sie das noch hinkriegen wollen«, meinte sie.

»Sie können mir glauben, dass ich ein verdammt schlechtes Gewissen habe, wenn ich mich jetzt auf den Weg mache. Ich möchte nicht den Eindruck erwecken, dass ich bestimmte Kunden bevorzuge, aber ich warte jetzt schon so lange auf diese Gelegenheit, dass ich …« Er verstummte einen Moment lang. »Aber ich kann ihm auch immer noch absagen, das ist kein Problem.«

»Das würde aber bei diesem Schauspieler keinen guten Eindruck machen«, erwiderte Alice und sah deutlich das plötzliche

Aufblitzen in seinen Augen. Ihr entging auch nicht, dass er erleichtert aufatmete. »Stellen Sie sich vor, das läuft ohne Probleme ab und er ist von dieser Villa begeistert, dann stehen doch die Chancen gut, dass Ihr Name in seinen Kreisen die Runde macht und noch mehr Stars Ihre Dienste in Anspruch nehmen möchten.«

Lowitz nickte und stand da wie ein Häufchen Elend. »Ich weiß. Aber ich kann Sie doch jetzt nicht deswegen gleich wieder vor die Tür setzen, zumal Sie extra von Kiel hergekommen sind. Wie sieht denn das aus?«

Betty winkte ab. »Nach einem vernünftigen Geschäftsmann sieht das aus. Es wäre doch unsinnig, dieses wohl ziemlich sichere und vor allem lukrative Geschäft aufs Spiel zu setzen, obwohl wir noch gar keine Entscheidung getroffen haben. Stellen Sie sich vor, wir halten Sie noch eine Stunde lang mit allen möglichen Fragen hier fest, und dann kommen wir zu dem Schluss, dass so ein Strandpavillon doch nichts für uns ist. Dann entgeht Ihnen diese etwas bescheidenere Provision, und der Schauspieler ist sauer auf Sie und erzählt all seinen Kollegen, dass auf Sie kein Verlass ist – und Sie haben an allen Fronten verloren. Wollen Sie das?«

Der Makler schaute verlegen zwischen den Freundinnen hin und her. »Dann … wären Sie nicht beleidigt?«

»Ach was«, wehrte Alice ab. »Wir sind doch alle Geschäftsfrauen, wir wissen, dass man es nicht immer jedem recht machen kann.«

»Oh«, machte Lowitz und rieb sich das Kinn. »Da bin ich aber froh, dass Sie mir das nicht übelnehmen. Ich meine, ich kann Ihnen ohnehin noch nicht mehr über diesen Pavillon sagen als das, was ich vom Eigentümer weiß. Aber … aber ich mache Ihnen einen Vorschlag. Sehen Sie sich ganz in Ruhe hier um, stellen Sie den Pavillon auf den Kopf, gucken Sie sich jede Ecke genau an, so lange Sie wollen, während ich nach Hamburg zurückfahre. Diese Tür kann man ohnehin nur mit Schlüssel öffnen, also genügt es, wenn Sie sie einfach hinter sich zuziehen. Wir telefonieren später, wenn ich mit diesem Schauspieler fertig bin, dann können wir weiterreden. Wenn Sie wollen, können wir uns auch irgendwo in Kiel treffen. Persönliche Gespräche finde ich immer angenehmer als Telefonate.«

Betty nickte. »Ja, ich schlage vor, wir telefonieren später. Obwohl … na ja, ein paar Tage werden wir wohl sicher noch brauchen, ehe wir uns entscheiden. Das ist schließlich nichts, was man so nebenbei kauft. Und wir müssen natürlich auch noch die Angebote von den diversen Banken einholen, denn ohne eine gute Finanzierung wird das Ganze kein Thema.«

»O ja, natürlich«, pflichtete er ihr hastig bei. »Ich will Sie auch nicht drängen, ich möchte nur nicht den Eindruck erwecken, dass …«

»Herr Lowitz«, fiel Kathrin ihm freundlich lächelnd ins Wort und tippte auf ihre Armbanduhr. »Sie kommen noch zu spät nach Hamburg.«

»Ja, ich weiß, ich weiß«, sagte er und verabschiedete sich mit Handschlag von ihnen. Auf dem Weg nach draußen blieb er stehen und drehte sich noch einmal um. »Und wie gesagt, ziehen Sie die Tür einfach hinter sich zu. Das genügt völlig.« Einen Moment lang hielt er inne, dann fügte er an: »Und ich denke, am Preis werde ich noch was machen können.« Er zwinkerte ihnen zu, drehte sich weg und eilte über die Terrasse.

»Lieber Himmel, dieser Mann ist von vorn bis hinten durchschaubar«, stöhnte Alice, während sie ihm hinterhersahen, wie er zu seinem Wagen ging.

»Aber die Masche ist interessant«, fand Betty. »Er spielt den Dauerverunsicherten und gibt seinem Gegenüber das Gefühl, ihm überlegen zu sein. Das macht sein Gegenüber unvorsichtig, und Herr Lowitz bekommt am Ende genau das, was er haben will. Wirklich geschickt.«

»Tja«, ergänzte Kathrin. »Er hätte sich bloß diese Bemerkung mit dem Preisnachlass schenken sollen. Damit hat er der Illusion doch sehr geschadet.«

»Solange wir seine Tour durchschauen konnten, hat es *uns* ja nicht geschadet«, meinte Betty. »Wir wissen jetzt, dass der Mann ein Schwätzer ist …«

»Der schlimmste Schwätzer, den ich in der letzten Zeit erleben musste«, ergänzte Alice und nahm einen der kopfüber auf der Theke abgestellten Hocker, um sich hinsetzen zu können. »Ich dachte, der redet uns bis ins Koma. Oder er legt es darauf an, dass wir den Vertrag unterschreiben, nur damit er endlich den Mund hält.«

»Tatsächlich?«, gab Betty zurück. »Ich hatte eher den Eindruck, dass er sich noch ein paar Stunden lang zum unschuldigen Opfer der finsteren Machenschaften seines Berufsstands macht, bis wir allein aus Mitleid den Vertrag unterschreiben.« Sie nahm ebenfalls einen Hocker von der Theke und setzte sich zu Alice.

Kathrin drehte sich um, weil sie lieber an einem der Tische Platz nehmen wollte, dann stutzte sie. »Was ist denn das da? Hat Lowitz was vergessen?« Sie zeigte auf einen Stapel Aktenmappen auf dem ersten Tisch neben der Tür.

»Tatsächlich, das sind die Sachen, mit denen er hergekommen ist«, sagte Betty und stand von ihrem Hocker auf, um sich die Unterlagen anzusehen.

Während Alice und Kathrin sich fragend anschauten, kamen von Betty immer wieder Laute, die danach klangen, als hätte sie in den Akten eine angenehme Überraschung vorgefunden. Sogar eine sehr angenehme, wenn sie das eine oder andere anerkennend gemurmelte »Sieh mal an« berücksichtigten. Es vergingen bestimmt zehn Minuten, dann drehte sich Betty zu ihren Freundinnen um und erklärte: »Das sind die Bilanzen der letzten vier Jahre. Das *Strandhus* ist eine Goldgrube, bei der wir unseren Einsatz sehr bald wieder raus haben werden. Dieser Laden hier fährt jedes Jahr etliche zigtausend Euro Gewinn ein.«

»Sagt die Fachfrau«, erwiderte Alice zufrieden lächelnd. »Schon gut, dass wir jemanden wie dich dabeihaben. Da muss man sich wenigstens keine Sorgen machen, dass man mit irgendwelchen Märchen über den Tisch gezogen wird.«

Unwillkürlich musste Betty lachen. »Dann hast du dich also mit voller Absicht mit mir angefreundet, weil du dir gedacht hast, eine Steuerberaterin kann man immer gebrauchen, wie?«

»Ganz richtig, meine Liebe, und du bist nur drauf eingegangen, weil dich die Aussicht auf Shopping zum Einkaufspreis gelockt hat, gib's zu«, konterte Alice amüsiert.

»Heißt das«, warf Kathrin ein, »mich habt ihr nur mit dazugenommen, damit ich irgendwann mal eure Haustiere kostenlos behandele, wenn ihr welche habt?«

Betty und Alice sahen sich kurz an, schüttelten beide den Kopf, dann antwortete Betty: »Nein, du bist dabei, weil du die Jüngste bist, und die Jüngste darf man immer ungestraft herumkommandieren. Wusstest du das nicht?«

»Jetzt wird mir so einiges klar«, sagte Kathrin mit einem theatralischen Seufzer. »Hätte ich doch nur auf meine Mutter gehört. Die hat mich immer vor Frauen wie euch gewarnt.« Sie legte den Handrücken an die Stirn und ließ den Kopf in den Nacken sinken. »Ich Ärmste.« Im nächsten Moment saß sie wieder kerzengerade da und fragte: »Was machen wir jetzt mit den Unterlagen?«

»Wie meinst du das?«, wollte Betty wissen, die den Stapel wieder zusammenlegte.

»Na ja, ich meine, hat Lowitz das alles mitgebracht, *damit* wir es uns ansehen können? Sind das Kopien, die speziell für uns bestimmt sind? Oder wollte er uns die Unterlagen nur kurz hinhalten oder vielleicht ein paar Zahlen daraus vorlesen?«

»Ist doch eigentlich egal, oder nicht?«, gab Alice zurück. »Wir haben sie gesehen, und das war's. Was soll Lowitz jetzt noch machen?«

»Er kann gar nichts machen, weil er die Unterlagen hier vergessen hat«, betonte Betty und verschränkte die Arme. »Es ist nicht unsere Schuld, wenn er das macht und wir uns alles durchlesen können, was wir wollen.«

»Klar, aber vielleicht sollten wir so tun, als hätten wir diese Unterlagen nicht gesehen«, schlug Kathrin vor und strich sich die Haare aus der Stirn. »Wir kennen jetzt die tatsächlichen Zahlen, aber wenn wir nichts sagen, sondern diesen Stapel genauso übersehen wie er, können wir herausfinden, ob Lowitz wirklich so ehrlich ist, wie er von sich behauptet.«

»Hm, gute Idee«, fand Alice. »Wir sollten bloß diese Papiere kopieren, damit wir etwas gegen ihn in der Hand haben, falls er uns wirklich ausnehmen will.«

»Warum so umständlich?«, meinte Betty. »Schließlich hat ein Smartphone doch eine eingebaute Kamera.« Sie nahm ihr Telefon aus der Tasche und begann die Seiten zu fotografieren. »Die Auflösung ist gut genug, um das noch lesen zu können. Auf die Weise können wir die Akten hier liegen lassen, und Lowitz weiß nicht, ob wir sie gesehen haben oder nicht. Dann werden wir ja merken, ob er ehrlich ist oder nicht.«

Kathrin nickte bekräftigend und erwiderte unüberhörbar ironisch: »Was sind wir doch für hochanständige Leute, dass wir jemanden hintergehen, um herauszufinden, ob er uns hintergeht.«

Betty zuckte mit den Schultern. »Reine Notwehr.«

»Notwehr?«

»Na, klar, Kathrin. Für uns stehen eventuell diese gut hundertsiebzigtausend Euro auf dem Spiel, für Lowitz erst mal gar nichts. Er bekommt zwar möglicherweise nicht seine Kaution, aber er gibt nichts von seinem Geld her.«

»Bei zwölf Millionen sind gut hundertsiebzigtausend doch gar nicht der Rede wert«, wandte die junge Frau im Tonfall einer reichen Erbin ein, die es gewohnt war, solche Beträge beim Stadtbummel auszugeben.

»Wenn es zwölf Millionen *wären«*, sagte Alice verträumt und tippte auf ihrem Smartphone herum. »Hm, schade«, murmelte sie Augenblicke später. »Die Quoten sind noch nicht raus.«

»Ist noch zu früh«, entgegnete Betty und fotografierte weiter eine Seite nach der anderen. Als sie fertig war, drehte sie sich zu ihren Freundinnen um. »Wollen wir uns hier noch umsehen?«

»Ja, wir sollten mal in das … ähm … Kellergeschoss runtergehen«, schlug Kathrin vor. »Obwohl das ja eigentlich kein Keller ist. Jedenfalls nicht, wenn man am Strand davorsteht.«

»Vielleicht sollten wir es einfach Untergeschoss nennen«, überlegte Alice. »Unten ist es schließlich immer, egal ob man da unten oder hier oben steht.«

»Vielleicht sollten wir es ja auch Hölle nennen, je nach dem, was uns da unten erwartet«, gab Betty zu bedenken, steckte das Smartphone ein und ging an den beiden vorbei hinter die Theke. »Wenn der Makler uns schon einen Freibrief gibt, hier alles auf den Kopf zu stellen, sollten wir das auch ausnutzen. Vor allem, wenn er nicht da ist und niemand nonstop auf uns einredet.«

»Wo sie recht hat …«, sagte Alice und folgte ihr zur Treppe.

»… hat sie recht«, führte Kathrin den Kommentar zu Ende.

Unten erwartete sie ein überraschend großes Untergeschoss, das offensichtlich auf dieser Ebene einige Meter weit in die Anhöhe am Rand des Strandes hineingebaut worden war, während das Lokal selbst mit dieser Art Deich abschloss.

Hier unten gab es sanitäre Anlagen, die aber dem Personal vorbehalten waren. Von ihrem Urlaub wussten sie, dass das Lokal mit dem Campingplatz zusammenarbeitete und die Gäste die nur wenige Meter entfernten Toiletten auf dem Campingplatz benutzen durften. Die Tür zum Raum mit dem Schild »Heizungskeller« stand offen; dort befand sich ein glänzender Kessel mit blitzblanken Armaturen, der zwar schon ein paar Jahre auf dem Buckel hatte, aber einen gepflegten Eindruck machte. Rechts von ihnen und damit zum Strand hin führte eine Tür in den Raum, in dem wie vermutet die Tische und Stühle von der Terrasse und vom Strand aufeinandergestapelt standen. Jeder Stapel war in Plastikfolie gewickelt, damit in der Zeit außerhalb der Hauptsaison nichts verstauben konnte. Neben dem Heizungskeller gab es einen Lagerraum, der zu allen Seiten mit Regalen vollgestellt war. Eine Tür weiter befand sich der Kühlraum. Durch eine Stahltür wurde eer in eine Art begehbaren Kühlschrank und eine Kühltruhe unterteilt.

»Macht ja alles einen guten Eindruck«, fand Kathrin, auch wenn sie sich nicht so sicher war, ob der Eindruck etwas über die tatsächlichen Zustände aussagte.

»Sehe ich auch so«, stimmte Alice ihr zu. »Das wirkt alles so, als hätte der bisherige Eigentümer vor zwei Wochen ratzfatz alles zusammengepackt und dann dem Makler gesagt, er soll einen Nachfolger finden. Was zu dem passt, was Lowitz erzählt hat, dass er vor zehn Tagen den Auftrag erhalten hat.«

Betty nickte und warf noch einen letzten Blick auf den Heizkessel. »Dann stimmt es, was in der Zusammenfassung steht, dass das Lokal ganzjährig geöffnet bleiben kann. Ohne den da«, mit dem Daumen deutete sie auf den Kessel, »wäre es hier drinnen nämlich viel zu kalt. Was es eigentlich jetzt schon ist.« Sie rieb die Hände aneinander.

Nachdem sie wieder nach oben gegangen waren, fragte Kathrin in die Runde: »Und, was meint ihr?«

»Hängt vom Lottogewinn ab«, erwiderte Alice.

»Vom Lottogewinn hängt ab, ob wir es tatsächlich durchziehen können«, hielt Kathrin dagegen. »Aber jede von uns tendiert doch schon in eine bestimmte Richtung, oder nicht?«

Betty lächelte in die Runde. »Wenn ich diese Bilanzen sehe, dann würde ich fast schon hingehen und sagen, wir kaufen den Laden, egal ob beim Lotto ein paar Millionen oder nur fünf Euro fünfzig rauskommen.«

»Das ist ein ziemlich deutliches Ja«, fand Kathrin und strahlte vor Freude. »Ich bin auch dafür, aber nur, wenn wir genug Geld haben. Einen Kredit nehme ich dafür nicht auf, das wäre mir zu riskant.«

»Sehe ich genauso«, sagte auch Alice. »Ich habe mit meiner Boutique schon genug am Hals.«

Kathrin sah sie erstaunt an. »Ich dachte, die geht so gut.«

»Tut sie auch, aber wenn du eine komplette Winterkollektion kaufst, dann lässt du dafür die Bank bezahlen, und die kriegt ihr Geld nach und nach zurück, bis dann die Frühjahrskollektion kommt. Da geht das Spiel von vorn los.« Sie zuckte mit den Schultern. »Das ist praktisch eine Miniaturversion eines riesigen Konzerns, der ständig neue Kredite aufnimmt, um Rohstoffe zu kaufen. Ein ewiger Kreislauf. Du brauchst die Kollektion, damit die Kunden was zu kaufen haben, aber du musst dir das Geld dafür irgendwo pumpen.«

»Hm, ich glaube, das würde mir keinen Spaß machen«, sagte Kathrin. »Das ist mit ein Grund, warum ich lieber in der Klinik arbeite, anstatt eine eigene Praxis zu führen. All diese speziellen Geräte sind so teuer, dass du auf Jahre hinaus jeden Tag mindestens drei Tiere brauchst, die mit diesen Geräten behandelt werden. Dann brauchst du noch mal so und so viele Patienten, damit die Gehälter gesichert sind, und so geht das immer weiter und weiter. Das würde mich irgendwann verrückt machen, glaube ich.«

Alice winkte ab. »Das ist eigentlich nur am Anfang so, nach einiger Zeit denkst du da kaum noch dran. Außer an dem Tag, an dem die Bank mal wieder die nächste Rate abbucht.«

Sie verließen das Lokal durch die Tür, durch die sie hereingekommen waren, und zogen sie wie vereinbart hinter sich zu. Als Alice noch mal daran rappelte, nickte sie zufrieden. »Das sieht gut aus. Dürfte halten.«

»Theoretisch könnte man sich sogar die Tür sparen«, meinte Kathrin, als sie am Rand der Terrasse stehen blieb und sich das *Strandhus* noch einmal ansah. Der Wind zerzauste ihr die Haare. »Wenn wirklich jemand was klauen will, kann er sich aussuchen, welche der vielen Scheiben er einschmeißen will. Dann ist er auch drin und muss keine Zeit damit vergeuden, ein Türschloss zu knacken.«

»Alarmanlage«, murmelte Betty und tippte auf ihrem Smartphone herum.

»Was sagst du?«, fragte Kathrin.

»Mir ist eben eingefallen, dass wir eine Alarmanlage einbauen lassen sollten«, erklärte sie. »Und dann sollten wir mit dem Betreiber des Campingplatzes reden, damit der Alarm auch bei ihm registriert wird. Je nachdem, wie der Wind steht, wird das Heulen der Sirene womöglich an der Küste entlanggetrieben und niemand bekommt etwas mit, darum sollte bei ihm irgendwo ein Warnlicht installiert sein, damit er auch darauf aufmerksam wird, wenn sich hier irgendwas tut.«

Während Betty redete, gingen sie weiter zum Wagen.

»Hey«, rief Kathrin auf einmal, die ein Stück hinter den beiden zurückgefallen war, weil sie mit ihrem Smartphone hantiert hatte. »Die Quoten sind da.«

»Und?«, fragten Alice und Betty gleichzeitig.

Drei

»Vierhunderttausend?« Martin sah seine Frau verblüfft an. »Nur?«

Unwillkürlich musste sie lächeln. »Das ist schon eigenartig«, sagte sie.

»Was meinst du?«

»Dass wir alle irgendwie gleich reagieren. Als ich mit Alice und Kathrin gestern darüber geredet habe, kam auch die Bemerkung, was denn wäre, wenn wir *nur* soundso viel gewinnen würden.« Sie legte den Kopf ein wenig schräg. »Ich meine, vierhunderttausend ist fast eine halbe Million, und eine halbe Million ist eine ganze Menge Geld.«

Martin nickte verstehend. »Ja, natürlich ist das eine ganze Menge, aber vor drei oder vier Wochen wären es elf Millionen gewesen. Und im Vergleich dazu ist knapp eine Million eben ›nur‹.«

»Ja, ich weiß. Aber immerhin haben wir fast eine halbe Million. Bei hunderttausend oder weniger hätten wir uns von unserer Idee verabschiedet, weil es zu wenig gewesen wäre«, sagte sie und setzte sich zu ihm auf die Couch.

Für einen Moment kam es ihr so vor, als wollte ihr Mann wutentbrannt aufspringen, aber der Eindruck war so flüchtig, dass sie nicht wusste, ob sie es sich vielleicht nur eingebildet hatte.

»Du meinst den Strandpavillon?«, vergewisserte er sich.

»Genau den.« Sie sah ihn abwartend von der Seite an. »Was hältst du davon?«

Martin hob abwehrend die Hände. »Nein, nein, frag mich gar nicht erst, was ich davon halte. Das ist deine Sache und die von Alice und Kathrin, damit habe ich nichts zu tun.«

Sie zog eine verdutzte Miene. »Du kannst doch wenigstens deine Meinung dazu sagen, oder nicht?«

»Ich will dir nicht zu einer Sache raten, die du vielleicht in ein paar Monaten bereust, weil das Ganze nicht so läuft, wie du es dir vorgestellt hast, und ich will dir auch nicht davon abraten, weil du dann nie erfahren wirst, ob eure Idee ein Erfolg geworden wäre. Es ist egal, was ich sage, es kann immer das genaue Gegenteil eintreten, und dann wirst du mich dafür hassen, dass ich gesagt habe, du sollst das lieber bleiben lassen.«

»Dann … dann meinst du eigentlich, wir sollten es nicht machen?«, fragte Betty.

»Nein, Schatz, das meine ich nicht, und das habe ich auch nicht gesagt. Ich habe es nicht mal angedeutet«, stellte er klar und legte einen Arm um sie. »Das ist ganz allein euer Projekt, und es ist auch euer Geld. Ich kann und ich werde mich nicht einmischen und irgendwelche Vorschläge machen. Aber«, fügte er hastig an und hob mahnend einen Finger, »das bedeutet nicht, dass es mich nicht interessieren würde. Bloß habe ich darauf so wenig Einfluss wie auf die Baustelle vorne an der Ecke.«

Betty schaute missmutig drein. »Ich hatte schon gedacht, du würdest mal den einen oder anderen Kommentar beisteuern.«

»Und wenn ich irgendetwas sage, das euch in einer Entscheidung beeinflusst?«, hielt er dagegen, »Dann bin ich am Ende schuld, weil ihr auf mich gehört habt, obwohl ihr genau das nicht hättet tun sollen. Ihr verliert womöglich einen Batzen Geld, und ich bin dafür verantwortlich. Nein, so was kann ich nicht machen.«

Sie griff nach dem Tee, den sie für sie beide aufgesetzt hatte, und nippte an der Tasse. Der Tee war noch zu heiß, und sie stellte die Tasse zurück auf den Wohnzimmertisch. Ihre Zungenspitze fühlte sich taub an. »Und wenn wir dieses Projekt gegen die Wand fahren, und das ganze Geld ist weg?«

Ihr Mann zuckte lässig mit den Schultern. »Abgesehen davon, dass es ohnehin Geld wäre, das du eigentlich gar nicht hättest: Egal, was kommt, ihr könnt euch gar nicht finanziell übernehmen, weil ihr kein Risiko eingeht. Ihr habt keine Bank im Nacken, die jeden Monat ihre Raten sehen will. Und was eigentlich noch viel schwerer wiegt: Glaubst du wirklich, du könntest so ein Projekt gegen die Wand fahren? Du bist Steuerberaterin, du hantierst den ganzen Tag mit Zahlen, du weißt bei jeder Rechnung und bei jedem Gebührenbescheid sofort, wie der sich auf die Finanzlage dieses Pavillons auswirkt. Wann immer du willst, kannst du eine betriebswirtschaftliche Analyse abrufen und weißt fünf Minuten später, wie es aktuell um euch steht.«

»Das sind aufbauende Worte«, sagte sie. »Danke.«

»Dafür bin ich doch da«, erwiderte er und gab ihr einen Kuss. »Siehst du, so was kann ich machen. Ich kann dich aufbauen, wenn du an dir selbst zweifelst, weil ich weiß, wozu du fähig bist. Du kannst die Zahlen deuten und auf sie reagieren, lange bevor irgendwelche Probleme auftauchen und zur Bedrohung werden.« Nach einer kurzen Pause fügte er hinzu: »Und du kannst dich mit Spezialfragen sicher an diesen Castone wenden. Der hat mit seiner großen Pizzeria ganz bestimmt so viel Erfahrung in der Gastronomie, dass er euch den einen oder anderen Tipp geben kann.«

»Ja, da hast du recht«, stimmte sie ihm zu. »Außerdem läuft das *Strandhus* jetzt schon bestens, da knüpfen wir einfach an. Wir müssen uns nur beeilen, damit spätestens zum Saisonstart alles fertig ist, obwohl …«

»Was?«, fragte Martin besorgt. »Gibt es da Terminprobleme?«

»Nur insofern, als dass das *Strandhus* anders als die übrigen Pavillons rund um Heiligenhafen das ganze Jahr geöffnet bleiben darf. Deshalb würde ich das Lokal lieber so bald wie möglich wiedereröffnen, am liebsten noch vor Weihnachten, um die Gäste anzulocken, die ein originelles Lokal für ihr Festessen suchen.«

»Wieso diese Ausnahmegenehmigung?«

»Ein Irrtum des zuständigen Sachbearbeiters, hat der Makler uns erklärt«, antwortete sie. »Der meinte es offenbar sehr gut und stellte für das Lokal eine unbefristete und ganzjährige Nutzungsgenehmigung aus. Der Eigentümer hat natürlich nichts gesagt, und als bei der Verwaltung jemand durch einen Zufall darauf aufmerksam wurde, waren alle Fristen schon jahrelang abgelaufen. Die Verwaltung hat zwar dagegen geklagt, aber letztlich verloren, weil der Richter von den Argumenten gegen eine unbefristete Erlaubnis nicht überzeugt werden konnte. Irgendwie hat die Stadt wohl nur gesagt, man wolle halt nicht, dass ein Betrieb dauerhaft in einer Hand bleibt, weil das Monotonie bedeutet. Der Richter fand aber, dass Traditionsgeschäften, die über Jahrzehnte hinweg eine feste Größe in einer Gemeinde sind, ein höherer Stellenwert beizumessen ist als dem Gedanken, den Touristen mehr Abwechslung zu bieten. Tja, und damit hatte der letzte Eigentürmer einen Freibrief, den ihm niemand mehr nehmen konnte und der nun uns gehört.«

»Aber ihr seid doch nicht die Erben«, wandte Martin erstaunt ein. »Ich kann mir nicht vorstellen, dass solche Bescheide weitervererbt werden können.«

Betty grinste ihren Mann an. »Dieser Mitarbeiter hat damals so ziemlich alles falsch gemacht, was nur möglich war, und den Bescheid an das *Strandhus* gerichtet, nicht an den Eigentümer. Damit gilt der Bescheid, solange der Pavillon existiert, ganz egal, wer ihn besitzt.«

»Kling gut, muss ich sagen. Wenn das allgemein bekannt ist, dürfte da ja außerhalb der Saison genug los sein.«

»Ist es auch mit Sicherheit«, erwiderte sie und griff nach dem Smartphone. »Lowitz, also der Makler, hat die Bilanzen der letzten vier Jahre im Lokal vergessen, als er Hals über Kopf nach Hamburg gefahren ist. Ich habe einen Blick reingeworfen. Hier.« Sie rief das erste Foto der Unterlagen auf und zeigte es ihrem Mann.

»Du hast die Bilanzen abfotografiert?«, fragte er erstaunt. »Ich wusste gar nicht, dass ich Mata Hari geheiratet habe.«

»Wir waren unschlüssig, was wir machen sollten«, sagte sie. »Und dann haben wir uns schließlich überlegt, dass wir die

Unterlagen offiziell nicht gesehen haben. Aber die Fotos habe ich als Beweis für den Fall gemacht, dass sich irgendetwas von dem, was er uns gesagt hat und vielleicht noch sagen wird, als falsch erweist.«

»Klingt nicht nach viel Vertrauen in diesen Lowitz«, kommentierte Martin.

»Ich könnte darauf was antworten, aber dann würde sich womöglich ein ganzer Berufsstand verunglimpft fühlen.« Sie drückte ihm das Smartphone in die Hand. »Sieh dir einfach die Zahlen an, dir als spitzenmäßigem Anlageberater sagen die auch so einiges.«

»Spitzenmäßiger Anlageberater?«, wiederholte er in argwöhnischem Tonfall. »Du willst doch nicht etwa irgendwas von mir, oder?«

»Lass mich dir doch auch mal ein Kompliment machen. Immerhin bleibst du standhaft und weigerst dich, uns reinzureden. Das hat ein Lob verdient, findest du nicht?«

Er nahm das Smartphone und strich mit dem Finger über das Display, um das nächste Bild aufzurufen. »Gegen Lob habe ich nichts, aber eigentlich nicht bei einer Sache, die selbstverständlich ist.«

»›Sein sollte‹ vielleicht, aber ganz sicher nicht ›ist‹. Da draußen laufen genug Typen rum, die ihren Frauen und Freundinnen immer noch vorschreiben, was sie zu tun haben. Und weil das so ist, lobe ich dich, denn du bist nicht so.«

»Weil du mich zum Teufel jagen würdest, sobald ich auch nur versuchen würde, dir irgendetwas vorzuschreiben!«

Sie stieß ihn mit dem Ellbogen an. »Jetzt sieh dir lieber diese Summen an und sag was dazu, sonst jage ich dich tatsächlich noch zum Teufel.«

»Mhm«, machte er und blätterte von einem Foto zum nächsten, vergrößerte mal einen Ausschnitt und murmelte zufrieden vor sich hin. Als er fertig war, nickte er bestätigend. »Wenn das die Zahlen von diesem Pavillon sind, gibt es daran nichts auszusetzen.«

»Eben, das habe ich mir auch gedacht«, stimmte sie ihm zu. »Bei diesen Gewinnen haben wir das eingesetzte Kapital schnell raus.« Sie griff wieder nach ihrer Tasse. Der Tee war inzwischen genügend abgekühlt, um ihn trinken zu können, ohne sich die Zunge zu verbrennen.

»Und wie habt ihr euch den Betrieb des Lokals vorgestellt?«, fragte Martin und verschränkte die Hände hinter dem Kopf, was bei ihm bedeutete, dass er jetzt besonders aufmerksam zuhörte. Diese Geste hatte nichts Gutes zu bedeuten, wenn man ihm einen Vorschlag unterbreiten wollte, der nicht gründlich ausgearbeitet und durchdacht war. Er würde so dasitzen und zuhören, und nach einer Weile würde er völlig überraschend eine Frage auf sein Gegenüber abschießen, die darauf abzielte, den anderen aus dem Konzept zu bringen und die Schwächen des Vorschlags an die Oberfläche zu holen.

»Das ist ganz einfach«, begann sie gelassen, da sie wusste, was sie mit Alice und Kathrin vereinbart hatte, enthielt keine Schwachstellen. »Bevor wir eröffnen, stellen wir eine Liste zusammen, welche Schönheitsreparaturen notwendig sind und was wir noch kaufen wollen, also eventuell neue Stühle und so weiter. Wir überlegen uns, wie die Speisekarte aussehen soll, und sobald wir wissen, zu welchem Termin wir eröffnen können, stellen wir einen Geschäftsführer ein, der aus der Gastronomie kommt, und lassen ihn den Laden führen. Er soll dann auch bestimmen, wie viele Leute wir für Bedienung und Küche brauchen, weil er das besser einschätzen kann. Wir lassen dann noch ein Kassen- und Bestandssystem installieren, mit dem wir immer in Verbindung stehen. Nicht, dass ich dem zukünftigen Geschäftsführer Betrugsabsichten unterstellen möchte, aber wenn er von vornherein weiß, dass ich von überall aus die aktuellen Einnahmen und Bestände abrufen kann, wird er gar nicht erst in Versuchung geraten. Du kennst ja den Spruch ›Gelegenheit macht Diebe‹. Wir werden zwei oder drei Webcams installieren, weil dem *Strandhus* immer noch ein vernünftiger Internetauftritt fehlt. Die Kameras, von denen alle wissen, und die jeder im Internet anklicken kann, werden zusätzlich dazu beitragen, dass niemand auf die Idee kommt, in die Kasse zu greifen oder Alkohol mitgehen zu lassen.« Sie schüttelte nachdrücklich den Kopf. »Wie gesagt, ich erwarte ehrliche Mitarbeiter; trotzdem sind wir hier in Kiel weit genug entfernt, um Leute auf dumme Gedanken zu bringen.«

Martin nahm die Hände runter, was ihr zeigte, dass ihre Präsentation keine Fragen und damit keine Ansatzpunkte für Kritik offen gelassen hatte. Sie verkniff sich ein triumphierendes Grinsen, um ihm nicht das Gefühl zu geben, dass sie ihn längst durchschaut hatte.

Staunend sah er sie an. »Aber … wollt ihr denn gar nicht selbst in eurem Lokal sein?«

Sie winkte ab. »Erst mal werden wir noch eine Weile damit beschäftigt sein, alles auf Vordermann zu bringen, und wenn der Laden erst mal läuft, werden wir so an Ort und Stelle mitmachen, wie wir es zeitlich einrichten können. Aber darüber müssen wir uns jetzt noch keine Gedanken machen.« Sie sah ihn abwartend an. »Also, was denkst du?«

»Was ich denke? Dass du an alles gedacht hast, das denke ich«, entgegnete er und wirkte dabei so, als hätte er für seine bereits vorbereiteten Gegenargumente völlig den Faden verloren.

»Danke, das ist ein schönes Kompliment«, sagte sie und nahm seinen Arm, um ihn um ihre Schultern zu legen. Dann ließ sie sich nach hinten sinken.

»Das sollte es auch sein, Schatz«, murmelte er. »Das sollte es auch sein.«

»Und? Was hat Martin gesagt?«, fragte Alice, als sie sich am nächsten Tag zur Mittagszeit in dem kleinen Bistro gegenüber der Tierklinik trafen. Das Bistro war ein regelmäßiger Treffpunkt, da Kathrin als Einzige von ihnen eine vorgegebene Mittagspause einhalten musste. Betty konnte je nach Terminlage jederzeit für eine Stunde oder länger das Büro verlassen, und solange Alice eine ihrer Aushilfen im Geschäft hatte, war sie ebenfalls nicht an feste Zeiten gebunden. Außerdem konnte es jederzeit passieren, dass Kathrin für einen Notfall einsatzbereit sein musste, und da war es einfach sinnvoller, einen Treffpunkt zu wählen, der es ihr erlaubte, innerhalb weniger Minuten zurück in der Klinik zu sein.

»Genau genommen hat er dazu ja gar nichts zu sagen«, gab Betty grinsend zurück und hob warnend einen Finger. »Nein, nicht dass ihr jetzt denkt, wir hätten uns gestritten, weil er sich eingemischt hat. Martin hat betont, dass er sich auf keinen Fall einmischen will. Er meint, wenn er dafür ist und irgendetwas geht schief, macht er sich Vorwürfe. Und wenn er mir abrät und ich deswegen auf unseren Traum verzichte, würde ich ihm später Vorwürfe machen.«

»Von deinem Mann hätten sich meine beiden Ex … wie sagt man das? Exen? Exe? Keine Ahnung«, redete Alice weiter. »Egal, meine beiden Verflossenen hätten sich da reingehängt und mir ein Dutzend Vorschläge und Ratschläge und Tipps und Warnungen mit auf den Weg gegeben, ohne jemals danach gefragt worden zu sein. Du hast mit deinem Mann wirklich einen Glücksgriff getan.«

Betty nickte zufrieden. »Ich kann mich nicht beklagen.«

»Ehrlich gesagt, weiß ich nicht, ob ich selbst so sein könnte«, überlegte Kathrin. »Wenn ich mir vorstelle, ich hätte einen Mann, der über hunderttausend Euro im Lotto gewinnt und von dem Geld dann etwas kauft, was nur er haben will … ich glaube nicht, dass ich dann einfach sagen könnte: ›Ja, Schatz, mach ruhig.‹«

»Ich hätt's keinem von meinen Herzchen durchgehen lassen«, ergänzte Alice und nickte, um ihre Worte zu unterstreichen. »Wenn sich einer von denen von dem Geld einen Porsche hätte kaufen wollen, weil er den schon immer fahren wollte, also dem hätte ich was anderes erzählt.«

Betty schüttelte den Kopf. »Meine Damen, ihr werft da was durcheinander. Mein Mann hätte auch was dagegen, wenn ich mir für das Geld drei Designerkleider und einen Designerhut kaufen würde, und das könnte ich auch verstehen. Umgekehrt wäre ich auch nicht einverstanden, wenn Martin einen dicken Gewinn einfach verprassen würde. Aber ich investiere das Geld in eine Sache, die uns langfristig Einkünfte sichern soll und die das sogar schon kurzfristig tun wird, weil wir ja die Bilanzen des *Strandhus* kennen. Ich hätte auch kein Problem damit, wenn Martin umgekehrt sein Geld so anlegen würde.«

Alice zuckte mit den Schultern. »Ja, okay, das mag was anderes sein. Aber ich würde mich immer noch dagegen sträuben, wenn er von dem Geld so was wie dieses Bistro kaufen würde.«

»Ich weiß, was du meinst«, sagte Kathrin. »Wenn schon, dann sollte es auch was sein, was einem gefällt und was die potenziellen Gäste anspricht.«

»Es sei denn, es muss die Gäste nicht ansprechen, weil die Gäste einem praktisch ins Haus fallen«, hielt Betty dagegen und trank einen Schluck Kakao. »Durch die Schule, die Kita nebenan und sogar durch eure Tierklinik hat dieses Bistro eine ideale Lage. Klar, ich bin von diesen harten Stühlen nicht begeistert, und dass hier nicht mal ein paar Pflanzen stehen und der ganze Laden eher ungemütlich wirkt, kann ich auch nicht abstreiten. Aber hier ist immer was los, man bekommt meistens nur mit Mühe einen freien Tisch, der Kaffee schmeckt, der Kakao genauso, die Baguettes sind ordentlich belegt, und die Preise sind auch noch okay. Vor allem, wenn ich bedenke, dass die Schüler auch noch einen Rabatt auf Salate erhalten, damit sie mehr Gesundes essen. Und dann macht das mit den harten Stühlen nichts. Keiner kommt her, um hier drei Stunden bei einer Tasse Kaffee zu sitzen und die Zeitung zu lesen.«

»Du findest diese Stühle akzeptabel? Seit wann denn das?«, wunderte sich Alice. »Die waren dir schon immer zu hart.«

»Das sind sie auch jetzt noch, Alice«, beteuerte Betty. »Aber seit wir auf dem Weg sind, selbst Gäste zu bewirten, mache ich mir so meine Gedanken.«

»Zum Beispiel?«, hakte Kathrin nach.

»Zum Beispiel die Sache mit den Stühlen und die Sache mit der Gemütlichkeit«, erklärte sie. »Das *Strandhus* ist der einzige Pavillon in einem Umkreis von ich weiß nicht wie vielen Kilometern. Ich glaube, irgendwo Richtung Grömitz und Stakendorf sind die nächsten Lokale dieser Art. Das heißt, die Leute, die am *Strandhus* vorbeikommen und etwas essen und trinken möchten und dabei das Meer sehen wollen, können nicht sagen: ›Lass uns zu dem nächsten Pavillon da vorne gehen, der sieht schöner aus.‹«

»Wenn du so argumentierst, können wir gleich alle Stühle rausschmeißen und Stehtische reinstellen«, fand Alice und schüttelte den Kopf. »Oder die Leute müssen ihre Tassen in der Hand halten.«

Betty winkte ab. »Ach, Unsinn. So meine ich das doch nicht. Ich will damit nur sagen, dass es nicht *zu* bequem und *zu* gemütlich sein darf. Wir setzen nicht genug um, wenn die Plätze so bequem sind, dass ein Gast mühelos zwei Stunden bei uns verbringen kann und in der Zeit maximal zwei Tassen Kaffee trinkt …«

»Wir können ja in Abständen fragen, ob er noch was haben möchte«, wandte Kathrin ein. »Dann setzen wir mehr um.«

»Und wenn seine Tasse dann immer noch halb voll ist?«, fragte Betty. »Zwar eiskalt, aber immer noch halb voll?«

»Hm«, machte Alice und nickte bedächtig, da sie zu verstehen begann, worauf ihre Freundin hinauswollte. »Und was sollen wir stattdessen machen?«

»Wir sollten uns an dem orientieren, was der Vorbesitzer gemacht hat. Seine Bilanzen sind schließlich der Beleg dafür, dass der Laden laufen kann. Und weiche Sessel, die zum Verweilen und Träumen einladen, sind ganz sicher nicht die Erkenntnis, die wir daraus ziehen können. Wir sollten … nein, wir *müssen* uns an das halten, was bisher war, nur eben neu, damit man sieht, dass sich was getan hat.«

Kathrin zog das Handy aus der Tasche, da es zu klingeln begonnen hatte. »Oh, da muss ich rangehen«, sagte sie und rutschte mit dem Stuhl ein Stück nach hinten, um ungestört reden zu können.

»Also ziehen wir das durch?«, fragte Alice leise genug, damit Kathrin in Ruhe telefonieren konnte.

Betty zuckte mit den Schultern. »Wenn wir unseren Gewinn aufteilen und ihn nach und nach für irgendwelchen Kleinkram ausgeben, werden wir uns am Ende doch ärgern, dass wir nicht was gewagt haben.«

»Mir wäre es nur lieber, wenn das Polster etwas dicker ausgefallen wäre«, gab Alice zu bedenken und fuhr sich durch die Haare. »Andererseits können wir froh sein, dass wir überhaupt so viel Geld zur freien Verfügung haben, um diesen Traum zu verwirklichen.«

»Das meine ich ja, Alice«, sagte Betty. »Und wir werden den Preis runterhandeln, dann stehen wir noch etwas besser da.«

»Wie viel? Nicht nur tausend Euro, oder?«

Nachdenklich schüttelte Betty den Kopf. »Nein, ganz sicher nicht. Mir fällt nur eben ein, dass ich früher mal einen Makler als Mandanten hatte, bis der sich zur Ruhe gesetzt hat. Den werde ich anrufen und fragen, wo der realistische Preis liegt, und auf den werden wir dann Lowitz runterhandeln.«

Alice stellte ihre Tasse ab, schaute einen Moment lang vor sich auf den Tisch, dann nickte sie. »Gut, so machen wir das.«

»So machen wir was?«, fragte Kathrin, die ihr Telefonat beendet hatte und mit dem Stuhl an den Tisch zurückrutschte.

»Betty und ich teilen uns den Gewinn, und du gehst hin und nimmst einen Kredit für den Strandpavillon auf«, antwortete Alice todernst, sah auf ihre Armbanduhr, legte drei Euro auf den Tisch und stand auf. »Ich muss zurück. Yvonne will heute früher gehen.«

»Was?« Kathrin sah verdutzt zwischen den Frauen hin und her. »Hab ich was verpasst?«

»Wer zu lange telefoniert, den bestraft das Leben«, gab Betty zurück und zwinkerte ihr zu. Während Alice den beiden auf dem Weg zur Tür zuwinkte, erklärte Betty der jüngeren Frau, was sie soeben besprochen hatten.

Zwei Tage später hatte Betty ihre Freundinnen wieder für mittags in das Bistro an der Tierklinik bestellt. Alice und Kathrin saßen bereits an einem Tisch in der hinteren Ecke, als sie hereinkam.

»Und sie hat nichts weiter gesagt?«, fragte Kathrin. »Kein Hinweis darauf, ob es etwas Gutes oder Schlechtes zu berichten gibt?«

»Nein«, sagte Alice und schüttelte den Kopf, bevor sie von ihrem Camembert-Baguette abbiss.

»Nicht mal ein bestimmter Tonfall?«, hakte Kathrin nach.

»Mh-mh«, verneinte Alice kauend.

»Worauf tippst du?«

Alice zuckte mit den Schultern. »Bei Betty habe ich mir das Tippen abgewöhnt, wenn es darum geht, was sie meint oder will«, sagte sie, nachdem sie geschluckt hatte. »Sie lässt nie durchblicken, womit sie gleich rausrücken wird, sondern fängt immer ganz ernst an. Du und ich, wir strahlen miteinander um die Wette, wenn wir was Tolles zu berichten haben …«

»… und man sieht uns sofort an, wenn uns was über die Leber gelaufen ist«, führte Kathrin den Satz zu Ende.

»Ich schätze, das hat was mit ihrer Arbeit zu tun«, mutmaßte Alice. »Wenn da so ein Prüfer vom Finanzamt sitzt, darf man ganz bestimmt nicht nervös sein, aber auch nicht zu gut gelaunt. Wenn man nervös ist, denkt der Typ sofort, dass man was verheimlicht, und wenn man gut gelaunt ist, denkt er, dass man was verheimlicht und davon überzeugt ist, dass er niemals dahinterkommt. Beides ist nicht gut.«

»Hey, da ist sie«, sagte Kathrin und deutete mit ihrer Gabel in Richtung Eingangstür.

Betty klappte erst mal den Schirm zu und stellte ihn in die bunt bemalte Milchkanne gleich neben der Tür, dann schaute sie sich um, bis sie die beiden entdeckte. An der Theke bestellte sie etwas und zeigte auf den Tisch. Sie bahnte sich ihren Weg zwischen den anderen besetzten Tischen hindurch, die dicht an dicht standen, wobei die anderen Gäste mit ihrem Stuhl vorrutschten, so gut es ging. Lediglich ein jüngerer Mann, der sie näher kommen sah, hielt es nicht für nötig, ihr Platz zu machen, obwohl er nur die quer durch den Raum ausgestreckten Beine hätte anziehen müssen.

Sie blieb vor ihm stehen und sah ihn an, woraufhin er den Kopf schräg legte, was vermuten ließ, dass er sie in diesem Moment frech angrinste. Betty machte einen betont gelangweilten Eindruck, griff in die Handtasche und holte das Fläschchen Pfefferspray heraus, das sie immer bei sich trug. Sie hielt das Fläschchen so, dass der Mann das Etikett sehen konnte, dann lächelte sie ihn freundlich an und sagte etwas, das zu leise war, als dass Kathrin oder Alice es hätten verstehen können.

Der Mann machte einen solchen Satz, dass der Stuhl unter ihm wegrutschte, und ging ihr aus dem Weg. Als sie an ihm vorbeiging und plötzlich den Kopf zu ihm herumdrehte, zuckte er schon wieder zusammen und hob abwehrend eine Hand vor sein Gesicht.

»Sieht das nach schlechter Laune aus?«, fragte Kathrin unschlüssig.

»Finde ich nicht«, erwiderte Alice und räumte den Halter mit Speisekarte und Salz- und Pfeffertütchen zur Seite, damit der Tisch auf der Seite frei war, an die sich Betty offenbar setzen wollte. »Sieht eher so aus, als würde sie sich ein Grinsen verkneifen.«

»Na, ihr zwei«, sagte Betty, als sie bei ihnen angekommen war, beugte sich vor und gab jeder einen Kuss auf die Wange.

»Womit hast du dem armen Kerl denn solche Angst gemacht?«, wollte Kathrin wissen und nahm ihr die Handtasche ab, damit sie den Mantel ausziehen konnte, der trotz Schirm ziemlich nass geworden war.

»Ach, ich habe ihn nur wissen lassen, dass ich mit dem Spray umgehen kann und dass ich nicht im Gegenwind stehe«, meinte sie amüsiert und setzte sich hin.

»Du hast im Selbstverteidigungskurs aber gelernt, dass …«, begann Alice in einem leicht tadelnden Tonfall.

»Ja, *Mutter*«, unterbrach sie sie unüberhörbar ironisch. »Ich weiß, dass man nie zum Pfefferspray greifen soll, wenn man von jemandem bedroht oder angegriffen wird, weil der Angreifer einem das Fläschchen entreißen und gegen einen richten könnte. Genau deshalb habe ich das Spray dabei.«

»Damit es dir jemand ins Gesicht sprüht?«, fragte Kathrin verwundert.

»Nein, damit es mir jemand entreißt«, entgegnete Betty.

»Und dann? Dann sprüht er dir den Inhalt ins Gesicht«, sagte Alice. »Was bringt dir das?«

»Der Angreifer kann mir nichts ins Gesicht sprühen, weil das Fläschchen leer ist.«

Alice atmete ungeduldig schnaubend aus. »Warum um alles in der Welt hast du ein leeres Fläschchen Pfefferspray in der Tasche, wenn der einzige Zweck der ist, dir das Fläschchen von einem Typen aus der Hand reißen zu lassen, der damit dann eigentlich gar nichts anfangen kann?«

»Ist doch logisch«, erwiderte Betty und lächelte triumphierend. »Wenn …«

»Warte, warte, warte«, ging Kathrin dazwischen und hielt den Zeigefinger hoch. »Ich glaube, ich weiß, was du damit bezweckst. Der Typ kommt auf dich zu, du zückst das Fläschchen, er wittert seine Chance, nimmt es dir ab … wobei ich eher sagen würde, dass du es ihm mehr oder weniger in die Hand drückst … und richtet es siegesgewiss auf dich, weil er annimmt, dass du in ein paar Sekunden nichts mehr siehst und ihm völlig wehrlos ausgeliefert bist. Dann drückt er drauf – und es passiert nichts. Weil ja keine Zeit zum Grübeln und Kombinieren bleibt, wird er denken, er hat nicht richtig draufgedrückt, und dadurch ist er einen Moment lang abgelenkt …«

»… der mir genügt, um ihm mein Knie in die Weichteile zu rammen und ihm mit beiden Händen auf die Ohren zu klatschen. Und während er vor Schmerzen ächzend zu Boden sinkt, habe ich bereits das Weite gesucht.«

Alice zog fasziniert eine Augenbraue hoch. »Das ist ja fast schon genial«, sagte sie voller Bewunderung.

»Danke, danke, vielen Dank«, antwortete Betty und deutete eine Verbeugung an. Eine Bedienung brachte ihr ein Glas schwarzen Tee, Betty gab den Kandiszucker dazu, der auf einem winzigen Teller separat serviert wurde, und begann zu rühren.

»Jetzt hast du uns aber lange genug auf die Folter gespannt«, begann Kathrin, als das Klimpern des Löffels im Teeglas abebbte und der Kandiszucker sich allmählich auflöste. »Wie viel?«

»Also, ich habe mit diesem Mandanten telefoniert, von dem ich gesprochen hatte«, erzählte Betty und strich eine Strähne aus dem Gesicht. »Weil er sich mit Strandpavillons auch nicht auskennt, hat er ein paar ehemalige Kollegen gefragt und mich dann zurückgerufen. Es scheint wohl keinen richtigen Markt für solche Objekte zu geben, deshalb kann er auch zum Preis wenig sagen. Aber Makler gehen ziemlich einheitlich von gleichen Gewinnspannen aus, und wenn der Auftraggeber ihnen sagt, wie viel er haben will, dann bekommt er umgehend zu hören, welchen Abschlag er von seinem Wunschpreis machen sollte, um auf dem Markt realistische Chancen zu haben, auch wirklich einen Käufer zu finden.«

Die Bedienung brachte ein Croissant mit Schinken, Käse und Rührei an den Tisch und stellte es hin. Fast schon gierig stürzte sich Betty auf das Croissant und biss ein großes Stück ab. »Tut mir leid«, sagte sie, nachdem sie geschluckt hatte, »aber ich bin heute Morgen ohne Frühstück ins Büro gefahren, und da rannte mir ein Mandant nach dem nächsten die Tür ein. Auf die Weise bin ich dann auch nicht mehr zum Essen gekommen.«

»Na, du kannst essen, was du willst und so viel du willst, wenn du zwischendurch nur mal eine Pause machst und mit dem Preis herausrückst, den er dir genannt hat«, ging Alice dazwischen, die auf der äußersten Kante ihres Stuhls saß.

»Also, dieser Mandant nannte mir einen Betrag, den Lowitz sehr wahrscheinlich als unterste Grenze für sich angesetzt hat«, redete Betty weiter. »Und er gab mir den Betrag an, den ich ihm als Gegenvorschlag nennen sollte, damit wir uns schließlich bei dem ersten Betrag treffen würden, vielleicht ein paar hundert Euro drüber oder drunter. Na ja, dann habe ich Lowitz angerufen, mit ihm über den Pavillon gesprochen, habe ihm gesagt, dass ja doch vieles ziemlich schlampig gestrichen ist und dass da noch mal ein Fachmann ran muss, damit das ordentlich gearbeitet wird. Ich habe auch die alten Stühle und Tische erwähnt, die zwar laut Inventarliste mitverkauft werden, die aber so alt und ramponiert sind, dass wir sie gegen Neuware austauschen müssen. Lowitz hat sich alles angehört, dann habe ich ihm unseren Preis genannt, also den, der deutlich unter seinem Minimalpreis liegen muss, und daraufhin hat er einen Moment geschwiegen und dann …«

»Laut gelacht?«, warf Kathrin ein.

Betty schüttelte den Kopf. »Nein, er hat … meinen Preis … *akzeptiert!*«

»Den zu niedrigen oder was?«, fragte Alice etwas irritiert.

»Ja, genau. Hundertfünfzigtausend.«

»Hundertfünfzigtausend?«, wiederholte die andere Frau. »Das sind ja über zwanzigtausend Euro weniger.«

»Ist doch gut«, meinte Kathrin und schaute in die Runde. »Oder nicht?«

»Wenn Bettys Mandant gesagt hat, dass sie den wahrscheinlichen Mindestpreis deutlich unterschreiten soll«, argumentierte Alice, »und dann schlägt Lowitz sofort ein, heißt das doch, dass sein Mindestpreis noch weit darunter gelegen haben muss. Wie teuer soll denn so ein Pavillon nun tatsächlich sein?«

»Vielleicht ist es dem bisherigen Eigentümer schlichtweg egal, wie viel er für den Laden bekommt«, gab Betty zu bedenken. »Womöglich steht er sich steuerlich sogar günstiger, wenn er nicht so viel bekommt. Wenn ich an diese Bilanzen der letzten Jahre denke, dann wird der Betreiber sehr gut verdient haben, also kann ihm daran gelegen sein, den Veräußerungsgewinn niedrig zu halten.«

»Dann ist das nichts Verdächtiges?«, hakte Alice nach.

»Keineswegs«, bestätigte Betty. »Vielleicht hat er ja auch früher schon mal versucht, das Lokal zu verkaufen, und dabei gemerkt, dass das nicht so einfach ist. Vergesst nicht, dass das *Strandhus* das ganze Jahr hindurch geöffnet bleiben kann. Wenn jemand, der sich für so ein Objekt interessiert, nur in der Saison öffnen will, weil er den Rest des Jahres beispielsweise eine Pension irgendwo im Süden in einem Skigebiet betreibt, kann er mit diesem Pavillon nicht viel anfangen.«

»Hm, also hundertfünfzigtausend«, murmelte Alice vor sich hin. »Bleiben für jede von uns etwas mehr als achtzigtausend.«

»Eher etwas weniger, weil wir neue Tische und Stühle kaufen wollen«, machte Kathrin ihr klar. »Und vielleicht fällt ja immer noch die eine oder andere Ausgabe an.«

»Was meinst du damit?«

»Na, vielleicht finden wir Stühle in einer Farbe, die nicht zu dem Dunkelblau passt, in dem da alles gestrichen ist, und dann müssen wir noch ein paar Eimer Farbe holen«, sagte sie. »Oder vielleicht sogar einen Maler beauftragen, damit es professionell gemacht wird.«

»Dunkelblau ist doch gut«, fand Alice.

»Sonnengelb«, warf Betty ein.

»Was?«, fragten die anderen gleichzeitig.

»Wir sollten alles sonnengelb streichen, und wir sollten dazu passende Stühle und Tische kaufen, und Sitzkissen und Tischdecken«, erklärte Betty.

»Wieso?«, wollte Alice wissen.

»Damit wir auffallen. Damit die Leute sehen, dass da was Neues ist«, sagte sie. »Eine helle, freundliche Farbe, die sozusagen Signalwirkung hat.«

Alice dachte einen Moment lang darüber nach, dann konnte sie nicht anders, als zustimmend zu nicken. »Ja, du hast recht, Betty, was die Farbe angeht. Und du, Kathrin, was den Maler angeht. Bei dem Betrag, den wir jetzt einsparen, können wir bequem einen Maler kommen lassen. Trotzdem würde ich gern selbst die alte Farbe abschleifen.«

»Du? Wieso?«, wunderte sich Betty.

»Weiß nicht.« Sie zuckte flüchtig mit den Schultern. »Das hat mir früher schon Spaß gemacht. Ich finde es irgendwie interessant, zu sehen, was unter der Farbe zum Vorschein kommt. Genauso liebe ich es, alte Tapeten abzukratzen. Wenn man in eine alte Wohnung kommt und kann da Schicht um Schicht ablösen … und wenn man dann sieht, welchen Geschmack die Vormieter oder Vorvormieter hatten … das hat so was … na, ich weiß nicht, so was Archäologisches an sich.«

Betty und Kathrin sahen sich an und mussten lachen. »Bist du dir ganz sicher«, fragte Betty, obwohl sie sich noch immer nicht ernst halten konnte, »dass das nicht bloß die Wirkung der Lösungsmittel war?«

»Komikerin«, gab Alice zurück. »Du kennst ja nur deine Zahlen und Gesetzestexte, und du, Kathrin, du hast deine Tiere. Lasst mir doch meine Tapeten.«

»Du weißt hoffentlich, dass du irgendwie leichten Unfug redest, nicht wahr?«, erkundigte sich Betty ausgelassen.

»Ja, ich weiß«, bestätigte Alice und konnte sich ebenfalls ein Grinsen nicht verkneifen. »Das liegt aber nur daran, dass ich vorhin völlig den Faden verloren habe.«

»Hat bestimmt was mit den Lösungsmitteln zu tun«, konterte Kathrin und zog demonstrativ die Nase hoch. Dann zwinkerte sie Alice zu.

»Kommen wir zur alles entscheidenden Frage«, sagte Betty, nachdem sie wieder ernst geworden waren, und sah ihre Freundinnen an. »Kaufen wir oder kaufen wir nicht?«

»Wir kaufen«, kam ohne ein Zögern die Antwort von Kathrin, die damit so prompt reagiert hatte, dass es Alice sekundenlang die Sprache verschlug.

»Das wollte ich doch auch sagen!«, beschwerte sich Alice.

»Ich weiß, trotzdem wollte ich es vor dir sagen«, erwiderte Kathrin amüsiert.

»Ist dir gelungen«, meinte Alice und sah zu Betty. »Und was ist mit dir? Willst du dich der Stimme enthalten?«

»Nein«, sagte Betty zu ihr. »Ich warte immer noch auf deine Entscheidung.«

»Auf meine? Wieso, das habe ich doch schon längst gesagt«, wandte Alice ein.

»Nein, du wolltest etwas sagen, aber dann ist dir Kathrin zuvorgekommen«, stellte Betty richtig.

»Oh, ach ja, stimmt ja«, musste Alice einsehen. »Also dann: Ich sage, wir kaufen.«

»Und du?«, fragte Kathrin an Betty gerichtet.

»Untersteh dich bloß, jetzt auf einmal dagegen zu sein«, warnte Alice sie im Spaß. »Ich freue mich schon darauf, die Farbe abzuschleifen, und dann kommst du an und sagst: ›Ätschibätsch, ich wollte nur mal sehen wie weit ihr mitmacht, bevor ihr kneift.‹«

»Ich bin auch für kaufen«, entschied sich Betty.

»Gut, dann ruf den Makler an und frag ihn, wann wir den Vertrag unterschreiben können«, sagte Alice und sah zu, wie Betty wieder nach ihrem Smartphone griff und eine der Kurzwahltasten betätigte.

»Herr Lowitz, sind Sie das? … Ja, Betty Hansen hier … Herr Lowitz, wenn der Strandpavillon noch zu haben ist, dann nehmen wir ihn … ja, genau, ich schicke Ihnen in einer Mail rüber … und Sie geben mir Bescheid, wenn der Notartermin steht. Richtig, so machen wir das … bis später, tschüß, Herr Lowitz.« Dann legte sie wieder auf.

»So, das wäre erledigt«, sagte sie an die beiden gewandt. »Jetzt sind wir fast schon stolze Eigentümerinnen eines Strandpavillons.«

Sie fassten sich an den Händen, um die Tragweite dessen zu verarbeiten, was sie gerade eben beschlossen hatten. Diesmal stand keiner von ihnen der Sinn nach ausgelassenem Johlen und Kreischen.

Vier

»Und hier sind alle Schlüssel für das *Strandhus*«, sagte Lowitz und schob ihnen einen dicken Schlüsselbund mit Dutzenden von Anhängern über den Tisch, die in sehr präziser Druckschrift angaben, für welches Schloss der jeweilige Schlüssel bestimmt war. Den Vorvertrag hätten wir, die restlichen Papiere erhalten Sie dann in den nächsten Tagen alle im Original, damit auch wirklich alles vollständig ist. Und wir treffen uns nächste Woche beim Notar.«

Alice nahm den Schlüsselbund an sich und überflog die Anhänger. »Unglaublich, dass man für einen so übersichtlichen Pavillon so viele Schlüssel benötigt«, staunte sie.

»Ich schätze, Sie werden den erst mal ausmisten müssen«, meinte der Makler. »Bei der Suche nach dem Schlüssel für die Eingangstür habe ich mindestens drei Schlüssel entdeckt, die mit ›Geldkassette‹ beschriftet sind, aber ich habe da nirgendwo eine alte Geldkassette entdecken können. Meine Vermutung ist, dass der letzte Eigentümer, der Herr Boswinkel, einfach alle Schlüssel zusammengepackt hat, die noch bei ihm rumlagen.«

Betty atmete tief durch und stand auf. Jetzt, da alles erledigt war und ihnen das *Strandhus* gehörte, bekam sie zu den Magenkrämpfen auch noch weiche Knie. Es war nicht so, als hätte sie ein ungutes Gefühl, es ging einfach nur um die Summe, die mit dem Kauf den Besitzer gewechselt hatte. Sie wollte sich gar nicht vorstellen, wie es ihr erst ergangen wäre, wenn sie soeben zwei Milliarden Euro bezahlt hätte, um einen Konzern zu kaufen und damit die Konkurrenz auszuschalten. Aber vermutlich wäre das nicht halb so wild gewesen, weil die Summen so irrsinnig waren, dass man gar nicht mehr an den Berg Geld dachte, der da von einer Bank zur anderen geschoben wurde. Wenn sie manchmal hörte, wie Konzerne mit den Milliarden um sich warfen, hatte sie ohnehin den Eindruck, dass man sich nur gegenseitig überbieten wollte. Als jemand, der den ganzen Tag mit Zahlen arbeitete, hatte sie seit einiger Zeit das Gefühl, dass es in vielen Fällen gar nicht möglich war, die investierten Summen jemals zu erwirtschaften. Das Gefühl hatte sie wenigstens beim *Strandhus* nicht, und das wäre sogar der Fall gewesen, wenn sie nicht die Bilanzen gesehen hätte. Hundertfünfzigtausend Euro wären sogar dann akzeptabel gewesen, wenn sie gemeinsam einen Kredit dafür aufgenommen hätten.

Sie verabschiedeten sich und verließen Lowitz' Büro. »Wenn Sie noch Fragen haben, rufen Sie an oder kommen Sie vorbei, ich bin immer für Sie erreichbar«, waren seine letzten Worte, dann fiel die Ladentür hinter ihnen ins Schloss.

Die drei standen auf dem Fußweg und sahen sich gegenseitig an, dann fassten sie sich an den Händen und holten das nach, was sie gleich nach ihrer Entscheidung, den Strandpavillon zu kaufen, noch nicht gekonnt hatten. Ein vorbeifahrender Radfahrer hätte fast das Gleichgewicht verloren und einen parkenden Wagen gerammt, als ein paar Meter neben ihm auf dem Fußweg drei erwachsene Frauen so ausgelassen johlten und kreischten wie ein Rudel zwölfjähriger Mädchen.

»So, wenn wir uns dann wieder ein wenig beruhigt haben«, meinte Alice, »sollten wir uns überlegen, wie wir jetzt am besten vorgehen.«

»Wir fahren zum Pavillon und machen eine Bestandsaufnahme, was genau zu erledigen und zu besorgen ist«, sagte Kathrin. »An Ort und Stelle ist das auf jeden Fall einfacher als von hier aus.«

Ihre Freundinnen nickten zustimmend. »Dann nehmen wir meinen Wagen, mit dem können wir am leichtesten Sachen transportieren, falls wir direkt von da losfahren, um irgendwas zu besorgen«, schlug Alice vor. »Außerdem ist es heute wunderbar warm, und bis zum Sonntag soll das auch so bleiben. Bei dem Wetter können wir auch auf der Terrasse arbeiten. Normalerweise ist das ja Ende Oktober nicht der Fall, und wenn es nächste Woche einen Temperatursturz geben sollte, würden wir uns wünschen, wir hätten gleich angefangen.«

»Deinen Argumenten kann ich nichts entgegensetzen«, sagte Betty. »Nur in einem Punkt muss ich widersprechen. Ich fahre nämlich mit meinem Wagen, weil Martin heute und morgen bei seinen Eltern ist und unseren Jungen mitgenommen hat. Das heißt, ich habe von jetzt bis Sonntag dreieinhalb Tage lang sturmfreie Bude und kann im Pavillon bleiben und werkeln, so lange ich will. Dann muss ich nicht schon mit zurückfahren, wenn du dich auf den Weg machen willst, um dich um die Mädchen zu kümmern. Da kannst du ja nicht mitten in der Nacht auftauchen.«

»Na, so schnell werden die zwei ihre Mutter sicher nicht vermissen«, gab Alice zurück. »Aber trotzdem könnte es besser sein, wenn wir getrennt fahren beziehungsweise zwei Autos haben. Was ist mit dir, Kathrin? Fährst du mit mir oder Betty mit?«

Die junge Frau schüttelte den Kopf. »Würde ich gern, kann ich aber nicht. Ab sieben Uhr heute Abend bin ich in Rufbereitschaft, und bis dahin muss ich auf jeden Fall zu Hause sein. Es wäre ja unsinnig, wenn wir alle um sechs schon wieder aufhören müssten, nur weil ich mich auf den Heimweg machen muss.«

»Okay«, sagte Alice. »Dann fahren wir alle getrennt und sehen uns dort.« Sie lächelte ihre Freundinnen an. »Wer zuletzt da ist, gibt den anderen einen Kaffee aus.«

»Dann würde ich vorschlagen, dass du dich schon mal anstellst, um den Kaffee zu holen«, konterte Betty grinsend. »Ich mache mich nämlich jetzt schon auf den Weg.«

»Hol du lieber den Kaffee«, erwiderte Alice. »Bis du an deinem Wagen bist, sind wir schon auf der Landstraße, nicht wahr, Kathrin?«

Es kam keine Antwort. Alice drehte sich um und begann: »Nicht wa…« Weiter kam sie nicht, da ihr Blick ins Leere wanderte.

»Wo …« Wieder wurde sie jäh unterbrochen, diesmal vom Aufheulen eines Motors. Einen Moment später sauste ein roter Mini laut hupend an ihnen vorbei, und Kathrin winkte ihnen fröhlich zu.

Betty wandte sich wieder Alice zu. »Eins ist sicher: Kathrin wird nicht diejenige sein, die den Kaffee spendieren muss.«

Aber Alice winkte ab. »Abwarten. Kathrin weiß zwar, wie sie aus der Stadt rauskommt, aber ob sie die richtige Landstraße findet, steht auf einem anderen Blatt. Ich glaube, ich kenne niemanden, der sich so sehr von den Ansagen seines Navis verunsichern lässt wie Kathrin.«

»Was um alles in der Welt ist ›halb rechts‹?«, schimpfte Kathrin, als sie am Strandpavillon ankam und ihren Wagen quer hinter die Autos ihrer Freundinnen stellte, die die beiden verfügbaren Plätze bereits in Beschlag genommen hatten.

Betty und Alice hatten zwei Stühle aus dem Lokal geholt und so auf die Terrasse gestellt, dass sie beim Blick nach rechts das Meer betrachten und nach links den Zufahrtsweg am Campingplatz entlang im Auge behalten konnten, um zu sehen, wann Kathrin denn nun endlich eintraf. Bei Sonnenschein und Temperaturen von fast zwanzig Grad war es hier draußen fast schon sommerlich. Von der See her wehte eine leichte Brise.

»Den Fünfer bitte«, sagte Betty zu ihrer Platznachbarin. »Es ist erst halb eins.«

»Muss dein Glückstag sein«, gab Alice zurück. »Fünf Euro von mir, und bei Kathrin hast du jetzt auch noch einen Kaffee gut.«

»Ihr wettet darauf, wie viel zu spät ich ankomme?«, fragte Kathrin verwundert.

»Nimm's nicht persönlich, Kleine«, meinte Alice und zwinkerte ihr zu. »Aber du hast nun mal ein großes Talent dafür, dich von deinem Navi in die Wüste schicken zu lassen.«

»Die Dinger sind ja auch Mist«, wetterte die jüngere Frau los. »Was soll denn bitte ›halb rechts‹ sein?«

»Ein Mitteldingzwischen ›geradeaus‹ und ›rechts‹. Halt so schräg rechts«, sagte Betty und gestikulierte vage drauflos.

»Das hilft mir jetzt auch nicht weiter. Und woher soll ich wissen, wie weit siebzig oder dreißig Meter sind, wenn ich danach links abbiegen soll?«, redete Kathrin weiter. »Mein Tacho zeigt immer nur an, wenn ich hundert Meter gefahren bin. Aber dreißig Meter?«

»Dann musst du halt schätzen«, empfahl ihr Alice. »Wenn du für jedes Auto am Straßenrand fünf Meter rechnest, kommt das ungefähr hin.«

»Sehr hilfreich«, spottete Kathrin. »Soll ich während der Fahrt Autos zählen? Und wenn da gar keiner parkt?«

Alice winkte ab. »Dann kann ich dir auch nicht helfen.«

»Ich kann mich viel besser orientieren, wenn man mir sagt, dass ich hinter der Zoohandlung rechts abbiegen oder in die Straße bei McDonald's an der Ecke gegenüber reinfahren soll«, erklärte sie unbeirrt weiter.

»Und wenn der McDonald's zumacht und stattdessen ein Burger King aufmacht?«, warf Betty ein und zwinkerte Kathrin zu.

Die junge Frau kniff die Augen zu, als hätte man ihr auf den Fuß getreten. »Dann wäre ich schon wieder aufgeschmissen.«

»Egal, auf jeden Fall bist du jetzt hier, und wir können loslegen«, sagte Alice und stand auf.

»Seid ihr denn schon lange hier?«

Betty schüttelte den Kopf. »Eine Viertelstunde, würde ich sagen. Aber ich musste unterwegs auch noch tanken, das hat uns zehn Minuten aufgehalten.«

»Kommt, wir gehen rein, wir haben noch genug zu erledigen«, rief Alice den beiden zu, die ihren Stuhl genommen und bis zur Tür getragen hatte. Drinnen stellte sie den Stuhl zurück an den Tisch und ging zur Theke, wo sie ihre Handtasche hingelegt hatte. »Als erfahrene Nicht-Gastronomin würde ich sagen, dass wir erst mal eine Bestandsaufnahme machen, damit wir einen Überblick bekommen, was wir eigentlich haben.«

Während sie redete, holte sie ein Tablet aus der Tasche und schaltete es ein, dann tippte sie hier und da, bis eine Seite angezeigt wurde, die aus einer großen Tabelle bestand. Sie vergrößerte die Darstellung und rief das Tastenfeld auf, damit sie anfangen konnte zu schreiben. »Vorhanden«, murmelte sie und tippte auf die Enter-Taste.

»Was hältst du davon, wenn du eine zweite Spalte anlegst, die du mit ›Fehlt‹ oder irgendwas Ähnlichem bezeichnest?«, schlug Kathrin vor.

»Die Liste, was wir noch besorgen müssen, stellen wir doch in einem zweiten Arbeitsgang fest«, wandte Alice ein.

»Ja, aber wenn wir beispielsweise … na, sagen wir, du notierst, dass wir eine Spüle haben«, erklärte Kathrin etwas unsicher, weil sie nach dem passenden Vergleich suchte, »dann …«

»Ich notiere nicht, dass wir eine Spüle haben, weil die zur Einrichtung gehört!«, unterbrach Alice sie. »Ich notiere ja auch nicht, dass wir ein Dach oder zwei Dutzend Fenster haben.«

»So meine ich das nicht«, protestierte Kathrin. »Die Spüle war ein dummes Beispiel. Nehmen wir den Kühlschrank. Den notierst du ja bestimmt, oder?«

»Ja, den notiere ich mit Typenbezeichnung, genauso wie den im Keller … im Untergeschoss«, korrigierte Alice sich schnell.

»Okay, wenn du jetzt den Kühlschrank aufschreibst, dann machst du doch bestimmt auch die Tür auf, oder?«

»Auf jeden Fall. Wir müssen ja wissen, in welchem Zustand das Innenleben ist.«

»Gut, das heißt, wenn du den Kühlschrank aufschreibst und ihn öffnest, dann siehst du, ob alle Böden drin sind …«

»Ja, davon gehe ich aus«, warf Alice ein.

»… und dann kannst du doch in der Spalte Bestand Kühlschrank XY eintragen und in der Spalte daneben vermerken, dass wir drei neue Zwischenböden benötigen«, erklärte Kathrin geduldig. »Sonst musst du eine zweite Runde machen, und das bedeutet viel mehr Aufwand. Und es wird viel leichter etwas übersehen.«

»Ach, so meinst du das«, sagte Alice. »Ja, natürlich. Das ...«

»Und das meinte ich auch auf die Spüle bezogen. Wenn du die Spüle notierst, dann kannst du gleichzeitig Spülbürsten, Schwämme und Spülmittel aufschreiben, weil diese Sachen fehlen, wir aber vielleicht später nicht daran denken, dass wir das auch brauchen.«

»Ja, ja, hab schon verstanden«, erwiderte Alice und sah sich um. »Wo fangen wir an?«

»Stühle und Tische«, entschied Betty und griff nach ihrem Smartphone. »Kathrin sagt an, du schreibst auf, ich fotografiere.«

»Acht Tische mit je vier Stühlen«, sagte Kathrin.

»Und schreib ›neu anschaffen‹ dahinter, und notier Kerzenständer, Windlichter und Kerzen«, ergänzte Betty und kniete sich hin, um einen der ramponierten Stühle zu fotografieren. Danach machte sie noch ein Foto von einer Tischplatte, die an den Rändern überall abgestoßen war. Sie betrachtete die Fenster. »Was meint ihr? Sollten wir nicht besser Gardinen kaufen? So kurze für das halbe Fenster, meine ich. Das würde das Ganze gleich etwas gemütlicher machen.«

Alice nickte. »Sehe ich auch so. Ich halte fest, dass wir die Breite der Fensterfront ausmessen müssen.«

»Gut«, erwiderte Betty.

»Wir brauchen auch so eine Türglocke für die beiden Türen«, sagte Kathrin und deutete auf die Doppeltür zur Terrasse und auf die einzelne Tür rechts von der Theke, durch die man vom Zugangsweg kommend das Lokal ohne Umweg betreten konnte. »Wir müssen schließlich darauf aufmerksam gemacht werden, dass jemand gekommen ist, auch wenn wir uns gerade im Untergeschoss befinden. Nicht, dass jemand hier unbemerkt reinspaziert, in die Kasse greift und mit unseren Einnahmen verschwindet.«

»Guter Gedanke. Und auch noch eine Registrierkasse aufschreiben«, sagte Betty zu Alice. »Und vermerk dahinter, dass ich die beschaffen werde.«

»Ja? Hast du eine Möglichkeit, günstig an eine Kasse zu kommen?«, fragte Alice, als sie den Hinweis hörte.

»Nein, wieso fragst du?«

»Weil die Kasse in meiner Boutique nicht mehr so will wie ich«, antwortete sie. »Ich dachte, du hast Beziehungen und könntest da was organisieren. Ich will nämlich kein Vermögen dafür ausgeben.«

»Alice, ich hab dir in den letzten Wochen schon ein paar Mal gesagt, dass du erstens eine neue Kasse für deine Boutique brauchst und dass du zweitens nicht irgendwo ein Schnäppchen kaufen darfst, das einen von diesen schmalen Papierstreifen ausdruckt, die gerade mal Platz für das Datum und den Betrag haben. Du musst bestimmte Voraussetzungen erfüllen, sonst ist der Ärger mit dem Finanzamt vorprogrammiert. Außerdem möchte ich eine Möglichkeit haben, unsere Umsätze zu analysieren und zu sortieren. Zum Beispiel interessiert mich, ob es einen Unterschied gibt, welche Gerichte und Getränke auf der Terrasse, unten am Strand und hier oben im Lokal bestellt werden. Wenn man solche Dinge auswerten kann, dann möchte ich diese Möglichkeit auch haben und nutzen, um die Speisekarte anpassen zu können.«

»Und die Preise auch?«, fragte Alice.

»Ja, die Preise auch. Wenn wir sehen, dass sich ein Gericht gar nicht verkauft, sollten wir erst mal den Preis senken, um herauszufinden, ob es nur daran liegt. Aber das sind Dinge, mit denen wir uns befassen können, wenn erst alles reibungslos läuft.«

»Lass doch deinen Sohn so was auswerten«, schlug Kathrin vor. »Der ist doch so von Zahlen besessen.«

»Das dürfte ihm sogar gefallen«, stimmte Betty ihr zu. »Erinnere mich noch mal dran, wenn wir die Kasse haben. Ach ja, Speisekarten brauchen wir auch noch, Alice. Halt das bitte fest.«

»Das wäre was für meine Älteste«, sagte Alice daraufhin. »Sie wird bestimmt mal Designerin. Von mir hat sie‘s nicht, und von ihrem Vater ganz sicher auch nicht.«

»Vielleicht überspringt diese Begabung ja immer eine Generation«, überlegte die Tierärztin. »Was ist denn mit den Großeltern?«

Alice schüttelte den Kopf. »Meine Eltern haben bis zur Rente für ihre Versicherungsagentur gelebt, da war niemand künstlerisch begabt. Und was mit den Eltern vom Vater der beiden ist, weiß ich nicht. Die habe ich einmal gesehen, wir haben drei Worte gewechselt, und dann sind wir uns nie wieder begegnet. Na ja, nach diesen drei Worten gab es auch keinen Grund, noch mehr Zeit mit ihnen zu verbringen. Jedenfalls dachte ich das, weil ich annahm, sie hielten mich für unter dem Niveau ihres Sohnes. Dabei haben sie mir nur einen gut gemeinten Rat gegeben, der mir viel Ärger erspart hätte, wäre ich klug genug gewesen, ihn zu befolgen.«

»Was denn für ein Rat?«, wollte Kathrin, die diese Geschichte noch nicht gehört hatte.

»›Lass dich scheiden!‹«

»Oh.«

»Ja, oh. Das dachte ich in dem Moment auch, aber heute bin ich schlauer.«

»Aber nicht, wenn es um die Registrierkasse geht, die du dir anschaffen sollst«, mischte sich Betty wieder ein. »Und deshalb werde ich die Kasse für das *Strandhus* beschaffen. Bei der Gelegenheit kann ich ja auch nach einer Kasse für dich Ausschau halten. Vielleicht entdecke ich was Günstiges, was trotzdem die Vorgaben erfüllt.«

»Ach, das wär lieb«, meinte Alice. »Aber wenn du was findest, ruf mich erst an. Ich will wissen, wie viel du vorhast, in meinem Namen auszugeben!«

»Ja, ja«, antwortete Betty. »Das werde ich schon machen, keine Panik.«

Sie gingen um die Theke herum, nachdem Alice auch noch die vier Hocker am kurzen Ende der Theke notiert und Betty sie fotografiert hatte. Hinter dem erhöhten Tresen verbarg sich eine lange Arbeitsplatte, in die ein Spülbecken eingelassen war. Dahinter befand sich eine Zapfanlage mit fünf Hähnen, gefolgt von einem wuchtigen Kaffeeautomaten mit einer Abstellfläche für zwei Tassen.

»Das Spülbecken sollten wir austauschen«, meinte Kathrin nach einem Blick auf den Zustand des Edelstahls. »Da schrubben und polieren wir uns nur krumm und buckelig, und glänzen wird das Teil am Ende trotzdem nicht.«

»Spülbecken vorhanden und neu zu beschaffen«, bestätigte Alice wie bei einer Inspektion. »Und Maße nehmen.«

»Für die Zapfanlage muss jemand herkommen, um sie zu überprüfen und zu reinigen«, redete Kathrin weiter. »Da kann man als Laie jede Menge falsch machen.«

»Zapfanlage warten«, murmelte Alice vor sich hin.

»Macht derjenige auch die Zapfhähne an sich sauber?«, wollte Betty wissen. »Oder müssen wir die polieren?«

»Das sollten wir ihn fragen«, gab Alice zurück. »Aber bestimmt macht er das nicht, weil es irgendeine spitzfindige Definition gibt, was er überprüfen muss und was nicht.«

Betty schaute sich um und zog die Augenbrauen ein wenig zusammen. »Schon eigenartig. Als wir das erste Mal hier waren, ist mir das gar nicht aufgefallen, aber jetzt sehe ich tausend Ecken, in denen sich der Schmutz angesammelt hat.«

Alice sah auf die Stellen, auf die ihre Freundin zeigte. »Stimmt, es wirkte irgendwie sauberer«, pflichtete sie ihr bei. »Aber das ist nicht der Schmutz, der sich in den letzten zwei Wochen angesammelt und abgelagert hat. Das da an der Kante hinter der Spüle und da unten am Übergang zwischen Boden und Spüle hat sich über Jahre hinweg angesammelt, weil die Putzfrauen immer an der Ecke vorbeiwischen.« Sie zuckte mit den Schultern. »Bleibt nicht aus, wenn da niemand kontrolliert. Ich schreibe schon mal eine breite Auswahl an Putzmitteln auf. Da müssen wir mit allem möglichen ran.«

Nachdenklich lehnte sich Betty gegen den Tresen.

»Was überlegst du?«, fragte Kathrin. »Du heckst doch irgendwas aus.«

»Mh-mh«, verneinte Betty. »Ich frage mich nur, ob wir nicht einen Profi bestellen sollten, der hier eine Grundreinigung vornimmt, damit der Laden wirklich blitzblank sauber ist und wir im laufenden Betrieb nur mal schnell drüberwischen müssen.«

»Ah, so was wie bei uns in der Klinik«, sagte Kathrin verstehend. »Keine schlechte Idee. Diese Firmen haben alle Mittelchen dabei, die sie brauchen, damit ersparen wir es uns, drei Dutzend Putzmittel zu kaufen, von denen wir zum Teil nur alle paar Monate ein oder zwei Mal einen Spritzer auf den Tresen geben müssen. Außerdem müssten wir Stunden oder Tage damit zubringen, in jede Ecke zu robben und mit der Zahnbürste irgendwelche Ritzen sauber zu machen.«

»Genau das meinte ich. Sauberkeit ist zwar wichtig, aber wir müssen uns noch um zu viele andere Dinge kümmern«, bestätigte Betty. »Da könnten wir das von einem Profi erledigen lassen. So haben wir anschließend auch die Möglichkeit zu reklamieren, wenn irgendwas nicht in Ordnung ist.«

»Stimmt, bei uns selbst können wir das ja nicht machen«, gab Alice zurück. »Da fällt mir ein, neulich ist bei uns ein Wurfzettel verteilt worden. Von einer Gebäudereinigung, die wohl auf privater Basis arbeitet. Die waren ausgesprochen preiswert. Ich wollte eigentlich da anrufen, um die mal zu testen, aber dann war der Wurfzettel plötzlich verschwunden. Ich könnte mal bei den Nachbarn fragen, ob jemand …«

»Nein!«, ging Betty ungewohnt energisch dazwischen. »Ich kenne diese seltsamen Firmen. Das sind irgendwelche Großfamilien, die ihre Kinder mitbringen und mitarbeiten lassen. Und als würde das nicht reichen, stellen die einem noch nicht mal eine Quittung aus.«

»Ist das schlimm?«, wollte Alice wissen. »Sind doch nur ein paar Euro …«

»Ja, sicher ist das schlimm«, fiel Betty ihr ins Wort. »Damit wir uns gleich richtig verstehen: Wir lassen niemanden für uns arbeiten, der uns keine Quittung ausstellt. Wer für uns etwas leistet oder liefert oder was auch immer macht und dafür von uns bezahlt werden will, der muss uns diese Leistung in einer Form quittieren, die vom Finanzamt anerkannt wird.« Sie sah ihre beiden Freundinnen an, die bei ihrem energischen Tonfall zusammengezuckt waren. Betty mochte es nicht, den zweien eine Predigt zu halten, aber in diesem Fall ging es einfach nicht anders. »Niemand von euch kommt auf die Idee, sich von einem Handwerker oder von einer Gebäudereinigung oder einem Fensterputzer dazu überreden zu lassen, auf die Rechnung zu verzichten und bar zu bezahlen und sich großzügig die gern so bezeichnete ›Märchensteuer‹ zu sparen. Erstens ist das Steuerhinterziehung, und wenn ich in so was verwickelt werde, kann mir das beruflich unglaublichen Ärger einbringen. Zweitens können wir uns die Mehrwertsteuer vom Finanzamt zurückholen, wir haben also gar keinen Verlust. Und drittens ist das Schwarzarbeit, und das heißt, dass wir nicht nur zur Steuerhinterziehung beitragen, sondern auch noch mithelfen, dass Sozialabgaben wie Krankenversicherung und Rentenversicherung nicht gezahlt werden. Viertens bekommen wir Probleme, wenn etwas nicht ordentlich gemacht worden ist und reklamiert werden muss. Wir haben keinen Beleg, und wenn wir Pech haben und derjenige sich weigert, dann müssen wir einen anderen Handwerker kommen lassen, der dafür auch noch mal bezahlt wird. Und der sieht sich natürlich als Erstes genau an, was der Vorgänger gemacht hat, und dann heißt es: ›Was hat der denn gemacht? Der hat ja überhaupt keine Ahnung. Ich muss erst mal die komplette Farbe abkratzen‹, um dann noch mal von vorn anzufangen, und am Ende kostet uns die Sache das Dreifache von dem, was wir anfangs kalkuliert haben.« Nachdem sie einmal kurz Luft geholt hatte, fügte sie an: »Der Einzige, der von so etwas einen Nutzen hat, ist derjenige, der von uns Geld bekommt, und das gibt es bei mir nicht. Habe ich mich klar ausgedrückt?«

»Ja, ja, wir hatten auch nicht vor, so was zu machen«, versicherte ihr Kathrin hastig, während Alice zustimmend nickte.

»Dass ihr das nicht vorhabt, weiß ich«, redete Betty in einem sanfteren Tonfall weiter. »Ich würde euch so was nicht unterstellen. Ich muss nur Gewissheit haben, dass ich nicht irgendwann hier reinkomme und höre, dass der neue Fensterputzer viel billiger ist als der alte, und wenn ich dann nach dem Beleg frage, erfahre ich, dass er bar bezahlt werden wollte. Deshalb prägt euch diese eine Sache ein, die wichtiger ist als so ziemlich alles andere: Niemand bekommt von uns auch nur einen Cent, ohne dass wir einen Nachweis darüber haben, wer diesen Cent erhalten hat und was er dafür geleistet hat.«

»Aye, aye, Frau General, wir werden uns auf jeden Fall alles quittieren lassen«, bestätigte Kathrin nachdrücklich. Wieder nickte Alice, um die Worte ihrer Freundin zu unterstreichen.

»Okay, dann hätten wir das schon mal erledigt«, sagte Betty. »Ich wollte darauf eigentlich später hinweisen, aber weil wir gerade beim Thema waren …«

»Betty, jetzt krieg dich wieder ein«, redete Alice beschwichtigend auf sie ein. »Wenn ich in meiner Boutique mal nicht so darauf achte, ist das ganz allein meine Sache, aber hier machen wir das Ganze gemeinsam, und da geht es nicht, dass du exakt nach gesetzlicher Vorgabe arbeitest und eine von uns sich einfach nicht darum kümmert. Die Predigt musst du aber auf jeden Fall noch mal halten, wenn wir so weit sind, dass wir einen Geschäftsführer und Bedienungen einstellen wollen.«

Betty nickte nachdrücklich. »Das werde ich machen, Alice, ganz bestimmt. Das bekommt jeder schriftlich von mir und muss es gegenzeichnen, damit sich niemand rausreden kann, wenn dann doch mal irgendwas schiefgehen sollte.« Sie nickte ein letztes Mal, um damit das Thema für abgeschlossen zu erklären, und wandte sich der Kaffeemaschine zu.

»Lass mich raten«, sagte Alice und lächelte verschmitzt. »Wir lassen den Kundendienst kommen, damit die Maschine gewartet und überholt wird, richtig?«

»Auf jeden Fall. Das Ding soll sich jemand ansehen, der sich damit auskennt. Und bei der Gelegenheit kann er uns dann auch gleich erklären, wie es funktioniert, falls wir nicht noch irgendwo auf die Bedienungsanleitung stoßen sollten.«

»Ich finde, wir sollten es uns so oder so erklären lassen«, warf Kathrin ein. »Mir ist das jedenfalls immer lieber, als mich nur auf eine Anleitung zu verlassen.«

»Also notiere ich, dass wir neben der Wartung auch eine Einweisung haben möchten«, murmelte Alice und tippte auf ihr Tablet. »Die Spülmaschine da dürften wir aber wohl so in Gang setzen können, oder was meinst du?«, fügte sie mit einem leicht ironischen Unterton an.

Betty machte die Tür der Spülmaschine auf und verzog das Gesicht. »Ich schlage vor, wir legen uns eine neue zu«, meinte sie dann. »Besonders appetitlich sieht das nicht aus.« Sie hielt die Tür auf, damit die anderen hineinsehen konnten.

»Danke, wenn du mir jetzt einen Teller mit Essensresten zeigen willst, der seit zwei Wochen da drin steht, verzichte ich gern«, sagte Kathrin und wandte sich ab.

Alice wagte einen Blick. »Hm, das sind zwar keine Essensreste, jedenfalls keine, die man noch als solche erkennen kann, aber es hat sich wohl noch nie jemand die Mühe gemacht, da mal ordentlich durchzuwischen.« Sie nickte verstehend. »Mir ist schon klar, was du meinst, Betty. Mit einer neuen Spülmaschine würde ich mich auch wohler fühlen. Und was ist mit dem Kühlschrank? Ich kann mir fast nicht vorstellen, dass es da besser aussieht.«

Auf diese Bemerkung hin klappte Betty die Spülmaschine zu und öffnete die Tür gleich daneben. Dann machte sie die Tür wieder zu und schüttelte den Kopf. »Schreib den Kühlschrank mit auf die Liste«, sagte sie nur. »Und mach einen Vermerk, dass wir einen hohen Kühlschrank nehmen. Der hat hier links Platz, wo der Herd steht. Dann können wir den Unterschrank für Material benutzen.«

»Wenigstens sieht der Herd noch gut aus«, merkte Alice an, nachdem sie die Glasplatte auf den Ceranfeldern begutachtet hatte.

»Ja, das stimmt«, konnte Betty ihr beipflichten, legte dann aber nach: »Allerdings weiß ich nicht, ob ich mir den Backofen da unten ansehen möchte. Ich habe so eine Ahnung, welcher Anblick uns da erwartet, und ich bin mir nicht sicher, ob ich mir das wirklich antun will.«

»Was haltet ihr denn davon, wenn wir den ganzen Bereich komplett erneuern?«, fragte Kathrin. »Das sieht ja sowieso nicht mehr nach den neuesten Modellen aus, und das spricht dafür, dass das noch ziemliche Stromfresser sein dürften. Ich meine, wir haben ja dank Bettys ehemaligem Mandanten einen ordentlichen Nachlass bekommen, da können wir einen Teil von dem eingesparten Geld in was Sinnvolles investieren. Ist vielleicht eine Eigenart von mir, aber Küchengeräte und Betten möchte ich nie gebraucht übernehmen müssen.«

»Kathrins Argument hat was für sich«, fand Alice. »Und wenn wir so was komplett in einem Laden kaufen und liefern und montieren lassen, ist da mit Rabatt bestimmt auch was zu machen.«

»Notieren«, sagte Betty nur und nickte. Kathrin hatte völlig recht. »Nur dumm, dass wir drei bei unserem ersten Besuch vor Begeisterung so geblendet waren, dass wir uns solche Dinge nicht angesehen haben. Vielleicht hätten wir den Preis noch weiter drücken können.«

»Vielleicht dachte Lowitz ja, dass wir das alles schon gesehen hatten, und er ist uns deshalb so schnell mit dem Preis entgegengekommen«, gab Kathrin zu bedenken. »Damit hat er dir ja den Wind aus den Segeln genommen, weil du nicht noch feilschen und ihn auf den Zustand der Einrichtung hinweisen konntest.«

Betty kratzte sich verlegen am Kopf. »Wir hätten wirklich genauer hinsehen sollen. Wir haben uns alle drei verhalten wie Anfänger. Wie blutige Anfänger«, ergänzte sie kopfschüttelnd. »Das erinnert mich an meinen ersten Wagen.« Sie ließ den Kopf in den Nacken sinken und sah zur Decke. »Die kann aber auch einen neuen Anstrich gebrauchen«, murmelte sie.

»Wer kann einen neuen Anstrich gebrauchen?«, fragte Kathrin irritiert.

»Die Decke«, antwortete Betty und winkte ab. »Aber das hat Zeit.«

»Was war mit deinem ersten Wagen?«, wollte Alice wissen.

»Ach so, ja, genau. Also, ich hab ja damals noch in Hannover gewohnt. Etwas außerhalb fand da einmal im Monat eine Art Auto-Flohmarkt statt. Da konnte jeder seinen Wagen zum Verkauf anbieten, und da war immer unglaublich viel los. Ich wollte damals unbedingt einen alten roten Käfer haben, weil der mir so gut gefiel. Ich war mit einer Freundin unterwegs, und als wir um eine Ecke biegen, steht da auf einmal ein roter Käfer, genau das Modell, das ich haben wollte. Wir sind hingelaufen, haben uns reingesetzt und uns ausgemalt, wie wir gemeinsam nach Spanien fahren, um Urlaub zu machen. Der Verkäufer war total nett, hat Witze gerissen, und als es an den Preis ging, haben wir beide auf Teufel komm raus mit ihm geflirtet.«

Alice und Kathrin warfen sich vielsagende Blicke zu.

»Nicht, was ihr gleich wieder denkt!«, rief Betty hastig, als ihr auffiel, wie die beiden sich angrinsten. »Auf jeden Fall war es so, dass er für den Käfer tausendvierhundert Mark haben wollte. Ich hatte genau achthundertfünfundzwanzig Mark zusammengespart und natürlich mitgenommen, man konnte ja schließlich nie wissen. Nach einigem Hin und Her war er dann bereit, mir den Wagen für das Geld zu überlassen, das ich dabeihatte.«

»Oh, oh, das klingt aber gar nicht gut«, warf Kathrin mit gespielt unheilvollem Tonfall ein.

»Ich bekam die Papiere, ich unterschrieb einen Vertrag, der nur aus einem Blatt mit ein paar Sätzen darauf bestand, und dann drückte er mir die Schlüssel in die Hand und sagte noch, wir müssten bis um sechs Uhr warten, bis der Automarkt zu Ende ist, vorher dürften wir das Gelände nicht verlassen. Also haben wir uns fröhlich in den Wagen gesetzt und uns die Fahrt nach Spanien ausgemalt. Dann war es endlich sechs Uhr, die ersten Autos wurden weggebracht, und ich ließ den Motor an, um auch wegzufahren …«

Alice beugte sich vor und musterte Bettys Gesicht ganz genau. »Also, falls der Wagen dabei in Flammen aufgegangen ist, muss ich ja sagen, dass deine Augenbrauen sehr schön nachgewachsen sind.«

»Sehr witzig«, sagte Betty und gab ihrer Freundin einen Knuff gegen die Schulter. »Der Wagen ist nicht in Flammen aufgegangen, es ist vielmehr gar nichts passiert.«

»Wie, ›gar nichts‹?«, fragte Kathrin nach.

»Na, gar nichts eben. Es tat sich nichts. Der Motor gab keinen Mucksen von sich. Wir dachten, vielleicht ist die Batterie leer oder irgendwas anderes will nicht so, wie es soll. Nach vielen Versuchen, den Motor ans Laufen zu bringen, haben wir es aufgegeben und beschlossen, uns den Motor mal anzusehen. Wir hatten zwar keinen blassen Schimmer von einem Motor und hätten nicht mal ein Bauteil benennen können, wenn unser Überleben davon abgehangen hätte. Trotzdem sind wir ausgestiegen, sind nach vorn gegangen und haben die Haube aufgemacht. Und kriegten einen Riesenschreck, als wir feststellen mussten, dass da gar kein Motor war. ›Was machen wir denn jetzt?‹, flüsterte meine Freundin mir zu. Wir standen beide völlig belämmert da, bis auf einmal der Verkäufer nebenan unser Dilemma erkannte und uns erklärte, dass der Käfer den Motor hinten hat.« Sie zuckte mit den Schultern und fuhr fort: »Da hatten wir noch mal Schwein gehabt, dachten wir. Also nach hinten, Haube auf, und was sehen wir?«

»Den Motor«, antwortete Alice.

»Einen Stapel Ziegelsteine, damit der Wagen nicht hinten hochsteht, und das Ganze auf eine Metallplatte gepackt, damit die Steine nicht rausfallen können!«, sagte Betty seufzend.

»Waaas?«, riefen ihre Freundinnen gleichzeitig.

»Ja. Ich hatte für über achthundert Mark ein Auto ohne Motor plus zwei Dutzend Ziegelsteine gekauft. Dann habe ich mir den Vertrag noch mal angesehen und da erst festgestellt, dass der

Wagen irgendwo mitten in dem viel zu klein gedruckten Text ausdrücklich als fahruntüchtig beschrieben wird und dass ich mich verpflichte, den Wagen zu verschrotten, da tragende Teile durchgerostet sind.« Sie stand da und konnte nur wieder den Kopf schütteln. »Es hat mich dann noch mal knapp zweihundert Mark gekostet, den Wagen abschleppen und verschrotten zu lassen und ihn abzumelden.«

Alice beugte sich vor und strich ihr über den Arm. »Kopf hoch, das kann jedem mal passieren.«

»Ach«, machte Betty und winkte lächelnd ab. »Darüber bin ich lange hinweg. Mich wundert nur, dass ich das im Lauf der Jahre so sehr verdrängt habe, dass ich mit der gleichen Begeisterung wie damals reagiert habe, als wir uns das hier angesehen haben.«

»Tröste dich, du hast den Pavillon ja nicht ganz allein begutachtet«, sagte Kathrin beschwichtigend. »Wir waren genauso kurzsichtig. Oder blind. Vielleicht hätte ich ja noch eher reagieren müssen, immerhin liegt mein persönlicher Reinfall noch nicht so lange zurück.«

»Du hast nur einen Motor gekauft ohne Auto drumherum, gib's zu«, scherzte Betty.

»Das zwar nicht, aber peinlich war es trotzdem«, erwiderte Kathrin. »Als ich siebzehn war, wollte ich meinen Eltern unbedingt beweisen, wie selbstständig ich schon bin, und habe nach einer eigenen Wohnung Ausschau gehalten. Ich habe bei meinem Vater im Betrieb gejobbt und genug Geld verdient, um mir eine Wohnung zu leisten. In der Schule und in den Supermärkten und im Internet habe ich Suchanzeigen aufgegeben, dass ich eine kleine Wohnung in der Nähe meiner Schule suche, und dann hat sich tatsächlich jemand gemeldet. Die Wohnung lag fünf Minuten von der Schule entfernt, und sie war einfach traumhaft. Wahnsinnig groß und sogar möbliert. Und das für dreihundert Euro im Monat. Ich habe natürlich sofort zugesagt, weil angeblich noch ein Dutzend weitere Interessenten die Wohnung haben wollte. Dann habe ich drei Monatsmieten für die Kaution hingeblättert und drei Monate Miete im Voraus bezahlt.« Sie schaute verträumt in Richtung Meer. »Es war wunderschön. Eine eigene Wohnung, Platz ohne Ende, Möbel – wir brachten meine Sachen hin, und dann begann die schönste Zeit meines Lebens, jedenfalls für zwei Wochen und drei Tage.«

»Und dann?«, hakte Alice nach.

»Dann kamen die eigentlichen Mieter aus dem Urlaub zurück und erklärten mir, dass der angebliche Makler, der mir insgesamt sechs Monatsmieten abgeknöpft hatte, in Wahrheit nur jemand war, den sie über einen Internetdienst gebucht hatten, damit er den Briefkasten leert und die Blumen gießt.« Sie zog die Augenbrauen hoch. »Nach den schönsten zweieinhalb Wochen meines Lebens war das dann der peinlichste Moment meines Lebens, der bislang zum Glück noch nicht überboten worden ist.« Sie machte eine ausholende Geste. »Das hier … okay, das ist jetzt ärgerlich, aber wir stecken hier nicht unser mühsam zusammengespartes Geld rein. Sicher, es sollte nicht alles für die Dinge draufgehen, an die wir im Freudentaumel nicht gedacht haben, aber es ist nicht so schlimm. An der vermeintlichen Traumwohnung habe ich noch lange knabbern müssen, immerhin waren da fast zweitausend Euro draufgegangen.«

Betty lächelte sie an. »Du hast recht, wir sollten das alles etwas lockerer sehen. Eine neue Einrichtung kostet nicht die Welt, außerdem ist nichts davon rausgeschmissenes Geld, solange es steuerlich berücksichtigt werden kann.« Sie drehte sich zu Alice um. »Nachdem Kathrin und ich nun unsere peinlichsten Erlebnisse zum Besten gegeben haben, stellt sich mir die Frage, ob du denn gar nichts dazu beizutragen hast. Du hast doch bestimmt schon mal Geld für etwas ausgegeben, was sich dann als Fehlschlag auf ganzer Breite entpuppt hat, oder nicht?«

»Wisst ihr«, sagte Alice und atmete tief durch. »Ich bin zwei Mal geschieden. Damit dürfte deine Frage wohl beantwortet sein, nicht wahr?« Als sie die betretenen Mienen der beiden sah, musste sie unwillkürlich lachen. »Jetzt guckt nicht so, nur weil ich mir gleich zwei Mal so einen Fehler erlaubt habe, während ihr aus einmal Schaden klug geworden seid. Jedenfalls bis gestern. Seit heute habt ihr auch zwei Fehlgriffe auf dem Konto.«

»Dir ist schon klar, dass du …«, begann Kathrin grinsend.

»Ja, ja, ich weiß, dass ich es damit auf drei bringe«, grummelte Alice in einem gespielt schroffen Tonfall. »Aber irgendwann werdet ihr mich noch einholen, davon bin ich überzeugt.«

»Dein Wort in einem gewissen Ohr«, meinte Betty dazu und klatschte in die Hände. »So, die Damen, jetzt haben wir aber genug in Erinnerungen geschwelgt …«

»Wer hat denn hier geschwelgt?«, warf Kathrin ein. »Ich muss jetzt erst mal mindestens fünf Stunden beim Therapeuten buchen, um alles zu verarbeiten, was da wieder hochgekommen ist.«

»… wir wollen hier eine Bestandsaufnahme erledigen«, redete Betty weiter, ohne auf die Bemerkung einzugehen. »Also los.« Sie ging zwei Schritte weiter bis zum kurzen Ende der Theke, vor dem die vier Hocker standen. »Gläser«, sagte sie.

»Gläser?«, wiederholte Alice, da sie sich nicht sicher war, ob sie ihre Freundin richtig verstanden hatte.

»Ja, Gläser.« Betty stand da und schüttelte nachdenklich den Kopf. Dann lehnte sie sich gegen den Tresen. »Schon eigenartig.«

Alice legte das Tablet zur Seite und sah erst sie, dann Kathrin fragend was. »Was meinst du mit eigenartig?«

Betty rieb sich übers Gesicht. »Na ja, ein Lokal zu führen, kann doch nicht so schwierig sein, nicht wahr?«

»Würde ich auch so sehen. Du musst für Getränke sorgen, du musst die Sachen vorrätig haben, die auf der Speisekarte stehen, damit die Gäste nicht zu hören bekommen, dass es das eine oder andere nicht mehr gibt. Na ja, und du brauchst Kleingeld, um beim Kassieren rausgeben zu können«, erwiderte Kathrin. »Habe ich was vergessen?«

Sie drehte sich zu Alice um, die einen Moment lang überlegte, was da sonst noch sein könnte. Schließlich ergänzte sie: »Du musst immer aufpassen, dass nichts abgelaufen oder verschimmelt oder schlecht geworden ist, würde ich noch sagen. Richtig?«

»Würde ich auch so sehen«, antwortete Betty verhalten. »Oder besser gesagt, das habe ich bislang immer so gesehen. Aber ihr vergesst das Gleiche wie ich.«

»Und das wäre?«, fragte Kathrin, die nicht wusste, worauf ihre Freundin hinauswollte.

»Gläser, Tassen, Teller, Messer, Gabeln und so weiter«, sagte Betty schließlich.

»Das ist ja alles selbstverständlich«, wandte Alice ein. »Das muss gar nicht erst erwähnt werden.«

»Nicht?« Betty musste grinsen. »Dann verrat mir eins: Wie viele Limogläser müssen wir kaufen? Wie viele große Teller? Kleine Teller? Tassen? Kännchen? Essbestecke? Teelöffel? Teegläser?«

»Ähm …«, war die einhellige Antwort der beiden.

»Eben. Das ist mir gerade eben zum ersten Mal bewusst geworden. Das *GeselliGezeiten* ist mit seinem Buffet zwar nicht der passende Vergleich mit unserem Lokal, aber die Frage ist doch im Grunde die Gleiche. Wie schaffen die es, dass ich meinen benutzten Teller auf dem Tisch zurücklassen und mir am Buffet einen neuen Teller nehmen kann – und es ist immer einer da. Wie viele verdammte Teller hat dieser Laden im Umlauf, um immer einen neuen Teller zur Verfügung zu haben, wenn er gebraucht wird? Okay, durch das Buffet sieht es anders aus, weil theoretisch auf einem Tisch für zwei Personen zehn benutzte Teller rumstehen können. Die müssen Hunderte Teller vorrätig haben. Aber was sollen wir kaufen? Wir haben hier drin allein schon acht Tische mit je vier Plätzen. Wenn alle Tische besetzt sind, wären das eventuell zweiunddreißig Gläser Cola oder Limo, vielleicht aber auch zweiunddreißig Tassen Kaffee. Oder zweiunddreißig Gläser Bier.«

»Theoretisch kann das ja sein«, meinte Alice. »Aber in der Praxis ist das im Grunde ausgeschlossen …«

»… es sei denn, es kommt eine große Schulklasse mit … sagen wir … vierunddreißig Schülern ins Lokal. Die Kinder wollen alle Limo oder Apfelsaft oder Cola trinken. Dann brauchst du vierunddreißig Limogläser.«

»Mindestens«, ergänzte Kathrin. »Aber wenn du draußen auf der Terrasse und unten am Strand auch noch Gäste hast, müsstest du ja für den Fall der Fälle genauso viele Limogläser, Biergläser, Tassen, Teller, Kuchenteller, Suppenteller und so weiter haben, wie Sitzplätze vorhanden sind.«

»Nicht nur genauso viele, sondern noch viel mehr«, wandte Alice ein. »Wenn die Gäste von vier Tischen gehen und sofort neue kommen, kannst du die ja nicht so lange warten lassen, bis alles gespült ist. Du brauchst eine Reserve, und du brauchst auch noch eine Reserve für den Fall, dass die Bedienung einen Stapel Teller umstößt und nur noch Scherben übrig bleiben.«

»Du lieber Himmel, sollen wir uns für unsere … wie viel sind das? … hundert Sitzplätze etwa zweihundert Teller und zweihundert Tassen und von jedem Glas zweihundert Stück hinstellen?«, fragte Kathrin erschrocken. »Da können wir ja anbauen!«

»Unsinn«, ging Betty dazwischen und hob beide Hände, damit wieder Ruhe einkehrte. »Wir fragen einfach jemanden, der sich damit auskennt.«

»Wir googeln das, na klar«, sagte Kathrin, die ihren Schreck schon überwunden hatte.

»Nein, wir googeln das nicht«, widersprach Betty ihr sofort. »Ich verlasse mich nie auf den Unsinn, den irgendwer ins Internet gestellt hat. Wir werden googeln, allerdings nur, um die Nummer der IHK zu erfahren, und dann fragen wir da nach, wo es eine Stelle gibt, bei der ein Schnellkurs in Sachen Gastronomie angeboten wird. Wir haben jetzt halb vier, da werden wir sicher noch jemanden erreichen, sobald wir die Nummer haben. Heute ist doch Donnerstag, richtig?«

Kathrin nickte wortlos, da sie auf ihrem Smartphone bereits nach der Nummer der nächsten IHK suchte.

Das Telefonat mit der IHK am Vortag hatte sich als gute Idee erwiesen. Die Kammer bot in Abständen zweitägige Kurse für bis zu dreißig Teilnehmer an, aber dabei kamen auch Themen wie Buchführung und Steuerwesen zur Sprache. Da sie mit Betty eine Spezialistin für diese Bereiche in ihrer Gruppe hatten, war der zuständige Sachbearbeiter so entgegenkommend, Kathrins Telefonnummer an den Kursleiter weiterzugeben. Keine zehn Minuten später hatte der dann auch schon zurückgerufen und mit ihnen vereinbart, in der kommenden Woche an zwei, gegebenenfalls auch an drei Abenden einen Intensivkurs mit nur drei Teilnehmerinnen durchzuführen.

Da Kathrin am Freitagmorgen wegen eines Notfalls in der Praxis nicht konnte und Betty sich um einen Mandanten kümmern musste, dem in letzter Minute eingefallen war, dass da noch ganz schnell eine Steuererklärung abzugeben war, hatte sich Alice allein auf den Weg zum *Strandhus* gemacht. Mit ihrer Bohrmaschine und den Dutzenden von Aufsätzen, die das Gerät in so gut wie alles verwandeln konnten – außer in eine Fritteuse, wie Alice gern einschränkte –, wollte sie das gute Wetter nutzen, um das Geländer an der Treppe und rund um die Terrasse abzuschleifen und neu zu streichen, sofern die Zeit dazu noch reichte. Das hing auch davon ab, wie bald eine ihrer Freundinnen dort eintreffen würde, um ihr unter die Arme zu greifen.

Drei Lagen mit je einem anderen Lack hatte der nette Verkäufer im Baumarkt ihr empfohlen, um das Holz zu schützen und um zu verhindern, dass die Farbe sich gleich wieder großflächig verabschiedete, wenn sie ein paar Wochen Wind und Wetter ausgesetzt war. Auf der Ladefläche standen in eine Plastikbox verstaut eine große Dose Sonnengelb, so wie sie drei es besprochen hatten, damit das *Strandhus* ein neues, ansprechenderes Äußeres erhielt, eine ebenso große Dose Unterlack sowie ein Schutzlack, der zum Schluss auf das Holz kam.

Sie stellte den Wagen auf einem der beiden Parkplätze ab, stieg aus und holte den Koffer mit der Bohrmaschine und die Kabeltrommel heraus. Auf dem Weg zum Pavillon beschloss sie, mit dem Geländer zu beginnen und oben anzufangen, um sich Stück für Stück nach unten vorzuarbeiten. Den Metallkoffer legte sie auf den ersten Tisch, öffnete ihn und versah die Bohrmaschine mit dem Schleifaufsatz. Sie schloss die Kabeltrommel an der Steckdose gleich neben dem ersten Tisch an, steckte den Stecker der Maschine ein und wickelte ein paar Meter Kabel ab. Dann legte sie den Mundschutz an, auf den sie bei der Arbeit mit der Schleifmaschine nie verzichtete. Hier war der Schutz umso wichtiger, da sie nicht wusste, wie alt die Farbschichten auf dem Holz waren. Je älter die Farben, desto mehr Schadstoffe würden sie enthalten. Es war zwar keine durch Untersuchungen belegte Tatsache, sondern nur ihre persönliche Meinung. Aber das änderte nichts daran, dass es nicht gesund sein konnte, Farbstaub einzuatmen oder in die Augen zu bekommen.

Also folgte auch noch eine Schutzbrille, und zum Schluss griff sie außerdem zu den Arbeitshandschuhen. Da es wohl wirklich ein so warmer Tag werden würde, wie er im Wetterbericht angekündigt worden war, ließ Alice ihre Jacke auf der Stuhllehne hängen, über die sie beim Hereinkommen gelegt hatte. Auch die Handtasche blieb dort zurück, wo sie gut aufgehoben war, da Alice die Tür des Lokals abschließen konnte, ohne dass dem Stromkabel etwas zustieß. Der Spalt unter der Tür war breit genug, um dem Kabel Spielraum zu geben.

Ein leichter Wind vom Meer wehte ihr entgegen, aber es war schon jetzt, um kurz nach zehn, so warm, dass sie auf die Jacke mühelos verzichten konnte. Sie ging zur Treppe, stellte den rechten Fuß auf die untere Stufe, um genügend Halt zu haben, setzte die Schleifmaschine an und schob den roten Schalter nach vorn, und sofort … geschah gar nichts.

Alice stutzte und versuchte es noch einmal. Wieder nichts. Auch die kleine Kontrollleuchte brannte nicht, wie sie erkennen konnte, als sie die Hand darüberhielt, um das Tageslicht abzuschirmen. Sie überprüfte den Stecker an der Kabeltrommel, aber der saß auch fest.

Etwas frustriert machte sie sich auf den Weg zum Lokal, fischte mit den dicken Handschuhen den Schlüssel aus der Hosentasche und schloss auf. In dem Moment, als sie sich bückte, um den Stecker zu überprüfen, den sie an der Steckdose angeschlossen hatte, ging ihr ein Licht auf. »Die Sicherungen«, murmelte sie. »Die sind doch alle noch umgelegt. Wirklich sehr intelligent von mir!« Sie hätte sich für diese Dummheit einen Klaps auf den Hinterkopf geben können. »Sonst hätten wir beim letzten Mal ja auch da unten Licht gehabt.«

Sie holte das Smartphone aus der Tasche und schaltete die Taschenlampe ein, während sie um die Theke herumging, um zur Treppe zu gelangen. Mit jedem Schritt wurde sie auf dem Weg nach unten etwas langsamer, da es immer dunkler und dunkler wurde. Den kompletten Schlüsselbund in der einen Hand blieb sie vor der Tür stehen, hinter der sich der Sicherungskasten befand. Nachdem diese Hürde überwunden war, musste sie erneut den Bund nach dem richtigen Anhänger durchsuchen, weil sie den Schlüssel brauchte, mit dem sie den Sicherungskasten öffnen konnte.

Als das endlich geschafft war, stand Alice bestimmt eine halbe Minute lang da und starrte den Kasten an. Den geöffneten und komplett leeren Sicherungskasten.

»Was ist denn das?«, fragte sie sich leise und schüttelte den Kopf. Sie sah noch einmal nach, aber auf der Klappe stand groß und deutlich »Sicherungen«. Es war deutlich zu erkennen, dass sich irgendwas in diesem Kasten befunden haben musste. Davon zeugten etliche Löcher im Verputz, die den Eindruck erweckten, dass der Inhalt herausgebrochen worden war, statt eine Schraube nach der anderen zu lösen. Am oberen und unteren Rand ragten Dutzende Kabel in die Luft.

Alice richtete den Lichtschein auf den Kasten daneben, der mit »Zähler« beschriftet war. »Hm, vielleicht war hier ja jemand am Werk, der eine Reihe Sicherungen nicht von einem Stromzähler unterscheiden kann«, redete sie vor sich hin und suchte den passenden Schlüssel. Doch als sie die Tür aufmachte, wollte sie ihren Augen nicht trauen. Auch dieser Kasten war leer, und auch in ihm sah es so aus, als hätte man den Inhalt möglichst schnell herausholen wollen. Das dicke Stromkabel darunter und darüber war präzise durchtrennt, so als hätte jemand einen Bolzenschneider genommen und es damit zerschnitten.

Fünf

»Was soll das heißen, wir haben keinen Stromzähler?«, rief Betty verständnislos.

Alice zuckte mit den Schultern, auch wenn ihre Freundin davon am anderen Ende der Leitung nichts sehen konnte. »Es soll das heißen, was es heißt«, wiederholte sie ein wenig ungehalten. Natürlich stutzte man erst mal, wenn man so was zu hören bekam, aber dann sollte es auch gut sein. Was sollten die Worte »Wir haben keinen Stromzähler » denn wohl anderes bedeuten als genau das, nämlich dass der Stromzähler nicht mehr da war?

»Ja, aber … wo ist der Zähler denn hin?«, wollte Betty als Nächstes wissen.

Alice verdrehte die Augen. »Pass auf, Betty, noch mal zum Mitschreiben: Ich wollte den Strom einschalten und habe den Sicherungskasten geöffnet, aber jemand hat alle Sicherungen ausgebaut und irgendwas damit gemacht, ich habe keine Ahnung, was. Dann habe ich den Kasten aufgeschlossen, in dem der Zähler untergebracht ist. Oder besser sein sollte, denn da ist kein Zähler mehr. Den hat auch jemand ausgebaut und irgendwohin mitgenommen. Oder vielleicht hat er ihn auch am Strand vergraben. Auf jeden Fall ist der auch nicht mehr da.« Sie holte kurz Luft. »Ich habe hier alles auf den Kopf gestellt, aber weder die Sicherungen noch der Zähler sind hier irgendwo zu finden. Damit wäre mir zwar auch nicht gedient, weil ich nichts davon einfach an die Wand nageln könnte, um Strom zu bekommen. Aber dass diese Sachen spurlos verschwunden sind, ergibt keinen Sinn.«

»Außer, jemand wollte sich den Zähler als Erinnerungsstück zu Hause an die Wand hängen«, gab Betty zurück und fing auf einmal an zu lachen.

Irritiert verzog Alice den Mund. »Was gibt es da zu lachen?«

»Tut mir leid, Alice, aber ich habe mir gerade vorgestellt, wie du geguckt haben musst, als du festgestellt hast, dass es keinen Stromzähler gibt.« Immer wieder unterbrach sich Betty dabei, da sie nach Luft schnappen musste.

»Schön, dass du deinen sonnigen Humor nicht verloren hast«, bemerkte Alice mit leicht giftigem Unterton. »Sag mir lieber mal, was wir jetzt machen sollen. Ich habe keinen Strom für meine Schleifmaschine, ich kann hier nichts tun.«

Betty verstummte kurz. »Frag doch mal auf dem Campingplatz nach. Als wir da waren, konnten die Gäste vom *Strandhus* die Toiletten auf dem Platz benutzen. Vielleicht können die uns mit Strom aushelfen.«

»Und wie soll ich den Strom herschaffen?«, gab Alice zurück und fügte ironisch an »Etwa in Tüten gepackt, die ich dann hier ausschütte?«

Erstaunlicherweise kam von ihrer Freundin jetzt eine ruhige, besonnene Reaktion, als würde sie spüren, dass Alice angesichts dieser Entwicklung allmählich in eine Krise abzuglitt. »Die Stellplätze müssen alle irgendwo eine Stromversorgung für die Wohnwagen und die Wohnmobile haben. Wenn die dir mit ein oder zwei Kabeltrommeln aushelfen, müsste das genügen, um von dem äußersten Stellplatz gleich an der Ecke zum Pavillon ein Kabel verlaufen zu lassen.«

»Oh«, machte Alice erstaunt. »Ja, das könnte funktionieren. Aber das löst nicht das eigentliche Problem. Wir brauchen einen Elektriker.«

»Es wird doch in Heiligenhafen einen Elektriker geben, der sich das mal ansehen kann«, sagte Betty ein wenig ungehalten. »Die paar Meter bis zum Strand wird ja …«

»Meinst du nicht, dass ich daran auch schon gedacht hatte?«, ging Alice etwas patziger dazwischen als gewollt. »Drei habe ich gefunden. Einer hat Betriebsferien, die beiden anderen können nicht vor nächster Woche Mittwoch, weil sie auf Fehmarn rund um die Uhr letzte Hand an ein Hotel legen, das Ende nächster Woche wiedereröffnet wird.«

Sie hörte Betty am anderen Ende der Leitung aufstöhnen. Es folgte sicher eine Minute lang Stille, wenn man vom aufgebrachten Durchatmen absah, das deutlich zu hören war. »Warte mal«, sagte Betty schließlich. »Kathrins Tierklinik ist doch rund um die Uhr geöffnet …«

»Ja, aber wir brauchen …«

»Ich weiß, was wir brauchen, Alice. Genau das meine ich ja. Wenn da mitten in der Nacht der Strom ausfällt, dann müssen die doch einen Elektriker mit Notdienst an der Hand haben, der sich sofort darum kümmert. Die Klinik kann ja nicht bis morgens um acht Uhr warten, wenn nachts um zwei irgendwas ausfällt.«

»Verstehe«, murmelte Alice. »Dann werde ich sie anrufen und fragen.«

»Das wäre gut, dann muss ich nicht alles aus zweiter Hand schildern«, sagte Betty. »Du weißt schon, falls es Rückfragen gibt.«

»Ja, ja, leg auf, ich rufe Kathrin an.«

Nachdem sie der Tierärztin die Situation geschildert und Kathrin versprochen hatte, sich schnellstens zu melden und Bescheid zu geben, ging Alice die Treppe runter, wobei sie fand, dass die Konstruktion etwas zu sehr in Bewegung geriet, wenn sie von einer Stufe auf die nächste trat. Vermutlich würden sie auch nicht darum herumkommen, einen Schreiner anzurufen, damit der die Treppe begutachtete, bevor die wieder täglich unzählige Male benutzt wurde, um Getränke und Speisen aus der Küche zu den Gästen unten am Strand zu bringen.

Alice ging weiter Richtung Wasser und bemerkte erst jetzt, dass sie weder bei der Besichtigung des Pavillons noch gestern bei der Bestandsaufnahme auch nur einmal daran gedacht hatten, an den Strand zu gehen, ein paar Minuten lang innezuhalten und einfach die Natur zu genießen, die sich vor ihnen bis zum Horizont erstreckte. Genau dieser Meerblick war es gewesen, der sie bei ihrem gemeinsamen Urlaub immer wieder zum *Strandhus* gezogen hatte. Von hier aus konnten sie der Welt mit all ihren Sorgen und Problemen den Rücken kehren und hinaus aufs Meer schauen. Deshalb waren sie jeden Tag hier gewesen, und genau das hatten sie mit ihrer Rückkehr und dem Kauf des Pavillons wieder in ihr Leben holen wollen.

Das hatten sie bisher versäumt, aber Alice nahm sich vor, die anderen daran zu erinnern, wenn es noch einmal so aussehen sollte, als hätte sich alles gegen sie verschworen, um sie um ihren Traum zu bringen.

Sie ging noch ein paar Schritte weiter, dann setzte sie sich im Schneidersitz hin und drückte die Hände in den Sand, damit sie sich ein wenig nach hinten lehnen konnte. In einem ruhigen, gleichmäßigen Rhythmus atmete sie immer wieder tief durch, bis sie das Gefühl hatte, eins mit ihrer Umgebung zu sein. Spaziergänger, Jogger und Hunde liefen am Strand entlang, doch Alice nahm sie alle nur als bunte Formen wahr, die in einem verschwommenen Raum zwischen ihr und dem Wasser hin und her zogen.

Sie war ganz auf die Wellen konzentriert, die seltsam symmetrische Muster zu bilden schienen, da sich immer wieder im Wechsel Wellen zu sanften Hügeln anhoben und gleich darauf ebenso sanfte Täler bildeten. Es war dieses Ebenmäßige, das ihr an der Ostsee so gut gefiel. Die Nordsee, die war lebhaft und unruhig, sie stürmte unbeirrt gegen das Land, als wäre es ein Feind, den es zu erobern galt. Die Ostsee dagegen strahlte Ruhe aus, selbst dann, wenn sie wirklich einmal von Stürmen gepeitscht wurde. Das machte sie nicht zu einem ungefährlicheren Gewässer, denn hier konnte man ebenso gut von einer Unterströmung mitgezogen werden. Hier gab es genauso unerwartete Gefahren, die auch einen guten Schwimmer in Bedrängnis bringen konnten, wenn er nicht schnell genug merkte, dass er sich zu weit vom Ufer entfernte.

Alice lauschte dem Meeresrauschen, unter das sich immer wieder Vogelgezwitscher mischte. In den Büschen und Sträuchern, von denen der Campingplatz zu allen Seiten umgeben war, mussten sich unheimlich viele Piepmätze tummeln. Von verschiedenen Durchgängen abgesehen war diese Art Hecke so dicht gepflanzt und so sehr ineinander verflochten, dass sie eine natürliche Barriere bildete, in der alle möglichen Tiere ungestört leben konnten.

Nach einer Weile fielen ihr die Augen zu, und wahrscheinlich wäre sie sogar hier am Strand eingeschlafen, hätte nicht in diesem Moment ihr Smartphone zu schrillen begonnen. Sie zog das Telefon aus der Tasche. Die Nummer kannte sie nicht, aber die angezeigte Kieler Vorwahl ließ Gutes hoffen.

»Elektro Hütter, guten Tag, spreche ich mit Frau Berrendorf?«, meldete sich eine Männerstimme, nachdem Alice das Gespräch mit einem »Ja?« angenommen hatte.

»Ja, richtig. Meine Freundin Kathrin Moll dürfte Sie angerufen haben.«

»Von der Tierklinik, ganz genau«, sagte der Elektriker. »Sie hat mir nur in groben Zügen gesagt, um was es geht, also dass Sie einen Sicherungskasten und einen Stromzähler vermissen und dass das alles eilig ist.«

Alice beschrieb ihm die Situation, die sie vorgefunden hatte, wobei sie sich kurz fasste, da sie aufgrund der Geräuschkulisse ahnte, dass der Mann beim Autofahren telefonierte. Da musste er nicht noch durch irgendwelche unwichtigen Details abgelenkt werden. »Und es wäre einfach wunderbar, wenn Sie sich das so bald wie möglich ansehen könnten«, schloss sie.

»Heiligenhafen, richtig?«, fragte er. »Frau Moll hat mir die Adresse bereits gegeben. Das ist ja nicht ganz so wild, allerdings kann ich nicht vor achtzehn Uhr da sein.«

»Sie würden heute noch herkommen?«, fragte sie erstaunt.

»Auf jeden Fall«, bestätigte er. »Ich will mir ein Bild davon machen, was mich bei Ihnen erwartet. Je eher ich das weiß, desto eher können wir anfangen zu arbeiten.«

»Ja, das leuchtet ein.« Alice überlegte einen Moment lang, dann nickte sie und sagte: »Gut, dann treffen wir uns hier um sechs Uhr heute Abend. Falls irgendetwas dazwischenkommen sollte, habe ich ja Ihre Nummer …«

»Und ich kann Sie auch den ganzen Tag unter dieser Nummer erreichen, richtig?«, fragte Hütter.

»Richtig. Dann bis heute Abend«, sagte sie und beendete das Gespräch. Sie steckte das Telefon ein und richtete den Blick wieder auf die Wellen. Die Sonne am strahlendblauen Himmel sorgte für angenehme Wärme, die leichte Brise vom Meer her war genau richtig. »Ja, das hier kann tatsächlich jeden Stress vertreiben«, murmelte sie nach einer Weile. Dann stand sie auf und überlegte, was sie tun sollte.

Sie war eben auf dem Weg zurück zum Pavillon, da klingelte ihr Telefon erneut. Sie sah aufs Display und meldete sich: »Herr Hütter? Haben Sie etwas vergessen?«

»Ja, Frau Berrendorf«, sagte er. »Sie könnten sich in der Zwischenzeit bitte mit Ihrem Stromanbieter in Verbindung setzen, vielleicht kann man Ihnen da etwas zum Verbleib des Stromzählers sagen. Das ist zwar eher unwahrscheinlich, aber trotzdem kann es ja sein, dass man da irgendetwas notiert hat oder dass es einen Vorgang dazu gibt.«

»Gut, das kann ich machen«, erwiderte sie. »Ich muss nur erst mal herausfinden, wer hier zuständig ist.«

»Grundversorger ist da oben auch HolsteinEnergie, und falls der Vormieter einen anderen Anbieter hatte, können die Ihnen immer noch sagen, wer dann für Sie zuständig ist. Ich schicke Ihnen gleich die Nummer von HolsteinEnergie per SMS rüber, dann müssen Sie nicht lange suchen.«

»Oh, das ist aber nett von Ihnen, vielen Dank, Herr Hütter.«

»Gern geschehen«, antwortete der Elektriker. »Wir sehen uns gegen sechs.«

Es klang fast wie eine Verabredung, überlegte Alice, nachdem das Gespräch beendet war und sie auf den Eingang der SMS wartete. Aber das lag bestimmt nur daran, dass dieser Hütter eine so wohltönende Stimme hatte, die sicher als Gesangsstimme hervorragend klingen würde. *Reiß dich zusammen*, ermahnte sie sich. Sie war schon einmal auf eine wohlklingende Stimme reingefallen, der sie zwar zwei wundervolle Töchter, aber auch die erste von zwei gescheiterten Ehen verdankte. Ein Termin mit einem Elektriker war kein Date, sondern ein geschäftlicher Termin.

Das Signal für die SMS ertönte und lenkte sie von ihren irritierenden Gedanken ab. Sie öffnete die SMS, tippte auf die übermittelte Telefonnummer und ließ sie anwählen. Noch mitten im ersten Klingeln wurde abgenommen, und Alice machte sich darauf gefasst, die kuriose Geschichte vom verschwundenen Stromzähler zu schildern. *«Herzlich willkommen bei HolsteinEnergie«*, meldete sich eine automatische Ansage, die Alice einen frustrierten Seufzer entlockte. *«Wir sind rund um die Uhr für Sie da. Bitte nennen Sie jetzt Ihr Anliegen.«*

»Ähm … ich …«, stammelte Alice, die erwartet hatte, erst ein Menü vorgelesen zu bekommen, aus dem sie auswählen konnte.

«Ich habe Sie nicht verstanden«, sagte die Frauenstimme. *«Bitte wiederholen Sie Ihr Anliegen.«*

»Unser Zähler ist verschwunden«, antwortete sie, ahnte aber bereits, dass sie das so nicht hätte formulieren sollen.

«Ich habe Sie nicht verstanden«, kam die prompte Reaktion. *«Bitte wiederholen Sie Ihr Anliegen.«*

»Das kann ja heiter werden«, murmelte Alice.

«Ich habe Sie nicht verstanden. Bitte wiederholen Sie Ihr Anliegen.«

Sie überlegte noch, was sie sagen sollte, als die Stimme plötzlich sagte: »*Sie werden jetzt mit unserem Kundenservice verbunden. Bitte haben Sie einen Moment Geduld.*«

»Oh, warum denn nicht gleich?«, wunderte sie sich und wartete auf die nächste Ansage. Nachdem sie mindestens fünf Minuten lang eine Version der *Kleinen Nachtmusik* über sich hatte ergehen lassen, bei der Mozart eigentlich aus dem Grab hätte auferstehen müssen, um den Verantwortlichen auf Schmerzensgeld zu verklagen, meldete sich endlich eine Stimme, die allerdings auch nur zu einer vollautomatischen Ansage gehörte.

»*Herzlich willkommen beim Kundenservice von HolsteinEnergie. Wir freuen uns, Ihr Anliegen entgegenzunehmen und so schnell wie möglich zu bearbeiten. Ihre Zufriedenheit ist unser oberstes Ziel, für das wir uns mit aller Kraft engagieren. Der nächste freie Mitarbeiter ist bereits für Sie reserviert, wir werden in Kürze für Sie da sein. Wir möchten Sie darauf aufmerksam machen, dass Gespräche aus dem deutschen Mobilfunknetz deutlich teurer sein können. Bitte informieren Sie sich bei Ihrem Mobilfunkanbieter über die aktuellen Tarife.«*

»Kein Wunder, dass das ewig dauert, wenn die solche Ansagetexte laufen lassen«, murmelte sie, hielt dabei aber das Mikrofon mit einem Finger zu, damit ihre Bemerkung nicht dazu führte, dass sie zum ersten Ansagetext zurückgeleitet wurde.

Weitere zwei Minuten lang wurde die Nachtmusik gequält, dann meldete sich … die nächste Ansage: *«Herzlich willkommen bei HolsteinEnergie. Ihre voraussichtliche Wartezeit beträgt momentan vierunddreißig Minu…«*

Mitten im Satz kappte Alice die Leitung. Insgesamt musste sie schon zehn Minuten in der Leitung gewesen sein, und jetzt sollten noch vierunddreißig Minuten folgen? Es gab bessere Methoden, um ihren Anteil am Lottogewinn zu verpulvern.

Aber sie sollte für den Elektriker in Erfahrung bringen, was mit dem Zähler passiert war. Ob es ihn interessierte, dass sie keine Lust hatte, eine Stunde oder länger in einer Warteschleife zu hängen und pro Minute ein oder zwei Euro zu bezahlen, war eher fraglich. Wenn sie es nicht herausfand, würde er das machen müssen, und dann konnte sie davon ausgehen, dass er ihr dafür noch mehr in Rechnung stellte, weil ja irgendjemand die ganze Zeit über am Telefon bleiben musste. Wenn sie doch nur …

»Augenblick mal«, unterbrach sie sich und rief Kathrin an.

»Ja?«, meldete sie sich nach dem zweiten Klingeln.

»Ich bin's, Kathrin. Bist du gerade beschäftigt?«

»Nein, ich mache Pause. Wieso?«, fragte die junge Frau arglos.

»Weil du was für mich erledigen musst … also eigentlich für uns alle, also auch für dich«, korrigierte sie sich, damit es nicht so klang, als würde sie sie um einen persönlichen Gefallen bitten. Es ging schließlich um das *Strandhus*, und das betraf sie alle.

»In der Nähe eurer Klinik ist doch ein Servicezentrum von HolsteinEnergie, richtig?«, fragte Alice. »Das ist doch immer noch da, oder?«

»Gestern war es jedenfalls noch da«, antwortete Kathrin. »Daran sollte sich bis heute nichts geändert haben. Obwohl … man kann ja nie wissen«, fügte sie amüsiert hinzu. »Was brauchst du denn?«

»Kannst du am besten gleich hingehen und nachfragen, ob da irgendwas vermerkt ist, dass im *Strandhus* kein Stromzähler mehr an der Wand hängt. Euer Elektriker kommt nachher noch vorbei …«

»Ach, das ist ja schön, dass er das noch schafft«, warf Kathrin ein.

»Aber erst mal nur, um sich die Bescherung anzusehen«, erklärte Alice. »Danach kann er wohl etwas dazu sagen, was alles zu tun ist und wann er damit anfangen kann. Er hat mir auch gesagt, dass ich das mit dem Stromzähler recherchieren soll, weil es wichtig sein kann für seine Arbeit. Frag mich jetzt bitte nicht, was das eine mit dem anderen zu tun hat, aber ich gehe davon aus, dass der Mann weiß, was er tut. Angenehme Stimme hat er übrigens«, fügte sie hinzu und erschrak. *Das* hatte sie nun wirklich nicht sagen wollen!

»Passt zu der Umverpackung rund um die Stimmbänder«, gab Kathrin zurück.

»Tatsächlich?«

»Ja, aber er ist nicht mein Typ. Er sieht mir etwas … wie soll ich sagen … etwas *zu* toll aus.«

»Zu toll?«, wiederholte Alice verwundert. »Heißt das, zu toll um hetero zu sein?«

»Was? Nein, Blödsinn«, widersprach ihr Kathrin. »Er wirkt auf mich ein bisschen so wie einer von den Typen aus der Parfümwerbung.«

»Hm« machte Alice und merkte, dass sie zu lächeln begonnen hatte.

»Was heißt denn hier ›hm‹?«, fragte ihre Freundin prompt.

»Gar nichts heißt das, hör mir lieber zu«, sagte Alice hastig. »Ich habe nach zehn Minuten in der Warteschleife die Ansage bekommen, dass ich noch über eine halbe Stunde warten muss, bis jemand für mich da ist. Und es würde mich nicht wundern, wenn die Leitung nach neunundzwanzig Minuten unterbrochen wird, damit ich von vorn anfangen darf. Ich will in der Zwischenzeit zum Campingplatz gehen und fragen, ob die mich ihren Strom anzapfen lassen, damit ich wenigstens irgendetwas Produktives tun kann. Aber wenn ich Farbe abschleife, kann ich nicht gleichzeitig auf die Ansage lauschen.«

»Ja, klar, ist doch kein Problem«, entgegnete Kathrin. »Hast du irgendeine Nummer oder so?«

»Ich habe hier gar nichts, Schätzchen«, gab Alice zurück. »Der Stromzähler ist mehr oder weniger aus der Wand gerissen worden. Ich kann dir ein paar Fotos rüberschicken, dann kannst du die am Schalter zeigen, falls sie dir nicht glauben. Ansonsten werden die sich mit der Adresse des *Strandhus* zufriedengeben müssen, um dahinterzukommen, welche Kundennummer der Laden hat. Dein Elektriker hat gesagt, dass HolsteinEnergie als Grundversorger auf jeden Fall der erste Ansprechpartner ist.«

»Hat er das gesagt?«, fragte Kathrin. »Das ist gut. Dann werde ich ihn notfalls anrufen und das Handy weitergeben, dann darf er sich mit den Leuten da auseinandersetzen. Ich gebe dir Bescheid, wenn ich irgendwas Neues weiß, okay?«

»Danke, Kathrin, du bist ein Goldstück. Du hast was gut bei mir.«

»Sag das nicht so laut, Alice«, erwiderte sie. »Du kannst nie wissen, wann ich mein Guthaben einlösen will.«

Sie verabschiedeten sich, Alice steckte das Telefon ein und machte sich auf den Weg zum Campingplatz. »Dann wollen wir uns mal eine Tüte Strom abholen«, sagte sie zu sich und ging die sandige Schräge hoch.

Kathrin blieb noch einen Moment lang auf der Bank im kleinen Park gegenüber der Klinik sitzen und genoss den Sonnenschein. Für Ende Oktober war es wirklich ungewöhnlich warm, aber es würde sicher noch früh genug einen Temperatursturz geben. Schließlich stand sie auf und machte sich auf den Weg zum Servicecenter. Sie rechnete insgeheim mit einer langen Wartezeit, aber als sie den Vorraum betrat, in dem sie eine Nummer ziehen musste, stellte sie erleichtert fest, dass ihre Bedenken sich nicht bewahrheiten würden. Gerade mal sechs Nummern Differenz zwischen der Anzeige und ihrem Zettel, und das bei drei geöffneten Schaltern. Okay, vielleicht lag es daran, dass heute Freitag war und kaum jemand seine Mittagspause vertrödeln und überziehen wollte, weil das einen späteren Start ins Wochenende bedeutete. Oder es wurde hier in zwei Stunden richtig voll, wenn die meisten Arbeitnehmer Feierabend hatten.

So oder so würde sie schon bald wieder auf dem Weg zur Klinik sein. Jetzt konnte sie nur noch hoffen, dass sie nicht in dem Moment, in dem ihre Nummer aufgerufen wurde, einen Anruf von ihrer Kollegin in der Zentrale erhielt, die sie wegen eines Notfalls zurück in die Klinik beorderte.

Zwanzig Minuten später war Kathrin sich längst nicht mehr so sicher, dass sie es noch innerhalb ihrer Pause schaffen würde, das hier hinter sich zu bringen. Frustriert saß sie da und erkannte anhand der Gesprächsfetzen, die von den drei Schaltern in den Wartebereich drifteten, dass die Kunden an mindestens zwei Schaltern ihr eigentliches Anliegen längst geklärt hatten. Dass sie immer noch dastanden, lag offensichtlich nur an den beiden Mitarbeitern, die ihnen ein angebliches Sonderangebot nach dem anderen schmackhaft machen wollten. Sie konnte deutlich hören, wie die junge Frau am linken Schalter einem älteren Ehepaar immer neue Spezialtarife vorstellte und ausführlich erklärte, allem Anschein jedes Mal auch mit Rechenbeispielen, um ihnen zu zeigen, wie viel sie auf soundsoviele Jahre gerechnet einsparen würde, wenn sie sich für diese oder jene Variante entschieden.

Nach weiteren zehn Minuten, in denen an allen drei Schaltern nichts anderes mehr abzulaufen schien als eine Verkaufsveranstaltung, war Kathrin im Begriff, sich zu beschweren, da sprang ein bärtiger Mittvierziger von seinem Stuhl auf und stürmte zum

Schalter. »Denken Sie zwischendurch auch noch mal an Ihre anderen Kunden?«, fuhr er die Frau so laut an, dass sich auch die Angestellten umdrehten, die an ihren Schreibtischen saßen und mit dem Schalterdienst nichts zu tun hatten. »Wenn ich mir irgendwelche Supersonderangebote unterjubeln lassen will, kann ich auch eine Kaffeefahrt mitmachen, da ist die Luft besser als hier!«

»Hören Sie …«, begann der junge Mann in der Mitte, der so aussah, als hätte er die Ausbildung noch gar nicht ganz abgeschlossen.

»Nein, Sie hören, und zwar hören Sie mir zu«, herrschte der Bärtige ihn an. »Jeder von uns kommt her, weil es irgendein Problem oder irgendwas zu klären gibt. Wir haben unsere Zeit nicht gestohlen, wir sitzen hier, weil wir nicht am Telefon in Ihrer dämlichen Warteschleife hängen wollen, die sowieso nie ein Ende nimmt. Wenn Sie was verkaufen wollen, dann stellen Sie vorne jemanden von Ihren Leuten hin, der Ihren Kunden auf dem Weg nach draußen noch drei Dutzend Broschüren in die Hand drückt, wenn die das wollen. Ich habe genauso wenig Interesse daran, bei Ihnen eine Kreuzfahrt zu buchen, wie ich Lust habe, bei der Post am Schalter Strom zu kaufen! Wenn ich das eine will, gehe ich ins Reisebüro, und wenn ich das andere will, komme ich zu Ihnen. Lernen Sie endlich mal wieder, die Anliegen Ihrer Kunden zu bearbeiten, damit die auch zufrieden sind!«

»Mein Herr, ich muss Sie bitten, sich wieder hinzusetzen und zu warten, bis Sie an der Reihe sind«, versuchte der junge Mann ihn zu beschwichtigen, aber sein hochroter Kopf verriet, wie unangenehm ihm das Ganze war.

Der Bärtige kümmerte sich nicht darum, sondern wandte sich an das ältere Ehepaar, neben das er sich gestellt hatte: »Sagen Sie mir, haben Sie bekommen, was Sie haben wollten?«

Der Mann, eine hagere Erscheinung mit schütterem Haar und mit einer Frau an seiner Seite, die noch schmächtiger wirkte, nickte stumm und fuhr sich nervös mit der Zungenspitze über die Lippen. »Ähm … ja … das haben wir.«

»Und warum sind Sie dann noch hier?«, wollte er dann wissen.

»Weil … weil die junge Frau uns ein Angebot gemacht hat«, antwortete die schmale Frau. »Sie hat uns einen neuen Tarif angeboten, mit irgendwas-flat oder so. Und mit Internet, das ist irgendwas Neues, da brauche ich irgendwas dazu, damit ich das haben kann.«

Kathrin sah, wie der Blick des Mannes zu der Frau hinter dem Schalter wanderte, während er an das Ehepaar gerichtet weiterfragte: »Haben Sie ein Smartphone? Internet? WLAN? Ein Tablet? Ein iPad? Einen eBook-Reader? Wissen Sie, was eine App ist und wo man sie herbekommt?«

»Was für Dinger?«, warf der Ehemann ein, dessen schneeweißes Haar völlig zerzaust war, was Absicht zu sein schien, da es ihm etwas von einem leicht zerstreuten Professor verlieh.

»Sie wissen gar nicht, was das ist, richtig?«, hakte der Mann nach.

Beide zuckten mit den Schultern und schüttelten ahnungslos den Kopf. »Nein, keine Ahnung, aber die junge Dame meinte, das wäre alles selbsterklärend.«

»Und warum hören Sie sich das an, wenn Sie doch gar nichts davon gebrauchen können?«, wollte der Mann wissen.

»Na ja, es wäre doch unhöflich, wenn man einfach geht, während jemand einem etwas anbietet«, antwortete die Frau.

»Nein, das ist nicht unhöflich«, hielt der Bärtige dagegen, »sondern das einzig Richtige, was Sie tun können. Unhöflich ist es, Ihnen die Zeit zu stehlen und Ihnen Dinge anzudrehen, für die Sie keine Verwendung haben, die Sie aber jeden Monat viel Geld kosten. Genau genommen ist das nicht bloß unhöflich, sondern einfach nur Betrug.«

Auch wenn Kathrin den reichlich forschen Tonfall des Mannes nicht mochte, zeigten seine Worte doch Wirkung, denn das ältere Ehepaar nickte der Frau hinter dem Schalter nur noch knapp zu und ging dann weg. Der Mann am mittleren Schalter fand offenbar auch, dass er Zeit vertrödelt hatte, nahm seine Aktenmappe an sich und ging. Nur die Frau ganz rechts, die noch keine zwanzig war, ließ sich von dem Geschehen nicht beeindrucken und blieb stur an ihrem Schalter stehen. Auf Kathrin wirkte das so, als sei sie gar keine Kundin, sondern nutze die Gelegenheit, um sich mit dem dunkelhaarigen Mittzwanziger privat zu unterhalten. Zwar legte der ihr immer wieder neue Broschüren und Ausdrucke hin, aber ihr kam es nicht so vor, als würden die zwei tatsächlich über das reden, was da geschrieben stand.

Zu Kathrins Erstaunen kehrte der bärtige Mann zu seinem Platz zurück und setzte sich seelenruhig wieder hin, um abzuwarten, bis seine Nummer aufgerufen wurde. Sie vermied es, ihn auf sein Einschreiten anzusprechen, weil sie keine Lust hatte, sich in eine womöglich langwierige Unterhaltung verstricken zu lassen. So wie er hier aufgetreten war, machte er das vermutlich regelmäßig, und ihr stand nicht der Sinn danach, sich all diese Episoden anzuhören. Als er dann aufgerufen wurde, musste sie feststellen, dass er gar nicht so viel hätte erzählen können. Nachdem er seinem Unmut Luft gemacht hatte, waren die Mitarbeiter wohl bemüht, wenigstens diejenigen zügig abzufertigen, die den Zwischenfall mitbekommen hatten.

Keine zehn Minuten später war Kathrin an der Reihe und ging zum mittleren Schalter. Die junge Frau rechts war immer noch in das angebliche Beratungsgespräch vertieft, aber Kathrin konnte deutlich erkennen, welche verliebten Blicke zwischen den beiden hin und her gingen.

»Was kann ich für Sie tun?«, fragte die kleine, etwas rundliche Frau hinter dem Schalter. Eigentlich war ihr Lippenstift viel zu rot, aber in Verbindung mit ihrem pechschwarzen Bob und der schwarzweißen Bluse war es genau der richtige Farbton.

»Ich habe ein Problem, Frau …« Sie sah auf das Namensschild an der Bluse. »… Frau Dolores, und zwar geht es um den Strandpavillon *Strandhus* in Heiligenhafen. Sehen Sie, wir …«

»Kundennummer?«, wurde sie höflich, aber bestimmt unterbrochen.

»Haben wir nicht«, antwortete sie.

»Auf welchen Namen lautet das Kundenkonto?«

»Wir haben auch noch kein Kundenkonto«, erwiderte Kathrin geduldig.

Frau Dolores sah sie verständnislos an. »Und wie soll ich Ihnen dann helfen?«

»Das wollte ich Ihnen ja gerade erklären. Wir, also meine Freundinnen und ich, wir haben den Strandpavillon *Strandhus* in Heiligenhafen gekauft, den wir jetzt auf Vordermann bringen wollen, um ihn in Kürze wiederzueröffnen«, führte Kathrin aus, während Frau Dolores sichtlich ungeduldig dreinblickte. »Das Problem ist, dass wir keinen Stromzähler mehr haben.«

»Wie, Sie haben keinen Zähler mehr?«, warf die Frau kopfschüttelnd ein. »Wie soll denn das gehen?«

»Vermutlich hat der Vorbesitzer den Zähler entfernt«, redete Kathrin weiter. »Genau wissen wir das nicht. Und deshalb bin ich hier.«

»Und was soll ich jetzt machen?«

»Sehen Sie, unser Elektriker hat mich gebeten, hier nachzufragen, ob Ihnen etwas über den Vorgang bekannt ist«, fuhr Kathrin fort, die sich etwas mehr Entgegenkommen gewünscht hätte. Diese Frau Dolores war nicht im eigentlichen Sinne unfreundlich, aber sie wartete einfach darauf, dass man ihr alles hinwarf, vorzugsweise schon geordnet, damit sie möglichst wenig tun musste. »Bevor er mit der Arbeit beginnt, möchte er wissen, ob es einen bestimmten Grund dafür gab, dass der Zähler entfernt wurde.«

»Wenn Sie die bisherige Kundennummer nicht kennen und wenn Sie selbst kein Konto bei uns haben, wüsste ich nicht, wie ich Ihnen da eine Auskunft geben soll«, gab Frau Dolores zurück. »Ich habe ja überhaupt keinen Ansatzpunkt.«

»Hm, Sie könnten doch ›Strandhus‹ und ›Heiligenhafen‹ in Ihre Suchmaske eingeben«, schlug Kathrin vor, die sich in diesem Moment vorkam, als würde sie mit der Praktikantin reden, die vor Kurzem in der Tierklinik begonnen und nur zwei Tage durchgehalten hatte. Ihr hatte Kathrin neben vielen anderen Dingen auch erklären müssen, wie man eine Briefmarke auf einen Umschlag klebte – was auch danach nicht geklappt und damit geendet hatte, dass sie ihr die Marke von der Zunge hatte kratzen müssen.

»Tja, wenn Sie meinen, dass Sie unser System kennen, dann …«, gab die Frau zurück und tippte gleichzeitig die Begriffe ein. Im nächsten Moment verstummte sie mitten im Satz, dann murmelte sie: »Ah, da ist es ja.«

Kathrin stand nur da und verzog keine Miene, um bloß nichts Falsches zu sagen.

»Das *Strandhus* in Heiligenhafen … Kundennummer … also … da ist noch ein Außenstand vermerkt …«, redete sie leise vor sich hin.

»Was?«, fragte Kathrin. »Ein Außenstand? Wie soll das möglich …«

»Die Stromrechnungen wurden nicht bezahlt. Der Außenstand beträgt genau dreitausenddreihunderteinundfünfzig Euro und sechsundsiebzig Cent.«

Sechs

»Bitte … was?«, brachte Kathrin mit Mühe heraus, da ihr die Stimme versagte.

»Dreitausenddreihunderteinundfünfzig Euro und sechsundsiebzig Cent«, wiederholte Frau Dolores ungerührt.

»Wie soll das möglich sein? Wir sind seit zwei Tagen Eigentümer des Pavillons, wir haben keinen Strom, wir haben nichts verbraucht«, wandte Kathrin ein. »Und selbst wenn wir Strom hätten, wäre es unmöglich, innerhalb von zwei Tagen für über dreitausend Euro Strom zu verbrauchen. Wir haben ja keine Fabrik gekauft.«

»Ich kann Ihnen nur sagen, was bei uns Stand der Dinge ist«, erklärte die Angestellte. »Ich habe ja nicht behauptet, dass Sie den Strom verbraucht haben, aber er wurde in diesem Objekt verbraucht, das Ihnen gehört.«

»Aber da ist niemand außer uns.«

»Der Außenstand datiert vom zwanzigsten Oktober«, sagte Frau Dolores.

»Das war heute vor einer Woche«, überlegte Kathrin. »Da war längst niemand mehr im *Strandhus.*«

Die Frau schüttelte den Kopf und tippte weiter auf ihre Tastatur. »Das hat damit nichts zu tun. Sehen Sie, bei uns ist in der Nacht vom neunzehnten auf den zwanzigsten Oktober ein Software-Update aufgespielt worden, bei dem sich ein Fehler eingeschlichen hat …«

»Was auch sonst?«, warf Kathrin seufzend ein.

»… der alle Kundennummern betrifft, die auf vierundzwanzig oder achtundzwanzig enden. Alle Konten, die auf diese Ziffernfolge enden, bestehen seit diesem Update nur noch aus dem zu dem Zeitpunkt bestehenden Außenstand oder Guthaben. Ich kann Ihnen also nur den Kontostand nennen, damit Sie wissen, was Sie zahlen müssen oder was Ihnen gutgeschrieben oder mit anderen Forderungen verrechnet wird.«

»Auf vierundzwanzig oder achtundzwanzig? Und wir haben die achtundzwanzig, richtig?«, hakte Kathrin nach.

»Richtig.«

»Aber … wir haben doch den Strom nicht verbraucht«, wandte Kathrin erneut ein. »Wir können doch nicht über dreitausend Euro bezahlen, wenn das gar nicht unseren Verbrauch betrifft. Was ist denn mit dem letzten Eigentümer? Der muss doch den Strom verbraucht haben, dann muss er ihn doch auch bezahlen. Oder … oder hat er gegen den Bescheid Einspruch eingelegt?«

»Das kann ich Ihnen nicht sagen«, antwortete Frau Dolores.

»Ist das vertraulich?«

»Ich kann es Ihnen nicht sagen, weil ich das hier nicht sehen kann«, erwiderte sie. »Wie ich ja bereits gesagt habe, wird mir außer dem offenen Betrag nichts angezeigt.«

»Aber …« Kathrin zuckte hilflos mit den Schultern. »Es muss doch eine Akte geben. Eine Mappe, in der die Vorgänge abgelegt werden.«

Frau Dolores schüttelte den Kopf. »Nein, wieso sollte es die geben?«

»Na ja, wenn ich einen Brief schreibe, weil ich finde, dass Sie zu viel Geld von mir haben wollen … was passiert dann mit dem Brief, wenn es keine Akte gibt, in der er abgelegt werden kann?« Kathrin kam sich in diesem Moment so dumm vor wie eine Erstklässlerin, die zum ersten Mal von ihrer Lehrerin etwas gefragt worden ist und keine Ahnung hat, was sie antworten soll. Sie hörte die imaginären Mitschüler förmlich lachen. Hier lachte zwar niemand, doch das änderte nichts an dem Gefühl, etwas Wichtiges verpasst zu haben, was jeder außer ihr wusste.

»Briefe werden eingescannt und zum Vorgang hinzugefügt.«

»Und dann?«

»Dann ist der eingescannte Brief Teil des Vorgangs«, kam die prompte Antwort.

»Das war mir jetzt schon klar«, sagte Kathrin irritiert. »Nur … was passiert mit dem Brief? Der wird doch nicht weggeschmissen, nicht wahr? Oder landet der sofort im Reißwolf?«

»Nein, Schriftstücke werden den gesetzlichen Fristen entsprechend aufbewahrt«, erklärte Frau Dolores.

»Also doch! Dann müssten Sie also nachsehen können, was vor dem zwanzigsten Oktober unter dieser Kundennummer passiert ist.«

Die Mitarbeiterin reagierte darauf mit einem klaren »Nein«, dem dann aber nichts folgte.

Kathrin atmete frustriert durch. Sie war kurz davor, die Frau zu packen und zu schütteln, damit sie von sich aus endlich erklärte, anstatt sie bis zum letzten Detail auszufragen und dann immer noch keine Gewissheit zu haben, ob sie tatsächlich alles gesagt hatte, was sie wusste.

»Und … wieso geht das nicht?«, fragte sie zögerlich.

»Weil alle gescannten Vorgänge in einem Container landen, der in Abständen zur Zentrale nach Hamburg gebracht wird«, verriet Frau Dolores ihr. »Da wird der Container monatlich zusammen mit den Containern aus allen anderen Geschäftsstellen in einen großen Container umgefüllt, der mit einem Datum versehen wird, bis zu dem er in einer Lagerhalle abgestellt wird. Ist das Datum erreicht, wird der Container zum Recycling gebracht, um aus dem Papier neues Papier zu machen.«

»Das heißt, das wird alles völlig unsortiert zusammengeworfen, und niemand kann jemals ein bestimmtes Schreiben wiederfinden?«

»Das Schreiben ist ja da, es ist schließlich eingescannt worden. Und die Vorlage wird so aufbewahrt, wie es der Gesetzgeber verlangt«, sagte Frau Dolores.

»Ja, aber …«, begann Kathrin, doch dann verstand sie. Sie hatte von Betty immer wieder Beispiele für die erfinderische Auslegung von Gesetzen gehört, wenn die nicht bis ins letzte Detail ausformuliert waren. »Warten Sie mal … der Gesetzgeber will, dass ein Brief oder ein Bescheid aufbewahrt wird, auch wenn er gescannt worden ist, richtig?« Ihr Gegenüber nickte, ein Lächeln umspielte die Mundwinkel der Frau. »Aber im Gesetz ist keine Rede davon, dass Sie den verwahrten Brief auch wiederfinden müssen. Deute ich das so einigermaßen zutreffend?«

Die andere Frau nickte und grinste breit. »Das deuten Sie *ganz* zutreffend. So hat mir das einer von unseren Wirtschaftsprüfern auch erklärt. Das Gesetz verlangt die Aufbewahrung der Unterlagen, und obwohl es selbstverständlich sein sollte, dass man diese Unterlagen auch irgendwem präsentieren kann, wenn jemand sie sehen will, steht kein Wort davon im Gesetz.«

»Also wird einfach alles in einen großen Karton geworfen und nach Fristablauf wiederverwertet.« Kathrin wusste nicht, was sie dazu sagen sollte. Sie kannte so was von Betty, aber das waren immer nur Dinge gewesen, von denen sie nicht selbst betroffen gewesen war. »Das bedeutet aber doch auch, dass es keine Möglichkeit gibt, den Vorgang noch einmal nachzuvollziehen.«

»Doch, doch, es sind ja alle Unterlagen noch da, nur eben elektronisch, weil das viel sicherer ist«, erklärte die andere Frau.

»So viel sicherer ist es aber nicht, wenn den Programmiergenies ein solcher Fehler unterläuft, dass da reihenweise Konteninhalte gelöscht werden«, wandte Kathrin ein.

»Ich kann Ihnen nur weitergeben, was man mir sagt. Ich werde nicht dafür bezahlt, dass ich auch *glaube,* was man mir sagt.«

Mit einem Mal war ihr diese Frau viel sympathischer, weil sie sich nicht hinter den angeordneten Floskeln versteckte, sondern darauf hinwies, dass die Entscheidungen von Leuten getroffen wurden, denen es offenbar an gesundem Menschenverstand mangelte. Aber es war egal, wie sympathisch sich die Frau damit machte, es änderte nichts an der Tatsache, dass sie über dreitausend Euro von Kathrin und ihren Freundinnen haben wollte, für die sie nicht verantwortlich waren.

»Sagen Sie, ich muss doch unseren Strom nicht über Sie beziehen, richtig?«, fragte Kathrin, da ihr der vielleicht rettende Gedanke gekommen war.

Frau Dolores sah sie etwas verwundert an. »Was meinen Sie damit?«

»Ich meine, wir können doch auch zu einem dieser Billiganbieter gehen und uns von ihm mit Strom versorgen lassen.«

»Oh, das meinen Sie.« Sie nickte. »Ja, das können Sie natürlich machen.«

»Na also, dann ist unser Problem doch gelöst«, sagte Kathrin und musste sich ein triumphierendes Strahlen verkneifen. »Ich fürchte, Sie werden dann auf dieser Forderung sitzen bleiben, mit der wir nichts zu tun haben.«

»Daraus wird leider nichts », erwiderte die Mitarbeiterin, gerade als Kathrin sich von ihr verabschieden wollte. »Den Strom bekommen Sie von einem Dutzend Konkurrenten, aber die nutzen alle unsere Leitungen, und wir stellen auch den Zähler.«

Kathrin hatte das Gefühl, in sich zusammenzusinken. »Mit anderen Worten: Wir sind Ihnen ausgeliefert, weil Sie den Zähler nicht stellen werden, solange diese Forderung nicht beglichen ist. Richtig?«

»Ich würde Ihnen gern etwas anderes sagen«, entgegnete Frau Dolores fast schon verlegen, als wäre es ihr peinlich, Kathrin diesen Dämpfer zu versetzen. »Aber so sieht es aus, ja.«

Einen Moment lang stand Kathrin da und schüttelte ungläubig den Kopf. »Hören Sie, ich weiß, Sie machen diese Vorschriften nicht, deshalb möchte ich, dass Sie mich zu Ihrem Vorgesetzten bringen. Ich möchte mich bei ihm darüber beschweren, wie HolsteinEnergie mit seinen Kunden umgeht. Es muss ja schließlich möglich sein, sich zu beschweren, damit der Fall von einer höheren Stelle bearbeitet wird. Es kann doch nicht sein, dass wir für alte Schulden geradestehen müssen, nur weil hier niemand in der Lage ist, den eigentlichen Schuldner ausfindig zu machen.«

Die Mitarbeiterin nickte verständnisvoll. »Natürlich können Sie sich beschweren, aber erstens müssen Sie das bei mir machen, weil ich Sie nicht ins Haus lassen darf. Und zweitens wird dann ein Fall geöffnet …«

»Das ist doch der Sinn der Sache, oder nicht?«

Frau Dolores hob mahnend einen Finger, um ihr zu verstehen zu geben, dass sie noch nicht fertig war und sie Kathrin noch etwas wirklich Wichtiges zu sagen hatte. »Wenn ein Fall geöffnet ist, ruht der gesamte Vorgang, bis der Fall geschlossen wird.«

»Welcher Vorgang? Sie meinen die Suche nach den verschollenen Daten?«

»Nein, ich meine den gesamten Vorgang, auch Ihr Anliegen, in Ihrem Pavillon einen neuen Zähler zu montieren, damit Ihr Stromanschluss wieder eingerichtet werden kann.«

Kathrin stand sekundenlang da und versuchte, aus diesem albernen Albtraum aufzuwachen, in den sie auf einer Parkbank sitzend gesunken sein musste. Aber sie war leider hellwach. »Soll das heißen … es kommt niemand zum Pavillon, um einen Zähler zu installieren?«

»Das heißt es.«

»Und wie lange dauert das dann?«

»Bis der Fall geschlossen ist.«

»Aber … wie lange soll das sein?«

»Das weiß ich nicht, ich bearbeite keine Fälle«, antwortete Frau Dolores achselzuckend. »Ich sehe nur, wenn ein Fall geschlossen worden ist und das Kundenkonto wieder geöffnet werden kann.«

»O mein Gott«, murmelte Kathrin. »Hören Sie, kann ich eigentlich einen Termin bei Ihnen vereinbaren? Ich müsste das mit meinen Freundinnen bereden. Ich kann nicht eigenmächtig entscheiden, ob wir zahlen oder ob wir uns gegen diese Forderung wehren, aber ich habe auch keine Lust, beim nächsten Besuch von einer Kollegin bedient zu werden, der ich dann die ganze Geschichte noch einmal erzählen muss.«

Die Mitarbeiterin zog den Mundwinkel runter. »Das ist eigentlich nicht üblich, weil jeder Servicemitarbeiter die gleichen Informationen zu einem Vorgang hat …«

»Na ja, aber wenn Sie bei Ihrer Telefongesellschaft anrufen, weil die Leitung gestört ist, dann müssen Sie beim zweiten Anruf ja auch noch einmal alles von vorn erzählen, weil Sie nicht wieder mit Frau Müller reden, die sich sofort an Sie erinnern würde und genau Bescheid wüsste«, versuchte Kathrin die Frau zu überreden. »Sehen Sie, ich arbeite in der Tierklinik da hinten und kann mir nicht immer so gut die Zeit nehmen, um mich hier hinzusetzen und zu warten. Es kann jederzeit ein Notfall dazwischenkommen, und dann muss ich gehen, ohne etwas erledigt zu haben.«

»In der Tierklinik arbeiten Sie?«, hakte Frau Dolores nach. »Dann könnten Sie mir sicher im Gegenzug einen Gefallen tun. Bei meinem Hund Francis muss Zahnstein entfernt werden ...« Sie deutete über die Schulter zu einem kleinen Mischling, der hinter dem Schreibtisch lag und schlief. »... aber die Öffnungszeiten bei meinem bisherigen Tierarzt liegen so ungünstig, dass ich das nie schaffe, ohne mir einen Tag Urlaub zu nehmen.«

»Sie können jederzeit bei uns ...«

»Sehen Sie, ich würde mir gern die Wartezeit ersparen, weil Francis immer sehr nervös wird, wenn er lange im Wartezimmer sitzen muss und von anderen Hunden und vor allem von Katzen umgeben ist«, redete die Frau unbeirrt weiter.

»Aah, verstehe«, sagte Kathrin und bemühte sich um ein freundliches Lächeln, obwohl sie sich von der Frau ein wenig ausgenutzt vorkam. Immerhin würde die ihnen nicht diese dreitausend Euro erlassen, nur weil Kathrin ihr einen Gefallen tat. Andererseits war es auch kein Vergnügen, zwei Stunden im Wartebereich zu verbringen. »Ich komme zum vereinbarten Zeitpunkt her, wir besprechen, was zu besprechen ist, und dann nehme ich Ihren Francis mit, damit er bis abends vom Zahnstein befreit ist, wenn Sie Feierabend haben und ihn abholen können.«

Frau Dolores nickte lächelnd. »Montag um neun Uhr?«

»Lieber um halb neun, und achten Sie darauf, dass Francis am Sonntag ab acht Uhr abends nichts mehr zu essen bekommt. Für die Narkose muss er nüchtern sein«, sagte Kathrin. »Sie müssten allerdings heute noch bei uns vorbeikommen und das Patientenblatt ausfüllen. Das benötigen wir unbedingt, bevor wir uns um Ihren Hund kümmern können.«

»Muss ich dafür warten?«, kam die besorgte Frage.

»Nein, das können Sie gleich am Empfang erledigen. Und sagen Sie, dass Sie mit mir gesprochen haben«, ergänzte Kathrin. »Mein Name ist Moll, Kathrin Moll.«

Frau Dolores nickte wieder und strahlte vor Freude. »Das ist wirklich nett von Ihnen, Frau Moll. Ach so, bevor Sie gehen … Sie sprachen ja davon, dass Sie diesen Pavillon mit Ihren Freundinnen zusammen gekauft haben und dass Sie mit ihnen besprechen wollen, wie Sie vorgehen wollen.«

»Ja«, bestätigte Kathrin, die mit einem Mal das Gefühl beschlich, dass der richtige Schlag mit dem Hammer erst noch kommen würde.

»Das System gibt mir vor, dass ich auf der Grundlage früherer negativer Erfahrungen einen Abschlag von fünfhundertfünfzig Euro im Monat ansetzen muss, der für zwölf Monate im Voraus zu zahlen ist.«

»Fünfhundertfünfzig Euro?«, wiederholte Kathrin ungläubig. »Welche negative Erfahrungen? Wir haben doch noch gar keinen Strom von Ihnen bekommen.«

»Der Außenstand«, sagte Frau Dolores und zuckte entschuldigend mit den Schultern.

»Und wenn wir den Außenstand bezahlen? Ändert das etwas an den Vorauszahlungen?«

»Leider nicht. Abgesehen davon müssen Sie den …«

»Ja, ich weiß«, unterbrach Kathrin sie seufzend. »Den Außenstand sollen wir ja so oder so zahlen, schon klar.« Sie schüttelte nachdenklich den Kopf. »Fünfhundertfünfzig Euro …«

»Für zwölf Monate im Voraus«, wiederholte die Mitarbeiterin.

»Zwölf Monate? Moment mal, das sind ja … sechstausendsechshundert Euro!«, rief Kathrin erschrocken. »Dann sind das zusammen ja zehntausend Euro!«

»Neuntausendneunhunderteinundfünfzig Euro. Und sechsundsiebzig Cent«, korrigierte Frau Dolores reflexartig und hob gleich die Hand, als wollte sie sich für ihre Bemerkung entschuldigen.

»Können wir wenigstens gegen diese Vorauszahlung Beschwerde einlegen?«, fragte sie. »Wir haben ja das Geld nicht einfach so rumliegen und müssen noch ein paar Euro in die Kücheneinrichtung stecken. Und neue Tische und Stühle brauchen wir auch noch.«

»Wenn Sie eine Beschwerde einreichen, wird ein Fall eröffnet. Was dann passiert, habe ich Ihnen ja gesagt.« Dann beugte Frau Dolores sich vor und ergänzte so leise, dass niemand sonst etwas hören konnte: »Sie bekommen einen Bescheid über die Vorauszahlungen, da haben Sie vier Wochen lang die Möglichkeit, Einspruch dagegen einzulegen. Dann haben Sie ja längst Ihren Anschluss, und dann wird Ihnen auch nicht der Strom abgestellt, während der Einspruch bearbeitet wird.«

»Oh, danke für den Tipp«, sagte Kathrin. »Aber … unser Geld sind wir erst mal los.«

»Ja, Sie müssen natürlich erst einmal gezahlt haben, damit Sie überhaupt mit Strom beliefert werden können«, bestätigte Frau Dolores mit bedauernder Miene.

Kathrin verabschiedete sich und verließ das Servicecenter, holte ihr Smartphone aus der Tasche und wählte Bettys Nummer. Sie mussten sich heute Abend alle drei unbedingt zusammensetzen und eine Lagebesprechung abhalten.

Zur gleichen Zeit machte sich Alice auf den Weg zum Büro des Campingplatzes. Dort, wo der Platz an den Zufahrtsweg und den Pavillon grenzte, gab es einen Weg, der wohl mal als Trampelpfad angefangen hatte und im Laufe der Jahre immer breiter und breiter geworden war, weil jeder Camper, der zum Strand wollte, diese Abkürzung genommen hatte.

Zwischen zwei hohen Hecken hindurch, die als Sichtschutz für die Stellplätze zu beiden Seiten dienten, gelangte sie auf den Platz, der sich als überraschend schön angelegt erwies. Bei ihrem Urlaub mit Betty und Kathrin hatte sie den Campingplatz zwar wahrgenommen, sich aber nicht weiter dafür interessiert. Sehr deutlich war ihr allerdings noch der Platz an der englischen Westküste im Gedächtnis, den sie vor Jahrzehnten einmal gesehen hatte, als ihre Eltern dort mit ihr Urlaub macht hatten. Sie konnte sich nicht mehr erinnern, in welchen Küstenort sie damals einen Ausflug unternommen hatten; auf jeden Fall waren sie in Strandnähe an einem Campingplatz vorbeigefahren, auf dem sie nicht mal gegen Bezahlung auch nur einen Tag hätte verbringen wollen. Die Wohnwagen standen so dicht nebeneinander wie Reihenhäuser, dazwischen verlief ein asphaltierter Weg für die Autos, die nach dem Abstellen des Wohnwagens auf einem anderen, etwas abgelegeneren Platz parken mussten. Am Rand dieses Weges befand sich ein schmaler Grünstreifen, der eben ausreichte, um wie an einer Perlenkette aufgereiht auf Klappstühlen zu sitzen und die Sonne zu genießen. Alle asphaltierten Wege führten in Richtung Strand, den man auch nur auf diesen Wegen erreichen konnte – vorbei an zweifellos betrunkenen und umso »fröhlicheren« Campern, die sicher nichts Besseres zu tun hatten, als jede vorbeikommende Frau zu belästigen. Sie war heilfroh gewesen, dass ihre Eltern diesen Platz als genauso schrecklich empfunden hatten und nicht auf die Idee gekommen waren, das im nächsten Jahr »auch mal zu machen«.

Seitdem verband sie Campingplätze nur mit diesem Erlebnis, weshalb dieser Platz hier unmittelbar am Strand eine umso angenehmere Überraschung darstellte. Es gab zwar auch eine asphaltierte Straße, damit die Gespanne zu ihren Stellplätzen fahren konnten. Aber jeder Platz war nach hinten und zu beiden Seiten von Büschen und Bäumen umgeben, die für ein gewisses Maß an Privatsphäre sorgten. Es war fast so, als befände man sich auf einer Lichtung irgendwo im Wald.

Da die Hauptsaison und auch die Herbstferien bereits vorbei waren, herrschte kein Hochbetrieb mehr, aber von der Stelle aus, an der sie die Straße betreten hatte, konnte sie vier Wohnwagen ausmachen. Bei zwei Wagen waren auch Leute zu sehen, die draußen in der Sonne saßen. Auf einer dritten Stellfläche standen zwei Liegestühle vor dem Wagen, die Tür war offen, bloß war niemand zu sehen. Der vierte Wagen, an dem sie auf dem Weg zum Büro vorbeikam, machte dagegen den Eindruck, dass er zum Überwintern hier zurückgelassen worden war. Insgesamt sah sie gerade einmal ein gutes Dutzend Camper über die ganze Fläche verteilt, die sicher um die hundert Wohnwagen aufnehmen konnte.

Da die Straße in einer leichten Schlangenlinie über den Platz verlief, brauchte Alice eine Weile, bis sie endlich das Büro an der Einfahrt erreicht hatte. Zweifellos gab es einen kürzeren Weg irgendwo mitten durchs Gebüsch, aber das wollte sie gar nicht erst versuchen, weil sie fürchtete, auf den letzten Metern auf irgendein Hindernis zu stoßen, das sie zu einem womöglich riesigen Umweg zwang.

Das Büro war eigentlich ein großer Container, wie er auf Baustellen benutzt wurde, um die Arbeiter einzuquartieren und provisorische Architektenbüros einzurichten. Auch hier schien der Container ein Provisorium zu sein, da hinter ihm noch die Überreste eines Backsteinbaus zu erkennen waren.

Alice klopfte an die Tür, die ein Stück weit offen stand, und trat ein, nachdem sie einen Moment lang gewartet hatte, ohne dass eine Reaktion gekommen war. Von innen betrachtet hatte man nicht das Gefühl, sich in einem Container zu befinden, sondern in einem etwas lang gestreckten Büro, da Wände und Decke wie verputzt wirkten und ein grauer Teppichboden verlegt worden war. An einem längs aufgestellten Schreibtisch saß eine Frau mit blau gefärbten Haaren. Sie trug ein schwarzes Tanktop, was zweifellos dem Zweck diente, ihre von den Schultern bis zu den Handgelenken tätowierten Arme zur Schau zu stellen. Beim Näherkommen sah Alice, dass die Frau etliche Piercings im Gesicht trug. Sie mochte Anfang zwanzig sein, also aus Alice' Sicht viel zu jung, um ihren Körper so massiv zu verstümmeln. Alice wusste, dass manche – nicht zuletzt ihre Töchter – sie wegen ihrer Einstellung für altmodisch hielten, aber das war ihr egal. Ihre Meinung war: Erst mal Lebenserfahrung sammeln, ehe man eine Modeerscheinung mitmacht, die einen buchstäblich fürs Leben zeichnet. Wer mit dreißig oder darüber immer noch tätowiert werden wollte, der sollte das machen, aber nicht als so junger Mensch, wie es diese Frau da war. Ganz abgesehen davon, wie jung sie erst gewesen sein mochte, als sie sich das erste Motiv hatte stechen lassen.

Der Blick der Frau war auf ein Smartphone gerichtet, auf das sie mit ihren langen schwarz lackierten Fingernägeln wie besessen eintippte. Von ihrer Besucherin hatte sie bislang noch nichts mitbekommen, und das wäre nicht anders gewesen, wenn jemand hereingekommen wäre, der sie ausrauben wollte.

Alice räusperte sich, was die tätowierte Frau so erschreckte, dass das Smartphone in hohem Bogen durch die Luft flog. Alice war noch schnell genug zur Stelle, um das Gerät aufzufangen, während die Frau sie völlig entgeistert anstarrte.

»W…wo kommen Sie denn her?«, rief sie erschrocken und sprang von ihrem Stuhl auf.

»Ich habe mich aus dem All hier hinbeamen lassen«, antwortete Alice lächelnd.

»Würde ich Ihnen fast glauben«, sagte die junge Frau.

»Alice Berrendorf«, stellte sie sich vor und hielt ihr die Hand hin.

»Ähm … Svenja … Svenja Kalas«, entgegnete sie. »Ich … ähm … was kann ich für Sie tun? Welchen Platz haben Sie?«

»Gar keinen, ich …«

»Sind Sie denn angemeldet? Ich habe nämlich …«

»Nein, Frau Kalas, warten Sie, ich …«

»Uuh, sagen Sie bloß nicht Frau Kalas zu mir. Einfach nur Svenja. Sonst komme ich mir vor wie meine eigene Mutter!«, ging die Tätowierte hastig dazwischen.

»Einverstanden, Svenja, aber dann sagen Sie auch Alice zu mir«, willigte sie prompt ein und fügte lächelnd hinzu: »Sie wollen ja sicher nicht, dass *ich* mir wie meine eigene Mutter vorkomme.«

»Natürlich nicht, Alice. Was kann ich denn nun für Sie tun?«

»Ich würde mir gern bei Ihnen etwas Strom borgen«, sagte Alice.

Svenja sah sie ausdruckslos an, sodass nicht mal zu erkennen war, ob sie überhaupt etwas mitbekommen hatte.

»Svenja?«

»Ja, ich überlege, wie das gehen soll«, murmelte sie verwirrt.

»Am besten mit einem Kabel«, fügte Alice an, aber damit kam sie auch nicht weiter. »Svenja, hören Sie, meine Freundinnen und ich haben den Pavillon unten am Strand gekauft und sind im Augenblick im Begriff, den Laden auf Vordermann zu bringen. Das Problem ist …«

»Am Strand gibt's einen Pavillon? Echt?«

»Ja … ähm … wussten Sie das nicht?« Alice war davon ausgegangen, dass jeder in Heiligenhafen und Umgebung das *Strandhus* kannte. Sollte das etwa nicht so sein? In dem Fall würden sie wohl Werbung machen müssen, um alle auf ihr Lokal aufmerksam zu machen.

»Ich bin nicht von hier«, erklärte Svenja. »Ich bin aus Schwerin, ich bin nur eingesprungen, weil Klausi in Spanien ist und Hunde sammelt. Er meint, dass das für ihn Urlaub ist.«

»Hunde sammelt?«, hakte Alice nach. Sie wusste, dass Klausi der Besitzer dieser Campinganlage war, weil der Name »Klausis Camping« das schon verriet. Dass der Mann irgendwann mal Urlaub machen musste, war auch klar, schließlich war dieser Platz das ganze Jahr hindurch geöffnet. Nur was es mit den Hunden auf sich hatte, wusste sie nicht.

»Na, der Klausi sammelt doch da die streunenden Hunde ein, die er dann mit nach Deutschland bringt, damit sie hier ein gutes Zuhause kriegen«, erklärte Svenja und klang so, als sei sie stolz auf Klausi – wozu sie auch allen Grund hatte.

»Wow, ich bin beeindruckt«, sagte Alice anerkennend.

»Ich auch«, erwiderte Svenja. »Ich finde nur, er sollte auch mal richtig Urlaub machen und zwei Wochen lang nur faulenzen.«

»Das liegt nicht jedem, Svenja. Und wenn es ihm so viel gibt, sich für diese Hunde zu engagieren, dann wird das für ihn mehr Erholung sein, als irgendwo am Strand zu sitzen und in der Sonne zu schmoren.«

Die junge Frau zuckte mit den Schultern. »Kann schon sein. Aber was haben Sie von diesem Pavillon gesagt? Wo ist der? Machen Sie auch Beachpartys?«

»Also, der Pavillon ist da …« Alice unterbrach sich, als ihr Blick zufällig auf eine große Karte rechts von ihr fiel. Die zeigte den Platz und den Verlauf der Straße sowie die einzelnen Stellplätze, außerdem verliefen schmale Linien kreuz und quer über die Karte. »Der ist da oben«, sagte sie und zeigte auf die linke obere Ecke. »Wenn Sie auf diesem Weg … das Graue sind doch Fußwege, nehme ich an …«

»Soweit ich weiß.«

»… also, wenn Sie den Platz da oben verlassen, kommen Sie genau hinter unserem Pavillon aus. Und dann sind Sie auch schon am Strand.«

»Wusste ich gar nicht«, sagte Svenja erstaunt. »Muss ich mir unbedingt mal ansehen.« Sie sah Alice an. »Und was wollen Sie von mir haben? Haben Sie wirklich von Strom geredet?«

Alice nickte bejahend. »Ja, sehen Sie, wir haben zurzeit keinen Strom, weil es Probleme mit den Sicherungen und mit dem Zähler gibt.« Sie wollte nicht ins Detail gehen, weil das nur noch mehr Fragen nach sich ziehen würde. »Ich wollte fragen, ob ich einen der Stromanschlüsse für die Wohnwagen auf diesem oder dem Platz da nutzen dürfte, weil ich heute die Farbe vom Treppengeländer abschleifen möchte. Ich habe zwar eine Kabeltrommel mitgebracht, aber ich glaube, die reicht nicht so weit. Deshalb würde ich Sie auch noch um eine Kabeltrommel bitten, damit das hinkommt.«

»Hm«, machte die junge Frau und schaute nachdenklich vor sich hin. »Ja, warum nicht? Ich brauche nur hundert Euro als Kaution von Ihnen.«

»Hundert Euro?«, wiederholte Alice überrascht. »Ist das üblich?«

»Anweisung von Klausi«, sagte Svenja. »Tut mir leid, aber er will das so. Außerdem hab ich Sie ja noch nie gesehen, da weiß ich nicht, ob Sie mit der Kabeltrommel abhauen wollen.«

Alice fragte sich zwar, warum sie mit einer Kabeltrommel abhauen sollte, aber ihr war auch klar, dass manche Diebe alles klauten, was sie in die Finger bekommen konnten. Wenn jemand eine solche Kabeltrommel mitgehen ließ und später für zehn Euro auf dem Flohmarkt verkaufte, hatte er nun mal zehn Euro Reingewinn gemacht. »Okay«, erwiderte Alice und zog die Geldbörse aus der Hosentasche, dann holte sie zwei Fünfziger heraus. »Hier.«

»Danke.«

»Quittung.«

»Was?«, fragte Svenja.

»Wenn ich Ihnen hundert Euro als Kaution überlasse, bekomme ich dafür eine Quittung«, erklärte Alice.

»Sie bekommen doch die hundert Euro zurück«, hielt die andere Frau dagegen.

»Ja, und Sie bekommen die Kabeltrommel zurück.«

»Finden Sie, ich sehe so aus, als würde ich mit den hundert Euro davonlaufen? Sie können mir vertrauen, Alice.«

»Finden Sie denn, dass ich so aussehe, als würde ich mit der Kabeltrommel davonlaufen?«, konterte Alice.

»Nein, aber ich muss mich absichern«, beharrte die andere Frau.

»Dafür habe ich durchaus Verständnis, aber ich muss mich auch absichern«, machte Alice ihr klar. »Sie können ja theoretisch in einer Stunde Feierabend machen, und dann sitzt hier jemand, der nichts von den hundert Euro weiß. Wie soll ich beweisen, dass ich Ihnen das Geld gegeben habe?«

»Hmm … ach, so meinen Sie das. Ja, jetzt verstehe ich, was Sie meinen.« Sie begann in der obersten Schublade ihres Schreibtischs zu kramen und holte einen Quittungsblock heraus, dann schrieb sie etwas auf und hielt Alice den Quittungszettel hin, nachdem sie ihn gestempelt hatte. »Gut so?«

Alice sah sich genau an, was darauf geschrieben stand. »Mehr will ich gar nicht. Und natürlich noch die Kabeltrommel.«

»Kommen Sie, ich hole die Trommel und dann gehen wir rüber zu Platz acht, damit Sie Ihren Strom bekommen«, sagte Svenja, gab ihr ein Zeichen, vor ihr den Container zu verlassen. Dann folgte sie ihr nach draußen und schloss ab. Aus einem Schuppen, der ein Stück dahinter so zwischen Büschen verborgen stand, dass man ihn fast nicht bemerkte, holte Svenja eine Kabeltrommel.

Eine Viertelstunde später stand Alice wieder auf der Terrasse des *Strandhus*, trug Mundschutz, Schutzbrille und Arbeitshandschuhe und hielt die Schleifmaschine fest. Ein Druck auf die rote Taste, und der Motor begann zu schnarren. Gleichzeitig setzte sich die Platte in Bewegung, an der das Schmirgelpapier befestigt war.

Zufrieden nickte sie. Der Plan mit dem Verlängerungskabel hatte funktioniert, Svenja hatte kurz einen Blick auf den Pavillon und den Strand geworfen und mit einem »Wow« kommentiert, dann war sie zu ihrem Büro zurückgegangen. Jetzt konnte Alice dem schlampig aufgetragenen Lack zu Leibe rücken.

Sie stellte sich auf die oberste und die Stufe gleich darunter, damit sie Halt hatte, dann drückte sie die Schleifmaschine auf das Geländer und legte los.

Im ersten Moment wollte das Schleifpapier nicht fassen, sodass die Maschine hin und her rutschte, ohne irgendetwas zu bewirken. Dann war eine Unebenheit gefunden, und die Sache ging schon besser. Gleichzeitig begann die Schutzbrille von innen zu beschlagen, weshalb Alice mehr auf Verdacht arbeitete als auf Sicht. Kleine Wolken aus Farbstaub schwebten von dem leichten Windhauch getrieben davon, der von Land her in Richtung Meer wehte.

Als sie durch die beschlagene Brille etwas schimmern sah, wo nichts hätte schimmern dürfen, schaltete sie die Schleifmaschine ab und schob die Schutzbrille hoch.

»Was um alles in der Welt ist denn das?«, murmelte sie, legte die Maschine nach links auf die Terrasse, zog ihre Schutzkleidung aus und strich mit einem Finger über das Geländer. An den Stellen, an denen bislang nur die Farbschicht abgetragen war, sah der Grund nach Kunststoff aus. Direkt davor befand sich ein Streifen von vielleicht zehn Zentimetern, an denen das Schmirgelpapier auch diese Schicht entfernt hatte, und das war die Stelle, die so schimmerte. Diese glänzende Schicht war vom Bearbeiten teilweise in Fetzen gerissen worden.

Alice stand da und rätselte, was das alles darstellen sollte. Stimmt nicht, korrigierte sie sich. Sie wusste, was es darstellte, nur ergab das alles keinen Sinn, weshalb ihr Verstand es nicht wahrhaben wollte.

»Wie bitte?«, fragte Betty, nachdem Alice ihr telefonisch die nächste Hiobsbotschaft verkündet hatte, allerdings in einem solchen Tempo, dass sie nur die Hälfte mitbekommen hatte. »Was ist mit dem Geländer?«

Sie hörte Alice frustriert durchatmen und wartete geduldig ab, weil sie wusste, dass ihre Freundin einen Moment brauchte, um sich wieder unter Kontrolle zu bekommen.

»Also«, begann sie deutlich ruhiger. »Unter der Farbschicht befindet sich Paketband, du weißt schon, dieses braune Band. Das Geländer an der Treppe und rings um die Terrasse ist damit ein paar Mal umwickelt worden. Unter dem Klebeband befindet sich so was wie Frischhaltefolie, nur viel stabiler. Mehr diese Art, mit der man heutzutage vollgepackte Paletten einwickelt, damit nichts runterfallen kann.«

»Aha«, machte Betty nur und ließ Alice weiterreden.

»Wenn du diese Folie abmachst, die bestimmt in sechs oder sieben Lagen drumgewickelt ist, kommen ganz dünne Holzstreifen zum Vorschein, die so breit sind wie das Geländer und die von oben und unten aufgeklebt worden sind. Wenn du diese Holzstreifen ablöst, dann stößt du auf etwas, das aussieht wie ein Geländer, das schon von den alten Pharaonen benutzt worden ist.

Das Holz ist aufgeplatzt, es sind Stücke herausgebrochen, und an einigen Stellen ist das Holz völlig verrottet. Wenn du nur dieses Geländer hättest, aber nicht diesen … diesen Verband darum … dann würde das einfach wegbrechen, sobald du dich darauf abstützen willst.«

Betty seufzte leise. »Und das gilt für das gesamte Geländer?«

»Ja, Treppe und Terrasse«, bestätigte Alice. »Ich wage im Moment noch gar nicht darüber nachzudenken, was das für die Treppenstufen bedeuten könnte. Auf jeden Fall ist die Treppe lebensgefährlich. Ich muss das unbedingt absperren. Vielleicht kann mir Svenja ja ein ›Betreten verboten‹-Schild ausdrucken, das ich an der Treppe aufhängen kann.«

»Wer ist Svenja?«, fragte Betty irritiert.

»Erzähle ich dir später«, sagte Alice. »Ich bin nur froh, dass die Terrasse keine Holzkonstruktion ist. Sonst hätte ich inzwischen schon eine Abrissbirne bestellt.«

»Mal nicht den Teufel an die Wand«, gab Betty leise zurück. »Meldest du dich, wenn der Elektriker da war?«

»Willst du das wirklich?«

Betty atmete schnaubend aus. »Nein, ich glaube nicht. Hat Kathrin dich eigentlich erreicht?«

»Sie hat wohl einmal angerufen, aber da war ich zu spät am Apparat. Ich habe zurückgerufen, aber da ist nur die Mailbox angesprungen. Gab es etwas Wichtiges?«

»Das weiß ich selbst nicht«, erklärte Betty. »Sie hat nur angerufen und gesagt, dass wir uns heute Abend zusammensetzen müssen.«

»Hat sie irgendetwas dazu gesagt, wie es bei HolsteinEnergie gelaufen ist?«, wollte Alice wissen.

»Kein Wort.«

»Hmm, dann möchte ich fast wetten, dass es nicht so abgelaufen ist wie erwartet und dass es unerfreuliche Neuigkeiten gibt.«

»Tja, das Beunruhigendste an allem ist, dass ich nicht mal dagegen wetten könnte, wenn ich wollte«, sagte Betty. »Lassen wir uns überraschen. Und dann kannst du uns auch erzählen, was der Elektriker gesagt hat. Das ist dann immer noch früh genug.«

»Ja, das würde ich auch sagen«, stimmte Alice ihr zu und beendete das Gespräch.

Nachdem Betty den Hörer weggelegt hatte, musste sie an den VW Käfer denken, der anstelle eines Motors nur Ziegelsteine unter der Haube gehabt hatte. Allmählich beschlich sie das Gefühl, dass sich dieser Pavillon als Neuauflage dieses Käfers entpuppen könnte – nur mit dem Unterschied, dass der Pavillon nicht für ein paar Euro auf einen Abschleppwagen geladen und zum Verschrotten gebracht werden konnte.

Es war kurz vor vier, als Alice vom Campingplatz zurückkehrte. Sie hatte die Kabeltrommel ins Büro gebracht und von Svenja anstandslos die Kaution ausgehändigt bekommen. Die junge Frau war ihr sogar noch entgegengekommen, denn eigentlich hätte Alice eine Pauschale von zwanzig Euro für die Nutzung des Stromanschlusses zahlen müssen. Aber nachdem sie glaubhaft hatte machen können, dass ihre Schleifmaschine nur maximal fünf Minuten lang in Betrieb gewesen war, hatte Svenja abgewinkt. Dann hatte sie ihr auch noch ein halbes Dutzend »Gefahr! Betreten verboten!«-Schilder ausgedruckt und ihr eine Rolle Absperrband mitgegeben, das normalerweise benutzt wurde, um reservierte Stellplätze zu kennzeichnen.

Alice ging an ihrem Wagen vorbei in Richtung Pavillon, als sie merkte, dass sie Durst hatte. Sie kehrte um und holte eine Literflasche Wasser aus dem Kofferraum, dann schloss sie die Tür zum Pavillon auf und legte Zettel und Absperrband auf die Theke. Sie trank einen Schluck aus der Flasche und wollte eben wieder rausgehen, um das Absperrband zu befestigen, damit niemand sich verletzte und sie nicht auch noch eine Schmerzensgeldklage angehängt bekamen, da hörte sie auf einmal ein Geräusch. Sie lauschte angestrengt und kam zu dem Schluss, dass es sich um leise Schritte handeln musste.

Jemand hatte sich Zugang zum Pavillon verschafft!

Sie sah zur Terrassentür und stellte fest, dass die einen Spalt offen stand.

»Verdammt!«, murmelte sie. Wer kam auf die Idee, sie ausrauben zu wollen, wenn es hier nicht mal mehr einen Stromzähler gab?

Die Schritte kamen näher, und dann kam der Einbrecher die Treppe rauf. Sie sah den Lichtkegel einer Taschenlampe durch den Raum zucken. Eigentlich hätte sie rauslaufen und von draußen die Polizei alarmieren müssen. Aber zum einen hätte es vermutlich viel zu lange gedauert, bis die hier eingetroffen wäre, zum anderen wurde sie von einer unglaublichen Wut darüber erfasst, dass sich zu all den Dingen, die ohnehin schon schiefgegangen waren, nun auch noch ein Einbrecher gesellen musste. Sie lief zur Theke und ging daneben in Deckung, dann behielt sie die Treppe im Auge und sah eine Gestalt nach oben kommen, die sich ihrer Sache so sicher war, dass sie nicht mal versuchte, keine Geräusche zu machen.

Als der Eindringling die vorletzte Stufe erreicht hatte, sprang Alice laut schreiend auf, stürmte auf den Fremden los, holte mit dem linken Arm aus und schleuderte ihm die Flasche ins Gesicht. Die Attacke kam so überraschend, dass außer einem erstickten Laut nur das Gepolter zu hören war, als der Einbrecher rückwärts die Treppe runterstürzte.

Dann herrschte absolute Stille, abgesehen von Alice‘ lautem Atmen, während sie sich der Treppe näherte und vorsichtig nach unten spähte. Der Unbekannte rührte sich nicht, die Taschenlampe war so auf ihm gelandet, dass sie einen Teil seiner Kleidung beleuchtete.

Alice erschrak, ihre Kehle war wie zugeschnürt, und sie konnte nur im Flüsterton ein »Ach, du meine Güte« herausbringen, als sie im Schein der Taschenlampe einen Aufnäher mit der Aufschrift »Elektro Hütter« erkannte.

Sieben

»O mein Gott«, flüsterte Alice, eilte auf der Treppe nach unten und stieg über den reglos daliegenden Mann. »Das darf doch nicht wahr sein! Wo sind Sie denn hergekommen? Ihr Wagen steht doch nirgendwo!«

Als der Mann keine Reaktion zeigte, beugte sie sich vor und hielt das Ohr dicht an seinen Mund. Plötzlich stöhnte der Elektriker leise. Vor Erleichterung machte ihr Herz einen Satz. Sie griff nach seiner Taschenlampe, die auf seinem Bauch gelandet war, und leuchtete ihm ins Gesicht. Er zuckte zusammen, kniff die Augen noch etwas fester zu und stieß ein »Ah!« aus, als hätte sie ihn geschlagen.

Hastig drehte sie ihre Hand so, dass die Taschenlampe die Wand hinter ihm beschien und so für eine indirekte Beleuchtung sorgte. »Sagen Sie doch was«, redete sie leise auf den Mann ein. So absurd es auch war, konnte sie nicht anders, als sein Gesicht zu bewundern. Was für ein wirklich schöner Mann. Kathrin hatte nicht übertrieben, sie hatte nur einen völlig falschen Eindruck von ihm vermittelt. Tatsächlich sah er mit diesem Kinngrübchen so aus wie einer von diesen Typen aus einer Parfüm- oder Jeanswerbung, aber daran war nichts verkehrt. Es war sogar gut, weil er der lebende Beweis dafür war, dass es solche Männer wirklich gab und dass nicht bloß durchschnittlich aussehende Typen fürs Fernsehen digital verschönert wurden.

Sie war so hingerissen von ihm, dass sie nur in seine Augen schauen konnte, als er sie endlich aufschlug und sie ansah. »Sind Sie verheiratet … äh … ich … ich meine: verletzt! Sind Sie verletzt?«, korrigierte sie sich viel zu spät. Sie merkte, dass sie einen roten Kopf bekam, und war nur froh darüber, dass hier im Untergeschoss durch die Taschenlampe nur Halbdunkel herrschte, sodass Hütter davon nichts sehen konnte.

»Ich weiß nicht«, murmelte er.

»Sie wissen nicht ...«, begann sie und hielt sich noch eben davon ab zu fragen, ob er damit meinte, dass er nicht wusste, ob er verheiratet war. Natürlich meinte er das nicht! Sie hätte sich ohrfeigen können für so viel Dummheit. Mit Dummheit hatten schon zwei Ehen begonnen, die beide nicht von Dauer gewesen waren, da brauchte sie nicht noch eine dritte Dummheit, die nur Probleme mit sich bringen konnte. Außerdem war dieser Mann viel zu jung für sie. Er konnte ja höchstens ... verdammt, wie alt war der Typ? Sie sah ein paar Lachfältchen, aber das Gesicht war so glatt wie das eines Zwanzigjährigen. Aber ein Zwanzigjähriger konnte nicht schon seinen Meister gemacht haben und sein eigenes Geschäft führen. *Herrgott, jetzt reiß dich endlich zusammen!*, ermahnte sie sich.

»Haben Sie Schmerzen?«, fragte sie nach einer unendlich lang erscheinenden Pause, während er sie nur auf die gleiche Weise ansah, wie sie es bis gerade eben noch getan hatte, bevor sie von ihrem Verstand zur Ordnung gerufen worden war.

»Mir brummt der Schädel«, antwortete er. »Ansonsten ...« Er verstummte und bewegte versuchsweise Arme und Beine. »Bewegen kann ich noch alles ... tut zwar hier und da weh ... aber gebrochen habe ich mir wohl nichts ...«

Er streckte ihr die Hand entgegen, die sie ergriff und festhielt. Nach ein paar Sekunden sagte er ein wenig verwundert: »Sie sollen mir eigentlich aufhelfen.«

»Oh, ach so. Ich dachte, ich sollte Ihre Hand halten.«

»Dagegen hätte ich auch nichts einzuwenden, aber ich möchte erst mal aufstehen«, erklärte er.

»Ja ... das heißt ... nein, das kann ich nicht machen«, sagte Alice nach kurzem Zögern. »Ich werde einen Rettungswagen rufen. Sie müssen unbedingt im Krankenhaus untersucht werden, und Sie dürfen sich nicht bewegen.«

»Ehrlich, es geht mir gut«, beharrte er. »Na ja, bis auf die Schmerzen eben. Und bis auf meinen Brummschädel. Aber ansonsten ... ich komme bloß ohne Ihre Hilfe hier nicht hoch.«

»Nein, nein, nein, hören Sie, Herr Hütter«, sagte sie energisch. »Sie haben bestimmt eine schwere Gehirnerschütterung, und das allein ist schon Grund genug, zur Beobachtung ins Krankenhaus gebracht zu werden. Aber es kann auch sein, dass ein Wirbel angebrochen ist, und wenn Sie versuchen aufzustehen, geben Sie diesem Wirbel den Rest, und als Folge davon sind Sie dann gelähmt. Ich kann weder das eine noch das andere verantworten. Sie bleiben liegen, und ich rufe einen Rettungswagen.« Sie hielt mahnend den Zeigefinger hoch. »Ich gehe nur kurz nach oben, um zu telefonieren. Hier unten habe ich keinen Empfang. Versprechen Sie mir, dass Sie sich keinen Millimeter bewegen!«

»Ich kann doch …«

»Versprechen Sie es mir«, unterbrach sie ihn. »Es ist schon schlimm genug, dass das überhaupt passiert ist, aber wenn Sie irgendetwas Bleibendes davontragen, werde ich mir mein Leben lang Vorwürfe machen.«

Daraufhin begann er leise zu lachen, soweit ihm das bei seinen Kopfschmerzen möglich war.

Alice stutzte. »Habe ich was Lustiges gesagt?«, fragte sie verwundert.

»Nein, nein, überhaupt nicht«, versicherte er ihr. »Mir fiel nur gerade ein, dass Ihnen ja in jedem Fall erspart bleibt, meiner Frau eine schlechte Nachricht überbringen zu müssen.«

»Ihrer Frau?« Sie sah ihn verständnislos an. »Warum … ich …«

»Na ja«, fuhr er fort und grinste sie frech an. »Meiner Frau müssen Sie keine schlechte Nachricht überbringen, weil ich nicht verheiratet bin. Das wollten Sie doch wissen.«

»Das war ein Versprecher!«, protestierte sie sofort. »Ich wollte wissen, ob Sie verletzt sind.«

»Jetzt haben Sie die Antwort auf beide Fragen«, meinte er lächelnd. »Okay, ich rühre mich nicht von der Stelle, und ich lasse mich im Krankenhaus untersuchen, wenn Sie mir versprechen, mich zu begleiten und meine Hand zu halten.«

»Ich …« O Gott, was konnte sie froh sein, dass das Licht hier so diffus war und er nicht sehen konnte, wie knallrot ihr Kopf war. »Danke«, brachte sie schließlich heraus. »Danke, dass Sie liegen bleiben, bis der Rettungswagen hier ist. Ich kann Ihnen aber nur versprechen, dass ich im Krankenhaus nach Ihnen sehen werde, wenn Sie untersucht werden. Mitfahren kann ich nicht, weil ich mit meinem Wagen hier bin und keine Ahnung habe, wie ich dann hierher zurückkommen soll, um den Wagen zu holen.« Sie stutzte kurz. »Da fällt mir ein: Wie sind Sie überhaupt hergekommen? Ich habe Ihren Wagen nicht gesehen, sonst wäre ich ja vorgewarnt gewesen, dass Sie hier sind. Dann hätte ich Sie nicht für einen Einbrecher gehalten, und Sie wären nicht von mir überwältigt worden.«

Hütter zog die Augenbrauen zusammen. »Ah, dann sind Sie tatsächlich Frau Berrendorf, richtig?«

»Ja, die bin ich«, bestätigte sie. »Ich wünschte im Moment zwar, ich wäre jemand anders und nicht die Frau, die Sie womöglich krankenhausreif geprügelt hat …«

»Ach, jetzt machen Sie sich mal keine Gedanken«, meinte er gelassen. »Mein Bruder und ich, wir sind schon so oft von einer Leiter geflogen und wir haben so viele Stromstöße abgekriegt. Wenn das alles Folgen hinterlassen hätte, wären wir längst komplett erwerbsunfähig.«

»Na, hoffentlich haben Sie es nicht so übertrieben, dass stattdessen Ihr Schutzengel erwerbsunfähig ist«, gab sie zurück, woraufhin er laut zu lachen begann. Unwillkürlich musste sie lächeln. Ihre Bemerkung war eigentlich gar nicht so witzig gemeint gewesen, aber offenbar sehr viel besser als beabsichtigt angekommen.

»Wenigstens haben Sie auch Galgenhumor«, sagte er anerkennend. »Das gefällt mir.«

»Den muss ich auch haben, wenn ich hier nicht schreiend weglaufen will«, erwiderte Alice. »Was man eigentlich machen sollte, wenn man feststellt, dass man ein Haus gekauft hat, aus dem der Vorbesitzer den Stromzähler und zwei Dutzend Sicherungen hat mitgehen lassen. Ganz zu schweigen von einem geschickt kaschierten baufälligen Treppengeländer, das sozusagen mit Kaugummi zusammengehalten wird.«

Hütter verzog den Mund. »Ich will ja wirklich nicht, dass Sie Ihre Drohung wahrmachen und davonlaufen, aber …«

»Aber was?«, hakte Alice sofort erschrocken nach.

»Na ja, wie soll ich sagen?«, redete der Elektriker weiter. »Womöglich hat Ihnen der Vorbesitzer einen Gefallen damit getan, dass er den Sicherungskasten rausgerissen und mitgenommen hat.«

»Wie soll ich das verstehen?«

»Lassen Sie mich raten: Sie hätten doch sonst die gesamten Gerätschaften da oben eingeschaltet, um zu sehen, ob alles läuft, und Sie hätten den Staubsauger, das Radio und die Bohrmaschine angeschlossen, um bei Musik Ihre Arbeiten zu erledigen. Dabei hätten Sie Ihr Handy aufgeladen und den Laptop angeschlossen, um zu sehen, was auf Facebook so los ist. Und einen Kaffee hätten Sie sich zwischendurch auch noch aufgebrüht und mittags die Mikrowelle angeschmissen. Kommt das in etwa hin?«

Alice zuckte unschlüssig mit den Schultern. »So in etwa wird das schon passen. Bestimmt nicht *alles* gleichzeitig, aber insgesamt … und wieso ist das wichtig?«

»Weil Ihnen im günstigsten Fall alle zehn Minuten ein paar Sicherungen rausgeflogen wären …«

»Im günstigsten Fall? Das ist aber ziemlich ungünstig, wenn alle paar Minuten die Sicherungen rausfliegen«, wandte sie ein.

»Es ist unpraktisch«, räumte er ein. »Aber immer noch besser als durchschmorende Steckdosen, die den ganzen Laden hier in Flammen aufgehen lassen. Ich habe mich ja in Ruhe umsehen können und die beeindruckende Anzahl von drei fachmännisch angebrachten Steckdosen gefunden. Wenn Sie danach suchen wollen, es sind die Steckdosen, die richtig in die Wand eingelassen sind, so wie Sie es von zu Hause kennen. Alle anderen Steckdosen sind auf dem Putz angebracht worden, und das sind nicht mal Steckdosen im eigentlichen Sinn, sondern Verlängerungskabel mit Zweier- oder Dreiersteckdosen, die alle fröhlich hintereinandergesteckt worden sind.« Er wollte den Kopf schütteln, kniff aber die Lippen zusammen, da die Bewegung noch zu schmerzhaft war. »So was habe ich noch nie gesehen, das können Sie mir glauben. Und ich habe weiß Gott schon waghalsige Konstruktionen zu Gesicht bekommen. Ich habe nicht genau gezählt, aber ich schätze, dass an jede der drei ursprünglichen Steckdosen zehn bis zwölf Verlängerungen angeschlossen worden sind.« Er deutete mit dem Daumen nach links in den Gang. »Meine Vermutung ist, dass diese Konstruktion der Grund dafür ist, dass Sie ohne Sicherungskasten und ohne Stromzähler dastehen. Die Sicherungen müssen massiv manipuliert worden sein, um eben nicht dauernd rauszufliegen. Oder sie sind einfach komplett umgangen worden. Es ist ja nichts mehr übrig, deshalb kann ich auch nur spekulieren, dass der Zähler ebenfalls manipuliert wurde, damit er einen geringeren als den tatsächlichen Verbrauch anzeigt. Es kann gut sein, dass dieser Eingriff so massiv war, dass es nicht möglich ist, den Urzustand wiederherzustellen.«

»Also hat er ihn kurzerhand mitgenommen, damit man ihm nichts nachweisen kann«, folgerte Alice.

»Das wäre eine plausible Erklärung«, meinte Hütter und deutete ein Schulterzucken an. »Es kann aber natürlich auch sein, dass er eine Stromzählersammlung besitzt und ihm dieses Modell noch gefehlt hat.«

Diesmal war es Alice, die ausgelassen lachen musste. Sie ließ sich nach hinten sinken, um sich gegen die Wand zu lehnen und die Beine auszustrecken zu können. Auf die Dauer war das Knien unbequem. Sie hatte das Gefühl, irgendetwas vergessen zu haben, etwas Wichtiges, aber sie kam nicht drauf. Das lag auch an diesem Mann und an dem melodischen Klang seiner Stimme. Sie wusste, er hatte nichts Gutes über das Innenleben ihres Pavillons zu berichten, aber seine Stimme ließ das alles viel harmloser erscheinen.

»Was heißt das alles für uns?«, fragte sie zögerlich. So gut ihr seine Stimme gefiel, wollte sie eigentlich nicht hören, wie diese

Stimme ihr erzählte, was sie für die notwendigen Arbeiten würden bezahlen müssen. »Wie lange werden Sie brauchen? Und … ähm … na ja … wie teuer wird das für uns?«

Hütter hob einen Arm und rieb sich übers Kinn. »Ich habe das noch nicht überschlagen, und es hängt natürlich auch davon ab, was Sie alles haben wollen. Wo sollen Steckdosen hin, wie viele sollen es sein, was wird angeschlossen? Sollen wir die Leitungen für die Lampen auch austauschen?«

»Ist das nötig?«

»Nötig vielleicht nicht, aber wenn wir schon überall die Wände aufstemmen, um die Kabel unter Putz zu verlegen, wie es sein soll, dann können wir die anderen Leitungen mit ersetzen«, erklärte er. »So viel mehr macht das dann auch nicht aus. Außerdem kann ja keiner sagen, ob der Vorbesitzer da wirklich nur Lampen angeschlossen hatte oder ob da auch noch Mehrfachstecker von der Decke herabhingen. Ausschließen würde ich es nicht.«

Alice atmete frustriert aus. »Können Sie das in eine Zahl fassen? Eine möglichst kleine, wenn es geht.«

»So pauschal kann ich das nicht sagen. Dazu muss ich erst mal wissen, wann Sie eröffnen wollen. Wenn der Termin so knapp ist, dass wir hier auch am Wochenende und spät am Abend aktiv sein müssen, um zeitig fertigzuwerden, dann kommen natürlich die üblichen Zuschläge dazu. Wenn Sie sagen, wir können uns Zeit lassen, dann lasse ich zwei von meinen Leuten an ein oder zwei Tagen in der Woche herkommen, damit sie nach und nach daran arbeiten. Das ist dann schon spürbar günstiger.«

»In Zahlen?«, wiederholte sie verhalten, auch wenn sie eigentlich schon gar keine Zahlen mehr hören wollte.

»Also … sehr, sehr grob geschätzt müsste sich das Ganze mit Material irgendwo zwischen …« Er unterbrach sich und kniff die Augen ein wenig zusammen. »Ich will Ihnen keinen Schreck einjagen, wenn ich sage, dass ich die untere Grenze irgendwo bei viertausend Euro sehe, und wenn wir einen engen Termin halten müssen, dann … ja, dann wohl irgendwo zwischen sechs- und siebentausend Euro.« Er musste ihr erschrockenes Schlucken gehört haben, da er anfügte: »Wenn Ihnen das genügt, dann können Sie auch eine Minimallösung nehmen, also weniger Steckdosen, die Leitungen für die Lampen bleiben, wo sie sind … das liegt ganz an Ihnen.« Nach einer kurzen Pause sagte er dann noch: »Wenn Sie natürlich nach kurzer Zeit feststellen, dass Sie mit den vorhandenen Steckdosen nicht auskommen, wird ein Nachrüsten insgesamt teurer als eine Komplettlösung. Und Sie dürfen auch nicht vergessen, dass wir dann hier arbeiten müssen, wenn Sie eigentlich Ihre Gäste bedienen wollen.«

Alice nickte verstehend. »Ja, das ist mir schon klar. Wir hatten nur nicht damit gerechnet, dass uns so etwas erwartet.«

»Hm«, machte der Elektriker und zog die Augenbrauen zusammen. »Haben Sie denn keinen Gutachter mitgenommen?«

»Ich glaube, die Frage muss ich Ihnen gar nicht mehr beantworten, nicht wahr?«, gab sie betreten zurück.

»Eigentlich nicht«, sagte Hütter. »Ich dachte nur, dass Spontankäufe sich eher auf Schuhe oder Handtaschen beziehen, weniger auf Strandlokale.«

»Meine Freundinnen und ich, wir hatten schon lange davon geträumt, einen solchen Strandpavillon zu eröffnen«, erklärte Alice ein wenig wehmütig. »Dann hat sich auf einmal diese Gelegenheit ergeben, und wir dachten, wir greifen zu, bevor uns jemand zuvorkommt.«

Der Mann gab einen mitfühlenden Laut von sich. »Das tut mir wirklich leid, dass Sie so reingefallen sind. Ich hoffe, es gibt nicht noch mehr unangenehme Überraschungen.«

Alice winkte ab. »Die Hoffnung können Sie gleich wieder begraben«, entgegnete sie. »Ich wollte vorhin das Geländer abschleifen und durfte feststellen, dass das Holz verrottet ist. Also darf auch noch ein neues Geländer her, und das am besten vorgestern, damit da nicht auch noch jemand zu Schaden kommt. Mir genügt schon, dass Sie meinetwegen hier liegen müssen …« Sie stutzte. »Der Rettungswagen braucht aber lange.«

»Der Rettungswagen macht sich normalerweise sofort auf den Weg, wenn man ihn anfordert«, sagte Hütter.

»Na ja, die Frage ist, wie lange er dann braucht, bis er am Ziel ist«, überlegte sie. »Wir können ja froh sein, dass Sie nicht eine blutende Wunde davongetragen haben, sonst sähe es jetzt aber düster aus.« Sie stutzte, als sie sein amüsiertes Grinsen bemerkte. »Was ist los? Habe ich was Falsches gesagt?«

»Nein«, antwortete er lachend. »Ich frage mich nur, wie lange Sie noch brauchen werden, bis Ihnen einfällt, dass Sie den Rettungswagen noch gar nicht angefordert haben.«

»Dass ich … was?« Entsetzt riss sie die Augen auf. »Lieber Himmel! Sie haben ja recht! Aber … aber warum sagen Sie denn nichts? Sie müssen doch untersucht werden!«

»Ach, wissen Sie«, sagte er, zwinkerte ihr zu und deutete ein Schulterzucken an. »Es hat mir solchen Spaß gemacht, mich mit Ihnen zu unterhalten, da hat mich das gar nicht gestört, dass ich so hier rumliege.«

Ungläubig schüttelte sie den Kopf, dann sprang sie auf und lief nach oben, um von dort aus den Rettungswagen anzufordern, da der Empfang im Untergeschoss des Pavillons zu schlecht war. Sie hatte keine Ahnung, wie sie das wiedergutmachen sollte, was sie diesem Mann angetan hatte.

»Aber wo kam unser Elektriker denn eigentlich her, wenn außer deinem Van kein Wagen am *Strandhus* gestanden hat?«, fragte Kathrin. »Dir kann ja niemand die Schuld geben, dass du ihn für einen Einbrecher gehalten hast.«

Sie saßen bei Betty im Wohnzimmer, deren Mann sich ins Arbeitszimmer zurückgezogen hatte, damit sie in Ruhe reden konnten. Obwohl die Wohnung insgesamt recht modern eingerichtet war, fühlte sich Kathrin hier immer sehr wohl. Die ausladende Polstergarnitur war zwar für ihr Empfinden zu dunkel und schien das Zimmer völlig zu beherrschen, aber dafür war sie so weich und anschmiegsam, dass man am liebsten nie wieder aufgestanden wäre. Ihr Blick blieb wie bei jedem Besuch bei einem Bild hängen, das wirkte, als wäre es aus tausend bunten Mosaiksteinchen zusammengefügt worden und das dabei den merkwürdigen Titel »Straße bei Nacht« trug. Der Künstler war kein Unbekannter, aber das lag nur daran, dass es sich bei ihm um Bettys Cousin handelte.

»Ihr wisst doch, wenn man auf der Zufahrtsstraße zum Strand geht, dann ist rechts der Campingplatz und links der Parkplatz«, antwortete Alice. »Und auf beiden Seiten stehen hohe Hecken.«

Kathrin und Betty nickten.

»Weil Herr Hütter dachte, wenn er diese Zufahrtsstraße nimmt, steht er auf einmal mitten im Sand und kommt nicht mehr weg, ist er links auf den Parkplatz gefahren und hat den Wagen so abgestellt, dass ich ihn auf dem Rückweg vom Campingplatz nicht sehen konnte. Ich hatte zwar die Tür hinten am Pavillon abgeschlossen, als ich losgegangen war, um die Kabeltrommel zurückzubringen. Hütter war überraschend früher angekommen, und weil mein Wagen am Pavillon stand, ging er davon aus, dass ich auch da bin. Weil die Türen zur Terrasse nicht abgeschlossen waren, dachte er zuerst, ich bin irgendwo im Gebäude.« Sie zuckte mit den Schultern. »Er hat zwar schnell gemerkt, dass ich *nicht* da bin, aber da ich ja irgendwann wieder auftauchen musste, fing er schon mal mit seiner Bestandsaufnahme an. Dann wollte er genau in dem Moment nach mir sehen, als ich vom Campingplatz zurückgekommen war, was er aber nicht wusste, weil er sonst nach mir gerufen hätte.« Alice seufzte wehleidig. »Und dann ist meine Wasserflasche in seinem bemerkenswerten Gesicht gelandet, und er ist die Treppe runtergeflogen. Er hätte sich Gott weiß was brechen können! Er hätte tot sein können!«

»Er hätte auch ein echter Einbrecher sein können, der dich sofort angegriffen hätte, wenn du nicht rechtzeitig auf ihn aufmerksam geworden wärst«, sagte Betty. »Dir kann da niemand einen Vorwurf machen.«

»Außerdem hat er nur die leichte Gehirnerschütterung und sonst nichts abbekommen«, ergänzte Kathrin. »Dass der Mann einen solchen Dickschädel hat, hätte ich nicht für möglich gehalten. Aber gut, dass er auf den Hinterkopf gefallen ist. Stell dir vor, er wäre auf dem Gesicht gelandet. Er hätte sich die Nase brechen können, und dann wäre es vorbei mit dem guten Aussehen.«

»Er sieht gut aus?«, warf Betty ein.

»Du bist verheiratet, dich geht das nichts an«, gab Kathrin in einem gespielt herrischen Tonfall zurück. »Das ist nur was für Alice und mich.«

»Ach ja, stimmt«, meinte Alice nachdenklich. »Du hattest ja davon gesprochen, dass er so toll aussehen soll … oder *zu* toll sogar. Daran hatte ich gar nicht mehr gedacht.«

Sie hatte noch nicht ausgesprochen, da begann Kathrin laut zu lachen. »Du hast nicht mehr dran gedacht? Und es ist dir auch nicht aufgefallen?«

»Was denn?«, protestierte Alice und griff nach ihrem Weinglas, als wollte sie sich dahinter verstecken. »Ich war um das Leben dieses Mannes in Sorge, da achte ich doch nicht darauf, ob er attraktiv ist oder nicht.«

»Ist das wahr?«, fragte Betty ironisch. »Man munkelt, dass ihr Händchen haltend im Rettungswagen Richtung Krankenhaus gefahren seid.«

»Soll munkeln, wer will«, konterte Alice und stellte das Glas wieder hin, ohne einen Schluck getrunken zu haben. »Ich weiß, dass ich mit meinem Wagen hinterhergefahren bin. Ohne irgendein Händchen zu halten.«

»Aber du hättest gern«, versuchte Betty sie aus der Reserve zu locken und klatschte in die Hände, als sie sah, dass Alice einen roten Kopf bekam. »Das ist der Beweis«, rief sie und stieß Kathrin mit dem Ellbogen an.

Wieder griff Alice nach ihrem Weinglas und trank es in einem Zug leer. Dann nickte sie. »Ja, ja, schon gut, ihr habt gewonnen, der Kerl sieht zu gut aus, um wahr zu sein. Aber das kümmert mich nicht …« Beim Blick in die zweifelnden Gesichter ihrer Freundinnen seufzte sie und hob kapitulierend die Hände. »Okay, ich *will* nicht, dass es mich kümmert. So hat es die letzten zwei Male auch angefangen. Ich bin völlig hingerissen und kann nicht mehr klar denken … was ich heute Nachmittag gleich wieder vorgeführt bekommen habe, als ich über die Unterhaltung mit Hütter … ich weiß nicht mal, wie er mit Vornamen heißt. Ist das nicht peinlich?«

»Florian«, sagte Kathrin.

Alice verdrehte die Augen. »Ich habe gesagt, dass ich seinen Vornamen nicht weiß, und dabei wollte ich es auch belassen. Besten Dank.« Sie schüttelte mürrisch den Kopf. »Florian also. Na ja, dafür kann er nichts.«

»Was ist an dem Namen denn so schlimm?«, fragte Betty.

»Eigentlich nichts, aber ich muss dabei immer an einen bestimmten Dauergrinser denken, dessen ganzen Namen ich *ganz sicher nicht* ausgesprochen haben möchte«, warnte sie Kathrin, die soeben zu einer Erwiderung hatte ansetzen wollen. Dann stutzte sie. »Was wollte ich eigentlich sagen?«

»Du wolltest uns erklären, wodurch dir bewiesen worden ist, dass du nicht klar denken kannst«, half ihr Betty auf die Sprünge und zog vorsichtig die Tüte Chips auf, damit die nicht zu weit aufriss und sich der Inhalt nicht auf dem flauschigen grauen Teppichboden verteilte.

»Ach ja, stimmt«, bestätigte Alice, während sie nach der Weinflasche griff, um ihr Glas noch einmal aufzufüllen. »Ja, ja, das ist mir aufgefallen, weil ich mich so angeregt mit ihm unterhalten habe, dass ich darüber vergessen habe, den Rettungswagen anzufordern. Flo… Herr Hütter musste mich erst noch darauf hinweisen.«

»Das *ist* allerdings peinlich«, fand auch Kathrin. »Andererseits siehst du daran auch, dass es ihm nicht so schlecht ergangen sein kann, sonst hätte er dich nach zwei Minuten an den Rettungswagen erinnert.«

»Und natürlich darfst du nicht vergessen, dass es ihm auch gefallen haben muss, sich mit dir zu unterhalten«, ergänzte Betty. »Wenn du ihn nicht interessieren würdest, hätte er dich direkt aufgefordert, endlich den Notruf zu wählen.«

»Ja, ich weiß. Das ist ja genau das, was ich vermeiden will«, beharrte Alice. »Ich habe keine Lust auf einen dritten Anlauf, der sich nach kurzer Zeit auch wieder als Fehlschlag entpuppt.«

Betty griff nach ihrer Hand. »Du kannst doch nicht davon ausgehen, dass jede neue Beziehung zum Scheitern verurteilt ist.«

»Ich rede ja auch nicht von *jeder* Beziehung«, betonte Alice. »Mir geht es nur um diese Art von Beziehung, die mit Begeisterung vom ersten Moment an beginnt und dann irgendwann uninteressant wird. Ich möchte den anderen Weg gehen.«

»Welchen anderen Weg?«, wollte Kathrin wissen.

»Den Weg, auf dem ich heute jemanden kennenlerne, ohne dass ich sofort von ihm hin und her gerissen bin. Ein Mann, der nett und freundlich ist, aber insgesamt so unscheinbar, dass ich ihn zuerst kaum wahrnehme. Ich möchte, dass das gegenseitige Interesse nach und nach erwacht und anfängt, sich zu steigern.«

»Tja, dann kannst du eigentlich nur fündig werden, wenn du dich nur noch mit Langweilern umgibst, die erst mal deine Geduld strapazieren, bis du irgendwann merkst, dass sie doch nicht so langweilig sind.«

Betty musste über Kathrins Bemerkung schmunzeln. »Entweder das, oder du gehst ins Kloster. Dann hast du garantiert deine Ruhe.«

»Leute, seht mal auf die Uhr«, sagte Alice abrupt. »Wir haben schon Viertel vor neun. Die Mädchen kommen um zehn vom Kunstkurs, da muss ich bereitstehen, um sie abzuholen. Schließlich sollen die um diese Zeit nicht mehr mit dem Bus fahren müssen. Das hat mir in meiner Jugend schon nicht gepasst, und deshalb werde ich das von den beiden nicht erwarten. Außerdem haben wir jetzt genug über mich geredet.«

»Da müssen wir dir zwar widersprechen«, erklärte Betty, die immer noch lächeln musste, »aber es gibt tatsächlich Wichtigeres: unser Baby mit Namen *Strandhus*.«

»Unser kostspieliges Baby, solltest du besser sagen«, meinte Kathrin.

»Wie ist denn der Stand der Dinge, was unseren flüchtigen Stromzähler angeht?«, wollte Alice wissen.

»Zehntausend Euro«, antwortete Kathrin.

»Was? Ein Zähler kostet zehntausend Euro?«, rief Alice entsetzt.

»Nein, nein, den Zähler bekommen wir sozusagen gratis dazu«, stellte Kathrin mit ironischem Unterton fest. »Der Vorbesitzer hatte fast dreieinhalbtausend Euro Schulden, und die holen sie sich bei uns, weil wir sonst keinen Zähler erhalten. Kein Zähler – kein Strom. So einfach ist das.«

»Du hast aber von zehntausend Euro gesprochen«, sagte Betty. Ihre Stimme klang ein wenig tonlos, so als müsse sie um ihre Fassung ringen.

»Ja, denn wegen der Schulden, für die wir nichts können, erhalten wir eine negative Bewertung und müssen für ein Jahr im Voraus bezahlen, und zwar über sechseinhalbtausend Euro. Macht zusammen knapp zehntausend.«

Betty nickte nur und sah zu Alice. »Und der Elektriker?«

»Was soll mit ihm sein?«, fragte ihre Freundin fast erschrocken, als wäre sie soeben ertappt worden.

»Was hat er gesagt, was es kostet, einen neuen Sicherungskasten einzubauen? Der Zähler ist ja jetzt wohl kein Thema mehr. Ich nehme an, den wird HolsteinEnergie selbst installieren.«

»Dazu hat der Elektriker nichts gesagt«, antwortete Alice. »Allerdings hat er mir eröffnet, dass wir mit Blick auf die Stromversorgung eine Bruchbude gekauft haben. Da sind so viele Dreifach- und Vierfachsteckdosen an die paar vorhandenen Steckdosen angeschlossen worden, dass einem sofort alle Sicherungen um die Ohren fliegen müssten. Und deswegen wurden wohl auch alle Sicherungen herausgerissen, damit niemand mehr nachvollziehen kann, was da alles manipuliert worden ist.«

»Dann könnte der Stromzähler auch abmontiert worden sein, weil man ihn manipuliert hatte«, überlegte Betty.

»Das meinte Flo… der Elektriker auch«, stimmte Alice ihr zu. »Verdammt, jetzt habe ich diesen Vornamen so im Kopf, dass ich beim nächsten Mal garantiert … hey«, unterbrach sie sich selbst. »Das ist doch überhaupt die Idee. Wir müssen nur dafür sorgen, dass ich nicht im Pavillon bin, wenn er an den elektrischen Leitungen arbeitet! Wenn ich weiß, wann er da ist, werden wir einfach untereinander tau…«

»Vermutlich wird das tatsächlich die beste Lösung sein«, unterbrach Betty sie. »Ich habe nämlich keine Lust, dem Mann den vollen Stundenlohn zu zahlen, wenn er sich in Wahrheit die meiste Zeit über dir widmet. Dann wird er nicht fertig, du kommst nicht zum Arbeiten, und wir bezahlen ihn fürs Nichtstun. Wie viel will er dafür, *dass* er was tut?«

»Das hängt ganz von uns ab.« Mit halb geschlossenen Lidern ging Alice noch einmal im Geiste die Unterhaltung mit Hütter durch. »Also, wenn wir nur die Minimallösung nehmen, dann liegen wir bei ungefähr viertausend Euro, aber auch nur ganz grob berechnet. Es können auch fünfhundert Euro weniger sein.«

»Oder tausend mehr«, gab Kathrin zurück. »Was ist die Minimallösung? Eine einzige Steckdose für den ganzen Laden?«

»Nur so viele Steckdosen, wie wir brauchen, um die vorhandenen Geräte anzuschließen«, erklärte Alice. »Und keine neuen Leitungen für die Lampen. Circa siebentausend, wenn wir viele Steckdosen haben wollen und wenn Leitungen für die Lampen ausgetauscht werden sollen.«

»Brauchen wir denn viele Steckdosen?«, überlegte Betty.

»Ja, ich fürchte, die brauchen wir«, sagte Kathrin. »Wir werden mit Sicherheit Gäste haben, die ihr Handy oder ihr Tablet aufladen wollen, und das natürlich in Tischnähe oder am Tisch. Da können wir kein Verlängerungskabel von der Theke bis zum Tisch legen. Erstens würde das ziemlich jämmerlich aussehen, zweitens würde garantiert irgendwer über die Leitung fallen und sich was brechen.«

Betty nickte und atmete schwer seufzend aus. »Also gut,

wenn wir Strom haben wollen, müssen wir erst mal zehntausend Euro hinblättern, und damit wir mit dem Strom auch was anfangen können, werden noch mal gut vier- bis siebentausend Euro fällig. Was diese dreieinhalbtausend Euro angeht, die uns der Vorbesitzer hinterlassen hat, werde ich nächste Woche direkt unsere Rechtschutzversicherung anrufen, um zu hören, wie unsere Chancen stehen, das Geld von ihm einzutreiben. Der ›Rest‹ von sechseinhalbtausend Euro lässt sich auf gar keinen Fall vermeiden, aber das sind ja nur die Vorauszahlungen für ein Jahr. Das heißt, einen monatlichen Betrag haben wir damit erst mal vom Hals, was mich nicht stört. Und wenn wir zu viel gezahlt haben, wird die Differenz ja erstattet oder verrechnet. Ach ja, wo wir gerade bei Zahlen sind, die auf ›tausend‹ enden«, fügte sie im nächsten Moment hinzu. »Ich habe heute ein ganzes Paket an Versicherungen abgeschlossen. Gebäude, Rechtschutz, Haftpflicht und noch ein halbes Dutzend mehr. Alles in allem viertausend Euro und ein paar Zerquetschte.«

»Du lieber Himmel«, riefen Kathrin und Alice gleichzeitig.

»Ja, es hört sich nach sehr viel Geld an, aber wenn ein heftiger Sturm das *Strandhus* in einen Haufen Trümmer zerlegt, bekommen wir das wieder raus, was wir reingesteckt haben … und wohl noch reinstecken werden«, fügte Betty betreten hinzu.

»Apropos noch reinstecken«, ergänzte Alice. »Während ich im Krankenhaus gesessen und darauf gewartet habe, dass ich erfahre, wie es unserem Elektriker geht, habe ich im Internet nach Treppen und Geländern gesucht.«

»Und? Wollen wir wirklich wissen, was du gefunden hast?«, fragte Kathrin zögerlich.

Nach kurzem Überlegen schüttelte Alice den Kopf. »Nein, ich glaube, ihr wollt es nicht wissen. Aber ich weihe euch trotzdem ein. Wie ich ja schon gesagt habe, ist das Geländer völlig morsch. Wir können natürlich nur das Geländer austauschen, aber ich habe starke Bedenken, ob das sinnvoll ist. An die Treppenstufen habe ich mich nicht mehr herangewagt, weil ich befürchte, dass die in keinem besseren Zustand sind und dass man sie genauso provisorisch zusammengeflickt hat. Wenn wir Pech haben, wird das Geländer für die vorhandene Treppe maßgeschneidert, und dann stellt sich heraus, dass die Treppe an sich auch auf dem Sperrmüll besser aufgehoben wäre, dann dürfte das teurer kommen als eine neue Treppe.«

»Wie viel?«, wollte Kathrin wissen.

»Ich bin noch nicht fertig«, sagte Alice. »Ich weiß nicht, wie ihr das seht, aber ich finde, wir sollten mit dem Geländer auch die Treppe durch eine neue ersetzen, und zwar durch eine aus Edelstahl. Der macht Wind und Wetter gar nichts aus, und was mir persönlich sehr gut gefällt, ist die Tatsache, dass die ganze Konstruktion nicht so klobig wirkt wie die Holztreppe und trotzdem stabiler ist. Gerade für das Geländer auf der Terrasse fände ich das besser. Da kann man was mit Glas nehmen, dann haben die Gäste bessere Sicht nach draußen, und der Wind wird abgehalten.«

»Du hast lange auf das Untersuchungsergebnis gewartet, wie?«, fragte Kathrin schmunzelnd.

Alice streckte als Antwort nur kurz die Zunge raus.

»Und wo liegen da die Preise?«, fragte Betty. »Ich habe mich noch nie für Treppen interessiert, und ich kann mich auch nicht erinnern, dass ich mal einen Mandanten hatte, der eine neue Treppe gekauft hat.«

»Tja, wegen des Höhenunterschieds zwischen Strand und Terrasse brauchen wir ein paar Stufen mehr, und dann liegt die Treppe mit Geländer – beidseitig, möchte ich anmerken – bei zweieinhalbtausend Euro. Das Geländer wird zumindest bei dem Anbieter, den ich mir ausgesucht habe, in Einheiten zu eineinhalb Metern berechnet, die kosten jeweils zweihundertfünfzig Euro. Ich habe die genauen Maße nicht im Kopf, aber ich würde das Geländer auf jeweils vier Meter an den Seiten und acht Meter in der Breite schätzen, also sechzehn, siebzehn Meter. Das sind elf bis zwölf Einheiten, also noch mal rund dreitausend

Euro. Mit Montage kommen wir da wohl auf sechstausend Euro.«

Betty nickte nur und saß da, als hätte sie sich in ein Schicksal ergeben, aus dem es kein Entrinnen gab. »Okay«, sagte sie leise. »Alice, du suchst dir drei Anbieter aus der Gegend, die uns die Treppe und das Geländer liefern. Wenn du die Angebote hast, versuchst du jeden runterzuhandeln, indem du sagst, die beiden anderen seien viel günstiger. Nimm aber den, bei dem du das beste Gefühl hast, nicht unbedingt den, der am günstigsten ist. Und achte unbedingt darauf, dass ein verbindlicher Termin angegeben wird. Nicht, dass die hingehen und das alte Geländer abreißen, und dann stehen wir auf einmal sechs Wochen lang da und können die Terrasse nicht nutzen.« Während Alice nickte, redete Betty weiter: »Wenn Kathrin einverstanden ist, kannst du die Art von Treppe aussuchen, von der du glaubst, dass sie am besten zum Pavillon passt.«

Kathrin zuckte mit den Schultern. »Ich vertraue darauf, dass Alice immer noch das gleiche gute Gespür für Stil hat.«

»Ich danke euch für euer Vertrauen in meine Fähigkeiten«, sagte Alice und lächelte ihre Freundinnen an. Dann sah sie zur Wanduhr und erschrak. »O Gott, schon so spät? Ich will meine armen Babys doch nicht in der Kälte rumstehen lassen.«

»Ja, stimmt, nachts wird es wirklich verdammt kalt«, meinte Kathrin und drehte sich um, als sie hörte, dass die Wohnzimmertür aufging. Bettys Mann Martin kam herein und lächelte in die Runde. »Hallo, Martin«, sagten sie und Alice gleichzeitig.

»Hey, ihr zwei«, erwiderte er. »Was macht das Gastronominnentrio?«

»Das Trio wirft das Geld mit vollen Händen zum Fenster raus«, antwortete Betty leicht frustriert.

»So schlimm?«

»Womöglich erst der Anfang«, gab sie zurück.

»Ihr kriegt das schon hin«, erklärte er zuversichtlich. »Macht euch mal keine Sorgen.«

Betty lächelte ihn schwach an. »Soll ich anfangen aufzuzählen?«

Martin kniff die Augen leicht zusammen und musterte seine Frau. »Nein, musst du nicht«, sagte er schließlich. »Du bist ein bisschen sauer, weil es nicht so glatt läuft, wie du es dir vorgestellt hast. Aber du bist weit davon entfernt, in Sorge zu sein. Wenn das der Fall ist, bin ich für dich da. Momentan hast du alles im Griff.«

Alice ließ sich erleichtert nach hinten sinken und murmelte: »Jetzt fühle ich mich gleich wohler.« Dann trank sie in einem Zug ihr Glas Wein aus.

»Michael hat eben angerufen«, sagte Martin in der Zwischenzeit zu seiner Frau. »Er kommt morgen Abend her und bringt seine neue Freundin mit.«

»Schon wieder eine?«, fragte Betty amüsiert. »An manchen Tagen habe ich das Gefühl, dass er jede Woche eine neue Freundin mitbri…«

»Alice, bist du verrückt?«, wurde sie von Kathrin unterbrochen. »Du hast mittlerweile zwei Gläser Wein gekippt, du kannst doch jetzt nicht mehr losfahren, um deine Töchter abzuholen! Wie sollen die denn jetzt nach Hause kommen?«

»Ach, verdammt, ich …« Alice sah missmutig auf ihr Glas. »Konntet ihr mir das nicht früher sagen?«

»Du hast doch selbst noch gesagt, dass du sie abholen musst!«

»Was soll ich denn jetzt …«, begann Alice, aber Martin fiel ihr ins Wort.

»Pack deine Sachen und komm mit, Alice. Dann holen wir Caro und Miriam ab und ich bringe euch nach Hause. Deinen Wagen kannst du ja morgen früh abholen.«

»Das würdest du machen, Martin?«, fragte sie und lächelte ihn dankbar an.

»Würde ich nicht nur, sondern werde ich », erwiderte er. »Also los, wir haben zwei Teenager einzusammeln.«

»Martin nimmt das unglaublich gelassen«, stellte Kathrin fest, nachdem Bettys Mann mit Alice im Schlepptau das Wohnzimmer verlassen hatte. »So was kann einem Mut machen, weißt du das? Ich bin sicher, dass wir das schaffen. Wir werden aus dem *Strandhus* eine Erfolgsgeschichte machen.«

»Wollen wir's hoffen«, murmelte Betty und fragte sich, ob die Zuversicht ihres Mannes wirklich begründet war.

Acht

Bettys Zweifel waren durchaus berechtigt. Eine neue Katastrophe bahnte sich in der ganzen folgenden Woche zwar nicht an, es war nicht einmal absehbar, was jetzt überhaupt noch schiefgehen sollte. Der Intensivkurs am Dienstag- und am Mittwochabend war gut verlaufen, sie hatten die wesentlichen Fragen klären können und wussten jetzt, wie sie bei der Planung ihres Bedarfs vorgehen mussten. Als Faustregel insbesondere für den Einkauf der schnell verderblichen Lebensmittel hatten sie von der Beraterin der IHK den Satz »Lieber drei Schnitzel zu wenig als eines zu viel« mit auf den Weg bekommen. Das Bemerkenswerte an diesen kleinen Tricks und Kniffen war, dass sie viele davon aus eigener Anschauung – und aus dem Blickwinkel des Gastes – bestätigen konnte. Wenn sie in einem Restaurant die Spezialität des Tages bestellte und bekam vom Kellner zur Antwort, die sei bereits ausgegangen, war ihre erste Reaktion der Gedanke, dass das Gericht bei den Gästen wohl besonders gut ankommen musste. Wie könnte es sonst schon ausverkauft sein? Ihr war nie in den Sinn gekommen, dass der Koch einfach zehn Prozent weniger eingekauft hatte, als er aufgrund seiner Erfahrung hätte verkaufen können. Der Trick war gut, weil kaum ein Gast deswegen wieder aufstand und ging, sondern stattdessen etwas anderes bestellte – und den Vorsatz fasste, beim nächsten Mal auf jeden Fall früher da zu sein, um nicht noch einmal das Nachsehen zu haben.

Der Donnerstag stand im Zeichen des Notartermins, der für ein so einschneidendes Ereignis ziemlich unspektakulär verlief. Boswinkel hatte seinem Anwalt eine Vollmacht erteilt, den Vertrag im Beisein des Notars zu unterschreiben. Die drei Freundinnen leisteten ebenfalls ihre Unterschriften, die vom Notar bestätigt wurden, und dann war auch schon alles vorbei – bis auf die

Gebührenrechnung, die der Notar ihnen zum Abschied gleich noch in die Hand gedrückt hatte. Der Rechnungsbetrag war zwar nicht von der Art, dass er sie ruiniert hätte, aber auf dem Weg zum Auto meinte Betty dann doch, dass ein Arbeiter am Fließband für das gleiche Geld mindestens zwei Wochen lang die zu kleinen Kartoffeln aussortieren musste.

Boswinkels Anwalt war ein seltsamer Kerl in einem schmuddeligen Trenchcoat, der eine uralte Aktentasche unter den Arm geklemmt trug. Der Schnauzbart wirkte deplatziert, die nach hinten gekämmten Haare schienen nicht gegelt, sondern nur fettig zu sein. Außerdem waren sie viel zu lang und hingen wirr bis weit über den Mantelkragen. Der Mann sprach nur wenig und machte sich gleich wieder auf den Weg, nachdem alles erledigt war. Alice' Ansinnen, ihn noch das eine oder andere zum Pavillon fragen zu wollen, war sofort mit dem Hinweis abgeschmettert, er sei »Anwalt und kein Hausmeister«.

Dann kam der nächste Freitag, an dem der Elektriker Florian Hütter ihr um zwei Uhr am Nachmittag einen Besuch im Büro abstattete. Bereits als er zwei Stunden zuvor angerufen und um den Termin gebeten hatte, war ihr klar gewesen, dass er nichts Gutes berichten würde. Sonst hätte er einfach seinen Kostenvoranschlag per Mail geschickt und darauf gewartet, von ihr grünes Licht zu bekommen – und inständig gehofft, den Auftrag nicht an einen deutlich günstigeren Konkurrenten zu verlieren. Aber Betty sah keinen Grund, einen weiteren Elektriker zu ihrem Pavillon zu schicken. Dieser Mann hatte in Kathrins Tierklinik einen großen Auftrag übernommen und ganz offenbar zur Zufriedenheit aller Beteiligten erledigt, sonst wäre Kathrin ja gar nicht erst auf die Idee gekommen, ihn vorzuschlagen.

»Betty?«

Sie legte den Stift zur Seite, mit dem sie Häkchen für Häkchen Posten aus einer langen Liste unklarer Buchungen strich, und sah zur Tür, wo ihr Mitarbeiter Kurt Missenich stand. »Ja?«

»Hier ist Besuch für dich«, sagte er und rückte seine Brille zurecht, eine Geste, die er am Tag sicher hundertmal machte, obwohl seine Brille vorher wie nachher gleich auf seiner Nase saß. »Ein Herr Hütter.«

»Ja, schick ihn bitte rein.«

Als der Elektriker ihr Büro betrat, war ihr auf den ersten Blick klar, wieso dieser Mann Alice so faszinierte. Alice selbst schien es nicht bemerkt zu haben, aber er war dem Mann wie aus dem Gesicht geschnitten, in den sie während ihrer Ausbildung unsterblich verliebt gewesen war und der dann bei einem Tauchunfall ums Leben gekommen war. Betty wusste, ihre Freundin hatte diese tragische Episode nie ganz überwunden. Es war ihr deutlich anzumerken gewesen, als sie ihr vor einigen Jahren einmal davon erzählt hatte. Dieser Hütter war die Auferstehung ihres großen Schwarms. Gefährliche Sache, denn natürlich war er das überhaupt nicht. Auch wenn er noch so charmant war und auch wenn er noch im Krankenhaus mit ihr geflirtet hatte: Er war nicht Alice‘ erste große Liebe, und das bedeutete zumindest Bettys Meinung nach, dass diese Beziehung zum Scheitern verurteilt war. Nach einer Weile würde Alice erkennen, dass sie sich selbst etwas vorgemacht hatte, und spätestens dann war das Ende vorprogrammiert und nur noch eine Frage der Zeit. Sie würde es Alice sagen müssen, um sie vor einer weiteren Enttäuschung zu bewahren. Zwar hatte Alice von sich aus darum gebeten, ihr den Mann vom Leib zu halten, weil sie sich nicht auf eine neue Beziehung einlassen wollte, aber ihr wahr wohl gar nicht bewusst, aus welchem Grund sie sich so zu ihm hingezogen fühlte.

»Herr Hütter, guten Tag«, sagte sie, während sie ihm entgegenging. »Ich bin Betty Hansen, Miteigentümerin des *Strandhus* in Heiligenhafen. Sie hatten ja mit meiner Partnerin Frau Berrendorf zu tun …«

»Ganz genau, Frau Hansen«, entgegnete er und schüttelte ihre Hand. »Tja, Frau Berrendorf hatte ja leider keine Zeit für mich … Nicht, dass ich etwas dagegen habe, mit Ihnen zu reden«, fügte er rasch hinzu und hob beschwichtigend eine Hand.

»Ich wollte mich nur bei ihr erkundigen, ob sie sich wieder beruhigt hat. Sie war ja ganz außer sich, nachdem sie mich zu Boden geschickt hatte.«

»Kann ich gut verstehen, vor allem, wenn dieser Boden eine Etage tiefer liegt«, erwiderte Betty. »Aber ich kann Ihnen versichern, sie hat sich wieder beruhigt. Allerdings hat sie am Freitagabend und am Samstag mindestens ein Dutzend Mal im Krankenhaus angerufen, um sich nach Ihnen zu erkundigen.« Sie deutete auf die kleine Besprechungsecke, damit Hütter Platz nahm.

»Danke«, sagte er und setzte sich hin. »Das klingt ja … ermutigend.« Er lächelte sie an, als hätte er gerade von einem Lottogewinn erfahren.

Betty stand da und überlegte, was sie tun sollte. Sie wusste instinktiv, dass Hütter nicht der richtige Mann für Alice war, und wenn sich keine Gelegenheit ergab, dass die beiden sich sahen, war es für Alice umso besser. Aber wenn Hütter sich durch Alice' Sorge um ihn »ermutigt« fühlte, dann konnte das nur bedeuten, dass er an ihr interessiert war. Konnte sie ihm sagen, dass er sich von ihr fernhalten sollte, weil Alice sich von ihm fernhalten musste? Oder sollte sie ihm seinen Glauben lassen und stattdessen nach diesem Treffen sofort Alice anrufen und ihr sagen, was ihr aufgefallen war? Was, wenn Hütter sich nicht für ihre Warnung interessierte und er sich trotzdem mit Alice treffen wollte? Das würde die Geschäftsbeziehung belasten, und wenn die gleich auf dem falschen Fuß begann, konnte nichts Gutes dabei herauskommen. Nein, sie musste jetzt und hier den Mund halten und dann mit Alice reden, um sie in ihrer Meinung zu unterstützen, dass sie Abstand zu Hütter halten musste.

Ohne auf seine Bemerkung einzugehen setzte sie sich zu ihm und erwiderte: »Dass Sie hergekommen sind, hat wohl nichts Gutes zu bedeuten. Sehe ich das richtig?«

Hütter atmete tief durch und nickte schließlich. »Ja, das sehen Sie leider richtig.«

»Gut, dann erzählen Sie mir, was los ist«, bat sie ihn.

»Also erst mal, ehe ich's vergesse, hier ist der Schlüssel zum Pavillon«, sagte er und legte ihr den kleinen Schlüsselbund hin, den sie für Fälle wie diesen zusammengestellt hatten, damit ein Handwerker das Gebäude betreten und seine Arbeit erledigen konnte, ohne dass sie oder eine ihrer Freundinnen anwesend sein musste.

Solange so vieles noch nicht fertig war, wäre es sinnlos gewesen, dort irgendetwas putzen oder aufräumen oder einrichten zu wollen. Wenn der Elektriker an allen möglichen Stellen die Wände aufschlagen oder Löcher bohren musste, sah es anschließend doch wieder so aus, als wäre jahrelang nicht mehr der Staub weggewischt worden. Viel ärgerlicher als dieser Umstand war allerdings die Tatsache, dass sie vorläufig noch keinen Eröffnungstermin planen konnten. Insgeheim hatte Betty darauf gehofft, dass sie noch vor Weihnachten eröffnen und mit einem Festtagsangebot auf sich aufmerksam machen konnten. Aber danach sah es momentan eher nicht aus. Genauso konnten sie wohl den »Jahreswechsel am Strand« vergessen, für den sie schon ein paar Entwürfe für die Anzeigen und die Flugblätter gezeichnet hatte.

»Danke«, sagte sie und nahm die Schlüssel an sich. »Verraten Sie mir einfach geradeheraus, wie es aussieht. Ich bin ja schon Kummer gewöhnt, was den Pavillon angeht.«

»Tja, also …« Hütter kratzte sich kurz am Hinterkopf. »Ich hatte Ihrer Partnerin bereits zwei Zahlen genannt, mit denen Sie voraussichtlich rechnen sollten …«

»… die nur eine ganz grobe Orientierung sein sollten.« Betty nickte flüchtig. »Ich weiß, das hat Alice auch so weitergegeben. Ich bin schon davon ausgegangen, dass wir bei einer höheren Summe landen werden. Wie viel?«

»Kann ich Ihnen gar nicht sagen, weil Sie dafür einen Dachdecker kommen lassen müssen«, antwortete der Elektriker zögerlich.

Sein Zögern nur als »kein gutes Zeichen« zu betiteln, wäre eine maßlose Untertreibung gewesen. Was jetzt kommen würde, war zweifellos der nächste Schlag in die Magengrube.

»Einen Dachdecker«, wiederholte Betty leise. Es war nicht als Frage gemeint, sondern als Feststellung, dass ein weiterer Handwerkszweig durch den Pavillon zu Arbeit kommen würde.

»Sehen Sie, es ist so, dass das *Strandhus* sehr … sagen wir mal: sparsam gebaut worden ist«, fuhr er fort. »Damit will ich sagen, dass die Wände, die keine tragenden Mauern sind, sehr dünn sind … so dünn, dass es stellenweise kaum möglich ist, ein Kabel unter Putz zu verlegen, von einem Kabelstrang ganz zu schweigen. Das ist auch wohl auch der Grund dafür, dass so viele Kabel einfach auf Putz verlegt worden sind. In Kellerräumen ist das noch okay, aber im oberen Bereich wird es schon schwieriger. Da müssten die Kabel abgedeckt werden, aber dann haben Sie überall an den Wänden diese Plastikgehäuse, in denen die Kabel stecken. Das ist zwar eine preisgünstige Lösung, aber es sieht immer nach einem Provisorium aus. Das müsste zusätzlich großflächig mit Holzplatten bedeckt und dann verputzt und gestrichen werden, um eine Art Absatz an den Wänden zu schaffen. Und das bedeutet natürlich mehr Arbeit und mehr Material.«

»Aber dafür brauche ich keinen Dachdecker.«

»Nein, dafür brauchen Sie einfach nur einen Maler, der das ordentlich verputzt und streicht. Meine Leute können so was theoretisch zwar auch, aber ein Maler macht das einfach besser.«

»Und der Dachdecker?«, hakte Betty nach.

»Tja, da kommen wir jetzt zum wirklich problematischen Teil«, sagte Hütter und zog eine Augenbraue hoch, als wollte er seinen Worten zusätzliches Gewicht verleihen. »Sie haben die Deckenverkleidung gesehen?«

»Die Deckenverkleidung?« Sie überlegte eine Weile, dann schüttelte sie andeutungsweise den Kopf. »Gesehen bestimmt, aber nicht richtig wahrgenommen. Was ist damit?«

»In die Deckenverkleidung sind ungefähr zwei Dutzend Fassungen eingesetzt, die alle noch mit normalen Glühbirnen bestückt sind. Und die dünnen Holzbretter sind offenbar alle mit sehr viel Leim untereinander verbunden worden, sodass sich da gar nichts rührt. Wir können die Bretter nicht eines nach dem anderen herausnehmen, um an die Kabel zu gelangen, die zu den Fassungen führen. Wir müssen die ganze Decke abnehmen.«

»Und das ist unbedingt nötig?«, wollte Betty wissen.

»Dringend sogar«, beteuerte Hütter. »Wir haben ein paar Stellen entdeckt, da schließt die Verkleidung nicht mit dem Rand ab. Der Spalt, auf den wir gestoßen sind, war zum Glück größtenteils breit genug, um mit einer Kamera einen Blick dahinter zu werfen. Was ich da zu sehen bekommen habe, ist alles andere als schön. Zwischen der Verkleidung und dem Flachdach ist ein Hohlraum, der mit Dämmstoff weitgehend ausgefüllt ist. Dieses Dämmmaterial sieht für mich nach einem Stoff aus, der vor Jahren verboten worden ist, weil er extrem leicht entflammbar ist. Mit hundertprozentiger Sicherheit kann ich es nicht sagen, aber es würde zum Alter des Pavillons passen. Und vor allem würde es zur Vorgehensweise des Vorbesitzers passen, der offenbar bei allem, was man als Gast nicht direkt sieht, zur billigsten Variante gegriffen hat. An mindestens zwei Fassungen konnte ich erkennen, dass dieses Material durch die Hitze der Glühbirnen schon angeschmolzen ist.«

»Das heißt, dieser Dämmstoff muss raus?«, fragte Betty.

»Er *sollte* raus, weil diese Konstruktion ohnehin brandgefährlich ist, und er *muss* raus, wenn es sich um den Typ handelt, der nicht mehr verwendet werden darf. Das Risiko ist beträchtlich, denn wenn da an irgendeiner Stelle mal ein Funke fliegen sollte, weil die Kabelumhüllungen porös geworden sind, dann gibt das eine Stichflamme, die auf den umliegenden Dämmstoff übergreift und den gesamten Zwischenraum zwischen Verkleidung und Decke im Handumdrehen in Flammen aufgehen lässt. Ich konnte nicht erkennen, wie das Holz an der Decke befestigt ist, aber bei den Temperaturen, die da oben entstehen, kann die Halterung sehr schnell den Geist aufgeben.«

»Und dann kommt die ganze Verkleidung runter«, folgerte sie.

»Wenn Sie großes Pech haben und das Lokal ist voll besetzt,

dann werden alle Gäste und Sie auch überlegen, wieso es so angebrannt riecht. Und während Sie noch nach dem Backofen sehen, ob da etwas angebrannt ist, kommt die brennende Verkleidung in einem Stück runter und begräbt alles und jeden unter sich.« Er machte eine kurze Pause. »Ich glaube, Sie können sich ausmalen, was das zur Folge hätte.«

Betty schüttelte den Kopf. »Das möchte ich mir lieber nicht ausmalen«, sagte sie leise. »Und da kommt der Dachdecker ins Spiel, richtig?«

»Ja.« Hütter nickte. »Wärmeisolierung und Deckenverkleidungen fallen nicht in unsere Zuständigkeit. Außerdem habe ich keine Ahnung, wie es um das Flachdach als solches bestellt ist. Wenn da Schäden vorhanden sind, kann die unter Umständen nur ein Fachmann erkennen.«

»Ja, schon klar«, sagte sie. »Sie haben nicht zufällig einen Dachdecker an der Hand, den Sie mir empfehlen könnten?«

»Ich könnte Ihnen einen Heizungsinstallateur empfehlen, wenn Sie den noch brauchen sollten ...«

»... was ich nicht hoffen will«, gab Betty zurück.

»... aber einen Dachdecker kann ich so auf die Schnelle nicht aus dem Ärmel zaubern«, redete er weiter. »Ich kann bei den Kollegen rumfragen. Soll der Dachdecker auch hier aus Kiel kommen oder ist das egal?«

»Das soll uns egal sein. Wichtig ist mir nur, dass Sie sich untereinander abstimmen, wer wann was macht, damit diese Arbeiten alle so schnell wie möglich erledigt werden können. Meine Geschäftspartnerinnen und ich haben nichts davon, wenn der Dachdecker erst im Februar einen Termin frei hat und Sie so lange warten müssen.«

Hütter nickte verstehend. »Gut, dann werde ich gleich mal telefonieren.«

»Und wie wirkt sich das jetzt auf Ihre Preise aus?«, wollte Betty wissen. »Davon war jetzt noch keine Rede.«

»Das muss ich noch im Detail ausrechnen, denn es hängt vor allem davon ab, in welchem Umfang wir tätig werden sollen. Ich rechne beide Varianten aus, dann können Sie in Ruhe überlegen, wie viel Sie ausgeben möchten. Sie bekommen von mir am Montag einen Kostenvoranschlag, in dem ich auch auf das Problem mit dem Dämmstoff und den elektrischen Leitungen hinweise – nicht, um Sie zu ärgern, sondern weil ich es machen muss. Sie müssen über das Risiko informiert werden, und wenn etwas passieren sollte, muss ich belegen können, dass ich Sie davon in Kenntnis gesetzt habe. Sonst heißt es am Ende: ›Der Hütter hat sich das alles angesehen, aber kein Wort dazu gesagt.‹ Sie verstehen sicher …«

Betty winkte ab. »Das ist mir völlig klar. Eine von uns gibt Ihnen in den nächsten Tagen Bescheid, dann können Sie mit dem Dachdecker verabreden, wann wer im Pavillon was tut. Können Sie irgendwelche vorbereitenden Arbeiten beginnen, auch wenn am Dach noch nichts gemacht worden ist?«

»Auf jeden Fall«, versicherte ihr der Elektriker. »Wenn Sie uns sagen, welche Variante es sein soll, können wir ein oder zwei Tage später loslegen.«

»Okay, wir melden uns bei Ihnen, vielen Dank, Herr Hütter.«

Nachdem sie den Mann zur Tür begleitet und sich von ihm verabschiedet hatte, ging sie zurück in ihr Büro, griff nach dem Hörer und wählte die Nummer des Maklers.

»Ich kann Ihre Verärgerung und Enttäuschung verstehen«, versicherte Lowitz den beiden Frauen. »Aber ich habe Ihnen ja gesagt, dass ich das Objekt erst ein paar Tage zuvor in meinem Bestand aufgenommen hatte und außer den Angaben des Eigentümers keine Informationen über den Pavillon besaß.«

»Hätten Sie uns dann nicht sagen sollen, dass wir uns erst ein paar Tage später da umsehen können, weil Sie sich vorher mit Ihrem Objekt befassen müssen?«, wollte Alice aufgebracht wissen, die auf Bettys Anruf nach dem Besuch des Elektrikers sofort reagiert und ihre Boutique mit einem »Bin gleich zurück«-Zettel an der Tür verlassen hatte, um sich mit ihr beim Makler zu treffen. Kathrin wäre auch gern dazugekommen, aber an diesem

Freitag war die Klinik so voll, dass sie von Glück reden konnte, wenn es ihr gelang, vor zehn Uhr zu Hause zu sein.

Lowitz zuckte mit den Schultern. »Es führt letztlich zu nichts, wenn wir uns gegenseitig Vorwürfe machen, trotzdem kann ich Ihre Bemerkung nicht unwidersprochen hinnehmen. Sie waren so Feuer und Flamme für dieses Objekt, dass Sie gar nicht warten wollten. Außerdem hat meine Begehung nichts Auffälliges ergeben, auf das ich den Verkäufer hätte ansprechen wollen. Dass da überall Mehrfachstecker an den Wänden befestigt worden sind, weil die vorhandenen Steckdosen nicht ausreichen, habe ich gesehen, aber das ist ein so offensichtlicher Zustand, dass Sie das selbst auch hätten sehen müssen. Dass ich nicht den Sicherungskasten und den Kasten für den Stromzähler aufgeschlossen habe, um da nachzusehen, ist zwar richtig, aber zum einen hätten Sie darauf bestehen können, dass ich …«

»Wer soll denn ahnen, dass der Stromzähler und alle Sicherungen aus der Wand gerissen worden sind?«, fiel ihm Betty ins Wort. »Das ist ja wohl die absolute Ausnahme, dass so was passiert!«

Der Makler nickte und lächelte mit schmalen Lippen. »Sie nehmen mir das Wort aus dem Mund. Es ist die absolute Ausnahme. In all meinen Jahren als Makler habe ich mir nach dem Verkauf oder der Vermietung irgendeines Objekts noch nie anhören müssen, dass der neue Eigentümer oder Mieter ohne Stromzähler dastand. Sie können mir keine Nachlässigkeit vorwerfen, nur weil ich das nicht überprüft habe. Es ist einfach nicht üblich. Ich würde ja auch nicht auf die Idee kommen, in jedes Objekt einen Geigerzähler mitzunehmen, um festzustellen, ob da jemand Plutonium gelagert hat. Dass ein Verkäufer vor dem Verkauf den Stromzähler mitnimmt, habe ich noch nicht mal von irgendeinem Kollegen aus der Branche gehört. Ich kann auf der nächsten Konferenz damit bestimmt für den Brüller des Jahres sorgen. Aber ich lasse mich nicht von Ihnen dafür verantwortlich machen.« Er hob flüchtig die Schultern. »Vom Zustand der Küchengeräte konnten Sie sich bei der ersten Besichtigung ein Bild machen, sogar noch beim zweiten Mal. Ich muss Sie nicht darauf hinweisen, dass die Spüle schon mal bessere Zeiten erlebt hat oder dass der Kühlschrank vor der nächsten Benutzung gründlich geputzt werden sollte. Was die Stromkabel unter der Deckenverkleidung und den Dämmstoff betrifft, den Sie ja wohl komplett herausholen werden, kann ich dazu gar nichts sagen, weil ich keinen Blick dahinter geworfen habe. Und wenn der Zustand des Geländers erst offensichtlich wird, wenn man die Farbe abschleift, werden Sie wohl selbst sagen müssen, dass ich da nichts arglistig verschwiegen haben kann.«

»Ja, aber Sie können doch nicht einfach ein Objekt in einem solchen Zustand verkaufen«, wandte Alice ein. »Das Geländer ist lebensgefährlich!«

»Ich habe Ihnen das Objekt ja auch gar nicht verkauft«, hielt Lowitz dagegen.

»Was?«, rief Alice. »Wir waren doch bei Ihnen und …«

»Alice, er hat recht«, ging Betty dazwischen und fasste sie am Arm, um sie auf ihrem Stuhl nach hinten zu drücken. »Er hat uns den Pavillon nicht verkauft, er ist nur der Makler. Er hat den Verkauf vermittelt, und ihn muss nichts kümmern, wenn Käufer und Verkäufer sich einig sind. Außer, er wusste von Mängeln und hat sie uns verschwiegen.« Dann drehte sie sich zu Lowitz um und fragte: »Wussten Sie von irgendwelchen Mängeln?«

Der Makler schüttelte den Kopf. »Nein, ich habe den Auftrag bekommen, den Pavillon zum Verkauf anzubieten, und ich habe eine Aufstellung erhalten, in der alle maßgeblichen Angaben enthalten waren.« Nachdem er den Vorgang aus einem Stapel auf seinem Schreibtisch gezogen hatte, blätterte er kurz in der Mappe und fügte hinzu: »Es gibt in dieser Aufstellung keinen Hinweis auf irgendwelche Mängel, es wird lediglich darauf hingewiesen, dass sich das Gebäude in einem dem Alter entsprechenden Zustand befindet. Das ist eine gängige Klausel, damit man keinen neuwertigen Parkettboden erwartet, sondern einen, der typische Gebrauchsspuren aufweist.« Lowitz zuckte flüchtig mit den Schultern.

»Und natürlich gibt es auch keinen Hinweis auf die Schulden bei HolsteinEnergie«, murmelte Betty missmutig.

»Natürlich nicht«, stimmte der Makler ihr zu. »Das sind auch Dinge, die im Verkaufsauftrag nichts zu suchen haben. Wäre das Grundstück mit einer Hypothek belastet, dann wäre das etwas anderes, aber so …«

»Und was sollen wir jetzt machen?«, fragte Alice und blickte ratlos zwischen ihrer Freundin und Lowitz hin und her. »Wir werden noch arm, wenn das so weitergeht!«

Lowitz sah sie mitfühlend an. »Sie alle haben den Vertrag unterschrieben, und damit haben Sie auch den ›Gekauft wie gesehen‹-Vermerk unterschrieben. Es ist letztlich egal, ob eine Unterschrift oder fünfzehn unter einem Vertrag stehen, aber wenn Sie damit vor Gericht gehen wollen, wird jeder Richter Sie fragen, warum nicht wenigstens einer in Ihrer Käufergemeinschaft auf den Gedanken gekommen ist, einen Gutachter zu beauftragen, der das ganze Gebäude unter die Lupe nimmt. Dann hätten Sie gewusst, auf was Sie sich einlassen, und hätten entweder vom Kauf abgesehen oder alle noch anfallenden Kosten mit dem Kaufpreis verrechnet und gesagt, dass Sie maximal den Betrag X ausgeben werden, weil Sie ja noch in dieses oder jenes investieren müssen.«

»Aber wir können doch den Eigentümer wegen arglistiger Täuschung belangen«, wandte Alice ein.

»Sie können es versuchen, aber dafür brauchen Sie einen Anwalt. Am besten einen, der auf Vertragsrecht spezialisiert ist«, antwortete er.

»Das ist klar, aber *Sie* könnten doch den Verkäufer fragen, wieso er nichts von dem verschwundenen Stromzähler und dem Sicherungskasten gesagt hat«, sagte Betty. »Und wieso er bei HolsteinEnergie dreieinhalbtausend Euro Schulden hat, für die wir erst mal geradestehen müssen und die wir uns von ihm zurückholen werden.«

»Das kann ich ihn fragen«, sagte der Makler.

»Dann tun Sie das«, forderte Betty ihn auf. »Jetzt.«

»Jetzt?«

»Ja, jetzt. Und stellen Sie den Lautsprecher an, damit wir mithören können, welches Märchen er Ihnen und uns auftischt.«

Lowitz sah auf die Uhr und verzog den Mund.

»Wir haben es nicht eilig«, sagte Alice, der diese Geste nicht entgangen war. »Sie hoffentlich auch nicht.«

Mit einem Seufzer blätterte er in der Akte. »Ah, da ist ja die Nummer. Eine Telefonnummer habe ich nur von seinem Anwalt, der das alles für Herrn Boswinkel geregelt hat. Warten Sie.« Er tippte die Nummer ein und wartete.

»Dieser Anschluss ist uns nicht bekannt, bitte rufen Sie die Auskunft an. Dieser Anschluss ist ...« Verdutzt legte er auf und wählte nochmals die Nummer, aber mit dem gleichen Ergebnis. »Seltsam.«

»Die Auskunft?«, schlug Betty ein wenig ungehalten vor.

»Ja, ja, sicher«, erwiderte er. »Ich wundere mich nur, weil wir in den Tagen unmittelbar vor dem Verkauf einige Male telefoniert haben und ich diese Nummer immer wieder gewählt habe. Ich dachte, ich hätte mich vertippt, aber ...« Er tippte die Nummer der Auskunft ein und erklärte sein Anliegen. Nach einiger Wartezeit bedankte er sich und legte auf. »Der Name ist bei der Auskunft nicht bekannt.«

»Sie haben doch sicher auch eine Festnetznummer von ihm«, begann Alice, aber er hob die Hand, um sie zu unterbrechen.

»Ja, ich kämpfe mich gerade durch die vielen Angaben auf der Visitenkarte. Handynummer, Twitter, Facebook, Website ... ah, da ist sie ja.« Er wählte und legte wieder auf, als auch hier die Ansage ertönte, der Teilnehmer sei nicht bekannt. »Das ist seltsam«, murmelte er und zog die Computertastatur heran, um im Internet zu suchen.

Als er nach ein paar Minuten intensiver Suche frustriert den Kopf schüttelte, fragte Betty: »Können Sie nichts finden?«

»Gar nichts, absolut nichts«, sagte er verwundert. »Versuchen wir mal was anderes.« Wieder tippte er etwas ein, sah sich die lange Auflistung der Suchergebnisse an und griff wieder zum

Telefon. »Ja, guten Tag, Lowitz ist mein Name. Entschuldigen Sie die Störung, aber ich suche eine Anwaltskanzlei, die sich zumindest bis vor Kurzem bei Ihnen im Haus befunden haben muss ... Der Name ist Grimm-Scheerer ... ja, genau ... nicht? ... ganz sicher nicht? ... ja, dann vielen Dank ... auf Wiederhören ...«

Er legte auf und sah zwischen Betty und Alice hin und her. »Das war die Hausverwaltung für das Gebäude in Frankfurt, in dem sich die Kanzlei befinden soll. Eine Kanzlei hat sich dort ganz sicher noch nie befunden ... das ist eine Anlage für betreutes Wohnen!«

»Was ist mit der Rechtsanwaltskammer?«, fragte Betty. »Die müssten doch nun wirklich wissen, wo der Mann zu finden ist.«

»Gute Idee«, sagte Lowitz und sah auf die Uhr. »Viertel nach vier. Hm, hoffentlich kennen die keinen frühen Feierabend am Freitag.«

Den kannte die Kammer erfreulicherweise nicht, bedauerlicherweise aber auch nicht den gesuchten Rechtsanwalt. Der Mann war ein Phantom, nur dass Lowitz dieses Phantom ja durchaus zu Gesicht bekommen hatte.

»Wie findet man einen Mann, der nicht existiert?«, überlegte der Makler und fügte ironisch an: »Gut, dass ich kein Privatdetektiv geworden bin. Ich würde da wohl keine gute Figur machen.«

Plötzlich stutzte Alice. »Augenblick mal, wie heißt der Anwalt noch gleich? Grimm und weiter?«

»Grimm-Scheerer.«

Murmelnd wiederholte sie den Namen ein paar Mal, dann fragte sie: »Und der Vorname?«

»Marcel ... nein, Marcel-Jochen«, antwortete der Makler. »Wieso? Was ist?«

»Moment, das muss ich erst aufschreiben«, erklärte sie und nahm einen Zettel und einen Stift an sich.

Betty sah ihr zu, wie sie den Namen notierte, und bemerkte den fragenden Blick, den Lowitz ihr zuwarf. Sie konnte daraufhin nur mit den Schultern zucken.

»Hahaaa!«, rief Alice auf einmal. »Wenn das ein Zufall sein soll, dann …« Was dann wäre, ließ sie offen, als sie den Kopf hob und sagte: »Herr Boswinkel hat Sie getäuscht, Herr Lowitz. Es gibt keinen Marcel-Jochen Grimm-Scheerer. Ich vermute, dass der Mann, mit dem Sie zu tun hatten, Boswinkel selbst war.«

»Wie kommen Sie auf diese Idee?«, fragte er verdutzt.

»Das ist sogar relativ einfach«, sagte sie. »Wenn Sie Marcel-Jochen Grimm-Scheerer umstellen, damit er Grimm-Scheerer Marcel-Jochen heißt, müssen Sie nicht viel tun, um daraus ›Grimm‹ und ›sche‹ und ›Mär‹ und ›chen‹ zu machen. Grimmsche Märchen. Was nicht funktioniert, ist das ›ä‹, aber der Rest passt so gut zusammen, das kann nicht bloß ein Zufall sein. Ich wette, der Mann war Boswinkel selbst. Er hat sich als sein eigener Anwalt ausgegeben, damit er Ihnen keine Fragen beantworten muss. Alles, was Sie wissen mussten, hat er angeblich an Boswinkel weitergeleitet, und der hat dann durch ihn geantwortet.«

»Ja, das ist richtig«, bestätigte der Makler. »Aber was soll dieses Theater?«, fragte er kopfschüttelnd.

»Es hat das Ganze viel seriöser wirken lassen«, sagte Alice. »Und indem er den Anwalt aus Frankfurt spielte, der nur mal kurz nach Heiligenhafen gekommen ist, um etwas für seinen Mandanten zu erledigen, gab es für Sie keinen Anlass, erst einmal mit dem Mann zusammen das Objekt zu begutachten. Erstens ist der Anwalt in Eile und muss zurück nach Hamburg, um seine Maschine nach Frankfurt zu erwischen, zweitens kann er Ihnen bei einer Besichtigung ohnehin keine Fragen beantworten, da er über den Pavillon genauso wenig weiß wie Sie.«

»Raffiniert. Und ich bin darauf reingefallen«, stöhnte Herr Lowitz auf.

»Darauf wäre wohl jeder reingefallen«, meinte Betty. »Wenn mich ein Anwalt im Büro aufsucht, weil er mit mir über einen Mandanten reden will, dann rufe ich auch nicht erst die Anwaltskammer an, um mir bestätigen zu lassen, dass er tatsächlich derjenige ist, für den er sich ausgibt. Schon gar nicht, wenn er mit dem Anliegen auf meiner Seite beziehungsweise auf der Seite meines Mandanten steht. Wenn er reinkommt und irgendwelche Drohungen ausspricht, ist das eine andere Sache … aber so?« Sie schüttelte den Kopf.

»Dann können wir nichts anderes machen, als mit Boswinkel direkt Kontakt aufzunehmen«, ergänzte Lowitz. »Mir liegt nur die Adresse in Lissabon vor, wo er ein Haus besitzen soll. Ich werde ihm schreiben, dass er sich melden möchte, und ich werde versuchen, über das Internet an ihn heranzukommen.«

»Vielleicht hat die Bank auch noch eine Adresse, die uns weiterhelfen kann«, überlegte Alice.

»Die Bank?«, erwiderte Lowitz.

»Die Bank, auf deren Konto Sie unser Geld überwiesen haben, Herr Lowitz. Wenn er ein Konto eingerichtet hat, muss er seinen Ausweis vorgelegt haben. Mag ja sein, dass er jetzt in Lissabon lebt, aber vielleicht stand auf dem Ausweis noch seine alte Adresse.«

»Ah, verstehe«, sagte der Makler und nickte anerkennend. »Das werde ich gleich am Montagmorgen erledigen. Ich möchte ja selbst wissen, was es mit diesem Theater auf sich hat.«

Beruhigt darüber, dass wenigstens irgendetwas unternommen wurde, standen Betty und Alice auf, bedankten sich bei Lowitz und verließen das Büro.

Zurück auf der Straße sagte Alice. »Ich wette um hundert Euro …«

»… dass der Brief an Boswinkel mit dem Vermerk ›Unbekannt verzogen‹ zurückkommt«, führte Betty den Satz zu Ende.

Alice sah ihre Freundin beunruhigt an. »Wenn das nicht alles so ernst wäre, könnte ich vermutlich darüber lachen, wie hier eine Panne auf die nächste folgt.«

»Ich weiß, was du meinst«, sagte Betty. »Wenn das ein Film wäre, würde ich mich auch köstlich amüsieren. Vielleicht sollten wir tatsächlich versuchen, uns vorzustellen, dass wir in einer von diesen Komödien gefangen sind, in denen ständig alles schiefgeht, obwohl oder gerade weil die Figuren alles versuchen, um das zu verhindern.«

Sie blieben stehen, ließen sich die Idee einen Moment lang durch den Kopf gehen und verdrehten dann die Augen.

»Das möchte ich mir lieber nicht vorstellen«, entschied Alice. »Das würde nämlich bedeuten, dass es mit uns noch lange Zeit bergab geht, bevor der Ölscheich mit einem Schlauchboot an Land gespült wird, wir ihn finden und ihm das Leben retten und er uns aus Dankbarkeit zehn Millionen Dollar schenkt und außerdem noch unseren Pavillon komplett vergoldet.«

Neun

»Wenn das alles mein Erspartes wäre, dann wäre mir jetzt kotzübel«, erklärte Alice beim Blick auf die Zusammenstellung der bisherigen Ausgaben für den Strandpavillon.

»Es sind ja nicht alle Posten endgültig«, wandte Betty ein und nahm das Blatt an sich, um es mit der Schrift nach unten neben sich auf die Sitzbank zu legen. »Der Elektriker ist bloß ein Kostenvoranschlag …«

»… der auch noch einen Satz nach oben machen kann«, warf Alice ein. »Auf dass unser Gewinn immer weiter zusammenschmilzt.«

Ein Kellner kam an den Tisch, um ihnen das Mittagessen zu bringen. »Einmal Labskaus … eine Fischplatte … und der große Salat ohne Huhn …«, sagte er und verteilte die Teller auf dem Tisch. »Ich wünsche einen guten Appetit.«

»Danke«, sagten sie gleichzeitig.

»Und ob das Dach nur so viel kosten wird wie kalkuliert«, redete Alice weiter, nachdem der Kellner außer Hörweite war, »bleibt auch noch abzuwarten.«

Alle drei hatten sich den Mittwoch freigenommen, um früh am Morgen zum *Strandhus* zu fahren. Am Tag zuvor hatte Hütter angerufen und sie wissen lassen, dass der Dachdeckerbetrieb, der ihm empfohlen worden war, am Mittwoch jemanden zum Pavillon schicken würde, um sich das Dach genauer anzusehen. Als sie dort eintrafen, sahen sie schon vom Zufahrtsweg aus eine Gestalt auf dem Dach, die sich letztlich als junge Frau von vielleicht Mitte zwanzig entpuppte. Selbst wenn der Transporter nicht auf einem der beiden Parkplätze des Pavillons gestanden hätte, wäre ihnen klar gewesen, um wen es sich bei dieser Frau handelte.

»Sie sind wohl vom Dachdecker Giesberts hergeschickt worden«, rief Betty der Frau im orangefarbenen Overall zu, nachdem sie ausgestiegen waren und sich dem Pavillon genähert hatten. »Richtig?«

»Fast richtig«, entgegnete die Angesprochene und strich sich ein paar Haare aus der Stirn, die genauso orangerot waren wie der Overall. Unwillkürlich fragte sich Betty, ob sie wohl den Overall nach ihrer Haarfarbe ausgesucht oder sich die Haare passend zu ihrer Arbeitskleidung gefärbt hatte. »Fast?«

»Na ja«, sagte die junge Frau und kniete sich hin, um an einer Stelle an der Dachkante zu ziehen, da dort ein Stück Dachpappe abstand. »Ich bin nicht hergeschickt worden, ich *bin* Dachdecker Giesberts. Oder besser gesagt: Dachdecker*in* Giesberts. Tanja Giesberts. Ich komme gleich zu Ihnen.«

»Okay, wir gehen schon mal rein«, sagte Betty und schloss auf. Dann betraten sie den Pavillon. In den letzten Tagen war es empfindlich kalt geworden, obwohl fast immer die Sonne schien, die aber zu dieser Jahreszeit spürbar an Kraft verloren hatte. Entsprechend kühl war es auch im Lokal.

»O Mann, was freue ich mich darauf, wenn der Elektriker fertig ist«, meinte Kathrin und holte die Thermoskanne aus ihrer Umhängetasche, um drei ebenfalls mitgebrachte Pappbecher mit heißem Kaffee zu füllen. »Dann schmeißen wir die Heizung an, und dann wird es hier so gemütlich warm, dass wir gar nicht mehr von hier weg wollen.«

»Wenn alles nach Plan läuft, werden wir drei nur selten hier sein, also werden wir von der gemütlichen Wärme kaum was haben«, hielt Alice dagegen. »Die ist dann nur für unsere Gäste, denen wir es aber gar nicht so gemütlich machen dürfen, weil sie sonst wirklich nicht mehr von hier weg wollen. Dann machen wir nämlich kaum noch Umsatz, wie du dir ja denken kannst.«

»Lass mich mal kurz überlegen, was denn bislang alles nach Plan gelaufen ist«, gab Kathrin ironisch grinsend zurück. »Haben wir irgendeinen berechtigten Grund zu der Annahme, dass ab jetzt oder ab morgen alles nach Plan laufen wird?«

Betty nahm einen der Becher und trank einen Schluck Kaffee. Ihre Jacke zog sie nicht aus, weil es wirklich zu kalt war. »Kathrin hat recht. Unser Plan sah vor, dass wir hier ein bisschen sauber machen, hier und dort ein wenig neu anstreichen, und dann können wir das *Strandhus* eröffnen und die in Scharen anrückenden Gäste empfangen. Beziehungsweise von unseren Angestellten empfangen lassen. Davon sind wir im Augenblick noch ein ganzes Stück entfernt. Wir können sogar froh sein, dass wir nicht so übereifrig waren und schon einen Geschäftsführer und Bedienungen eingestellt haben, die ab der nächsten oder übernächsten Woche auf ihr Gehalt warten.«

»Na ja, es war auch wirklich kollektive Dummheit von uns«, musste Alice zugeben, »hier einmal durchzuschlendern, ein bisschen hier und ein bisschen da zu gucken und dann einfach einen Preis zu nennen, den wir zahlen wollen. Wenn ich sehe, was wir jetzt alles am Hals haben, dann wundert es mich gar nicht mehr, dass der Makler uns so anstandslos um zwanzigtausend Euro entgegenkommen konnte. Der Verkäufer wusste genau, wie viel man hier reinstecken muss, damit der Laden nicht abbrennt und man nicht mit Schmerzensgeldforderungen überschwemmt wird, wenn irgendwann die Treppe ihren Geist aufgibt.«

»Ich frage mich nur«, ergänzte Kathrin, nachdem sie ebenfalls von ihrem Kaffee getrunken hatte, »ob wir wohl genau den Differenzbetrag getroffen haben, den wir noch reinstecken dürfen, oder ob wir den Preis noch weiter hätten drücken können. Oder müssen.«

»Wenn wir die dreieinhalbtausend Euro außer Acht lassen, die uns Boswinkel ›vererbt‹ hat, und wenn wir die sechseinhalbtausend Euro rausrechnen, die wir an Strom vorauszahlen müssen«, antwortete Betty, »dann bewegen wir uns immer noch im Plus.«

»Bin mal gespannt, wie lange noch«, sagte Alice und deutete mit einer Kopfbewegung auf die Leiter, die gegen den Pavillon gelehnt stand. Die Füße der jungen Dachdeckerin waren soeben am oberen Fensterrand aufgetaucht, da sie vom Dach geklettert kam. Mit routinierter Lässigkeit stieg sie, nur eine Hand an der Leiter, nach unten, wobei sie jeweils zwei Sprossen auf einmal nahm. In der anderen Hand hielt sie ihr Smartphone ans Ohr gedrückt.

»Die Berufsgenossenschaft wird sich über den Anblick sicher freuen«, scherzte Kathrin, während sie alle drei zusahen, wie die Frau mit dem scheinbar in Flammen stehenden Kopf nach unten kam, eine Zeitlang weitertelefonierte und dabei die Aussicht aufs Meer genoss.

»Wisst ihr was?«, meinte Alice auf einmal. »Wir sollten uns ein Beispiel an dieser Frau nehmen und uns an dem erfreuen, was uns dazu veranlasst hat, einen solchen Pavillon kaufen zu wollen.«

Ihre Freundinnen sahen sie verwundert an.

»Wovon redest du?«, wollte Betty schließlich wissen, als Alice keine Regung zeigte und keinen Ton von sich gab.

»Himmel noch mal, natürlich vom Meerblick!«, fuhr sie die zwei an. »Wir haben davon geträumt, bei der Arbeit das Meer sehen zu können. Genau das können wir jetzt, aber seit wir hier sind, dreht sich alles nur um die Dinge, die sich hier drinnen abspielen. Wir kommen her, stellen den Wagen ab und hetzen hier rein, dann verbringen wir unsere Zeit mal mit diesem, mal mit jenem Handwerker, und wenn wir alles gesagt haben, was wir sagen wollten, geht's zurück zum Auto, und wir hetzen zurück nach Hause, weil wir da erwartet werden. Und weil wir glauben, dass diese andere Welt zu Hause nicht ohne uns zurechtkommen kann, nicht mal für ein paar Stunden. Einmal, ein einziges Mal habe ich mich da vorn an den Strand gesetzt, auf die Wellen geguckt und einfach zehn oder fünfzehn Minuten lang an gar nichts gedacht.« Sie hob fast mahnend den Zeigefinger. »Ihr könnt euch nicht vorstellen, wie entspannend und beruhigend das war. Das solltet ihr auch mal machen, wenn ihr hier seid. Das war es doch eigentlich, was wir wollen.«

»Eigentlich kann ich dir nur zustimmen, Alice«, sagte Betty. »Es ändert zwar nichts an den Problemen, die wir uns mit dem Pavillon eingebrockt haben, aber ein paar Minuten abschalten ist ganz sicher nicht verkehrt.«

»So, da bin ich«, sagte die Dachdeckerin, die ihr Telefonat erledigt hatte, zu ihnen in den Pavillon kam und ihnen der Reihe nach die Hand gab. Das ging so schnell, dass sie keine Gelegenheit bekamen, sich mit Namen vorzustellen. »Was ist denn mit dem Geländer los? Bricht da was zusammen?«

»Ja, das kann man so sagen«, antwortete Betty, ohne ins Detail zu gehen.

»Na, das passt ja«, gab Tanja Giesberts zurück. »Dann können sich das Dach und das Geländer ja die Hand reichen. Weiß zwar nicht, wie so was ablaufen sollte, aber Fakt ist, dass das Dach Schrott ist und eigentlich so auf den Müll kann.«

»Was?«, ging Alice dazwischen, die dem hohen Tempo der jüngeren Frau nicht hatte folgen können. Auch wenn das eigentlich nicht stimmte, da sie in Wahrheit durchaus folgen konnte, es aber nicht wollte. Sie hatte keine Lust, von ihrem Gegenüber quasi totgeredet zu werden und dabei irgendetwas Wichtiges zu überhören oder aber so konzentriert darauf zu sein, dass sie reflexartig auf jede Frage wahrheitsgemäß antworten würde. Beides war ihr zu riskant, also entschied sie, das Tempo zu drosseln, indem sie einfach wiederholen ließ, was gerade eben gesagt worden war.

Tanja Giesberts schnaubte etwas ungehalten, da sie in ihrem Vortrag unterbrochen worden war. »Das Dach ist Schrott und gehört da auch hin. Zum Schrott«, fasste sie zusammen.

»Okay, könnten Sie das etwas genauer erklären?«, warf Kathrin ein. »Was stimmt denn nicht mit dem Dach?«

»Eigentlich alles«, kam die knappe Antwort. »Wer hat denn zuletzt da oben gearbeitet?«

»Keine Ahnung, wir haben den Pavillon erst seit ein paar Wochen. Wieso?«

»Wieso? Na, weil da jemand Stücke Dachpappe mit Leim festgemacht und mit schwarzer Farbe übermalt hat, damit man den Leim nicht bemerkt. Jedenfalls als Laie nicht.« Sie legte den Kopf in den Nacken, um die Deckenverkleidung zu betrachten. »Haben Sie das da drangepappt?«

»Wie gesagt, wir haben den Pavillon erst seit Kurzem«, antwortete Betty und fühlte eine gewisse Verärgerung in sich aufsteigen, da ihr dieser Tonfall nicht behagte. »Außerdem hat Herr Hütter Ihnen doch sicher erklärt, um was es geht …«

»Ja, ja, er hat gesagt, ich soll mir das Dach ansehen und so.«

»… dass er die Leitungen austauschen möchte«, redete Betty unbeirrt weiter, »aber nicht weiß, was sich alles da hinter der Verkleidung verbirgt. Da wäre es doch etwas unsinnig, dass wir selbst noch eine Deckenverkleidung montieren, oder nicht?«

»Woher soll ich das wissen, Lady?«, gab die Dachdeckerin zurück und schüttelte den Kopf. »Ich war noch nie hier, ich weiß nicht, wie es hier wann ausgesehen hat.« Sie zeigte zur Decke. »Auf jeden Fall muss die Pampe da runter, sonst kann ich nicht sagen, was da noch steckt. Aber ist eigentlich auch ganz egal. Das Dach gehört eh auf den Müll, da macht das auch nix mehr. Alles raus und neu drauf.«

»Kostet?«, fragte Kathrin im gleichen schnoddrigen Tonfall.

Die junge Frau sah sich wieder die Decke an, zuckte flüchtig mit den Schultern und antwortete: »Sagen wir mal zwanzig Scheinchen.«

»Zwanzig?«, rief Alice erschrocken.

»Fünfer?«, fragte Betty, was eigentlich nur noch der Form halber geschah. Innerlich stand für sie eigentlich schon fest, dass diese Frau den Auftrag allenfalls noch bekommen würde, wenn sie ehrenamtlich arbeitete und das Material selbst bezahlte.

»Was?«

»Na, ein Scheinchen ist für mich ein Fünfer«, erklärte Betty. »Weil er so klein ist.«

»Haha, der war gut, Lady. Nee, ein Scheinchen ist natürlich ein Fünf*hunderter*.« Tanja Giesberts grinste fröhlich vor sich hin, als wäre das Ganze für sie nur ein Spaß.

»Also zehntausend, um das mal frei von möglicherweise missverständlichen Formulierungen auszudrücken. Verstehe ich das richtig?«, hakte Betty nach.

»Komplett richtig.«

»Dafür bekommen wir ja ein neues Dach!«, warf Alice ein.

»Genau das kriegen Sie ja auch von mir«, meinte die Dachdeckerin und deutete zur Decke. »Darum geht's doch, oder nicht?«

»Ist ein komplett neues Dach wirklich nötig?«, wollte Alice wissen.

»Ein neues Dach ist immer besser, als wenn man ein altes flickt.«

»Aber ist es *nötig?«,* wiederholte Betty das, worauf es ihrer Freundin angekommen war.

»Hängt davon ab.«

»Wovon hängt das ab?« Betty schnaubte frustriert, weil sie solche Unterhaltungen nicht ausstehen konnte, bei denen man jemanden zu jedem Wort überreden musste, weil der nicht in der Lage war, in längeren Sätzen zu reden, die auch direkt die damit zusammenhängenden Fragen beantworteten.

»Was Sie haben wollen. Ein vernünftiges Dach, das hält. Oder was Zusammengeflicktes, das beim nächsten Sturm abhebt.«

»Am besten schicken Sie uns Ihren Kostenvoranschlag«, sagte Betty. »Dann können wir uns das in Ruhe ansehen und uns bei Ihnen melden.«

»Haben Sie doch schon«, kam die knappe Erwiderung der völlig verständnislos dreinschauenden Frau.

»Was haben wir schon?«, fragte Alice. »Uns bei Ihnen gemeldet oder …?«

»Den Kostenvoranschlag natürlich.«

Die drei Freundinnen sahen sich untereinander an. »Wem wollen Sie den gegeben haben?«, fragte nun wieder Betty.

»Ihnen allen. Gerade eben.«

»Ähm …«, begann Betty, ohne zu wissen, was sie darauf erwidern sollte.

»Ich rede von meiner Ansage. Zwanzig Scheinchen.«

Alice zog verdutzt die Augenbrauen hoch. »Das nennen Sie einen Kostenvoranschlag? Und was ist, wenn die Rechnung höher ausfällt? Wie sollen wir beweisen, dass Sie … ›zwanzig

Scheinchen‹ veranschlagt haben, wenn wir nichts Schriftliches haben?«

»Das wird schon passen«, sagte die Dachdeckerin und winkte lässig ab. »Da müssen Sie nix befürchten. Von mir brauchen Sie nichts Schriftliches. Ich bin grundehrlich.«

»Das streitet niemand ab, trotzdem brauchen wir einen schriftlichen Kostenvoranschlag«, beharrte Betty. »Wir möchten die einzelnen Posten und die voraussichtliche Arbeitszeit aufgeführt sehen, um Ihr Angebot mit anderen Angeboten vergleichen zu können.«

»Andere Angebote? Was geht denn hier jetzt ab? Der Flori hat gesagt, dass ich den Job kriege, wenn ich ein gutes Angebot mache. Und zwanzig Scheinchen ist ein gutes Angebot.«

»Das werden wir wissen, wenn uns die anderen Angebote vorliegen«, gab Kathrin zurück, »und wir die alle in die Währung Scheinchen umgerechnet haben, um sie leichter vergleichen zu können.«

»Flori hat mir gesagt, dass Sie jemanden brauchen, und da bin ich!« Die Dachdeckerin stampfte mit einem Fuß auf, was sie wie eine trotzige Dreijährige wirken ließ, auch wenn das zweifellos nicht ihre Absicht war.

»Tja, dann hat er wohl vergessen, Ihnen zu sagen, dass zu einem guten Angebot auch gewisse … sagen wir … Umgangsformen gehören, zum Beispiel das Erstellen eines Kostenvoranschlags ohne stundenlange Diskussion über den Sinn oder Unsinn. Außer natürlich, der ›Flori‹ übernimmt Ihre Rechnung«, fügte Betty ironisch an.

»Ey, was soll das denn heißen, Lady? Wollen Sie mir vielleicht erzählen, ich hätte keine Umgangsformen?« Die junge Frau machte einen zutiefst empörten Eindruck. »Für wen halten Sie sich eigentlich?«

»Ich weiß, ich spreche auch für meine Geschäftspartnerinnen«, antwortete Kathrin kühl, »wenn ich sage, dass ich mich für jemanden halte, der es nicht mag, mit ›Lady‹ angesprochen zu werden, wenn das nicht von einem echten Engländer in der passenden Umgebung kommt. Mit diesem Umgangston kommen Sie vielleicht bei Viertklässlern an, aber nicht bei uns. Mag ja sein, dass Sie das cool oder hip oder krall oder was auch immer finden, so zu reden, aber wenn Sie sich nicht auf Ihr Gegenüber einstellen können, werden Sie nicht allzu viele Aufträge bekommen.«

»Was wissen Sie denn, wie viele Aufträge ich bekomme?«, gab die Dachdeckerin schnippisch zurück.

»Weiß ich nicht, ist mir auch egal, aber Sie werden niemals von einem potenziellen Auftraggeber für seriös gehalten werden, wenn Sie ihm erzählen, die Aussage, der Dachstuhl koste ihn ›zwanzig Scheinchen‹, sei ein verbindlicher Kostenvoranschlag.«

»Das lassen Sie meine Sorge sein, Lady, okay?« Mit einem Mal hatte die ganze Ausstrahlung der Frau etwas Bedrohliches angenommen. »Ich sage Ihnen ja auch nicht, wie Sie Ihre Schminkbude führen sollen.«

Kathrin stutzte. »Schminkbude? Was soll das denn heißen?«

»Na, ich schätze mal, dass Sie Ihre Kohle damit machen, anderen Leuten Lack auf die Fingernägel und Farbe ins Gesicht zu schmieren, oder liege ich da so falsch, *Lady*?«

»Auch wenn der Moment längst vorbei ist, an dem Sie das noch hätte kümmern dürfen: Ich bin Tierärztin.«

Tanja Giesberts begann völlig unerwartet zu lachen. »Tierärztin sind Sie? Echt? Das ist ja wohl der überflüssigste Beruf überhaupt!«

»Wie bitte?«, fauchte Kathrin sie an und machte einen Schritt auf sie zu.

»Ja, klar. Wer so bescheuert ist, mit einem Tier zum Arzt zu gehen, weil's irgendein Wehwehchen hat, der hat zu viel Geld und keine Ahnung vom Leben. So sieht das aus!« Die Dachdeckerin grinste herablassend und wollte noch etwas nachlegen, aber in dem Moment explodierte Kathrin.

Betty und Alice zuckten zusammen, als ihre Freundin in einer unglaublichen Lautstärke losbrüllte. Für die Frau kam dieser Ausbruch genauso unerwartet; erschrocken wich sie einen Schritt zurück. Kathrin nutzte diese Bewegung, um die Frau am Arm zu packen, umzudrehen und vor sich her in Richtung Tür zu stoßen, sodass sie immer wieder fast den Halt verlor. Ein Hilfe suchender Blick über die Schulter in Richtung Betty und Alice zeigte den beiden die Angst, die in den Augen der Dachdeckerin aufblitzte.

Kathrin schob und schubste sie laut schimpfend aus dem Pavillon. Am Wagen angekommen stieß sie sie gegen den Kastenaufbau und brüllte sie an, das Weite zu suchen, solange ihr noch genug Zeit blieb.

Betty und Alice waren den beiden bis zur Tür gefolgt, um das Schauspiel nicht zu verpassen. Sie konnten mitansehen, wie die Dachdeckerin förmlich in ihren Wagen sprang, den Motor anließ und in solcher Panik zurücksetzte, dass sie sich am Baum auf der anderen Straßenseite eine Beule ins Heck fuhr. Dann raste sie davon, so gut das auf dem schmalen Weg möglich war.

Erst als sie außer Sichtweite war, nahm Kathrin die geballte Faust runter und kam zurück zum Pavillon.

»Wenn's mal mit der Tierklinik nicht mehr so gut läuft, kannst du immer noch Türsteherin werden«, scherzte Alice, als ihre Freundin wieder hereinkam. Der warnende Blick, den sie als Reaktion erhielt, war schon recht überzeugend.

»So habe ich dich ja noch nie erlebt«, sagte Betty anerkennend. »Ich bin richtig stolz auf dich, wie du deine Ehre verteidigt hast.«

»Ich auch«, pflichtete Alice ihr bei.

»Meine Ehre ist mir völlig egal, für mich zählt nur, Tieren helfen zu können«, erwiderte Kathrin. »Und wenn jemand so was von sich gibt wie gerade eben dieses dumme Weib, dann werde ich zur Berserkerin!« Sie sah Betty und Alice an. »Ich glaube, wir brauchen einen neuen Dachdecker.«

»Könnte sein, aber vielleicht kriegen wir sie ja zurück, wenn wir noch ein oder zwei ›Scheinchen‹ drauflegen«, merkte Betty ironisch an. Dann schüttelte sie den Kopf. »Du hast das völlig richtig gemacht, Kathrin. Allein dieses Theater, nur weil sie meint, sie könnte uns mit einem mündlichen Kostenvoranschlag abspeisen, war für mich schon Grund genug, sie vom Wettbewerb auszuschließen, um es mal sportgerecht zu formulieren.«

Kathrin atmete erleichtert auf. »Dann bin ich ja beruhigt. Ich dachte schon, ihr wärt sauer auf mich.«

»Sauer auf dich? Wir sind stolz auf dich!«, bestätigte Alice.

»Und sehr froh darüber, dass ich nicht diejenige sein musste, die diese Frau zum Teufel jagt«, ergänzte Betty und zwinkerte ihr zu. Dann sah sie auf die Uhr und klatschte in die Hände. »Nach dieser höchst kuriosen Begebenheit schlage ich vor, dass wir auf Geschäftskosten zum Hotel Husegg rübergehen und zu Mittag essen.«

»Das erste wirklich Erfreuliche, was ich an diesem Tag höre«, meinte Alice und ging zur Tür. »Hey, die Verrückte hat ihre Leiter vergessen«, rief sie und zeigte zum Fenster. »Lassen wir sie erst mal stehen?«

»Ja, vielleicht kommt sie ja zurück, wenn wir weg sind«, fand Betty. »Wenn wir die Leiter reinholen, schlägt sie uns womöglich noch die Scheiben ein, weil sie denkt, wir hätten das Ding als Geisel genommen.«

Wenig später saßen sie im Restaurant des Hotels Husegg, genossen das Mittagessen und mokierten sich über die völlig verbaute Aussicht. Auf der anderen Straßenseite, auf einem schmalen Streifen entlang der Kaimauer hatte ein Hotel von einer der großen Ketten einen ab dem ersten Stock breiter und breiter werdenden Palast aus Glas und Stahl hingesetzt, der einen wunderbaren Ausblick über den Hafen bis hinaus auf die See bot, allerdings vollständig auf Kosten des Hotels Husegg.

»Wie kann man so etwas nur genehmigen?«, wunderte sich Alice genau in dem Moment, als die Eigentümerin des Hotels zu ihnen an den Tisch kam und den Nachtisch brachte.

»Das müssen Sie die Leute fragen, denen der Grund und Boden da drüben gehört«, sagte die grauhaarige Frau und stellte die

Kuchenteller mit der kunstvoll garnierten Eiskugel darauf auf den Tisch.

»Und wer ist das?«, wollte Kathrin wissen.

»Der Bund«, antwortete die Frau verbittert. »Die Gemeinde und das Land haben alles versucht, um diesen Mist zu verhindern, aber erklären Sie mal einem von den ›Volksvertretern‹ in Berlin, dass damit einem alteingesessenen Hotel praktisch das Wasser abgegraben wird, weil die Aussicht verbaut wird. Die paar Tausend Euro Gewerbesteuer und die anderen Abgaben, die von uns kommen, kümmern schließlich kein Schwein, wenn man für ein paar Quadratmeter an einer Kaimauer vierzig Millionen Euro kassieren kann, die für diese Kette nicht mehr als ein Trinkgeld sind.«

»Das ist mehr als ärgerlich«, sagte Betty. »Das ist ein richtiger Skandal. Und was sagen Ihre Gäste dazu?«

Die ältere Frau lehnte sich gegen die Sitzbank und seufzte. »Die, die uns schon seit Jahren die Treue halten, haben uns versprochen, dass sie weiter bei uns übernachten. Wir werden auch weiter Zimmer vermieten können, weil sich die Leute, die zu uns kommen, nicht die Preise leisten können und wollen, die da drüben verlangt werden. Natürlich haben wir jetzt keine Zimmer mehr mit Hafenblick, für die wir ein paar Euro mehr pro Übernachtung nehmen könnten. Aber das ist nicht das Schlimmste. Wirklich schmerzhaft sind die Umsätze auf der Terrasse. Letztes Jahr, als dieses Ding noch nicht da drüben stand, waren auf der Terrasse in der Hauptsaison jeden Tag vom Mittagessen bis zum Sonnenuntergang fast durchgehend alle Tische besetzt. Dann hat man im Winter angefangen, uns diesen ›Blickfang‹ vor die Nase zu setzen, und in diesem Jahr war die Terrasse im besten Fall noch zu einem Viertel ausgelastet, und das auch nur zu den Zeiten, wenn die Leute herkommen und zu Mittag oder zu Abend essen wollen. Dazwischen haben sich mal ein paar Leute auf die Terrasse verirrt, manchmal sogar nur unsere Gäste, die die Terrasse benutzen dürfen, ohne etwas essen oder trinken zu müssen.«

»Das ist bitter«, sagte Betty mitfühlend.

»Das ist verheerend!«, stimmte die Eigentümerin ihr zu. »Das Problem ist nicht nur dieser hässliche Klotz, der so groß ist, dass er erdrückend wirkt, wenn man da draußen sitzt. Viel schlimmer ist, dass er uns ab dem frühen Nachmittag die Sonne nimmt. Wer da draußen sitzt, der sitzt im Schatten, und das bis zum Abend. Sie sehen seit diesem Jahr auch nicht mehr die Sonne untergehen.« Sie schüttelte den Kopf. »Wer Sonne haben will, der sucht sich jetzt was anderes. Unsere Terrasse kommt dafür nicht mehr infrage.« Die Frau atmete tief durch und seufzte leise. »Oh, das tut mir leid. Wo habe ich nur meinen Kopf? Ich will Ihnen doch nicht die Laune verderben. Sie müssen entschuldigen, dass ich das jetzt alles bei Ihnen abgeladen habe.«

»Sie müssen sich nicht entschuldigen«, sagte Kathrin. »Sie haben jedes Recht, sich zu beklagen. Ich finde das sollte jeder wissen, was man Ihnen angetan hat.«

»Danke, das ist nett von Ihnen, dass Sie das sagen«, erwiderte die Besitzerin. »Was würde ich dafür geben, unseren Gästen wieder den Blick auf den Hafen bieten zu können.«

»Obwohl Meerblick noch interessanter wäre«, meinte Betty beiläufig.

»Dafür würde ich ja fast schon morden, aber dafür müssten wir schätzungsweise zwölf Etagen aufstocken, damit man von ganz oben über diesen Klotz da hinwegblicken könnte. Und selbst wenn unser bescheidenes Haus ein solches Gewicht tragen könnte, wäre das dann doch ein zu teures Vergnügen. Immerhin wird man auf den ersten elf Etagen nur sich selbst betrachten können, weil man die verspiegelte Fassade vor der Nase hätte.« Wieder seufzte sie leise. »Na ja, ich lasse Sie jetzt Ihr Eis genießen, bevor das noch zerläuft.« Sie nickte einmal kurz in die Runde, dann zog sie sich in die Küche zurück, da inzwischen ein paar Gäste hereingekommen waren, denen es offenbar nicht auf die Aussicht ankam.

»Was denkst du gerade?«, wollte Alice wissen und sah Betty forschend an.

»Wieso denkst du, dass ich irgendetwas denke?«

»Weil ich diesen Blick kenne«, sagte sie. »Du heckst was aus.«

»Ich habe nur was überlegt«, antwortete Betty schließlich. »Diesem Hotel hat man genau die Aussicht genommen, die wir zu bieten haben.«

»Und?«, fragte Kathrin. »Unsere Aussicht ist drei Kilometer weit weg. Willst du hier eine Videowand aufbauen, die den Meerblick von unserem Pavillon überträgt?«

»Bis zu diesem Moment wollte ich *das* eigentlich nicht«, erwiderte sie. »Aber mit der Idee könntest du meine fast noch übertreffen, wenn wir damit auch etwas verdienen würden.«

»Und was hast du stattdessen vor?«, wollte Alice wissen.

»Lasst mich erst mal eine Weile überlegen. Der Gedanke ist mir ja gerade erst durch den Kopf gegangen, ich muss da noch dran rumfeilen«, erklärte Betty. »Außerdem muss das sowieso warten, bis wir absehen können, wann wir überhaupt eröffnen werden. Bis dahin halte ich es für das Beste, niemandem hier etwas davon zu sagen, dass wir die neuen Eigentümerinnen des *Strandhus* sind. Ich möchte nicht drüben im Kaufhaus oder da hinten im Fischladen einkaufen gehen und dabei von jedem gefragt werden, wie weit wir denn sind und warum so viele Handwerker so viel Zeit bei uns verbringen. Was meint ihr?«

»Von mir aus gern«, stimmte Alice ihr sofort zu. »Ich hätte auch gar keine Lust, irgendwelchen fremden Leuten erzählen zu müssen, von welcher Pechsträhne wir verfolgt werden. Ich meine, ich würde so was auch gar nicht erzählen wollen, aber ich bin nicht immer gut darin, schnell eine Ausrede zu finden, wenn ich eine brauche. Und je nachdem, was das für eine Frage ist, kann es genau das Verkehrte sein, erst mal ein paar Sekunden zu schweigen, ehe ich antworte. Da hat sich dann schon jemand einen Reim drauf gemacht, der zwar gar nicht stimmt, der aber trotzdem weiterverbreitet wird. Außerdem weiß ich selbst, dass ich anfange draufloszureden, wenn mein Gegenüber nicht sofort reagiert, sondern mich nur ansieht … so wie ihr beide das gerade mit mir macht.«

Betty sah kurz zu Kathrin und nickte dann. »Ganz genau. Das wollte ich dir auch gerade für den Fall vorführen, dass du es nicht weißt. Wenn dich jemand fragt, wie denn die Arbeiten vorankommen, wirst du ihm am Ende auch noch von unserem Lottogewinn erzählen, was niemanden etwas angeht« Sie drehte sich wieder zu Kathrin um. »Wir sind uns also einig? Kein Wort zu wem auch immer?«

»Außer, wir sprechen uns ab, dass die Leute irgendwas erfahren sollen«, wandte Kathrin ein.

»Einverstanden«, sagte Betty und schaute erneut in die Runde.

»Einverstanden«, wiederholten ihre Freundinnen gleichzeitig.

Als sie gegen halb zwei das Restaurant verließen, wurde soeben der kleine Wochenmarkt auf dem Platz mitten in Heiligenhafen beendet. Etliche Stände waren schon abgebaut, an einigen anderen war man noch damit beschäftigt.

Die drei machten einen Bogen um die Händler, die Kisten hin und her trugen, Planen runterzogen und zusammenlegten, Stände in ihre Einzelteile zerlegten und auf Anhänger luden. Sie kamen an den kleinen Geschäften vorbei, die mit Schmuck, Souvenirs und Fisch ihr Geld verdienten und die alle von den Touristen abhängig waren.

»Ob die von den Hotelgästen aus dem hypermodernen Klotz überhaupt wahrgenommen werden?«, fragte Alice, als sie vor einem Ladenlokal stehen blieben, das Strandartikel aller Art verkaufte und das jetzt geschlossen war. Außerhalb der Saison konnte man dort nur samstags etwas kaufen, da kaum jemand jetzt ernsthaft ein Badehandtuch oder ein Set mit Schaufel und Sandeimerchen anschaffen wollte.

»Das kann ich mir fast nicht vorstellen«, sagte Betty, die sich vornüber gebeugt hatte, um sich die kunstvoll gearbeiteten winzigen Ohrringe genauer anzusehen. »Leute, die sich in einer so idyllischen Umgebung freiwillig im hässlichsten Bauwerk am Platz ein Zimmer nehmen, werden sich kaum für etwas so Simples begeistern können. Die Leute brauchen Designer-Dies und

Designer-Jenes und Designer-Überhaupt. Und das kaufen sie alles im hoteleigenen Designershop.«

»Aber warum baut man überhaupt so was hierhin?«, wunderte sich Kathrin.

»Einfach um zu zeigen, dass man es kann, würde ich vermuten«, antwortete Alice. »Sieh dir das Ding doch nur an. Es ist hässlich, es steht im Weg, es verschandelt das Stadtbild. Und nächstes Jahr bauen sie das nächste Ding gleich daneben, noch was größer, noch was hässlicher, weil die Konkurrenz zeigen will, dass sie das auch kann.«

»Das einzig Gute ist, dass man uns nicht die Sicht verbauen kann«, sagte Betty, nachdem sie in eine schmale Gasse mit Kopfsteinpflaster eingebogen waren, wo sie an einer Fischräucherei vorbeikamen. »Vor uns gibt es nur noch den Strand, und da kann man so was nicht hinsetzen.«

»Wollen wir's hoffen«, meinte Alice. »Obwohl … die perfekte Lösung wäre, dass eine von den anderen Ketten hingeht und sagt, wir wollen genau da auf dieser Stelle ein Hotel bauen. Wir brauchen Ihr Grundstück, wir zahlen Ihnen vierzig Millionen Euro. Dann sagen wir: Unter fünfzig Millionen denken wir nicht mal ans Verkaufen. Dann hätten wir das Geld, das uns dieser Sechser im Lotto eigentlich hätte bescheren sollen, und wir könnten woanders einen Strandpavillon bauen, bei dem von Anfang an alles in Ordnung ist.«

»Genau, mit funktionierenden Leitungen, mit Stromzähler, mit Sicherungskasten, mit vernünftigem Dach …«

»Apropos Dach«, wurde Betty von Kathrin unterbrochen. »Wir müssen ja auch noch einen neuen Dachdecker suchen.«

»Ja, ich weiß, ich werde gleich mal bei Hü…« Sie hatte noch nicht ausgesprochen, da zeigte ihr Smartphone den Eingang einer SMS an. Sie öffnete sie und überflog den Text. Als sie fertig war, schüttelte sie den Kopf. »Das kann doch nur ein schlechter Scherz sein«, murmelte sie und schaute ungläubig ins Nichts.

»Was ist los?«, erkundigte sich Kathrin, während Alice sich zu ihr stellte und sie am Oberarm berührte. »Stimmt was nicht?«

»Die SMS kommt von Hütter, unserem Elektriker«, sagte Betty schließlich. »Er lässt uns wissen, dass er wegen anderweitiger Verpflichtungen auf absehbare Zeit nicht zur Verfügung steht.«

Zehn

»*Was?*«, riefen Kathrin und Alice gleichzeitig.

»Ja, Herr Hütter hat uns soeben abserviert«, bestätigte Betty.

»Aber … warum denn?«, wunderte sich Alice.

»Die Frage kann dir eine gewisse Dachdeckerin ganz sicher beantworten«, gab Betty zurück.

»Meinst du wirklich? Diese dumme …« Alice ließ den Rest unausgesprochen.

»Es wäre schon ein seltsamer Zufall, wenn sie nichts damit zu tun hätte«, meinte Kathrin.

»Und jetzt?«, fragte Alice.

Die drei standen mitten in der Gasse und sahen sich ratlos an. Schließlich sagte Kathrin: »Dann müssen wir uns wohl auch einen neuen Elektriker suchen.«

Betty zog wütend die Augenbrauen zusammen, dann sagte sie entschlossen: »Das wird so oder so notwendig sein, selbst wenn Herr Hütter doch noch angekrochen kommt, nachdem ich ihm den Kopf gewaschen und die Ohren lang gezogen habe.«

»Du willst ihm den Kopf waschen und die Ohren lang ziehen?«, wiederholte Alice amüsiert. »Zwingend in dieser Reihenfolge?«

»Wir können ja abstimmen«, gab Betty zurück und wählte die Nummer des Elektrikers. Als er sich meldete, schaltete sie auf Lautsprecher.

»Betty Hansen hier, Herr Hütter. Haben Sie einen Großauftrag reinbekommen?«, fragte sie.

»Was? Ach so, Sie meinen die SMS. Ja, ja, ganz genau. Ich bin komplett ausgebucht und kann sicher nicht vor März oder April bei Ihnen anfangen«, sagte er hastig. »Ich fürchte, so lange werden Sie nicht warten wollen.«

»Nein, ganz sicher nicht«, stimmte sie ihm zu. »Die Verbindung ist nicht besonders gut. Was hatten Sie eben gesagt, was Frau Giesberts Ihnen erzählt hat?«

»Nur dass Sie ihren … ähm … was?« Hütter verstummte einen Moment, als ihm klar wurde, dass Betty ihn überrumpelt hatte. »Was sollte mir Frau Giesberts erzählt haben?«

»Das möchte ich ja von Ihnen hören, Herr Hütter. Es ist doch offensichtlich, dass sie sich in der letzten Stunde bei Ihnen gemeldet hat und irgendetwas über uns gesagt haben muss, das Sie dazu veranlasst hat, auf einmal doch nicht im Strandpavillon arbeiten zu wollen.«

»Ich weiß wirklich nicht, was …«, begann er zögerlich.

»Herr Hütter, ich weiß im Augenblick nicht, worüber ich mich mehr ärgern soll – über Ihre Absage oder über die Tatsache, dass Sie uns drei für so dumm halten, dass wir nicht eins und eins zusammenzählen können«, fiel sie ihm energisch ins Wort.

Einen Moment lang herrschte Schweigen am anderen Ende, bis ihm wohl endlich klar geworden war, dass er mit der Sprache rausrücken sollte. »Na ja, sehen Sie, jeder Handwerker reagiert skeptisch, wenn der Kunde schon vor der Auftragserteilung davon redet, dass es anschließend Probleme bei Abweichungen vom Kostenvoranschlag geben könnte«, erwiderte Hütter. »Das ist ungefähr so, als würde mein Mitarbeiter zu mir sagen: ›Chef, nächsten Dienstag habe ich mir die Schulter verdreht und kann nicht arbeiten kommen.‹«

»Was genau hat Frau Giesberts denn über ihren Kostenvoranschlag gesagt?«

»Was soll sie mir über ihren Kostenvoranschlag gesagt haben?«, konterte er etwas unwirsch.

»Beispielsweise, dass ihr verbindlicher ›Kostenvoranschlag‹ aus den Worten ›zwanzig Scheinchen‹ bestand«, antwortete Betty. »Natürlich nur mündlich, falls ich das noch erwähnen muss.«

»Zwanzig Scheinchen?«, wiederholte Hütter verwundert. »Was soll das denn heißen?«

»Fragen Sie Frau Giesberts«, sagte sie und legte auf, ohne sich zu verabschieden.

»So eine Unverschämtheit«, murmelte Alice. »Was fällt dieser Dachdeckerin ein, uns bei ihm schlechtzumachen?«

»Und was fällt dem Hütter ein, uns abzusagen, nur weil diese Kuh …«

»Beleidige bitte nicht alle Kühe, das haben die nicht verdient«, unterbrach Kathrin Betty, die sofort entschuldigend die Hände hob.

»Du hast völlig recht, Kathrin, das wäre den Kühen gegenüber unfair«, stimmte Betty ihr zu. »Also … nur weil diese Giesberts schlecht über uns redet? Er hätte ja wohl erst mal fragen können, was vorgefallen ist.«

»Sehe ich auch so«, fand Alice.

»Er muss ja ziemlich viel von ihr halten, wenn er so schnell einen Auftrag ablehnt, der ihm einige tausend Euro eingebracht hätte«, überlegte Kathrin. »Vielleicht läuft ja was zwischen den beiden, und er will es sich nicht mit ihr verscherzen.«

»Meint ihr wirklich?«, fragte Alice erstaunt. »Aber wir haben uns doch so gut verstanden. Wenn er mit ihr was hat, warum sollte er dann mit mir was anfangen wollen?«

Kathrin zuckte mit den Schultern und bedeutete den beiden, dass sie weitergehen sollten, weil ihr allmählich kalt wurde. Sie setzten sich in Bewegung, während sie antwortete: »Das muss doch kein zwingender Grund für ihn sein, keine andere Frau mehr anzusehen.«

»Hm, ich weiß nicht.«

»Hast du eigentlich gar keine Erinnerungen mehr an deine zwei Ehen, Alice?«, wunderte sich Betty. »Mit dir verheiratet zu sein war für keines deiner beiden Goldstücke ein zwingender Grund, keine andere Frau mehr anzusehen. Warum sollte es bei Hütter anders sein, wenn er mit dieser Frau nicht mal verheiratet ist?«

Alice verzog den Mund und schaute nachdenklich drein. »Da ist was dran, muss ich sagen.«

»Ich weiß«, sagte Betty und fasste nach Alice' Hand. »Du musst wirklich mal damit anfangen, dir deine wiederkehrenden

Verhaltensmuster vor Augen zu halten, sonst hast du in zehn Jahren noch zwei Scheidungen mehr vorzuweisen. Von daher ist es schon gut, dass Hütter abgesagt hat.«

»Ich frage mich nur, ob er das auch noch für eine so gute Idee hält, wenn die liebe Frau Giesberts ihm bestätigt, dass ihr Kostenvoranschlag tatsächlich nur aus dieser Scheinchen-Aussage bestanden hat«, gab Alice zurück, die ein wenig betrübt klang.

In diesem Moment klingelte wieder Bettys Handy. Sie sah auf das Display und musste lächeln. »Das werden wir sicher gleich erfahren.« Sie nahm den Anruf an. »Herr Hütter?«

»Hallo, Frau Hansen«, ertönte eine gut gelaunt klingende Stimme aus dem Lautsprecher. »Ich möchte mich bei Ihnen entschuldigen, aber da gab es wohl ein Missverständnis zwischen Frau Giesberts und mir. Das ist natürlich nicht die Art von Kostenvoranschlag, die ein guter Handwerker seinem Kunden liefern sollte.«

»Schön, dass Sie meiner Meinung sind«, erwiderte Betty und zwinkerte Alice und Kathrin zu.

»Ja, das ist mir von Frau Giesberts völlig falsch kommuniziert worden«, fügte er hinzu.

»Ganz offensichtlich.«

Es folgte Schweigen. Anscheinend wartete Hütter darauf, dass sie noch etwas sagte, da er wohl nicht so recht wusste, wie er jetzt weitermachen sollte. Betty ließ ihn schmoren.

»Was meine Terminlage angeht …«, begann er schließlich.

»Ja, das ist wirklich bedauerlich, dass sich da etwas anderes ergeben hat und Sie nicht mehr zur Verfügung stehen, Herr Hütter.«

»Na ja, sehen Sie …«, stammelte er vor sich hin. »Ich kann diesen anderen Auftrag sicher noch etwas schieben, der wirkte wohl auch auf den ersten Blick zeitaufwendiger, als er tatsächlich …«

»Nein, nein, Herr Hütter, wir möchten wirklich nicht, dass Sie unseretwegen solche Unannehmlichkeiten auf sich nehmen«, beharrte sie in gelassenem Tonfall, was den Elektriker nur noch mehr verunsicherte.

Kathrin musste sich den Mund zuhalten, um nicht zu lachen. Alice schüttelte nur ungläubig den Kopf.

»Sehen Sie ... Sie waren ja schließlich vorher da ... und ich ...«

»Aber wir hatten doch noch gar nicht verbindlich zugesagt«, sagte Betty und legte nach. »Da waren nämlich noch einige Punkte in Ihrem Kostenvoranschlag, die uns unklar waren.«

»Also, wenn es um die Summe geht, da können wir sicher noch mal drüber reden und uns einig werden«, antwortete er hastig. »Das ist ja nur eine erste Kalkulation.«

Betty grinste triumphierend in die Runde. »Darf ich mal zusammenfassen, Herr Hütter? Sie schicken uns einen Kostenvoranschlag, der höher ist als eigentlich erforderlich, da Sie ja offenbar noch nach unten korrigieren können. Sie sagen uns ab, obwohl Sie den Pavillon bereits eingeplant hatten, was wir von Ihnen sogar schriftlich haben. Sie glauben einer ausgeflippten Dachdeckerin und geben uns den Laufpass, anstatt erst einmal nachzufragen, was genau gelaufen ist. Und nachdem wir Ihnen erklären, was wirklich vorgefallen ist, glauben Sie uns immer noch nicht, sondern fragen erst noch einmal Ihre Freundin, und erst als die Ihnen bestätigt, dass es in Wirklichkeit tatsächlich so war, wie wir gesagt haben, da kommen Sie an, entschuldigen sich und haben ganz plötzlich doch noch einen Termin für uns frei. Stimmt das so weit?«

»Mhm«, ertönte es aus dem Telefon.

»Und jetzt mal ehrlich: Glauben Sie, wir haben es nötig, uns von Ihnen für dumm verkaufen zu lassen? Glauben Sie, wir möchten jemandem, der sich so benimmt, auch noch ein paar tausend Euro bezahlen?«

»Na ja ...« Mehr kam nicht vom anderen Ende, dann schließlich unternahm er einen neuen Anlauf: »Aber ich habe Ihnen ja schon erklärt, dass mir das falsch kommuniziert wurde.«

»Das habe ich gehört. Sie sollten dafür sorgen, dass Ihnen das beim nächsten Mal richtig *kommuniziert* wird«, riet sie ihm in einem unüberhörbar gespielt freundlichen Tonfall.

»Aber ich … ich habe mich doch entschuldigt«, beharrte Hütter.

»Haben Sie, das stimmt. Aber ich habe keine Lust, eine Entschuldigung von jemandem anzunehmen, der mich für so dumm und naiv hält, dass er denkt, mit ein paar entschuldigenden Worten sei es getan.« Sie atmete einmal tief durch. »Ärgerlich ist, dass wir durch Ihre Unverschämtheit Zeit verlieren. Aber das Erfreuliche ist, dass es ja auch noch andere Elektriker gibt. Schönen Tag noch, Herr Hütter.« Sie legte auf, ohne abzuwarten, ob er noch etwas erwidern wollte.

»Jetzt sitzt er da, hat einen guten Auftrag verloren und ein Loch in seinem Zeitplan, weil er unseretwegen andere Aufträge abgelehnt hat«, sagte Kathrin und lächelte vor sich hin.

»Und seine ausgeflippte Dachdeckerfreundin ist sauer auf ihn, weil er ihr doch nicht geglaubt hat«, fügte Alice an. »Kein guter Tag für Herrn Hütter, würde ich sagen.«

Betty steckte das Handy ein, sie gingen weiter und genossen den frischen Herbstwind.

»Und wo finden wir jetzt einen anderen Elektriker? Und einen Dachdecker?«, überlegte Kathrin. »Durchforsten wir jetzt das Internet und lassen jeden hier antreten, damit er sich alles in Ruhe ansieht?«

»Das wäre aber verdammt unpraktisch«, wandte Alice ein. »Da muss ja ständig einer von uns herkommen, um dem nächsten Handwerker aufzuschließen, damit der ein oder zwei Stunden lang durch den Pavillon geistert.«

»Wir können auch nicht von den Leuten auf dem Campingplatz erwarten, dass die für uns einen Schlüssel verwahren und mit jedem Handwerker hergerannt kommen«, ergänzte Betty. »Da scheint man ja auch wohl zu glauben, dass wir hier sind, um den Pavillon zu renovieren, sonst hätte längst jemand gefragt, was wir da machen. Und solange keiner fragt, wollen wir ja auch nichts erzählen, weil nicht jeder wissen muss, welche Katastrophen wir bislang durchgemacht haben. Mir wäre es lieber, wenn wir eröffnen und alles ist im Bestzustand, und niemand kann herumerzählen, was da in der Zwischenzeit noch alles passiert ist.«

»Da sind wir uns einig«, stimmte Alice ihr zu. »Also müssen wir in den sauren Apfel beißen und mit jedem Elektriker und Dachdecker und Heizungsmonteur einzeln herkommen.«

»Müssen wir nicht«, widersprach Kathrin, gerade als sie den Pavillon erreichten und Alice den Wagen aufschloss.

»Nicht?« Betty sah sie fragend an. »Was hast du denn vor? Sollen sich die Leute den Schlüssel abholen und dann selbst herkommen und sich umsehen? Da können wir ja gleich zwanzig Schlüssel nachmachen lassen, weil wir von denen kaum einen wiedersehen werden.«

»Lass uns erst mal einsteigen und losfahren«, sagte Kathrin. »Mir ist nämlich kalt, und ich will erst im Warmen sitzen, bevor ich euch erzähle, was mir in den Sinn gekommen ist.«

»Von mir aus«, stimmte Betty ihr zu. »Wir können hier heute sowieso nichts Sinnvolles mehr tun.«

»Wir machen eine Ausschreibung«, erklärte Kathrin, nachdem sie ein paar Kilometer gefahren waren und die Heizung warme Luft in den Wagen blies. Sie hatte sich auf der Rückbank vorgebeugt und hielt die Hände vor die Lüftungsschlitze.

»Sind wir denn eine Behörde?«, scherzte Alice und zwinkerte Betty auf dem Beifahrersitz zu.

»Wir tun einfach so, als wären wir eine«, entschied Kathrin. »Wir schreiben den Leuten, was sie zu tun haben, und dann sollen sie uns schreiben, was das kosten wird, wann sie anfangen können und wie lange sie brauchen werden.«

»Klingt nicht schlecht, aber wir wissen ja gar nicht, was genau zu tun ist«, wandte Betty ein.

»Wir haben doch Hütters Kostenvoranschlag. Wenn wir den Leuten schreiben, dass es so und so lange dauert, die Arbeit zu erledigen, haben sie eine Orientierung«, sagte Alice.

»Hütter hat aber wohl hier und da noch was draufgeschlagen«, machte Betty ihrer Freundin klar. »Sonst hätte er nicht angeboten, noch ein bisschen was am Preis zu drehen. Also taugt das nichts. Wir müssen wohl doch alle möglichen Handwerker kommen lassen und …«

»Müssen wir nicht«, wurde sie von Kathrin unterbrochen. »Es gibt doch für alles Gutachter und Sachverständige, die zum Beispiel eingeschaltet werden, wenn nach einem Autounfall festgestellt werden soll, wie hoch der Schaden ist. So jemanden können wir kommen lassen, der ganz neutral ist, der sich alles ansieht und der uns dann auflistet, welche Arbeiten erledigt werden müssen und wie lange die dauern dürfen und wie viel wir dafür maximal bezahlen müssen. Wenn wir das Gutachten haben, schicken wir das an jeden Elektriker und Dachdecker und was weiß ich noch wen, und dazu schreiben wir dann in einem Begleitbrief, dass wir diese Arbeiten zu vergeben haben und dass wir den und den Betrag dafür ausgeben werden. Natürlich gehen wir zehn Prozent runter, damit wir ein bisschen verhandeln können. Und dann sehen wir ja, wer reagiert.«

Betty ließ den Kopf gegen die hohe Rückenlehne sinken und starrte eine Weile den Wagenhimmel an. »Kathrin, das ist genial«, sagte sie schließlich. »Auf die Weise wissen wir genau, wer uns ausnehmen will und wer ehrlich arbeitet. Gut, dann machen wir uns mal auf die Suche nach einem passenden Sachverständigen, der am besten sofort alles stehen und liegen lässt und herkommt, um uns aus der Klemme zu helfen.«

»Eine neue Heizung?«, rief Alice ungläubig. »Eine neue Heizung? Wieso? Warum? Wir haben doch eine Heizung!«

»Da muss ich Sie leider enttäuschen, Frau Berrendorf«, sagte Albert Burresch und strich über seinen wuchtigen Schnauzbart, der an ein Walross erinnerte. Was in gewisser Weise auf sein gesamtes Erscheinungsbild zutraf. Die Glatze, die Augen, die hinter den dicken Brillengläsern fast winzig aussahen, der beinahe nahtlose Übergang vom Kinn zur Brust und der ziemlich stattliche Bauch, auf den er sich in Abständen mit der flachen Hand klatschte, wenn er redete, unterstrichen allesamt den Eindruck, der von dem Schnauzbart geweckt wurde. Vielleicht hätte es geholfen, Kleidung zu tragen, die etwas weiter geschnitten war und lockerer fiel. So dagegen trug der knapp sitzende dunkelbraune Anzug zu dem Vergleich bei, der Betty im ersten Moment durch den Kopf gegangen war und der von ihren Freundinnen geteilt werden musste, wenn sie deren Mienen richtig deutete.

Wieder zog er an seiner Pfeife und stieß den Rauch in einer dichten Wolke aus, die sich nur langsam verteilte. Trotz mehrfacher, vergeblicher Bitten von allen drei Freundinnen hatte er gleich nach dem Betreten von Bettys Büro die Pfeife und einen Beutel Tabak aus der Jackentasche gezogen, mit großer Sorgfalt die Pfeife gestopft und angezündet. Dass Kathrin daraufhin die Balkontür aufgerissen hatte, schien ihn entweder nicht zu stören, oder er hatte davon einfach nicht Notiz genommen. Das galt auch für die Tatsache, dass es bei einer Außentemperatur von drei Grad im Zimmer so schnell kalt geworden war, dass Kathrin die Tür gleich wieder schloss, während er genüsslich an seiner Pfeife zog.

Das Einzige, was ihn davor bewahrte, von Betty auf den Balkon verfrachtet zu werden und ihr durch den Türspalt die einzelnen Posten zu erklären, war der Tabak, den er in seiner Pfeife nach und nach zu Asche verbrannte. Der Geruch nach Honig und Vanille war so wohltuend wie der einer Duftkerze, dabei aber intensiver als ein Dutzend dieser Kerzen, die man alle gleichzeitig angezündet hatte.

Vermutlich hätten sie auch einen Gutachter akzeptiert, der diese billigen, stinkenden Zigarren rauchte, wenn er noch schneller zur Verfügung gestanden hätte als Burresch. Immerhin war es möglich gewesen, ihn noch am selben Nachmittag aufzusuchen und ihm den Auftrag zu erteilen, eine Liste der erforderlichen Arbeiten im Pavillon zusammenzustellen. So schnell, wie sie ihn hatten aufsuchen können, so schnell hatte er auch zur Verfügung gestanden, um nach Heiligenhafen zu fahren. Da er bis zum letzten Freitag und diese ganze Woche über komplett ausgebucht war, hatte er sich bereit erklärt, sich am Wochenende an diese

Arbeit zu machen. Die drei Freundinnen hatten ihm dafür gar nicht genug danken können.

»Sie haben keine Heizung. Sie haben nur einen Kessel, aber den hat man unbrauchbar gemacht, damit ihn nach der Stilllegung niemand heimlich wieder anschließen konnte«, erklärte Burresch gemächlich, als würde er eine kleine Geschichte erzählen, deren Pointe noch eine Weile auf sich warten ließ, um alle Zuhörer auf die Folter zu spannen.

»Stilllegung? Wann wurde die Heizung denn stillgelegt?«, wollte Kathrin wissen.

»Das kann ich Ihnen nicht sagen, da müsste ich Einsicht in die Unterlagen des Vorbesitzers oder des beauftragten Sanitärbetriebs nehmen«, antwortete er.

»Der Vorbesitzer wird momentan schon vom Makler gesucht, weil er uns dieses … ›Wrack‹ will ich nicht gerade sagen, aber … nun, dieses Haus in einem solchen Zustand verkauft hat«, antwortete Betty. »Aber können Sie …«

»Entschuldigen Sie, wenn ich Sie unterbreche«, sagte Burresch verwundert. »Hat denn der Gutachter vor mir so schlechte Arbeit geleistet, dass Sie den Pavillon in diesem Zustand gekauft haben?«

»Sie meinen den Gutachter, den wir zur Besichtigung vor dem Kauf mitgenommen haben?«, fragte Betty und fühlte sich für einen winzigen Moment versucht, die Verantwortung für dieses Elend von sich und ihren Freundinnen auf einen imaginären Gutachter abzuwälzen. Aber das wäre nicht fair gewesen. Nicht nur, dass Burresch dann vielleicht versucht hätte, diesen Gutachter ausfindig zu machen, um ihn zur Rede zu stellen, es war einfach nicht richtig. Sie hatten sich das gemeinsam eingebrockt, alle drei, und sie würden es auch gemeinsam ausbaden müssen. »Da … war kein Gutachter.«

Der Mann sah sie sekundenlang an, als hätte sie in einer ihm fremden Sprache geantwortet. »Kein Gutachter?« Er sah zu Alice und Kathrin, die beide den Kopf schüttelten. »Wieso nicht? Ich meine, ohne Ihnen zu nahe treten zu wollen, aber Sie scheinen sich mit Häusern nicht allzu gut auszukennen, sonst wären Ihnen zumindest ein paar Dinge sofort aufgefallen.«

»Meinen Sie den Stromzähler und den Sicherungskasten?«, fragte Kathrin zögerlich.

»Nein, dass man so was nicht sieht, wenn man ein Haus kaufen will, das muss einem nicht peinlich sein », beruhigte er sie. »Ich war ja selbst verblüfft, als ich die Kästen aufgeschlossen und nur ein Loch in der Wand vorgefunden habe. Ich dachte mehr an diese bedenkliche Konstruktion mit den Mehrfachsteckdosen, mit denen für mehr Anschlüsse gesorgt worden ist. Das ... na ja, das sollte einem schon auffallen.« Er zuckte mit den Schultern. »Allerdings habe ich tagtäglich mit solchen Dingen zu tun. Wenn Sie mir für zehn Sekunden ein Foto von einem Zimmer zu zeigen, kann ich Ihnen anschließend drei Unregelmäßigkeiten nennen, die überprüft werden sollten. Trotzdem erlauben Sie mir die Frage: Warum haben Sie sich denn ganz auf sich selbst verlassen, anstatt einen Fachmann mitzunehmen?«

»Um ehrlich zu sein, war das hier eigentlich so was wie ein Spontankauf«, gestand Alice. »Wir wollten schon seit Jahren so einen Strandpavillon eröffnen, und da ergab sich diese Gelegenheit hier.«

Burresch nickte. »Ah. Ja, das kann ich sogar nachvollziehen, auch wenn es unglaublich klingt. Mir ist so was mal mit einem Auto passiert. Da bin ich der Laie, das gebe ich ganz offen zu ... außer bei der Elektrik. Aber es gab da einen Oldtimer, einen Citroen DS, den ich schon als Kind haben wollte. Ich stieß auf ein gutes Angebot und habe zugeschlagen. Eine kurze Probefahrt, alles machte einen guten Eindruck, ich war glücklich. Nach der Anmeldung habe ich den Wagen abgeholt und bin stolz wie Oskar nach Hause gefahren, aber ohne Wagen da angekommen. Auf halber Strecke begann das Schätzchen Öl zu verlieren. Sämtliches Öl. Plötzlich hörte sich der Motor ganz seltsam an, und dann hörte er sich gar nicht mehr an. Kolbenfresser, und hinter mir eine zweihundert Meter lange Ölspur. Die Feuerwehr war richtig begeistert, das alles mit Sand bedecken zu bedürfen. Und die anderen Autofahrer erst! Das alles eine halbe Stunde vor Einsetzen des Berufsverkehrs auf einer zweispurigen Straße mit Gegenverkehr. Wären die Leute da schon so aggressiv gewesen wie heute, dann wäre ich vermutlich am nächsten Baum gelyncht worden. Tja, und in der Werkstatt stellte sich dann heraus, dass Dutzende Schäden geschickt kaschiert worden waren, damit ein Laie auf den ersten Blick keinen Rost entdeckt. Ganz zu schweigen von den Löchern im Blech. Immerhin konnte ich noch ein paar Teile an einen DS-Club verkaufen. Diese Oldtimer-Clubs suchen immer Ersatzteile für ihre Mitglieder.«

»Wenn ich das so höre, dann möchte ich fast behaupten, dass wir es mit unserem Pavillon doch ein bisschen besser angetroffen haben als Sie mit Ihrem Auto«, sagte Betty und lächelte ihn an, während die nächste Rauchwolke aufstieg.

»Darüber unterhalten wir uns noch mal, wenn Sie Ihren Pavillon verschrotten wollen und keinen Pavillon-Club finden, der Ihnen noch die Teile abnimmt, die andere gebrauchen können«, gab er mit einem Zwinkern in die Runde zurück.

»Aber um noch mal auf die Heizung zurückzukommen«, sagte Kathrin einen Moment später. »Sie sagen, die ist stillgelegt worden. Ist das denn jetzt kurz vor dem Verkauf passiert oder …?«

Burresch reagierte mit einer vagen Geste. »Wenn alles mit rechten Dingen zugegangen ist, dann hat das ein Monteur schon vor drei bis vier Jahren erledigt, weil dieser Typ ab da nicht mehr benutzt werden durfte. Ohne jemandem etwas zu unterstellen oder einen Verdacht zu äußern, müsste der Schornsteinfeger schon beide Augen doppelt zugedrückt haben, wenn er diese Anlage nicht beanstandet hat. Kann alles mal vorkommen, es gibt in jedem Beruf schwarze Schafe … gut, bei Schornsteinfegern von schwarzen Schafen zu reden, ist natürlich etwas albern … aber es gibt immer irgendwo jemanden, der die Hand aufhält und die Augen schließt, wenn der Preis stimmt. Da gibt es nie eine hundertprozentige Sicherheit. Vielleicht hat sich der Vorbesitzer auf diese Weise noch ein paar Jahre lang durchmogeln können.

Dass sie heute stillgelegt ist, kann auch bedeuten, dass im letzten Jahr ein anderer Schornsteinfeger hier war als in den Jahren zuvor, der eben nicht die Hand aufhalten wollte. Oder dem der gebotene Betrag zu niedrig war.«

»Klingt plausibel«, fand Betty. »Ich kann mir nicht vorstellen, wie der Pavillon hätte geführt werden können, wenn die Heizung schon vor Jahren stillgelegt worden wäre. Man braucht die Heizung, man braucht warmes Wasser …«

»Alles kein Problem«, entgegnete Burresch und winkte ab. »Da stellt man Heizöfen oder elektrisch betriebene Heizkörper auf. Oder Heizpilze oder Strahler. Und was das warme Wasser angeht, ist es ja so, dass die Kaffeemaschine selbst das Wasser aufheizt, und wenn Sie sonst Warmwasser brauchen, greifen Sie zum Wasserkocher oder zur Mikrowelle. Oder Sie machen es auf die klassische Art und stellen einen Kochtopf voll mit Wasser auf den Herd.« Er sah von Betty zu ihren Freundinnen. »Auf die Weise können Sie sich zumindest eine Zeitlang eine neue Heizung sparen. Natürlich verbrauchen Sie wie verrückt Strom, aber es dauert schon eine Weile, bis Sie auf diese Tour so viel ausgeben, wie eine neue Heizung kostet. Vor allem dann, wenn Sie auch noch alle Heizkörper austauschen müssen.«

Alice sah den Sachverständigen erschrocken an. »Müssen wir das etwa auch?«

»Selbstverständlich«, bestätigte er prompt und nickte mit Nachdruck. »Die Anlage ist stillgelegt worden, und der Einbau einer neuen Heizung muss den gegenwärtigen Anforderungen entsprechen. Dazu gehören auch neue Heizkörper. Aber die sind gar nicht so teuer, wie Sie vielleicht glauben. Außerdem sparen Sie beim Verbrauch so viel, dass die sich nach ein paar Jahren rentiert haben.« Er hob den Zeigefinger, um zu unterstreichen, was er dann noch ergänzte: »Und Sie dürfen nicht vergessen, dass Sie heute aus einer unglaublichen Bandbreite an Modellen auswählen können, die einen Bruchteil von dem Platz benötigen, den die alten klobigen Heizkörper beansprucht haben.«

»Ein schwacher Trost«, meinte Kathrin deprimiert.

»Ich glaube, es ist mehr als nur ein schwacher Trost, wenn Sie den dazugewonnenen Raum so nutzen können, dass zum Beispiel zwei Zweiertische zusätzlich Platz haben.« Er tippte auf die Mappe, in der er seine Notizen und Skizzen mitgebracht hatte. »Ich habe einen Grundriss des Pavillons skizziert, den Sie sich gern kopieren können. Da sind alle Maße drauf, die Sie brauchen.«

»Oh, das wäre ja wunderbar«, rief Alice begeistert. »Ich weiß nicht, wie es euch geht, aber ich kann ein Zimmer hundert Mal ausmessen, und wenn dann der Schrank geliefert wird, ist er am Ende doch zwei Zentimeter zu breit und die armen Spediteure müssen alles wieder mitnehmen.«

Während sie redete, zog Burresch die Pläne aus der Mappe und gab sie Betty, die ihm anzeigte, dass er bei ihr damit an der richtigen Stelle war. Sie nahm die Blätter und ging zum Kopierer, der auf dem hüfthohen Aktenschrank hinter ihr stand.

»Und das hier ist die Zusammenstellung der Arbeiten, die zu erledigen sind, um den Pavillon in einen neuwertigen Zustand zu versetzen. So würde er alle Anforderungen erfüllen, wie sie heute an ein solches Gebäude gestellt werden«, erklärte der Gutachter und schob einen dicken Stapel Papier über den Tisch. Das Ganze war mit einem Leinenrücken versehen zu einem großformatigen Buch gebunden. »Und hier«, sagte er und hielt einen USB-Stick hoch, »finden Sie alles noch mal als PDF-Dateien. Ich habe das erstens nach den verschiedenen Zuständigkeitsbereichen unterteilt, also Elektriker, Dachdecker und so weiter. Zweitens habe ich pro Bereich mehrere Varianten erstellt. Es gibt immer eine Basisvariante, die nur das absolut Notwendige enthält, was der Gesetzgeber verlangt oder was technisch mindestens erforderlich ist, um beispielsweise mehr als ein Elektrogerät an eine der Steckdosen anzuschließen. Am anderen Ende der Skala befindet sich das, was ich immer gern als die Sorglosvariante bezeichne. Die fällt natürlich deutlich umfangreicher aus, aber Sie sind damit für die meisten Eventualitäten gewappnet. Von der Sorglosvariante abwärts gibt es dann einige Berechnungen, die immer etwas mehr abgespeckt worden sind, bis Sie bei der Basisvariante angelangt sind. Die Vorteile habe ich hinter jeder Berechnung zusammengestellt, auf dem Stick sind sie als separate Dateien gespeichert, damit Sie diese Erläuterungen nicht zusammen mit den Berechnungen an die Unternehmen schicken müssen.«

»Das heißt, wenn wir uns für eine Variante entschieden haben«, fragte Betty, die vom Kopierer zurück an den Tisch kam, »können wir die einfach an zehn Elektriker schicken? Müssen wir die Preise schwärzen?«

Er schüttelte den Kopf. »Nein, Sie teilen den Betrieben Ihr Budget mit, und die können entscheiden, ob sie damit zurechtkommen oder nicht. In den Anlagen habe ich für Sie auch notiert, welche Abweichungen nach oben möglich sind, weil zum Beispiel ein Betrieb einen höheren Stundenlohn zahlt. Wenn das der Fall ist, dann werden die Ihnen das mitteilen, und dann liegt es an Ihnen, zu sagen, dass Sie vielleicht lieber einen Betrieb auswählen, der seinen Mitarbeitern zwei Euro pro Stunde mehr zahlt, weil diese Leute unter Umständen motivierter und schneller arbeiten. Lassen Sie sich aber nicht darauf ein, wenn Arbeiten von einem Meister erledigt werden sollen, für die kein Meister erforderlich ist. Oder wenn man Ihnen einreden will, dass Sie ein anderes Kabel benötigen, das doppelt so teuer ist. Lassen Sie sich keine Angst machen, der Betrieb würde keine Gewähr dafür übernehmen, ob auch wirklich alles funktioniert, wenn nach Ihren Vorgaben montiert wird. Dafür stehe ich gerade, dass das hier alles bei richtiger Montage einwandfrei läuft.«

Betty nickte. »Das hat schon was Beruhigendes, muss ich sagen.«

»So soll das auch sein«, meinte Burresch lächelnd. »Sie haben jetzt den Vorteil, dass alles aus einer Hand begutachtet wurde und aufeinander abgestimmt ist. Da kann der Heizungsmonteur nicht die Rohre so verlegen, wie er das für richtig hält, und der Elektriker bekommt am nächsten Tag einen Schreikrampf, weil die Rohre seinen Leitungen im Weg sind. Zu dem Zweck habe ich auch einen Zeitplan erstellt, der vorgibt, welcher Handwerker wann herkommen und arbeiten kann, ohne dass der eine dem anderen im Weg steht.«

»Sie haben ja wirklich an alles gedacht!«, sagte Kathrin anerkennend.

»Das gehört zu meinem Beruf dazu«, sagte er und nickte dankbar. Dann fügte er im Spaß an: »Ich möchte schließlich nicht, dass später ein anderer Gutachter mein Gutachten begutachten muss, weil jemand Zweifel an meiner Arbeit hat.«

Mittlerweile hatte Alice das gesammelte und gebundene Werk an sich genommen und zu blättern begonnen. Auf einmal schreckte sie hoch und fragte verwundert: »Fenster? Wieso Fenster? Wir haben doch Fenster!«

»Die Fenster, die Sie haben, machen alles zunichte, was die Heizung eigentlich an Verbrauch einspart, weil die erwärmte Luft rundum an den riesigen Glasflächen sofort wieder abkühlt. Das ist zum einen unwirtschaftlich, weil der Einsparungseffekt durch die neue Heizung verpufft, und zum anderen tun Sie der Umwelt natürlich auch keinen Gefallen, wenn Sie wertvolle Energie vergeuden.« Er zuckte mit den Schultern, als sei es ihm gleichgültig, aber sie merkten alle drei, dass er ihnen einen Schlag mit der moralischen Keule verpasst hatte. »Die Fenster sind kein Muss, aber sie sind empfehlenswert. Von der Logistik her ist es kein Problem, sie zu einem beliebigen späteren Zeitpunkt auszutauschen. Alles andere, was ich für Sie zusammengestellt habe, ist in der Basisvariante das unbedingte Minimum, das Sie investieren müssen, damit Sie den Pavillon überhaupt betreiben dürfen.«

Betty nickte nachdenklich. »Wir hätten zwar auch schon früher an Sie denken können …«

»Zum Beispiel bevor wir den Kaufvertrag unterschrieben haben«, warf Alice mit Unschuldsmiene ein.

»… aber auch wenn wir jetzt etwas Zeit verloren haben, wissen wir nun wenigstens ganz genau, was wir brauchen, und wir müssen uns nicht auf das verlassen, was uns ein Handwerker erzählt, der uns anmerkt, dass wir keine Ahnung haben.«

»Und wir müssen uns auch nicht mehr auf minimalistische Kostenvoranschläge einlassen«, ergänzte Kathrin.

Burresch zog eine Augenbraue hoch. »Minimalistische Kostenvoranschläge?«

»Ja, vom Dachdecker«, sagte sie. »Wie war das noch mal? Zwanzig Scheinchen?«

»Was denn für Scheinchen?«, fragte der Gutachter.

»Was würden Sie denn vermuten?«, gab Kathrin zurück.

»Puuh … Hunderter?«

»Fünfhunderter. Zwanzig Scheinchen.«

»Und das war alles?«, hakte Burresch nach.

»Das war alles«, bestätigte sie.

»Verraten Sie mir, wer das war?«, erkundigte er sich.

»Wir wollen niemanden anschwärzen«, ging Betty dazwischen. »Die … Person wird sicher behaupten, dass das so nicht stimmt.«

Burresch hob abwehrend eine Hand. »Ich werde diesen Dachdecker nicht mit Ihrer Aussage konfrontieren, sondern einen Dritten beauftragen, sich von ihm einen Kostenvoranschlag geben zu lassen. Dann werden wir ja sehen.«

»Okay, wenn Sie das so machen, dann ist das was anderes«, sagte Betty und notierte die Telefonnummer samt Namen auf einem Zettel, den sie dem Gutachter reichte.

»Ach, die Frau Giesberts mal wieder«, stöhnte er auf. »Die wird's nie lernen.«

»Klingt nicht gut, würde ich sagen.«

»Frau Hansen, das dürfen Sie sogar laut sagen«, seufzte er und stand auf. »Gut, wenn Sie noch Fragen haben, können Sie jederzeit anrufen oder mailen.«

Auf dem Weg zur Tür fiel Betty dann auch prompt noch eine Frage ein. »Ihre Rechnung, Herr Burresch?«

»Die schicke ich morgen raus, Frau Hansen«, erwiderte er, während er eine Wolke aus Pfeifenqualm hinter sich her zog. »Es war mir wichtiger, Ihnen das Ergebnis meiner Begutachtung so schnell wie möglich abzuliefern. Ich glaube, das hat für Sie Vorrang, nicht wahr?«

Betty nickte erleichtert. »Das hat momentan Vorrang vor allem anderen. Je eher die Handwerker loslegen können, desto besser. Wir wollen ja bald eröffnen. Jeder Tag, den das *Strandhus* geschlossen ist, kostet uns Geld. Und mit den Ausgaben, die wir jetzt auch noch am Hals haben, kostet es uns noch viel mehr Geld.«

»Dann wünsche ich Ihnen viel Glück bei der Suche nach einem Handwerker, der es schafft, einigermaßen in dem Kostenrahmen zu bleiben, den ich ermittelt habe.«

Sie bedankte sich und verabschiedete sich von ihm, dann kehrte sie in ihr Büro zurück und stutzte, als sie die langen Gesichter ihrer Freundinnen sah. »Was ist los?«, fragte sie überrascht. »Hab ich was verpasst?«

»Kommt drauf an«, erwiderte Kathrin, die die Mappe mit den diversen Kostenvoranschlägen aufgeschlagen vor sich auf dem Tisch liegen hatte. »Nicht, wenn du vorhin nebenbei grob überschlagen hast, was wir insgesamt bezahlen dürfen.«

»Habe ich nicht. Verrat es mir.«

Elf

»*Wie* viel?«, platzte Martin unabsichtlich heraus, als er die Zahl hörte. »Da wäre ja abreißen und neu bauen bald schon günstiger. Wie kommt der Gutachter denn auf eine solche Summe?«

»Das ist ganz einfach zu erklären«, antwortete Betty und schmiegte sich an ihren Mann, der neben ihr auf der Couch saß. Der Fernseher lief, weil sie auf den Spielfilm warteten, den Ton hatten sie abgestellt. »Die elektrischen Leitungen und Anschlüsse kosten uns minimal fünftausend, aber dann haben wir nur das Allernötigste an Steckdosen zur Verfügung, und die Deckenbeleuchtung bleibt, wie sie ist. Nur würde dann der Dachdecker noch mal um tausend Euro teurer, weil die Deckenverkleidung abgenommen werden muss, um den Dämmstoff auf der Unterseite des Dachs herauszuholen. Kann der Dachdecker von oben rankommen, weil ohnehin alles ausgetauscht wird, kostet die Reparatur des Dachs rund viertausend statt sonst fünftausend Euro, aber der Elektriker bekommt dann zweitausend mehr, weil er die komplette Deckenbeleuchtung erneuert. Es ist aber sinnvoller, das jetzt zu machen, nicht erst später. Sonst müssen wir den Laden irgendwann demnächst zwei oder drei Tage schließen, dann muss die Deckenverkleidung runter und nach dem Austausch der Lampen und Leitungen wieder befestigt werden. Vorausgesetzt, das ist überhaupt machbar. Wenn wir Pech haben, muss die Decke ganz neu gemacht werden.« Sie verzog missmutig den Mund. »Deshalb ist es besser, das jetzt in einem Arbeitsgang zu erledigen, wenn das Dach ohnehin saniert wird. Also haben wir die Variante für siebentausend Euro. Die Dachsanierung ist mit viertausend Euro veranschlagt, die Treppe kostet mit Geländer rund sechstausend Euro, und für die Heizung fallen dreitausend Euro an, für acht neue Heizkörper noch mal dreieinhalbtausend, die wir der Einfachheit halber auf viertausend aufgerundet haben. Die Renovierung der Personaltoilette kostet tausend Euro …«

»Wieso müsst ihr eigentlich keine Toiletten für die Gäste haben?«, warf Martin ein, während er sie im Profil betrachtete. »Das ist in der Gastronomie doch so üblich.«

»Da gibt es eine Vereinbarung mit dem Campingplatz, die noch aus den Anfangszeiten des Pavillons stammt, weil der ursprünglich zum Campingplatz gehört hat«, erklärte Betty. »Als der Pavillon verkauft wurde, geschah das mit der Auflage, dass die Gäste des Pavillons weiterhin die Toiletten des Campingplatzes benutzen dürfen. Das wurde so im Vertrag festgehalten, dass das Recht auf jeden neuen Eigentümer übergeht, also genau das Gleiche wie bei dieser Erlaubnis, das ganze Jahr über öffnen zu können.«

»Sozusagen vererbt«, merkte Martin grinsend an.

»Ja, so kann man das bezeichnen«, stimmte sie ihm zu. »Tja, und dazu kommen dann noch die fast zehntausend Euro für den Strom. Du weißt schon, die Nachzahlung, mit der wir nichts zu tun haben …«

»Euer Makler hat noch nichts erreicht?«, fragte er.

»Angeblich hat Boswinkel noch immer nicht reagiert«, meinte sie mürrisch. »Aber ich weiß ja nicht mal, ob Lowitz ihm wirklich geschrieben hat. Vielleicht hält er uns ja auch ein bisschen zum Narren.«

»Was sollte er davon haben?«

»Keine Ahnung«, musste sie eingestehen. »Vielleicht … ach, was weiß ich, vielleicht hat Boswinkel ihn ja doch auf alles hingewiesen und er hat einfach geschwiegen, um für sich was einzubehalten. Angenommen, Boswinkel wusste das alles, und er hat den Preis für den Pavillon meinetwegen bei hunderttausend angesetzt, dann könnte Lowitz hingegangen sein und hat den Preis eigenmächtig raufgesetzt, um eine höhere Provision zu kassieren.«

»Oder er hat Boswinkel geraten, den Preis höher anzusetzen, damit auch bei seinem großzügigen Nachlass immer noch mehr reinkommt als zuvor veranschlagt. Selbst wenn sie sich die Differenz teilen, ist das für beide ein ordentliches Plus«, gab Martin zu bedenken. »Schließlich muss ja im Kaufvertrag der Betrag vermerkt sein.«

»Ja, da hast du auch wieder recht«, musste sie ihm zustimmen. »Na, wer weiß, was da hinter verschlossenen Türen abläuft. Auf jeden Fall habe ich momentan das Gefühl, dass unser Makler mit ihm unter einer Decke steckt. Ich werde ihm auf jeden Fall die Kostenvoranschläge schicken, damit er sie an diesen Boswinkel weiterleitet.«

»Hm, ich weiß nicht«, meinte Martin nach einer Weile, während er die stummgeschaltete Werbung vorbeiziehen ließ. »Ihr drei habt den Pavillon gekauft wie gesehen, und du hast ja selbst gesagt, dass ihr euch eigentlich gar nichts richtig angeguckt habt. Ihr seid rein, habt euch am Ziel gefühlt und den Kaufvertrag unterschrieben. Boswinkel wusste genau, was mit seinem Lokal los war, als er es verkauft hat, und ob der Makler tatsächlich so ahnungslos ist, wie er vorgibt, ist zumindest fraglich. Mindestens einer von beiden hat sich wahrscheinlich totgelacht, als er gehört hat, dass ihr zugeschlagen habt, ohne irgendwelche Mängel zu reklamieren, die den Preis mindern müssten. Wenn du jetzt noch eine Aufstellung hinterherschickst, dann tut ihr drei eigentlich nur kund, um wie viel Euro ihr übers Ohr gehauen worden seid. Ich weiß nicht, ob ich Boswinkel oder dem Makler diese Freude bereiten würde.«

Betty holte tief Luft und atmete langsam aus. Schließlich erwiderte sie: »Warum musst du eigentlich immer Dinge sagen, die einen Sinn ergeben und logisch und überzeugend sind?«

»Wäre es dir lieber, wenn ich gesagt hätte: ›Die Dackel fliegen heute tief, es muss Dienstag sein‹?«

Sie schüttelte den Kopf und grinste. »Nein, schon gut. Du weißt, wie ich es meine. Das ist so wie bei dir, wenn du spontan irgendwas machen willst und ich dir klarmache, dass du es besser bleiben lassen solltest.«

»Eben. Wir ergänzen uns, und das ist auch gut so«, sagte er

und gab ihr einen Kuss. »Also seid ihr jetzt bei Ausgaben von fünfunddreißigtausend Euro, die noch auf euch zukommen.«

»Ja.« Sie nickte nachdenklich. »Und wenn wir die Fenster auch noch komplett austauschen wollen, was er uns empfohlen hat, dann haben wir bei dieser Fensterfront ungefähr noch einmal achtzehntausend Euro am Hals, weil das so riesige Scheiben sind. Die momentane Verglasung bedeutet, dass es dicht an den Fenstern ziemlich kalt sein wird, was von den Gästen als unangenehm empfunden werden könnte ...«

»Aber wenn ich die Umsatzzahlen bedenke, die du mir gezeigt hast, kann das doch eigentlich nicht so sehr ins Gewicht fallen, dass das neue Fenster für achtzehntausend Euro notwendig macht. Wäre es wegen der Fenster im ganzen Raum eisig kalt, würden natürlich die Leute wegbleiben, aber das kann doch allenfalls die Plätze unmittelbar am Fenster betreffen«, wandte Martin ein.

Betty nickte zustimmend. »Das ist auch unsere Überlegung gewesen, darum wollen wir das noch eine Weile vor uns her schieben. Ich will mir erst mal selbst einen Eindruck davon verschaffen, wie schlimm es wirklich ist. Es gibt allerdings ein Argument, mit dem der Gutachter uns ein bisschen in eine Zwickmühle gebracht hat.«

Martin legte die Hand auf ihre Schulter. »Was für ein Argument?«, wollte er wissen.

»Eigentlich sind es zwei Argumente. Das eine dreht sich darum, dass wir viel Geld für eine sparsame Heizung ausgeben, aber wegen der Kälte müssen wir mehr heizen, und damit hebt sich die Ersparnis auf, und es dauert umso länger, bis sich die Heizung durch weniger Verbrauch bezahlt macht.«

»Das ist logisch«, kommentierte er. »Aber dann müsste man erst mal feststellen, wie viel mehr wegen der Fenster geheizt werden muss. Ich kann mir beim besten Willen nicht vorstellen, wie hoch die Heizkosten für einen solchen Pavillon sind, aber selbst wenn ihr wegen der alten Fenster im Jahr für tausend Euro mehr heizen müsst als unbedingt nötig, würden sich die neuen Fenster erst in achtzehn Jahren bezahlt machen.«

»Eigentlich etwas weniger, weil da ja auch noch die Abschreibungen für die neuen Fenster anfallen würden, aber von der Tendenz her ist das schon richtig«, sagte Betty. »Das Problem ist, dass wir keine Vergleichswerte haben, wie viel wir bei neuen Fenstern verbrauchen würden und wie viel wir jetzt tatsächlich verbrauchen. Im Übrigen ist es ja auch so, dass immer wieder Gäste kommen und gehen. Also wird zumindest die hintere Tür ein paar Mal in der Stunde aufgemacht, sofern wir im Winter die Tür zur Terrasse geschlossen lassen. Wir haben ja selbst schon in Restaurants erlebt, wie lange manche Leute eine Eingangstür offen stehen lassen, wenn sie mit vier oder fünf Personen hereinkommen, und wie oft Leute gar nicht daran denken, beim Hinausgehen die Tür hinter sich zuzumachen. Da zieht minutenlang kalte Luft nach drinnen, und warme Luft entweicht.«

»Ihr könntet einen von diesen schweren Vorhängen davor befestigen, dann sollte die Wärme leichter drinnen und die Kälte eher draußen bleiben«, gab er zu bedenken.

»Ja, daran hatten wir auch schon gedacht, aber wir finden, dass so ein dunkler, dicker Vorhang nicht gut aussieht.«

»Wer sagt denn, dass der dunkel sein muss?«, fragte er. »Vielleicht gibt es die auch in ganz hellem Braun passend zum Sand oder in Blau, damit sie zum Wasser passen.«

»Gute Idee«, meinte Betty. »Ich werde Alice darauf ansetzen, dass sie Erkundigungen einholt.«

»Womöglich gibt es ja auch irgendwas Transparentes«, ergänzte er. »Aber was war denn eigentlich das zweite Argument?«

Sie ließ den Kopf in den Nacken sinken und stöhnte frustriert auf. »Die Umwelt.«

»Die Umwelt?«, wiederholte ihr Mann.

»Da hat aber jemand deinen wunden Punkt getroffen, wie, Mama?«, ertönte eine Stimme hinter ihnen.

Betty sprang auf, um zu ihrem Sohn zu eilen, der in der Wohnzimmertür gegen den Rahmen gelehnt dastand und sie anlächelte.

»Michael, was machst du denn hier?«, fragte sie und drückte ihn fest an sich.

»Mama, du drückst mir ja die Rippen in die Lunge, wenn du so weitermachst« brachte er röchelnd heraus.

»Ich freue mich nur, dass mein Sohn mal wieder zu Hause ist«, sagte sie und strahlte ihn an.

»Du kannst dich aber schon noch daran erinnern, dass ich letzten Samstag hier war, oder muss ich mir etwa Sorgen um dich machen?«, fragte er ironisch, nachdem er sich aus ihrer Umarmung gelöst hatte. Er ging zu seinem Vater, um ihn ebenfalls zu begrüßen.

»Na, mein Junge, was führt dich her? Hat jemand deine Studentenbude gekapert?«, fragte Martin.

»Nein, aber irgendein Idiot hat heute Abend in den Hörsälen in dem Gebäude, in dem ich normalerweise den ganzen Donnerstag und den ganzen Freitag verbringe, die Sprinkleranlage ausgelöst und alles unter Wasser gesetzt. Ihr wisst ja, welche Raumnot da schon an guten Tagen herrscht, und nachdem jetzt fünf Säle geflutet sind, herrscht das völlige Chaos.« Er zuckte mit den Schultern. »Mir soll es recht sein, dadurch fallen morgen und übermorgen alle meine Vorlesungen aus, und da dachte ich mir, ich überrasche euch und verbringe ein verlängertes Wochenende bei meinen Eltern.«

»Das freut uns, mein Sohn«, sagte Martin. »Allerdings hast du Pech, was die Kochkünste deiner Mutter angeht. Die sind momentan auf Eis gelegt, weil sie und ihre Freundinnen mit ihrem Pavillon alle Hände voll zu tun haben.«

»Heißt das dann, dass *du* kochst, Papa?«, fragte Michael ein wenig skeptisch.

»Auf jeden Fall.«

»Na, wenn das so ist, dann … nehme ich die Siebenunddreißig mit extra Käse und scharfer Sauce«, gab Michael lachend zurück.

»Lass dich von deinem Vater nicht verunsichern«, ging Betty mit todernster Miene dazwischen. »Natürlich liegen meine

Kochkünste *nicht* auf Eis. Und was den Pavillon angeht, der funkt mir auch nicht dazwischen, wenn es darum geht, einen ausgehungerten Studenten aufzupäppeln.« Sie nahm seine Hand und zog ihn hinter sich her in Richtung Küche. »Ich habe noch eine Portion Blumenkohlauflauf, die kann ich dir aufwärmen, wenn du möchtest. Oder hast du schon gegessen?«

»Nur einen Hamburger, bevor ich losgefahren bin«, sagte er. »Für eine Portion Blumenkohlauflauf ist da immer noch Platz.«

Martin folgte ihnen in die Küche und hörte seinem Sohn zu, wie der ein paar Erlebnisse von der Uni in Hamburg zum Besten gab. Nachdem Michael gegessen und zwischendurch weitererzählt hatte, kehrten sie gemeinsam ins Wohnzimmer zurück. Kaum hatte er sich in seinen Lieblingssessel gesetzt, wandte er sich an seine Mutter: »Dann erzähl mir jetzt mal, was du da vorhin von der Umwelt gesagt hast. Ich habe von der Tür bis zum Wohnzimmer nur irgendwelche Fetzen mitbekommen. Hat es was mit eurem Pavillon zu tun?«

Betty nickte bedächtig. »Ja, es geht um den Pavillon. Weißt du, die Sache ist die …«

Während sie die Situation in so wenigen Worten wie möglich schilderte und darauf achtete, dass sie dabei nichts Wesentliches vergaß, saß ihr Sohn vornübergebeugt im Sessel und hörte aufmerksam zu.

»Wir reden hier immerhin von achtzehntausend Euro«, kam sie zum Schluss. »Mir tut es einerseits um das schöne Geld leid, andererseits denke ich, dass mich über kurz oder lang mein schlechtes Gewissen plagen dürfte. Ich meine, wenn jeder sagt, er tut nur dann was fürs Klima und die Umwelt, wenn es nichts kostet, dann war es das doch eigentlich mit dem Kampf gegen den Klimawandel.«

»Okay, dann gehen wir das Ganze doch mal von der Marketingseite an«, sagte er. »Ich studiere das Fach ja nicht zum Spaß, dann kann ich auch mal was davon praktisch anwenden. Du wirst doch bestimmt viel Aufmerksamkeit auf das *Strandhus* lenken wollen, also stellst du eine Pressemitteilung zusammen, in der du ankündigst, dass das *Strandhus* unter neuer Leitung wiedereröffnet worden ist.«

»Wir dachten daran, ein paar Anzeigen zu schalten«, warf sie ein. »Wenn wir den Leuten nur schreiben, dass das Stran*d*hus wieder offen ist, kommt da nicht mehr als ein Zweizeiler bei raus.«

»Wenn du den Redaktionen nur einen Zweizeiler schickst, machen die natürlich nicht mehr daraus«, erklärte er. »Mach einen Pressetermin, schreib den Redaktionen, dass ihr am soundsovielten das *Strandhus* unter neuer Leitung wieder aufmacht. Um das Interesse der Redaktionen zu wecken, musst du ihnen etwas geben, was sie reagieren lässt. Also schreibst du rein, dass ihr sehr viel Geld in die Modernisierung gesteckt habt, damit die Beleuchtung und die Heizung besonders sparsam arbeiten.«

»Gute Idee«, fand Betty.

»Bis jetzt ja. Aber nachdem du auf die umweltschonende Einrichtung hingewiesen hast, guckt ein Journalist zufällig ganz genau hin, weil er vielleicht einen schlechten Tag hat oder weil er irgendwem beweisen will, wie gut er ist. Und dann fragt er euch vor allen Anwesenden in einem zynischen Tonfall, welchen Sinn es denn ergibt, dass ihr so viel Geld in eine sparsame Heizung steckt, wenn die Verglasung des Pavillons so veraltet ist, dass ihr auch gleich die Scheiben herausnehmen könntet. Damit würde die Wärme wenigstens komplett entweichen und nicht nur zum Teil.«

»Das wäre ja eine Katastrophe!«, rief Betty entsetzt. »Damit würden wir uns zum Gespött der Leute machen!«

»Ganz genau, Mama«, sagte er. »Wenn du die Medien auf dich aufmerksam machen willst, musst du ein Image verkaufen, bei dem aber auch alles stimmt. Wenn ihr bei eurer Werbung auf euer Umweltbewusstsein aufmerksam macht, dann ist das eigentlich eine gute Sache, aber dann dürft ihr euch nicht angreifbar machen.«

Betty ließ die Schultern sinken. »Warum musst du eigentlich

so nach deinem Vater kommen und so verdammt recht haben?«, murmelte sie.

»Das fragst du besser Papa«, meinte er und grinste sie an, während er sich die Haare aus der Stirn strich. »Aber noch mal zum Pavillon. Wenn du nicht das Risiko eingehen willst, dass so ein Journalist da auftaucht und euch lächerlich macht, darfst du den umweltfreundlichen Aspekt nicht in den Mittelpunkt stellen. Das heißt dann aber auch, dass du nicht auf die energiesparenden Lampen eingehst, weil du damit auch schon wieder das Thema ansprichst, das du besser vermeidest. Aber dann habt ihr das Problem, dass ihr mit nichts Besonderem auf euch aufmerksam machen könnt. Und schon wird aus der Pressemeldung wieder der leidige Zweizeiler, den niemand wahrnimmt.«

»Das heißt, wir müssen neue Fenster einbauen lassen, damit wir nicht übersehen werden?«, fragte sie besorgt. »Dann sind wir aber noch mal achtzehntausend Euro los!«

»Die Frage ist, wie viel ihr in Werbung investieren müsst, um genauso wahrgenommen zu werden«, erwiderte Michael. »Ihr müsst in jedem regionalen Werbeblättchen Anzeigen schalten, und ihr müsst dafür sorgen, dass die auch prominent platziert werden, weil ihr sonst zwischen Friseursalons, Sonnenstudios, Katzenpensionen und allem anderen einfach untergeht. Und ihr müsst überregional werben, was schon viel teurer wird, wenn ihr da weit vorne auftauchen wollt. Aber selbst dann sehen die Leute immer noch, dass das nur Werbung ist. Da wird natürlich alles schön und wunderbar dargestellt. So ein richtiger Artikel über den Pavillon in der Tageszeitung ist da schon was anderes. Wenn ihr den Journalisten auch noch erzählt, wie viel ihr in die Renovierung gesteckt habt, dann kommt das noch besser rüber.«

»Findest du?«, fragte Betty.

»Auf jeden Fall«, bekräftigte er, fügte dann aber warnend hinzu: »Ihr dürft natürlich nicht erzählen, dass ihr nach dem Kauf festgestellt habt, dass ihr euch eine Bruchbude habt unterschieben lassen, in der überhaupt nichts mehr funktionierte. Ihr müsst das schon so hinstellen, dass ihr das Potenzial des Pavillons erkannt habt und dass ihr keine Kosten gescheut habt, alles auf den neuesten Stand zu bringen.«

»Mein eigener Sohn stiftet mich zum Lügen an«, meinte sie amüsiert. »Dass ich das noch erleben muss.«

»Mama, du sollst doch gar nicht lügen«, widersprach er augenzwinkernd. »Du sollst nur das Wesentliche hervorheben. Wen interessiert denn, dass das eigentlich ein Fehlkauf war, aus dem ihr euch mit viel Geld gerettet habt? Wichtig ist, dass das fertige Produkt dem entspricht, was ihr den Journalisten erzählt. Dass ihr drei euch damit einen langjährigen Traum erfüllt habt, ist ja zum Beispiel die Wahrheit, und so was macht auf die Leser auch immer einen guten Eindruck. So was weckt Interesse. Das veranlasst Leute zu sagen: ›Wow, das ist beeindruckend, das will ich mir mal ansehen.‹«

»Achtzehntausend Euro, Junge. Und wir haben uns noch nicht damit befasst, wie teuer die neuen Tische und Stühle werden. Die brauchen wir nämlich auch noch.«

»Und vergiss nicht die Zeit, die ihr darauf verwenden müsst«, fuhr er ungerührt fort, »um erst mal einen Überblick über all die Werbezeitungen zu bekommen, mit denen ihr euch in Verbindung setzen müsst. Wenn ihr Pech habt, gebt ihr die gleiche Summe für die ganze Werbung aus, und dann werden diese Blätter an einem Tag verteilt, an dem fünf Minuten nach dem Verteilen ein schwerer Sturm übers Land zieht, der achtzig Prozent der Zeitungen mit sich reißt und irgendwo hinter Schwerin wieder niedergehen lässt. Dann war die ganze Mühe umsonst, und ihr habt euer Geld für nichts ausgegeben. Wenn die Reporter über euch schreiben und es kommt ein Sturm, dann werden die Zeitungen zwar auch weggeweht, aber es kostet euch wenigstens nichts.«

Betty schüttelte den Kopf. »Weißt du, was mir an Michaels Argumenten gar nicht gefällt?«, fragte sie an ihren Mann gerichtet, der neben ihr saß.

»Lass mich raten«, sagte er mit einem breiten Grinsen: »Dass sie einfach kein Gegenargument zulassen und dass sie euch achtzehntausend Euro kosten werden?«

Sie seufzte und nickte nachdenklich. »Ich werde das mit Alice und Kathrin besprechen müssen. Wäre das okay, Michael, wenn du mitkommst? Mir wäre es lieber, wenn die beiden diese Argumente von dir hören, nicht aus zweiter Hand von mir.«

»Klar, Mama«, willigte er ein. »Du musst mir nur sagen, wann ich wo sein soll. Bis Sonntag ist mir das ganz egal, da kann ich jederzeit.«

»Wirklich? Ich dachte, wenn du schon mal ein paar Tage hier bist, willst du dich mit deinen Freunden treffen«, sagte Betty.

»Sicher will ich das, aber du weißt ja nicht erst fünf Minuten vor dem Treffen Bescheid, dass die beiden Zeit haben, also muss ich auch nicht Hals über Kopf aufbrechen, wenn ich mit Jens und Ole unterwegs bin. Außerdem arbeiten die beiden bis um vier oder fünf, und bis dahin hab ich sowieso weiter nichts zu tun. Ich hab mir zwar ein paar Bücher mitgebracht, damit ich auch noch ein bisschen lernen kann, aber das kann ich jederzeit unterbrechen.«

»Okay, dann rede ich mit ihnen und höre, wann sie Zeit haben«, bestätigte Betty und griff nach ihrem Smartphone, um den beiden Freundinnen eine Nachricht zu schicken.

»Wo ich dich tippen sehe«, sagte Michael im nächsten Moment, »fällt mir ein: Was ist eigentlich mit dem Internet-Auftritt für den Pavillon?«

Betty lächelte ihren Sohn an. »Schön, dass du von dir aus fragst. Ich hätte dich bei Gelegenheit noch drauf angesprochen, aber wenn du mir zuvorkommst, kann ich ja schon mal mit den beiden reden und dir dann erzählen, was wir uns vorstellen.«

»Hast du denn schon eine Idee?«, wollte er wissen.

»Ja, aber das will ich erst mit Alice und Kathrin besprechen«, beharrte sie. »Wenn ich dir jetzt davon erzähle, machst du dir schon Gedanken, und wenn ich den beiden dann sagen muss, dass du bereits aus meinen Ideen ein Konzept entwickelt hast, glauben sie am Ende noch, ich wollte dem Pavillon nur meinen persönlichen Stempel aufdrücken.«

Michael hob abwehrend die Hände. »Dann sag lieber nichts. Allerdings habe ich mir schon was überlegt und …«

»Du sollst studieren und dir keine Gedanken über unseren Pavillon im Internet machen«, sagte Betty ein wenig besorgt. »Dein Studium hat Vorrang.«

»Darum geht es ja, Mom«, erklärte er. »Ich habe mir nämlich überlegt, das Marketing rund um den Pavillon zum Thema eines Projekts zu machen, das ich dann einreichen kann, wenn das *Strandhus* läuft. Ich könnte sozusagen am lebenden Objekt mitverfolgen, wie die Marketingstrategie entwickelt und umgesetzt wird, und ich kann beobachten und auswerten, welche Maßnahmen in welchem Umfang greifen.«

»Oh«, machte Betty erleichtert und lächelte zufrieden. »Das nenne ich mal eine gute Idee. Zu dumm nur, dass das mit den neuen Fenstern auch eine gute Idee ist.«

»Fünfunddreißigtausend Euro?«, rief Caro ungläubig und bekam den Mund nicht mehr zu. Alice' ältere Tochter saß am Esstisch und hatte den Suppenlöffel fallen lassen, als sie gehört hatte, wie teuer die Instandsetzung des Strandpavillons werden würde. »Mom, von dem Geld kannst du einen SUV kaufen, den schönen Audi oder den BMW, und dann kannst du uns damit zur Schule bringen.«

»Ich bringe euch doch jeden Morgen zur Schule«, wandte Alice mit gespielter Ahnungslosigkeit ein.

»Aber dann könnten wir vorn aussteigen, wo die anderen von ihren Eltern rausgelassen werden.«

»Vorn? Was meinst du mit vorn?«

Caro verdrehte die Augen, als wäre es eine wahre Tortur, ihrer alten, dummen Mutter alles erklären zu müssen. »Du weißt schon, vorne am Tor zum Schulhof. Wo die anderen auch raus dürfen.«

»Du meinst, vorne im absoluten Halteverbot?«, vergewisserte sich Alice.

»Keine Ahnung, ob da absolutes oder relatives Halteverbot ist«, gab Caro zurück, als wäre es die dümmste Frage, auf die sie jemals hatte reagieren müssen.

»Du könntest aber ruhig schon mal anfangen, dich für so was zu interessieren«, schlug Alice ihrer Tochter vor. »Nächstes Jahr um diese Zeit wirst du siebzehn, und wenn ich mich nicht irre, willst du dann deinen Führerschein machen. Das Jahr ist schnell um, und dann stehst du da, wirst in der Fahrschule was gefragt und hast keine Ahnung, um was es geht.«

»Das müsste mich alles gar nicht kümmern, wenn wir einen SUV hätten, der Verkehrsschilder erkennt«, meinte Caro mürrisch und löffelte weiter ihren Erbseneintopf.

»Du bist ja so was von strohdoof«, warf die ein Jahr jüngere Miriam ein. »Bloß weil der die Verkehrsschilder erkennt, erzählt der dir nicht, ob du irgendwo halten darfst oder nicht.« Miriam war auf ihre große Schwester selten gut zu sprechen, und sie nutzte praktisch jede Gelegenheit, bei der sie zeigen konnte, dass sie mehr Köpfchen hatte als Caro. Außerdem wusste sie ganz genau, wie sie ihre Schwester nerven konnte. Der jüngste Trick, mit dem sie vor ein paar Wochen angefangen hatte, bestand darin, das Erscheinungsbild der großen Schwester zu kopieren und es dabei immer wieder zu schaffen, Caros Stil nicht bloß zu übernehmen, sondern auf eine unerklärliche Weise ein wenig zu überzeichnen. Das Resultat war eine Art Karikatur, die Caro ins Lächerliche zog und Miriam als die Schlauere dastehen ließ. Momentan trug sie die Haare genauso kurz und platinblond gefärbt, sie hatte eine fast identische rote Bluse mit weißen Punkten aufgetrieben, und die Latzhose hätte aus der gleichen Kollektion wie Caros stammen können.

Caro trieb diese Manier zur Weißglut, und dabei wollte sie nicht verstehen, dass Miriam genau das erreichen wollte. Hätte sie die Ruhe bewahrt oder einmal versucht, sich über ihre kleine Schwester lustig zu machen, wäre der Spuk vermutlich schnell zu Ende gewesen. So aber ereiferte sie sich über jede neue Doppelgängerin in Miriams Gestalt, und Miriam konnte Mal um Mal einen Sieg für sich verbuchen.

»Natürlich macht der das«, widersprach Caro ihr.

»Macht er gar nicht, der zeigt dir nur das Verkehrsschild«, beharrte Miriam. »Du musst immer noch wissen, was das Schild bedeutet.«

»Kann man alles googeln«, kam die knappe Antwort.

»Woher willst du dir die Zeit zum Googeln nehmen, wenn du auf der Autobahn unterwegs bist und wissen willst, was ein Schild am Fahrbahnrand bedeutet?«

Caro zuckte mit den Schultern. »Würde schon gehen. Ich kann ja anhalten und nachsehen.«

Alice beschloss, das nicht auch noch zu kommentieren. Damit durfte sich Caros Fahrlehrer beschäftigen, wenn die Zeit dafür gekommen war. Der wurde schließlich gut bezahlt, um Fahrschüler mit solchen Ansichten auf den rechten Weg zurückzubringen.

»Also, warum lässt du diese Hütte am Strand nicht einfach bleiben?«, fragte ihr ältere Tochter. »Steig aus, lass dir von den beiden anderen auszahlen, was du reingesteckt hast, und dann kannst du einen SUV kaufen. Königsblau fänd ich cool.«

»Wir brauchen keinen SUV, wir haben einen Van«, betonte Alice.

»Aber wenn wir einen SUV hätten, könntest du uns endlich am Tor rauslassen, weil dir unser Auto dann nicht mehr peinlich sein müsste.«

Alice hob den Kopf und legte den Löffel zur Seite. »Du denkst wirklich, es ist mir peinlich, mit unserem Van vorzufahren und euch aussteigen zu lassen?«

»Ja, sonst würdest du uns doch bis zum Tor fahren und uns nicht am Nebeneingang rauslassen, Mom«, antwortete ihre Tochter.

»Schatz, ich fahre nicht bis zum Tor, weil am Tor Halteverbot ist«, stellte Alice geduldig klar. »Ich würde auch mit einem SUV nicht bis da vorn fahren, um euch aussteigen zu lassen. Wenn man da anhält, können andere Autofahrer nicht sehen, ob jemand über die Straße gehen will, und wer rüberwill, der muss erst mal bis auf die Fahrbahn gehen, um festzustellen, ob da ein Wagen kommt. Wenn da was passiert, werde ich mit zur Rechenschaft gezogen, weil ich im Weg gestanden habe. Auf …«

»Da ist noch nie was passiert!«, wandte Caro ein.

»Und das soll auch so bleiben«, stimmte Alice ihr zu. »Aber ich werde nicht das Risiko eingehen, in dem Moment im Weg zu stehen, wenn tatsächlich was passiert. Deshalb, und wirklich nur deshalb steigt ihr am Nebeneingang aus. Und wenn ich die einzige Mutter bin, die das an dieser Schule macht, dann bin ich darauf sogar stolz, weil ich mir sagen kann, dass ich das Richtige getan habe.«

»Ja, aber mit ei…«

»Mit einem SUV würde ich das genauso machen, und selbst wenn ich einen Panzer hätte, wäre das für mich immer noch kein Grund, im Halteverbot zu stehen«, fiel Alice Caro ins Wort, da sie ahnte, zu welchem Einwand ihre Tochter da ansetzte.

»Du könntest ja trotzdem von dem Geld einen SUV kaufen«, beharrte Caro. »Dann hätten wir wenigstens mal ein neues Auto.«

»Ein neues Auto kaufe ich, wenn das alte den Geist aufgibt«, sagte Alice. »Unser Van fährt tadellos, ich habe in zwölf Jahren noch nie eine Panne damit erlebt. Außerdem will ich keinen nagelneuen Wagen vor der Tür stehen haben, wenn du mit deinem Führerschein fertig bist«, fügte sie grinsend an und zwinkerte Miriam zu, die zustimmend einen Daumen in die Höhe reckte.

Caro zuckte mit den Schultern. »Mit dem Van will ich eh nicht fahren. Ich bin doch nicht mit meinem eigenen Kinderwagen unterwegs!«

»Kinderwagen?«

»Mom, du fährst das Ding seit zwölf Jahren, also war ich vier, als ich zum ersten Mal da dringesessen habe«, sagte ihre Tochter. »Also: Kinderwagen. Außerdem hat der nicht mal ein Navi. Wie soll ich denn ohne Navi zu meinen Freunden kommen?«

»Hm, daran hatte ich gar nicht gedacht«, meinte Alice ironisch. »Aber umso besser. Dann kann sich ein anderer opfern und dir seinen Wagen zur Verfügung stellen.«

Caro stutzte. »Wie jetzt? Wenn du deinen Wagen behalten und keinen SUV kaufen willst, dann kannst du ja wenigstens mir einen kaufen. Dann musst du mich auch nicht mehr zur Schule fahren und hast kein Problem mehr mit dem Halteverbot.«

»Schluss jetzt. Der Lottogewinn ist tabu, der ist nur für mich und meine Freundinnen«, stellte Alice klar. Es war nicht das erste Mal, dass sie diese Diskussion mit ihren Töchtern führen musste, aber Miriam war nach zwei oder drei Versuchen einsichtig geworden, während Caro einfach auf stur schaltete und immer wieder auf Dinge zu sprechen kam, die sie ihr doch jetzt kaufen könnte. Es war weniger die Tatsache, dass die zwei sich etwas von ihr erhofften, da sie durch den Lottogewinn über eine ganz brauchbare Summe verfügte. Natürlich konnte sie davon etwas abzweigen, zumal mit Betty und Kathrin vereinbart worden war, dass jede von ihnen einen bestimmten Teil für sich behalten sollte. Allerdings war dieser Vorsatz gefasst worden, als sie noch nicht gewusst hatten, welche Summen der Pavillon verschlingen würde. Ein ungutes Gefühl sagte ihr, dass das Ende der unerwarteten Kosten noch längst nicht erreicht war und die nächste unangenehme Überraschung bereits auf sie wartete.

Was ihre Töchter anging, hätte sie sich ganz bestimmt schon zu dem einen oder anderen außerplanmäßigen Geschenk überreden lassen, wenn der Ton ein anderer gewesen wäre. Immer wieder hieß es: »Du kannst uns ja von deinem Gewinn dieses und jenes kaufen.« Als sei es eine Ehre für sie, ihren Töchtern Geschenke zu machen. Da kam nicht ein einziges Mal ein »bitte« oder ein »könntest du«, immer nur »du kannst ja«. Was sie aber noch mehr wurmte, waren die Wünsche selbst, auch wenn man ja nicht von Wünschen im eigentlichen Sinn reden konnte. Das Minimum war ein iPhone für siebenhundert Euro oder ein neues Notebook für weit über tausend. Oder ein Fernseher fürs eigene

Zimmer, aber bitteschön mit einer Bilddiagonale nicht unter einsvierzig.

In Augenblicken wie diesen kam es Alice so vor, als hätte sie mit der Erziehung ihrer Töchter eine völlige Bruchlandung hingelegt. Sie wusste, das alles war der Einfluss der Welt um die beiden herum, einer Welt, die kein Bitte und Danke mehr kannte, einer Welt, in der sich niemand um andere kümmerte, sondern in der man nur nach dem strebte, was man selbst haben wollte. Von daher konnte sie ihren Töchtern nicht grundsätzlich verübeln, dass sie zu einer solchen Haltung neigten. Schließlich begegneten sie der Einstellung überall selbst. Vermutlich musste sie beiden etwas häufiger als bislang angenommen ins Gewissen reden, um daran zu erinnern, welche Werte sie ihnen vermittelt hatte. Auch wenn Miriam von den beiden die Vernünftigere zu sein schien, konnte Alice sich nicht völlig sicher sein, dass die nicht insgeheim die Ansichten ihrer großen Schwester teilte. Sie hielt Miriam für schlau genug, dass die sich bei den Dingen geschlossen hielt oder sogar gegen Caro wetterte, von denen sie wusste, dass ihre Schwester damit bei der Mutter aneckte.

»Wo du gerade von denen redest«, entgegnete Caro. »Wieso machst du eigentlich noch was mit denen zusammen? Ihr habt doch jetzt alle Geld.«

Fast hätte sich Alice an ihrer Suppe verschluckt. »Was?«, brachte sie heraus, nachdem sie sich heftig geräuspert hatte. »Was redest du da?«

»Was denn? Es gibt doch dieses Sprichwort: Bei Geld hört die Freundschaft auf. Oder nicht?« Ihre Tochter zuckte verständnislos mit den Schultern. »Eigentlich müsstest du gar nichts tun, die Freundschaft hat doch damit aufgehört, dass ihr im Lotto gewonnen habt. Ich weiß echt nicht, warum ihr zusammen diesen Pavillon gekauft habt.«

»Warte mal, Caro. Soll das heißen, wenn du im Lotto gewinnst, sind deine besten Freunde nicht mehr deine Freunde, weil du Geld hast?«

»Das ist doch der Spruch. Bei Geld hört die Freundschaft auf.«

Alice schüttelte den Kopf. »Da hast du aber gehörig was in den falschen Hals bekommen … was auch ein Sprichwort ist«, ergänzte sie noch schnell, als sie sah, wie Caro die Augenbrauen zusammenzog, als überlege sie, was denn ein falscher Hals sein sollte. »Der Spruch von der Freundschaft soll bedeuten, dass nicht ein Freund einen anderen ständig um Geld anpumpen sollte, weil es irgendwann zu Ärger führt, wenn er ihm das nicht schnellstmöglich zurückgibt. Wenn das ein paar Mal so geht, weiß nachher keiner mehr, wie viel Geld da eigentlich geflossen ist, und dann gibt es Streit darüber, weil der eine behauptet, er hätte längst alles zurückgegeben, während der andere der Meinung ist, dass ihm immer noch hundert Euro fehlen.«

»Ach so. Ich dachte, dass das wörtlich gemeint ist«, murmelte Caro und klang ein wenig enttäuscht, wohl weil ihr damit das wichtigste Argument ausgegangen war, warum ihre Mutter ihre beiden Freundinnen in die Wüste schicken sollte.

»Nein, ist es nicht. Und ich werde mich auch nicht aus dem Projekt Strandpavillon zurückziehen«, sagte sie mit Nachdruck. O ja, sie würde sich mit ihren beiden Süßen wirklich wieder mal zusammensetzen müssen, um ein paar Dinge geradezurücken.

»Wenn ihr euch ein paar Euro verdienen wollt, könnt ihr euch ja mal Gedanken darüber machen, wie die Speisekarte aussehen sollte«, schlug sie vor, nachdem sie alle aufgegessen hatten und Miriam das Geschirr zusammenräumte, um es in die Küche zu bringen.

»Wie viel?«, war die erste Frage, die von beiden kam.

Seufzend schüttelte sie den Kopf. Jemand hatte ihre Kinder gegen geldgierige Monster ausgetauscht, die nur dann zum Leben erwachten, wenn jemand mit einem Geldschein winkte. »Hängt davon ab, was und wie viel ihr liefert.«

»Das ist aber ein bisschen vage, findest du nicht, Mom?«, fragte Caro skeptisch.

»Ich habe ja auch einen vagen Vorschlag gemacht«, betonte sie und sah den beiden hinterher, wie sie die Küche verließen. »Reden wir später drüber, okay?«

Aus dem Flur kam etwas, das ein gemurmeltes »Okay« hätte sein können, aber so undeutlich, wie die Silben zu ihr vordrangen, konnte es auch alles Mögliche bedeuten. Vielleicht sollte sie den beiden ja vorschlagen, dass sie sie in den Osterferien zum Pavillon brachte, damit sie beim Bedienen halfen. Sie konnte ihnen ein Zelt auf dem Campingplatz aufstellen lassen, was ihnen bestimmt gefallen würde … wahrscheinlich, korrigierte sie sich … womöglich … vielleicht … eher nicht … Sie hatte beim besten Willen keine Ahnung, was sie mit ihren Töchtern anfangen sollte.

Andererseits war es vielleicht sowieso viel zu früh, so etwas vorzuschlagen. Wer konnte schon sagen, ob das *Strandhus* bis dahin überhaupt fertig war?

Kathrin hätte sich zu gern vor der Geburtstagsfeier ihrer Tante gedrückt, da ihre Gedanken immer noch um den Termin am Nachmittag in Bettys Büro kreisten – und um die Beträge, mit denen sie dabei jongliert hatte. Für Betty mochte es normal sein, in Dimensionen von sechs- und siebenstelligen Summen zu denken, wenn sie mit ihren Steuererklärungen hantierte. Aber für Kathrin war schon ihr Anteil am Kaufpreis des Pavillons eine stolze und auch ein wenig beängstigende Zahl gewesen, die ihr nur deshalb nicht ganz so viel Respekt eingeflößt hatte, weil sie mit dem Lottogewinn alles mühelos hatte zahlen können. Zu einem Kredit hätte sie sich, obwohl sie zwischendurch anders darüber gedacht hatte, niemals durchringen können, weshalb sie auch nie von einer eigenen Tierarztpraxis geträumt hatte – und auch nie träumen würde. Die fixen Kosten, die da jeden Monat zusammenkamen, waren selbst dann beträchtlich, wenn sie sich auf das Notwendigste beschränkte. Mindestens eine Assistentin wäre notwendig, um eine Praxis optimal betreiben zu können – und natürlich genügend Patienten.

Wären bei dem Lottogewinn fünfzehn Millionen zusammengekommen, ja, dann hätte sie mit ihrem Anteil von fünf Millionen gleich nächste Woche eine eigene Praxis eröffnen können, aber der bescheidene Gewinn hatte eine solche Möglichkeit vereitelt. Immerhin hatte er gereicht, um den Pavillon zu kaufen, bloß entwickelte der sich so langsam zu einem Fass ohne Boden. Inzwischen begann sie bereits, Stoßgebete in Richtung Himmel zu schicken, damit die Ausgaben ein Ende nahmen und sie endlich mit dem Geldverdienen anfangen konnten.

In ihrem Hinterkopf hielt sich beharrlich eine leise Stimme, die mit ihren Worten für unheilvolle Visionen sorgte, in denen der Pavillon eine ewige Baustelle war, die jedes Jahr zigtausend Euro verschlang und es darauf anlegte, sie und ihre Freundinnen in den Ruin zu treiben. »Da wird ja der Berliner Flughafen noch eher eröffnet«, spottete die Stimme wieder und wieder.

Diese Überlegungen waren aber nicht der einzige Grund dafür, dass Kathrin heute Abend lieber nicht hergekommen wäre. Schließlich war es nicht so, als könnte sie die Schwester ihrer Mutter besonders gut leiden. Sympathisch war Tante Yvonne ihr noch nie gewesen, weil sie sich schon immer für etwas Besseres gehalten hatte, da ihr Mann Chefarzt einer luxuriösen Privatklinik war. Mit neun Jahren hatte sich Kathrin schon bei ihr unbeliebt gemacht, als Yvonne wieder einmal damit prahlte, was für ein selbstloser und engagierter Mann ihr Hans-Peter doch sei, und Kathrin sie daraufhin fragte, ob sie selbst eigentlich gar nichts leiste, wenn sie ständig nur ihren Mann lobte.

Eine Antwort darauf hatte sie nie erhalten, jedenfalls keine mündliche. Aber der Blick, den Yvonne ihr zugeworfen hatte, sprach Bände. Das so eine Frage ausgerechnet von einer Neunjährigen kommen musste! Seitdem war die Atmosphäre zwischen ihnen beiden vergiftet, was sich Yvonne jedoch nie Dritten gegenüber anmerken ließ – es hätte ja jemand nach dem Grund fragen können.

Ein weiterer Grund war ihr erst kurz nach der Ankunft in dem Gemeindesaal bewusst geworden, wo der sechzigste Geburtstag ihrer Tante im großen Stil gefeiert wurde. Trotz ihrer ausdrücklichen Bitte an ihre Eltern, noch mit niemandem über den Pavillon zu reden, solange der nicht kurz vor der Eröffnung stand, war ihre Mutter hingegangen und hatte jedem, der es wissen wollte, haarklein erzählt, was sie über den aktuellen Stand der Dinge wusste. Das einzig Gute war dabei gewesen, dass Kathrin kein Wort über den Lottogewinn hatte verlauten lassen und dass ihre Eltern die letzten vier Wochen auf einem Kreuzfahrtschiff verbracht hatten. Dadurch waren sie weit von dem Stand der Dinge entfernt, den man ernsthaft als aktuell hätte bezeichnen können. Und so war es ihrer Mutter auch nicht möglich gewesen, den anderen Gästen von den vielen kleinen und großen Katastrophen zu berichten, mit denen Kathrin und ihre Freundinnen sich herumschlagen mussten.

Zum Glück hatte Kathrin schon in jungen Jahren gelernt, dass ihr Vater schweigen konnte wie ein Grab – sogar ihrer Mutter gegenüber –, während die jede Neuigkeit sofort weitererzählen musste. Es gab viele Dinge, die ihre Mutter nie oder erst mit solcher Verspätung erfuhr, dass ein Weitertratschen keinen Schaden mehr anrichten konnte. Aber in diesem Fall war es sogar zu viel, dass sie überhaupt von der Existenz des *Strandhus* wusste und das Wissen innerhalb von Minuten so unter den gut drei Dutzend Gästen verbreitete, dass wenig später jeder Bescheid wusste. Das Schlimme daran war, dass jeder, der Bescheid wusste, auch einen guten Ratschlag auf Lager hatte. Nicht, dass irgendeiner der anderen Gäste ein Lokal besaß oder mal besessen hatte; dennoch fühlte sich jeder berufen, ihr seine Meinung dazu aufzudrängen, was das Lokal unbedingt benötigte, um ein Erfolg zu werden. Von einer Karaokemaschine bis hin zu einer Stripshow war ihr ungefragt eine Empfehlung nach der anderen mit auf den Weg gegeben worden, was mit dem weiteren Voranschreiten des Abends immer groteskere Züge annahm, da in den verschiedenen Grüppchen, die sich nach dem Essen bildeten, weiter über den Pavillon diskutiert wurde. Von Zeit zu Zeit löste sich einer aus einer solchen Gruppe und kam zu ihr, um ihr das Ergebnis der aktuellen Diskussion mitzuteilen und weitere Ideen und Vorschläge zu erläutern. Sie hörte geduldig zu, nickte und lächelte, um den Vorschlag dann gleich wieder zu vergessen. Ein Großteil der Ideen bewegte sich auf dem Niveau eines Mallorca-Urlaubers, für den es nichts Schöneres gab als drei Wochen Komasaufen. Der Rest war entweder gar nicht umsetzbar, wenn man nicht über ein zwanzigköpfiges Team verfügte, das ausschließlich hinter den Kulissen agierte, oder er war vom übermäßigen Konsum von Kochsendungen geprägt, weil es um nichts anderes als ums öffentliche Zubereiten irgendwelcher ausgefallener Gerichte ging, von denen sie nicht mal die Hälfte kannte.

Als sie zwischendurch einen Blick auf ihre Armbanduhr warf, wunderte es sie, dass es erst neun Uhr war. Danach zu urteilen, wer alles seit ihrem Eintreffen um kurz vor sieben auf sie eingeredet hatte, hätte es eigentlich schon nach Mitternacht sein müssen. Sie seufzte gelangweilt und sah sich um. Die lange, über Eck gestellte Tafel war von ihr abgesehen komplett verwaist, da sich alle Gäste nach dem Essen von ihren Plätzen erhoben hatten und jetzt in der anderen Saalhälfte in Grüppchen zusammengefunden hatten, um von einer Stellwand zur anderen zu ziehen, die mit Fotos und Berichten aus dem Leben ihrer Tante versehen worden waren. Dass Kathrin ganz allein am Tisch saß, auf dem noch das gesamte benutzte Geschirr und halb volle Gläser herumstanden, schien niemanden zu kümmern. Selbst diejenigen, die hin und wieder zu ihr kamen, um die nächste ach so geniale Idee zu präsentieren, wunderten sich nicht darüber, dass man Kathrin allein an der Tafel zurückgelassen hatte. Wenigstens kam keiner von ihnen auf die Idee, sie darauf anzusprechen und aufzufordern, sich zu ihnen zu gesellen.

Kathrin ihrerseits störte sich nicht daran, sie wunderte sich nur. Im Grunde war sie froh, dass sie hier sitzen konnte und ihre Ruhe hatte. Von ihrer Tante hätte sie ohnehin bestenfalls ein paar unfreundliche, wahrscheinlich aber wie üblich gehässige Bemerkungen zu hören bekommen, weil sie ja bloß Tierärztin war und nicht mal eine eigene Praxis führte. »Muss man überhaupt studiert haben, um Tiere behandeln zu dürfen?«, hatte Tante Yvonne ihr einmal an den Kopf geworfen. Und das ausgerechnet an einem Tag, als Kathrin freudestrahlend zu ihren Eltern gekommen war, um ihnen davon zu erzählen, wie sie einem verletzten Hund das Leben gerettet hatte.

Die bissige Erwiderung, die ihr reflexartig über die Lippen hatte kommen wollen, hatte sie runtergeschluckt, weil sie nicht bei ihren Eltern einen Streit mit ihrer Tante anfangen wollte. Bei ihr zu Hause wäre das etwas anderes gewesen, da hätte sie Tante Yvonne einfach rauswerfen können, um ihr zu zeigen, was sie von solchen Bemerkungen hielt.

Außerdem wollte sie sich nicht die Selbstbeweihräucherung dieser Frau antun, die in ihrem Leben nur die eine Leistung vollbracht hatte, den richtigen Mann zu heiraten, der in seinem Beruf überaus erfolgreich war und entsprechend viel Geld verdiente. Wofür sie sich hier feiern ließ, war Kathrin ein Rätsel, schließlich wäre sie ohne ihren Mann nie auch nur in die Nähe so vieler Prominenter gelangt, mit denen sie sich hatte fotografieren lassen.

Sie ließ den Blick durch den Saal wandern und stellte fest, dass niemand von ihr Notiz nahm. Sogar ihre Eltern hatten nichts Besseres zu tun, als von einer Stellwand zur nächsten zu wandern und die Gäste anzusprechen. Ihr war klar, dass ihre Mutter sich jedem als Yvonnes Schwester vorstellte, aber sie konnte nicht nachvollziehen, wofür das gut sein sollte. »Ich bin die Schwester der Frau da drüben, die in ihrem Leben noch keinen Finger gerührt hat«, malte sie sich aus, was ihre Mutter zu den Leuten sagte, und fügte dann die ironische Entgegnung hinzu: »Oh, wie sehr ich Sie darum beneide, gnädige Frau. Nicht jeder kann so etwas leisten. Viele fühlen sich dazu berufen, doch nur wenige sind auserwählt.«

Kathrin zog die Augenbrauen hoch und schüttelte ungläubig den Kopf. Eines stand fest: Länger als zwei Minuten würde sie es hier nicht mehr aushalten. Sie stand auf und ging zur Tür, verließ den Saal und holte sich an der Garderobe ihre wattierte Jacke. Niemand ging ihr nach, um sie zurückzuholen oder um sie zumindest zu fragen, wohin sie wollte.

Als sie draußen im Wagen saß und den Motor anließ, hatte sie noch vor, nach Hause zu fahren, um sich ausnahmsweise etwas früher schlafen zu legen, aber dann änderte sie ihren Plan in letzter Sekunde.

Nach etwas mehr als einer Stunde bog sie in den Zufahrtsweg zum *Strandhus* ein und fuhr ganz bis zum Ende, bis sie die beiden Parkplätze erreicht hatte, die zum Pavillon gehörten. Sie stellte den Wagen ab und stieg aus. Da der Weg von der Hauptstraße bis hierher komplett unbeleuchtet war, herrschte nahezu völlige Finsternis, wenn man von den vereinzelten Lichtpunkten absah, die durch die Hecke hindurch auf dem Campingplatz auszumachen waren. Sie mussten von den wenigen unerschrockenen Campern stammen, die auch bei Temperaturen um vier Grad so wie jetzt gerade keine Veranlassung sahen, nach Hause zu fahren, wo eine angenehm warme Wohnung auf sie wartete.

Ansonsten war der Platz in Dunkelheit getaucht, obwohl sie sich daran erinnern konnte, auf dem Weg zum Büro Straßenlampen entlang der asphaltierten Straße durchs Gelände gesehen zu haben. »Vermutlich sind die …«, murmelte sie. Nur Sekundenbruchteile später gingen ein Stück weit entfernt gleich zwei der Laternen an, und dann huschte ein Fuchs über die Straße, um rechts im Gebüsch zu verschwinden. »… Bewegungsmelder«, fügte sie an und wandte sich ab. Der Fuchs war in den Schutz der Dunkelheit zurückgekehrt.

Sie schaltete die Taschenlampe an ihrem Handy an und leuchtete auf den Weg zur Terrasse des Pavillons. Dort angekommen blieb sie stehen, lehnte sich gegen die Terrassentür und ging langsam in die Hocke. Dann machte sie das Licht wieder aus. Die Augen weit geöffnet, starrte sie aufs Meer hinaus, und nach einer Weile hatte sie sich so an die Dunkelheit gewöhnt, dass sie in großer Entfernung winzige Positionslichter der Schiffe ausmachen konnte, die weit draußen auf der Ostsee unterwegs waren. Frachter vielleicht, oder Fähren, die auf dem Weg nach Skandinavien sein mochten. Untermalt vom leisen Meeresrauschen hatte das Ganze etwas unglaublich Beruhigendes an sich, das sie alles andere vergessen ließ. Den seltsamen Abend bei ihrer Tante genauso wie alles, was mit diesem Pavillon zusammenhing. Alles versank in Bedeutungslosigkeit, wenn man hier war und die unendliche Weite des Meeres betrachten konnte, selbst jetzt, wo von diesem Meer eigentlich gar nichts zu sehen war. »Hauptsache Meerblick«, flüsterte sie und musste auf einmal lachen. Dieses Motto, wenn man es denn so nennen wollte, hatte ihnen das hier eingebrockt. Es hatte ihnen diesen Pavillon mit all seinen kostspieligen Problemen eingebrockt. Trotzdem wollte sie nicht darauf verzichten. Sie wollte so wie jetzt jederzeit in der Lage sein, sich in ihren Wagen zu setzen, herzukommen und sich auf der Terrasse niederzulassen setzen, um diesen Ort und seine Aussicht zu genießen.

Sie hatten die richtige Entscheidung getroffen, davon war sie jetzt überzeugt. Und genauso war sie davon überzeugt, dass die Pechsträhne ihr Ende erreicht hatte. Jetzt würde es endlich bergauf gehen, und schon bald würden sie hier die ersten Gäste empfangen können.

O ja, die Durststrecke, die sie ihrer eigenen Gedankenlosigkeit verdankten, würde bald hinter ihnen liegen.

Zwölf

»Ich habe doch gesagt, dass unsere Pechsträhne vorbei ist«, freute sich Kathrin, gleich nachdem sie Betty kurz an sich gedrückt und dann am Tisch Platz genommen hatte. Es war ein Samstag, und sie hatten sich kurzfristig im *GeselliGezeiten* verabredet, wo Alice bald zu ihnen stoßen sollte. »Das konnte ja nicht ewig so weitergehen. So viel Pech kann niemand haben.«

»Sag es bitte nicht zu laut«, erwiderte Betty. »Alice hat zwar gesagt, dass alles gut gelaufen ist, aber ich möchte doch lieber die Details hören.«

»Wer hatte sich denn für heute alles angekündigt?«, fragte Kathrin interessiert.

»Diverse Elektriker, Dachdecker und Heizungsinstallateure. Die wollen sich das Objekt erst mal ansehen, um einschätzen zu können, ob unsere Vorgaben auch zutreffen.«

»Tja, da können wir wenigstens beruhigt sein, dass sie uns keine Märchen erzählen«, meinte Kathrin. »Wie hast du das eigentlich so schnell erledigen können? Wir haben doch erst am Mittwoch mit dem Gutachter zusammengesessen, und jetzt ist Samstag. Da ist doch kaum Zeit vergangen.«

»Wenn du jemanden loben möchtest, dann meinen Sohn«, erwiderte Betty. »Er ist am Mittwochabend überraschend nach Hause gekommen, um ein paar Tage bei uns zu verbringen, weil irgendjemand an der Uni in seinem Trakt die Sprinkleranlage ausgelöst hat und seine Vorlesungen ausfallen.«

»Dann hat er die Firmen angeschrieben?«, fragte Kathrin, nachdem eine Bedienung zu ihnen an den Tisch gekommen war und die Bestellung aufgenommen hatte.

»Ja«, bestätigte Betty. »Und zwar noch in der gleichen Nacht. Er meinte, er könne sowieso noch nicht schlafen, also hat er sich hingesetzt, um ein Anschreiben zu entwerfen. Dann hat er die entsprechenden Berechnungen des Sachverständigen dazugepackt und im Internet alle Betriebe von Schwerin bis Bremen herausgesucht. Jeder hat eine Mail mit der Beschreibung des Auftrags und mit dem jeweiligen Teil des Gutachtens erhalten, das den Kostenrahmen vorgibt.«

»Dass die so schnell geantwortet haben, wundert mich ja«, sagte Kathrin.

»Michael hat sie ein bisschen unter Druck gesetzt und jedem geschrieben, dass man ihm diesen Handwerker empfohlen hat, dass aber bereits vier Konkurrenten auf seine Zusage warten. Er müsse sich schnell entscheiden, weil der Auftrag saisonbedingt keinen Aufschub ermöglicht, da die Eröffnung für die Woche vor Weihnachten geplant ist und es bereits Reservierungsanfragen für Weihnachten und Silvester gibt.«

»Raffiniert«, meinte Kathrin.

»Marketing«, erwiderte Betty. »Er hat die ›Nur für kurze Zeit im Angebot‹-Masche einfach umgedreht. Ein Auftrag über siebentausend Euro ist für viele Elektriker etwas, was sie sich nicht entgehen lassen wollen. Da lässt man irgendwelchen Kleinkram gern ein paar Tage liegen.«

Ihre Freundin schüttelte amüsiert den Kopf. »Jetzt tun wir anderen Leuten das an, was wir so hassen, wenn man es mit uns macht.«

»Ja, ich weiß«, stimmte Betty ihr zu. »Aber ich möchte das endlich erledigt haben, damit wir das *Strandhus* eröffnen können. Und ehrlich gesagt ist es ein ganz gutes Gefühl, wenn man bei einem Handwerker mal am längeren Hebel sitzt und ihm sagen kann, dass es jetzt und genau nach Plan erledigt werden soll. Wenn man so wie wir keine Ahnung hat, was genau zu machen ist, kann ein Heizungsmonteur drei Mal am Tag zum nächsten Baumarkt fahren, um eine kleine Dichtung zu kaufen, und dann bezahlen wir drei Stunden echte Arbeit und fünf Stunden Hinundherfahren plus Kilometergeld, obwohl zwei Stunden davon auch noch Kaffeepause waren.« Sie schüttelte ebenfalls den Kopf, allerdings ernst und entschieden. »Diesen Sachverständigen dazuzuholen, war schon eine gute Sache. Wenn wir wieder mal was brauchen, werden wir genauso vorgehen.«

Kathrin hob abwehrend die Hände. »Ich möchte so bald aber nicht schon wieder irgendwas für den Pavillon brauchen. Und wie war dann eigentlich der Rücklauf auf das Schreiben, das dein Sohn verschickt hat?«

»Exzellent. Am Donnerstagabend hatten bis auf zwei Firmen alle geantwortet. Ein paar hatten keinen Termin frei, ein paar waren über die Vorgaben aus dem Gutachten verärgert und haben behauptet, für den Preis könnte man unmöglich all diese Arbeiten erledigen, ohne sich erst mal ein Bild vom Pavillon zu machen. Aber die meisten sind auf das Angebot eingegangen, wenn auch fast alle unter dem Vorbehalt, das Objekt erst einmal sehen zu müssen. Und von denen waren wiederum die meisten einverstanden, heute Morgen zwischen neun und elf zum Pavillon zu kommen. Die Übrigen können erst Anfang der Woche, aber wenn das heute wirklich so gut gelaufen ist, wie Alice sagt, werden wir uns die wohl schenken können. Es sei denn, da ist noch ein Kandidat dabei, den wir gerne hätten.«

»Wen hätten *wir* denn gerne?«, fragte Kathrin ein wenig ironisch.

»Ja, ich weiß«, sagte Betty und seufzte leise. »Wir wollen das ja eigentlich alles gemeinschaftlich angehen, aber Michael war so begeistert, dass er …«

»Wovon war er begeistert?«, wurde sie von Alice unterbrochen, die soeben zu ihnen an den Tisch gekommen war und sich hinsetzte. Dicht hinter ihr folgte die Bedienung, die zwei Tassen Kaffee und zwei Croissants auf den Tisch stellte. Mit einer knappen Geste bestellte Alice für sich das Gleiche.

»Ich habe Kathrin gerade erzählt, dass mein Sohn sich voller Begeisterung in die Arbeit gestürzt hat, sodass ich gar nicht mehr dazu gekommen bin, mit euch abzustimmen, ob das so okay ist«, erklärte sie. »Daraufhin hat sie mich dezent auf das *Wir* in unserem gemeinsamen Projekt aufmerksam gemacht.«

»Nein, so war das nicht gemeint«, betonte Kathrin sofort. »Ich fand das nur so witzig, weil es sich im ersten Moment so angehört hat, als würdest du mir von irgendeiner Sache erzählen, die du mit deinem Jungen in Angriff genommen hast. Ehrlich gesagt, bin ich heilfroh, dass Michael sich so reingekniet hat. Wenn ich mir vorstelle, wir hätten das unter uns aufteilen müssen … und bei meinem Glück wäre ich mittendrin wegen eines Notfalls in die Klinik gerufen worden.«

»Das Gute war auch, dass er das in der Nacht erledigt hat. Das heißt, die Firmen haben die Ausschreibung alle zur gleichen Zeit am Donnerstag in ihrer Mailbox gehabt. Da hatte keiner einen zeitlichen Vorteil, und wir konnten sehen, wie schnell die Leute reagiert haben. Und das hat mir Michael auch noch alles dazugeschrieben.«

»Warum das?«

»Oh, er meint, die Firmen, die fünf Minuten nach Lesen der Mail sofort schreiben, dass sie den Auftrag übernehmen wollen, sind nicht unbedingt diejenigen, für die wir uns entscheiden sollten«, sagte Betty.

Alice nickte zustimmend. »Richtig, die würde ich nämlich auch nicht unbedingt als seriös einordnen. Wer sich nicht mal die Zeit nimmt, das durchzurechnen, was wohl mindestens eine halbe Stunde dauern dürfte, der interessiert sich auch nicht für die Zahlen und präsentiert uns anschließend womöglich eine Horror-Rechnung.« Sie nahm einen Notizblock aus ihrer Tasche und legte ihn auf den Tisch. »Also, eine Sache muss ich ja vorweg mal sagen: Wenn man sich im Pavillon ans Fenster stellt, dann ist das wirklich saukalt. Als ich heute Morgen da angekommen bin, hatten wir zwei Grad über Null. Weil ich schon um Viertel vor neun da war, habe ich drinnen gewartet, und dabei ist mir aufgefallen, dass die Kälte von den Fenstern bestimmt so dreißig Zentimeter weit in den Pavillon abstrahlt. Das hat heute nicht viel ausgemacht, weil ja sowieso nicht geheizt wird und der ganze Laden ausgekühlt ist, aber wenn man bei den Temperaturen da sitzt und bekommt von der einen Seite die warme Luft und von der anderen Seite die Kälte ab, dann dürfte das schon unangenehm werden, besonders wenn man länger da sitzt, weil man zu Abend essen will.«

»Ich weiß«, seufzte Betty. »Ich finde ja auch Michaels Argument einleuchtend, dass wir in der heutigen Zeit mit einem umweltfreundlich umgebauten Pavillon eher in den Zeitungen erwähnt werden, als wenn wir einfach nur bekanntgeben, dass der Pavillon unter neuer Leitung wiedereröffnet worden ist. Ich sehe auch ein, dass wir Energie vergeuden, wenn die Wärme an den Scheiben verpufft. Und mir ist auch klar, dass man sich als Gast auf einem Platz direkt am Fenster nicht sehr behaglich fühlen dürfte …«

»Aber?«

»Na, was denn wohl, Alice? Achtzehntausend Euro. Das ist mein Aber. Okay, eine positive Berichterstattung ist mit Geld kaum aufzuwiegen. Die zieht wesentlich mehr Leute an als ganzseitige Anzeigen, von denen wir für den Betrag bestenfalls fünf oder sechs schalten können. Wenn wir Pech haben, steht auf der gegenüberliegenden Seite ein Bericht über irgendeinen bemitleidenswerten C-Promi, der mit seinem Latein am Ende ist, weil seine Lieblingszahnpasta nicht mehr produziert wird. Dann achtet kein Mensch mehr auf unsere Werbung, und wir haben das Geld zum ungedämmten Fenster rausgeschmissen. Die andere Frage ist, um wie viel die Heizkosten höher ausfallen, wenn wir die alten Fenster drinlassen. Brauchen wir zehn oder fünfzehn Jahre, bis der Mehrverbrauch den Preis der Fenster erreicht? Oder nur fünf? Und wie realistisch ist es, davon auszugehen, dass alle Tische ständig komplett besetzt sein werden? Wenn nur zwei Gäste an einem Vierertisch sitzen, nehmen die zwangsläufig die Stühle am Fenster oder nehmen sie die beiden anderen?«

»Wenn sie den Blick aufs Meer haben wollen, müssen sie schon am Fenster sitzen«, meinte Kathrin. »Das ist doch logisch.«

»Es ist egal, wo sie sitzen«, machte Betty ihr klar. »Das untere Drittel wird immer durch die Terrasse abgeschnitten. Es geht also nur um ein paar Zentimeter.«

»Puuh, das macht das Ganze natürlich nicht einfacher«, sagte

Alice. »Aber ich muss mich da schon auf Michaels Seite schlagen. Wenn der Pavillon als besonders umweltfreundlich gepriesen wird, hat das eine Wirkung, die jede eigene Werbung übertrifft. So was zieht schnell weite Kreise, vor allem im Internet, und wenn die Tourismusabteilung von Heiligenhafen davon hört, wird man das vermutlich eigens in den Broschüren erwähnen. Das kriegst du mit eigener Werbung nicht hin. Jedenfalls nicht für achtzehntausend Euro.«

Kathrin nickte nachdenklich. »So ungern ich das sage, weil es mir um das schöne Geld leidtut, muss ich Alice zustimmen. Und damit natürlich auch Michael.«

»Damit steht es dann zwei zu eins, Betty«, fügte Alice hinzu. »Du weißt, was das heißt.«

»Es steht nicht zwei zu eins », widersprach Betty und betrachtete einen Moment lang die ratlosen Gesichter ihrer Freundinnen, »sondern drei zu null, weil mir bei allem Widerwillen klar ist, dass wir um diese Fenster nicht herumkommen.«

»Ehrlich?«, fragte Kathrin.

»Ja, wir müssen das Geld investieren«, bestätigte Betty. »Aaaaber …«

»Was für ein Aber kommt denn jetzt?« Alice verzog den Mund.

»Michael hat neben den Installateuren und so weiter auch eine Mail an die Hersteller von Fenstern geschickt, und das bis runter nach Nordrhein-Westfalen und Hessen.«

»Und?«

»Die Preise sind bei allen weitgehend gleich, und offenbar machen sich dafür sogar Betriebe aus Münster und aus dem Ruhrgebiet gern auf den Weg hierher. Das Problem ist nur, dass die Fenster im Pavillon eine Übergröße haben, die hierzulande nicht üblich ist. Also kann man nicht mal eben zehn oder zwölf Fenster aus dem Lager holen und hier einbauen, nein, die müssen alle einzeln gefertigt werden, und das heißt, dass vor Mitte bis Ende Januar nichts aus- und um- und eingebaut werden kann. Das macht uns natürlich einen Strich durch die Rechnung, noch in diesem Jahr zu eröffnen.«

»Na ja, das Weihnachtsgeschäft wäre zwar schön gewesen, aber die zwei Tage und dann noch Silvester und Neujahr würden sowieso keine weltbewegende Einnahmen bedeuten.«

»Das nicht, Alice, aber es wäre ein größerer Anreiz, an einem der Feiertage zum Essen zu uns zu kommen«, sagte Betty. »Ab Mitte oder Ende Januar gibt es bis Ostern nichts Markantes, was für uns als Aufhänger dienen könnte. Aber ›Weihnachtsessen im *Strandhus*‹, das klingt schon gut.«

Alice nickte der Bedienung zu, die ihr Kaffee und Croissant brachte, dann sah sie zu ihren Freundinnen und stellte fest, dass sie noch keinen Happen gegessen hatten, da sie alle so sehr in die Unterhaltung vertieft waren. »Ich hoffe, es macht euch nichts aus, wenn ich was esse«, sagte sie ironisch. »Ehrlich, ich falle gleich um vor Hunger. Handwerkern beim Ausmessen und Rechnen zuzusehen, kann einen verdammt hungrig machen.«

Jetzt fiel auch den beiden auf, dass sie ihre Croissants noch gar nicht angerührt hatten, also fielen sie alle hungrig darüber her.

»O Mann, dieser Camembert ist ja unglaublich gut«, kommentierte Kathrin, nachdem sie geschluckt hatte.

»Schmeckt richtig edel und teuer, nicht wahr?«, merkte Alice an. »So was müssen wir auch im Angebot haben.«

»Dafür müssten wir erst mal rauskriegen, wer den liefert«, hielt Betty dagegen.

»Aldi.«

»Was?«

Alice nickte. »Ja, ich habe neulich die Chefin gesehen, wie sie eine ganze Palette davon bei Aldi gekauft hat.«

»Der schmeckt hervorragend«, bestätigte Kathrin. »Wir müssen uns unbedingt bei Aldi mal durchprobieren. Da stehen wir uns günstiger als im Großmarkt, wo es nur die teuren Nobelmarken gibt.«

Betty lächelte listig. »Das ist wieder ein Job für meinen Jungen. Es gibt doch solche Übersichten, welche Marken unter anderen Namen bei Discountern verkauft werden. Wenn ich ihn bitte, solche Seiten herauszusuchen und für unsere Zwecke zusammenzustellen, wird er die garantiert sofort in Angriff nehmen.«

»Dann sei so gut und sag es ihm nicht erst am Abend«, scherzte Kathrin. »Sonst schlägt er sich wieder eine ganze Nacht um die Ohren.«

Während Betty lachen musste, seufzte Alice. »Ich wünschte, meine beiden Damen hätten nur ein Zehntel von diesem Enthusiasmus, mit dem dein Junge ans Werk geht. Wenn ich den Pavillon erwähne, bekomme ich von meiner Ältesten zu hören, dass ich euch beide in die Wüste schicken und von dem Geld einen SUV kaufen soll. Mit dem darf man dann angeblich das Halteverbot vor dem Schultor ignorieren, und dann wäre es mir auch nicht mehr sooo peinlich, die beiden an der Schule abzusetzen.«

»So kenne ich Caro gar nicht«, sagte Betty.

»So kannte ich sie auch nicht«, entgegnete Alice. »Von ihrer Klassenlehrerin habe ich allerdings erfahren, dass vor ein paar Wochen drei Schülerinnen zur Klasse dazugekommen sind, die zusammen mit ein paar anderen auf einer anderen Schule für Ärger gesorgt haben sollen. Etwas Genaues wollte sie mir auch nicht sagen, aber beim nächsten Elternabend werde ich das mal ansprechen. Wird ihr sicher nicht gefallen, aber ich kann nicht zusehen, wie meine Tochter in zweifelhafte Kreise gerät. Ich vermute, die drei sind so wahnsinnig cool, dass Caro sich davon angesprochen fühlt.«

»Das ist so ein klassischer Fall, wo man nur verlieren kann, egal was man macht«, meinte Betty besorgt. »Wenn du ihr den Umgang mit diesen Mädchen verbietest, interessiert sie sich erst recht für sie. Wenn du mit ihr vernünftig darüber reden willst, dringst du nicht zu ihr durch, und wenn du es ignorierst, denkt sie, es ist alles halb so wild.«

»Nicht, dass das auch noch auf Miriam abfärbt«, gab Kathrin zu bedenken.

Alice zog die Schultern hoch. »Das ist verdammt schwer zu sagen. Wenn Miriam merkt, dass Caro mit irgendwas falsch liegt, so wie mit ihrer Meinung über SUVs und Halteverbot, ist sie ganz auf meiner Seite und kommt mit Sprüchen wie ›hab ich dir doch gleich gesagt‹ an. Ich weiß aber beim besten Willen nicht, ob sie es wirklich so meint oder ob sie mir damit nur was vormacht, damit ich mich erst so richtig auf Caro einschieße.«

»Vielleicht sollten sie zusammen mit Michael an dieser Liste für unseren Pavillon arbeiten«, überlegte Kathrin. »Sein Enthusiasmus wirkt doch eigentlich auf jeden ansteckend.«

Alice zog eine Augenbraue hoch. »Du willst eine Fünfzehn- und eine Sechzehnjährige mit einem Neunzehnjährigen zusammenstecken, der seinen Charme nicht mal abstellen könnte, wenn darauf Gefängnisstrafe stehen würde? Was glaubst du, was meine Töchter dazu beitragen werden, außer Michael die ganze Zeit anzuhimmeln und zu allem Ja und Amen zu sagen, was er vorschlägt? Er wird als Einziger etwas tun, aber dabei so abgelenkt sein, dass er eigentlich nicht vorankommt.«

»Oh«, machte Kathrin betreten. »Stimmt, daran hatte ich nicht gedacht. Gott, ist das denn wirklich schon so lange her, dass ich in dem Alter war? Wie kann ich so was vergessen?«

»Du wirst eben alt, Kleine«, antwortete Betty amüsiert und wandte sich wieder an Alice. »Jetzt erzähl aber mal, wie es gelaufen ist. Hast du lange warten müssen?«

»Nein, nein«, antwortete Alice, nachdem sie geschluckt hatte. »Um kurz nach neun waren die ersten drei da: zwei Elektriker, ein Dachdecker. Danach ging es zeitweise zu wie in einem Taubenschlag. Das ist ein sehr seltsames Bild, wenn da vier gleichzeitig auf dem Dach unterwegs sind und sich jede Ecke ansehen, während sich drinnen zwei Heizungsmonteure und zwei Elektriker gegenseitig im Weg stehen.« Sie schüttelte den Kopf, als das Bild vor ihrem geistigen Auge auftauchte. »Zwei sind nicht gekommen. Der eine hat angerufen und gesagt, dass er mit einer Panne auf der Autobahn liegen geblieben ist, der andere hat nichts von sich hören lassen.«

»Und dein Eindruck von denen, die da waren?«, wollte Kathrin wissen.

»Einigen muss jetzt noch schwindlig sein, weil die ständig den Kopf geschüttelt haben«, sagte sie. »Ich konnte sehen, dass sie auf ihrem Ausdruck von unserer Musterberechnung fast jeden Posten mit einem roten Stift durchgestrichen und die ›richtigen‹ Werte daneben notiert hatten. Aber das waren nur zwei oder drei. Die anderen haben hin und wieder was notiert, aber es schien mehr um Ergänzungen zu gehen oder um Anmerkungen für ihre Arbeit. Ich hatte nicht das Gefühl, dass die unsere Berechnungen in den Reißwolf werfen wollten. Soweit ich konnte, habe ich mir Notizen gemacht, was den Eindruck angeht, den ich von den Leuten hatte.« Sie biss wieder von ihrem Croissant ab. »Ich habe von allen die Zusage bekommen, dass wir am Montagmorgen einen Kostenvoranschlag in der Post haben. Es dürfte reichen, wenn wir meine Eindrücke durchsprechen, sobald wir die Zahlen vorliegen haben.«

»Ja, das halte ich auch für sinnvoller«, stimmte Betty ihr zu. »Dann bekommen wir auch gleich ein Gefühl dafür, wem wir am besten den Auftrag erteilen. Am Ende will uns der Netteste von allen die höchste Rechnung aufs Auge drücken, und deine Kopfschüttler haben sich nur so verhalten, weil sie finden, dass der Sachverständige zu viele Arbeitsstunden angesetzt hat.« In diesem Moment klopfte jemand an die Scheibe links von ihr. Draußen auf der Straße stand ihr Briefträger, lächelte sie an und gestikulierte mit einem Briefumschlag in der Hand. Ehe sie wusste, was los war, verschwand er aus ihrem Blickfeld und tauchte Augenblicke später in der Eingangstür auf.

»Guten Tag, Frau Hansen«, sagte er, nahm die Brille ab, die in der Wärme des Lokals beschlug, und grüßte mit einem Nicken in die Runde.

»Herr Beversen? Was führt Sie denn her?«, fragte sie erstaunt.

»Ich hoffe, ich störe nicht, aber auf meiner Runde heute Morgen ist ein Brief für Sie zwischen andere Post geraten. Ich hatte schon gemerkt, dass er nicht in dem Stapel steckte, den ich für Sie sortiert hatte. Aber alles Suchen hat nichts geholfen, also bin ich weitergegangen. Erst zwischen den letzten zwei Umschlägen habe ich ihn eben wiedergefunden. Na ja, und da ich Sie gerade hier sehe, dachte ich mir, ich gebe Ihnen den Brief jetzt. Sonst hätte ich ihn erst am Montag zustellen können.«

»Ach, wie nett«, sagte Betty und nahm den kleinen Fensterumschlag entgegen. »Vielen Dank und schönes Wochenende.«

»Danke, das wünsche ich Ihnen auch. Die Damen.« Wieder nickte er in die Runde und zog weiter.

»So einen Zustellservice hätte ich auch gern«, kommentierte Kathrin wehmütig.

»Kommt ganz drauf an, welche Post er einem hinterherträgt«, wandte Alice ein. »Rechnungen darf er gern noch drei Wochen mit sich herumschleppen.«

»Dann ruf ihn bitte zurück«, sagte Betty. »Den Umschlag darf er nämlich auch noch eine Weile behalten.«

»Wieso?«

»Die Rechnung vom Sachverständigen«, antwortete Betty.

»Oh. Und?«

»Ich habe den Brief noch nicht geöffnet, wie du siehst.«

Alice zuckte mit den Schultern. »Dann öffne ihn halt.«

Betty holte tief Luft, schob das Ende des Kaffeelöffels unter die Lasche und zog den Löffel durch. Sie legte den Löffel zurück, holte die Rechnung heraus und faltete sie auseinander. Dann begann die Suche. Burresch hatte penibel jeden begutachteten Posten aufgelistet, einen Gegenstandswert angegeben und einen Hinweis auf die Berechnungsweise laut Gebührenordnung dazugesetzt. Erst auf dem fünften Blatt ganz unten wurde sie fündig. Verdutzt zog sie die Augenbrauen hoch.

»Was ist?«, fragte Alice.

»Wie viel?«, wollte Kathrin wissen.

»Wow«, murmelte Betty. »Tja, wir werden leider nie erfahren, ob uns die Herren Handwerker tatsächlich um dreitausend Euro mehr als nötig erleichtert hätten.«

»Dreitausend Euro?«, wiederholte Kathrin im Flüsterton.

»Zweieinhalbtausend plus Umsatzsteuer. Bis auf ein paar Zerquetschte macht das dreitausend Euro«, bestätigte Betty und gab die Rechnung an Alice weiter, die sie auch sehen wollte. »Das hätte ich nicht erwartet.«

»Da fehlt nur noch ›Erstellen der Rechnung laut Gebührenordnung fünfhundert Euro‹«, meinte Alice, nachdem sie ebenfalls beim letzten Blatt angelangt war.

»Sag das lieber nicht zu laut«, warnte Kathrin sie. »Sonst kommt der Burresch auch gleich noch vorbei und will die Rechnung zurückhaben, weil er den Posten vergessen hat. Und dann packt er auch noch die Zeit für die Rückholung der unvollständigen Rechnung drauf. Pauschal hundert Euro, außer am Wochenende, da gibt es dann Zuschlag.«

»Und was machen wir damit?«, fragte Alice und gab die Rechnung an Kathrin weiter.

»Bezahlen und daraus die Lehre ziehen, dass man sogar bei Sachverständigen aufpassen muss, weil sie einen sonst auch noch ausnehmen.«

»Vielleicht sollten wir die Rechnung von einem anderen Sachverständigen prüfen lassen«, überlegte Kathrin.

»Die Rechnung über achthundert Euro von dem zweiten Gutachter darfst du dann aus eigener Tasche bezahlen«, raunte Betty ihr zu. »Wir bezahlen diese Rechnung und reden uns ein, dass wir trotzdem jede Menge Geld gespart haben. Außerdem hat das Geldausgeben damit vorläufig ein Ende. Wir wissen in etwa, was die Handwerker bekommen, die Summe habe ich auf ein Unterkonto umgebucht, und das hier bezahlen wir. Danach haben wir für lange Zeit Ruhe.«

Sie vermied es, ihre Freundinnen anzusehen, weil sie wusste, wie zweifelnd die beiden auf ihre Worte reagieren würden. Sie glaubte ja selbst nicht so recht daran.

Dreizehn

Doch wie es schien, sollten sich Bettys Worte bewahrheiten. Am Montag nach dem Besichtigungstermin für die Handwerker lagen morgens alle Kostenvoranschläge vor, wenn man auch den einen berücksichtigte, der mit den Worten »Sie spinnen wohl komplett« begann und dann nahtlos in eine wüste Beschimpfungsorgie überging, die durchaus das Potenzial besaß, eine Anzeige wegen Beleidigung und Verleumdung nach sich zu ziehen. Betty nahm diese Antwort belustigt zur Kenntnis und leitete sie an Burresch weiter, galten die Beschimpfungen doch dem »Hirnamputierten, der sich diese Zahlen ausgedacht hat«. Falls der Sachverständige dagegen vorgehen wollte, hatte er zumindest etwas Schriftliches in der Hand – einschließlich der Adresse des Elektrikers, der dumm genug gewesen war, die Mail von seiner Firmenanschrift aus zu versenden.

Die Entscheidungen trafen Betty, Alice und Kathrin gemeinsam um zehn Uhr. Zehn Minuten später gingen die entsprechenden Aufträge raus, die wenige Minuten darauf bestätigt wurden. Am Mittwochmorgen rückte der Elektriker mit einer vier Mann starken Truppe an, die sich sofort daranmachte, alle Wände aufzuschlagen, um die Leitungen freizulegen. Außerdem wurde die Deckenverkleidung abgenommen, damit man an die darunter verborgenen Leitungen und Fassungen herankam, die komplett entfernt werden mussten. Genau rechtzeitig traf der Dachdecker ein, der den feuergefährlichen Dämmstoff entsorgte und in Abstimmung mit dem Elektriker eine neue, wesentlich bessere Dämmschicht auftrug. Am Donnerstag folgte der Heizungsinstallateur, der mit zwei Leuten den vorhandenen Kessel zerlegte, um ihn aus dem Untergeschoss schaffen zu können, während ein Dritter die Wände an neuen Stellen aufschlug, um die alten Rohre herauszuholen.

Am Mittwochmorgen hatte Betty noch das Geschehen beaufsichtigt, sich aber nach einer halben Stunde so überflüssig gefühlt, dass sie die Leute schließlich einfach ihre Arbeit machen ließ. Am Donnerstag unternahm Kathrin den Versuch, länger als Betty auszuharren, doch das Tempo, mit dem die Handwerker an die Arbeit gingen, gab ihr das Gefühl, eine Faulenzerin zu sein, die anderen müßig bei der Arbeit zusah. Nach nicht mal zwanzig Minuten beschloss sie, nach Hause zu fahren. Angesichts der Fortschritte, die sich von Mittwoch auf Donnerstag ergeben hatten, waren sie alle drei der Meinung, dass es am sinnvollsten war, die Leute in Ruhe arbeiten zu lassen und ihnen zu zeigen, dass man ihnen vertraute.

Lediglich an folgenden Sonntag fuhren sie gemeinsam hin, da sie wussten, dass sie sich dann ungestört umsehen konnten. Ein wenig skeptisch waren sie eine Stunde später wieder auf dem Rückweg. Es war zwar viel geschafft worden, aber es sah zumindest so aus, als hätte man bestenfalls ein Viertel der erforderlichen Arbeiten bewältigt. Wie das bis zum kommenden Sonnabend fertig werden soll, war ihnen ein Rätsel, aber sie sagten sich, dass bei riesigen Bauprojekten auch noch zwei Stunden vor Eröffnung irgendwelche Arbeiten erledigt wurden, und trotzdem war im Augenblick der feierlichen Eröffnung irgendwie immer alles so, wie es sein sollte.

Tatsächlich war fast alles fertig, als sie am Samstag darauf nachmittags um drei eintrafen. Draußen fehlten noch die neue Treppe und das Geländer, die beide noch in Arbeit waren und umgehend geliefert werden sollten. Und die neuen Fenster konnten ja erst im kommenden Jahr eingebaut werden konnten. Aber sonst sah es toll aus. Der Dachdecker erklärte, was er gemacht hatte, und bot eine Führung über das Dach an, was sie aber alle drei dankend ablehnten. Vom Installateur erhielten sie eine Einweisung in die neue Heizungsanlage, und abschließend führte der Elektriker sie durch das Gebäude, um ihnen zu zeigen, wo wie viele Steckdosen zu finden waren und welcher

Lichtschalter im Obergeschoss für welchen Bereich zuständig war. Außerdem hatten er und seine Leute sich überlegt, einen zweiten Sicherungskasten zu montieren, damit man im Fall eines Stromausfalls nicht erst im Dunkeln die Treppe runtergehen musste.

»Als wir fertig waren, dachten wir zuerst, wir hätten irgendetwas komplett verkehrt angeschlossen, was eigentlich gar nicht möglich ist«, erklärte der Mittvierziger, der mit seinen grauen Haaren ein wenig an George Clooney erinnerte. »Wir haben alles drei Mal überprüft und unsere eigenen Geräte angeschlossen, die alle funktionieren. Tatsache ist, dass alle Ihre Küchengeräte irgendwelche Defekte aufweisen, die wir mit unseren Mitteln und vor allem ohne Schaltplan nicht feststellen können. Da müssen Sie jemanden von der jeweiligen Firma kommen lassen.«

»Ja, wir hatten sowieso vor, das eine oder andere auszutauschen«, erwiderte Alice und zeichnete den Arbeitsbericht des Elektrikers ab, mit dem sie bestätigte, dass alle Arbeiten auftragsgemäß erledigt worden waren. »Da müssen wir am Montag rumtelefonieren, damit sich die Spezialisten die Geräte ansehen.«

»Okay, ich wollte Sie nur vorwarnen, dass Sie nicht beim Einschalten glauben, wir hätten was vergessen«, sagte der Mann und stutzte. »Nein, warten Sie. Ihre Registrierkasse funktioniert, also können Sie sich zumindest diese Anschaffung sparen.« Dann verabschiedete er sich, ging zu seinem Wagen und fuhr ab.

Alice, Betty und Kathrin sahen sich an, und als sie diesmal wie ein Rudel zwölfjähriger Mädchen vor Freude zu johlen und zu kreischen begannen, waren sechs oder sieben Möwen auf dem Geländer die Einzigen, die sich an dem Lärm störten und sich laut meckernd in die Lüfte erhoben. Aber auch das konnte sie in diesem Moment nicht kümmern. Zu groß war die Freude darüber, dass das Schlimmste überstanden war und das *Strandhus* vielleicht doch schon bald eröffnet werden konnte.

Die Freude wurde schon eine halbe Stunde später ein wenig getrübt, als sich Betty die Kasse genauer ansah und einen Bon ausdruckte, auf dem nur wenig zu erkennen war, da wohl das Farbband aufgebraucht war. Ironisch verzog sie den Mund und seufzte leise.

»Was ist los?«, fragte Kathrin, die soeben mit Alice aus dem Keller zurückkam, von wo aus sie ihr erst vor ein paar Minuten erfreut zugerufen hatte, dass zumindest der Kühlraum funktionierte.

»Ich musste mich nur gerade wundern«, sagte Betty. »Die ganze Küche ist praktisch tot, und das einzige Gerät, das noch tadellos zu funktionieren scheint, ist die Registrierkasse, die so alt ist, dass vom Finanzamt nicht ein einziger Bon anerkannt würde. Da fehlen alle erforderlichen Angaben, und die Kasse selbst kann so mühelos manipuliert werden, dass wir nach einem hektischen Sonntag auf der Terrasse trotzdem ein Minus verbuchen könnten. Ausgerechnet diese Kasse funktioniert noch.«

»Das nenne ich Ironie des Schicksals«, meinte Alice. »Aber solche Kassen sind doch nicht so wahnsinnig teuer, oder?«

»Das ist wie bei den elektrischen Leitungen«, antwortete Betty. »Die Basisversion gibt es für relativ wenig Geld, aber die macht dann kaum mehr als addieren.«

»Muss sie denn mehr können?«, wollte Kathrin wissen. »Es geht doch darum, dass wir wissen, was wir eingenommen haben.«

»Grundsätzlich schon, aber in einer besseren und damit teureren Ausführung können wir ganze Tagesabläufe auswerten.«

»Und was fangen wir damit an?«, fragte Alice.

»Kommt ganz drauf an, was wir wissen wollen«, erklärte Betty und spürte eine gewisse Begeisterung in sich aufsteigen, die mit ihrem Faible für Zahlen aller Art zusammenhing. »Wir können für Tisch drei ein Profil erstellen und herausfinden, wie gut er ausgelastet ist.«

»Warum Tisch drei?«, wunderte sich Kathrin und sah sich um. »Welcher Tisch ist überhaupt die drei?«

»Das ist nur ein Beispiel, Kathrin«, gab Betty zurück. »Es geht darum, dass wir mit einer besser ausgestatteten Kasse feststellen können, ob bestimmte Gerichte und Getränke eher hier drinnen oder auf der Terrasse oder unten am Strand genommen werden, wir können feststellen, ob einzelne Tische kaum genutzt werden, und uns überlegen, wie man das ändern kann und ob man es überhaupt ändern muss.«

Kathrin zuckte mit den Schultern. »Aber … das hat man doch im Blick. Mit der Zeit jedenfalls.«

»Du vergisst, dass wir hier einen Geschäftsführer einstellen wollen, der sein Personal nach Bedarf steuert. Ich bin nicht prinzipiell misstrauisch, aber ich sehe bei meinen Mandanten zu viel, was nicht ordentlich läuft und was diese Leute zum Teil viel Geld kostet. So weit will ich es gar nicht erst kommen lassen. Ich möchte immer noch diejenige sein, die den Pavillon unter Kontrolle hat.«

»Was denkst du denn, was so ein Geschäftsführer anstellen könnte?«

»Er könnte zum Beispiel zum Schein ein oder zwei Aushilfen einstellen, weil die bereits angestellten Bedienungen angeblich nicht ausreichen, um alle Tische im Auge zu behalten. Das Gehalt für die zwei könnte er dann komplett selbst einstecken, oder er teilt es mit den tatsächlichen Angestellten, damit sie als Mitwisser den Mund halten«, führte Betty aus. »Anhand einer detaillierten Auswertung können wir sehen, welche Tische wie stark ausgelastet sind und ob die Behauptungen stimmen. Bei einer einfachen Kasse wird nur registriert, dass die Bedienung eins drei Essen serviert hat. Bei der besseren Kasse muss sie auch den Tisch mit angeben, und wenn da mit angeblichen Aushilfen getrickst werden soll, müsste man höllisch aufpassen, dass nicht um ein Uhr für Tisch zwei vier Essen von der Aushilfe gebucht und zwei Minuten später von der anderen Bedienung tatsächlich drei Essen an den Tisch gebracht wurden. Sieben Essen in zwei Minuten lassen sich nur schwer erklären.«

»Aber man hat doch die Tische von hier aus im Blick, da kann man das doch sicher nachhalten«, wandte Alice ein.

»Hier drinnen mag das noch gehen, aber hab mal dazu eine

volle Terrasse, dann bist du die meiste Zeit damit beschäftigt, Getränke zu zapfen«, machte Betty ihr klar. »Da geht dir der Überblick schnell verloren. Und was unten am Strand abläuft, davon hast du hier oben gar keine Ahnung mehr. Wie gesagt, das alles hat nichts mit grundsätzlichem Misstrauen zu tun, sondern es ist eine Vorsichtsmaßnahme, damit gar nicht erst jemand auf die Idee kommt, uns um unser Geld zu betrügen.«

»Also, von mir aus kannst du jede Kasse kaufen, die du für richtig und passend hältst«, erklärte Kathrin daraufhin.

»Da schließe ich mich an«, sagte Alice. »Außer, du kommst hier mit einem vergoldeten Teil an. Dann lege ich Widerspruch ein.«

»Okay«, sagte Betty lachend. »Dann sind wir uns ja einig.«

»Nächster Punkt«, fuhr Alice fort. »Tische und Stühle. Wenn ihr den alten Plan mit dem neuen vergleicht, den unser Gutachter so überaus kostengünstig erstellt hat, dann seht ihr, dass wir hier drinnen tatsächlich Platz für zwei weitere Vierertische haben. Da wir das jetzt sicher wissen, sollten wir die neuen Tische und Stühle bestellen. Ich habe nämlich keine Ahnung, was die Lieferzeiten angeht.«

»Richtig, Alice«, sagte Betty. »Das müssen wir genauso in Angriff nehmen wie den ganzen Küchenkram.«

»Küchenkram ist gut, das klingt so nach Kleinzeug aus dem Ein-Euro-Laden«, warf Kathrin ironisch ein.

»Also, ehrlich gesagt …«, begann Alice nach einem erneuten Blick hinter die Theke.

»Ja?«, fragte Betty, als weiter nichts kam.

»Na ja, ich sag das nicht gern …«, fuhr Alice zögerlich fort.

»… weil es wieder Geld kostet, richtig?«

»Ja, Betty, weil es wieder Geld kostet«, bestätigte sie. »Aber ich muss sagen, wenn wir neue Tische und Stühle haben, dazu neue Fenster und das Geländer mit der neuen Treppe, dann … dann sieht der Bereich hinter der Theke wie ein einziger Schandfleck aus. Die alte Kaffeemaschine, der Herd von anno weißnichtmehr … der Kühlschrank … versteht ihr, was ich meine?«

Betty legte den Kopf in den Nacken, fuhr sich durchs Haar und seufzte laut. »Und ich hatte gehofft, dass nur ich den Eindruck habe, als würde das unmöglich aussehen. Du findest das also auch?«

Alice zuckte mit den Schultern und schaute hilflos drein. »Tut mir leid, aber ich dachte, es geht nur mir so. Weil keiner von euch …«

»Weil keiner von uns große Lust hat, noch mehr Geld auszugeben«, warf Kathrin ein. »Aber gedacht habe ich das auch.«

»Wir müssten zwar erst mal recherchieren, was eine neue Einrichtung kostet«, sagte Alice, »aber vor allem bei der Kaffeemaschine habe ich das Gefühl, dass wir dafür kein Ersatzteil mehr bekommen. Und wenn doch, fällt nach drei Tagen was anderes und in der Woche drauf das nächste Bauteil aus. Ich kann mich an so ein Modell erinnern, das damals Anfang der Achtziger im Eiscafé bei uns um die Ecke hinter der Theke stand. Und da gab es den Laden schon zwanzig Jahre. Das da«, sie zeigte auf die klobige Kaffeemaschine, »kann theoretisch so alt sein wie ich … oder noch älter. Wenn ich mir vorstelle, dass hier eine Reisegruppe von dreißig Leuten reinkommt, die alle eine Tasse Kaffee wollen … Und dann macht dieses Ding da nach der fünften Tasse schlapp und braucht erst mal zwanzig Minuten, um wieder zu Kräften zu kommen … Als Gast würde ich einmal herkommen, aber danach nie wieder. Wenn wir eine neue Maschine kaufen, haben wir Garantie und Kundendienst. Wenn die ausfällt, dann kannst du davon ausgehen, dass der Techniker in der nächsten Stunde hier auftaucht und für den Notfall eine Ersatzmaschine im Wagen hat.«

Betty nickte bedächtig. »Klingt plausibel. Leider. Ich wünschte, ich könnte sagen, dass das nicht passieren wird, aber das kann ich nicht.«

»Aber wenn wir die Kaffeemaschine austauschen, dann steht da hinter der Theke eine brandneue Maschine«, schaltete sich Alice ein. »Und wenn man daneben den Herd und den Kühlschrank oder die Spülmaschine sieht, wirken die alle noch … na, ich will eigentlich nicht ›schmuddelig‹ sagen, aber im Grunde trifft es das schon. Da ist alles abgegriffen, und es ist egal, wie oft man da poliert und putzt, neu sieht das nie aus.«

»Du wirst von mir keinen Widerspruch hören«, sagte Betty in einem resignierten Tonfall, als hätte sie soeben alle Hoffnung aufgegeben.

»Von mir auch nicht«, ergänzte Kathrin. »Allerdings hätte ich einen Vorschlag zu machen, der uns ein *bisschen* Geld spart.«

Betty grinste sie an. »Solche Vorschläge kannst du immer machen, Kleine.«

»Ich finde, wir sollten auf die Zapfanlage verzichten«, sagte sie.

»Stattdessen Flaschenbier?«

»Gar kein Bier.«

Alice und Betty sahen sich verdutzt an. »Gar kein Bier?«, fragten sie gleichzeitig.

»Richtig. Gar kein Bier. Das einzig Alkoholische, was wir anbieten, ist Wein.«

»Wein«, wiederholte Betty. »Und … warum kein Bier?«

Kathrin lehnte sich im Stehen an eine Stuhllehne. »Ich habe euch doch erzählt, dass meine Eltern mich neulich zu dieser Geburtstagsfeier meiner heißgeliebten Tante mitgeschleppt haben.« Beide nickten. »Und meine Mutter hat ja unbedingt allen Leuten von unserem Pavillon erzählen müssen, weshalb jeder irgendeinen Ratschlag für mich hatte, was wir unbedingt machen sollten. Dabei ist mir aufgefallen, dass viele von den Leuten bei einem Lokal am Strand als Erstes an den Ballermann denken. Also Bier und Sangria bis zum Abwinken oder bis zum Übergeben, je nachdem, was zuerst eintritt.«

»Wie reizend«, kommentierte Alice und verdrehte die Augen.

»Ganz genau. Die Leute greifen schnell zum Bier, und genauso kippen sie es auch runter, wenn ihnen danach ist. Aber bei Wein sieht das schon anders aus«, fuhr sie fort. »Okay, es gibt auch Leute, die schütten sich eine Flasche Wein rein und können danach nicht mehr gerade stehen, aber das ist zumindest meiner

Meinung nach eher die Ausnahme. Wein hat einfach was Gepflegteres. Klar, bei den Gästen vom Campingplatz werden auch viele sein, die ein Bier trinken wollen, aber die haben garantiert ein paar Kästen von zu Hause mitgebracht, und die werden sicher nicht alle bis in die Ortsmitte marschieren, um da was zu essen, nur weil sie da ein Bier bestellen können.«

Betty und Alice schüttelten beide gleichzeitig den Kopf. »Das geht nicht«, sagte Betty in überzeugtem Tonfall. »Du kannst einen Biertrinker nicht zum Weintrinker umerziehen. Die Leute werden wegbleiben, wenn sie kein Bier zum Essen bekommen, und wenn sie erst mal weg sind, bekommen wir sie nicht zurück, auch wenn wir hundert Mal Werbung dafür machen, dass wir jetzt wieder Bier anbieten.«

»Sehe ich ganz genauso«, stimmte Alice ihr zu. »Das wäre ungefähr so, als würdest du sagen, dass es bei uns keine Fischgerichte gibt, obwohl wir am Meer sind. Ein Bier muss man bei uns bestellen können. Aber ich wüsste eine Lösung für deine Befürchtung, dass sich Gäste hier bis zur Besinnungslosigkeit betrinken könnten. Wir bieten Bier nicht vom Fass, sondern aus der Flasche an. Das kostet etwas mehr, aber damit vergraulen wir nicht die Gäste, die ein Bier trinken wollen. Es bleiben nur die weg, die für wenig Geld viel trinken wollen, und damit wäre eigentlich das erreicht, was dir vorschwebt.«

Kathrin ließ sich Alice' Worte eine Weile durch den Kopf gehen, bis ihr die Logik dahinter klar war. »Okay, dann Flaschenbier. Damit kann ich leben. Aber wenn es hier zu irgendwelchen Exzessen kommen sollte, dann reden wir noch mal darüber, einverstanden?«

Ihre Freundinnen nickten. Schließlich sahen sie sich gegenseitig an. »Gibt es sonst noch irgendetwas, das eine von euch stört? Irgendetwas, das zu alt und zu schäbig aussieht? Etwas, was wir neu kaufen sollten?«

»Nein, für mich nicht«, sagte Alice prompt. »Das Einzige, was wir nicht erneuern müssen, weil es wirklich kein bisschen abgenutzt ist, sind die Theke und der Fußboden. Den Boden muss man in zwei oder drei Runden gründlich bearbeiten, dann ist der auch wieder völlig sauber, und die Theke muss man abschleifen und dann neu lackieren. Das würde ich gern machen.«

»Wir werden dich nicht davon abhalten«, gab Betty grinsend zurück und sah auf die Uhr. »Ich würde sagen, wir machen uns auf den Heimweg und suchen im Internet nach den Sachen, die wir noch brauchen.«

»Grundsätzlich eine gute Idee, aber ich möchte eine andere Vorgehensweise vorschlagen«, sagte Kathrin.

»Gern«, erwiderte Betty erleichtert. »Ich weiß, es ist nicht so, oder zumindest sollte es nicht so sein, aber es kommt mir manchmal so vor, als würde ich ständig sagen, was wir als Nächstes machen sollen.«

»Das tust du auch«, bestätigte Alice amüsiert. »Aber das ist schon in Ordnung, Betty. Keine von uns ist sauer, wenn du sagst, dass wir jetzt das und das machen werden. Das ist dann eben das, was als Nächstes gemacht werden *muss,* da führt kein Weg dran vorbei. Und wenn es mal nicht so ist, sagen wir dir das schon rechtzeitig.« Sie deutete hinter sich. »Das eben mit der Kaffeemaschine und so … das hat damit nichts zu tun. Ich glaube, jede von uns hat im Moment das Gefühl, dass wir nicht noch mehr Geld ausgeben sollten, weil uns das Ganze schon mehr gekostet hat als gedacht, aber … aber wir wollen ja nicht nur, dass sich unsere Gäste wohlfühlen, sondern wir selbst auch. Und ich denke, es würde auch keinen guten Eindruck machen, wenn wir einen Geschäftsführer einstellen und von ihm erwarten, dass er sich mit uralten Geräten abplagt, von denen keiner weiß, wie lange es noch dauert, bis sie in ihre Einzelteile zerfallen.«

»Alice, wir haben das doch alle gedacht«, sagte Betty. »Außerdem sind wir uns ja einig. Also, gehen wir.«

»Ähm«, machte Kathrin.

»Was ist?«, fragte Alice und drehte sich zu ihr um.

»Ich wollte was vorschlagen, schon vergessen?«, sagte die jüngere Frau.

»Oh, tut mir leid. Ich glaube allmählich, dass meine Töchter auf mich abfärben«, gab sie lächelnd zurück. »Du bist jetzt an der Reihe.«

»Ich wollte vorschlagen, dass jede von uns für sich nach den Stühlen und der Kaffeemaschine und allem anderen sucht und das zusammenstellt, was ihr gefällt und was ihrer Meinung nach vom Preis her für uns vertretbar ist. Dann setzen wir uns morgen Nachmittag zusammen und vergleichen. Und *dann* reden wir darüber, was jeder von den Funden des anderen hält.« Sie sah zwischen ihren Freundinnen hin und her. »Ich denke, jede von uns wird beim Suchen auf eine ganz andere Seite stoßen, und das ist vielleicht besser, als wenn wir uns zu dritt vor den PC setzen und nur auf der einen Seite suchen, auf die eine von uns klickt.«

»Das ist eine hervorragende Idee«, fand Betty. »Damit haben wir eine noch etwas größere Auswahl. Das gefällt mir, Kathrin. Die Idee gefällt mir wirklich gut.«

Als die zwei immer noch dastanden, sagte Kathrin schließlich: »Das war mein Vorschlag. Mehr wollte ich nicht. Wir können jetzt los.«

»Oh, ja, wir kommen schon«, erwiderte Alice und zog Betty hinter sich her zur Tür. »Komm schon, wir werden hier noch genug Zeit verbringen, wenn der Laden erst mal läuft.«

Betty nickte und folgte ihr, während sie hoffte, dass aus dem »wenn« nicht noch ein »falls« wurde.

»Warum kosten diese verdammten Stühle und Tische eigentlich so viel?«, beklagte sich Alice, als sie am späten Sonntagnachmittag bei Betty im Büro saßen und die Ergebnisse ihrer Suche verglichen, um zu entscheiden, wo sie was kaufen sollten.

»Weil sie so verdammt strapaziert werden, dass sie stabil genug sein müssen, um nicht nach drei Wochen zusammenzubrechen«, erwiderte Betty. »Was glaubst du, warum da hinter meinem Schreibtisch ein Bürostuhl für vierhundert Euro steht und nicht bloß einer für neununddreißig Euro vom Discounter? Weil ich den ganzen Tag auf dem Ding sitze, nicht nur mal eine halbe Stunde am Tag. Diese Stühle sind so ausgelegt, dass sie das aushalten. Sonst würden sie nur zehn Euro kosten, und bei Abnahme von zehn Stück gäb's noch einen gratis dazu.«

»Und ein blöder Tisch für zweihundertzwanzig Euro?«, wandte Alice ein.

»Willst du einen Campingtisch hinstellen, der sofort umkippt, wenn sich jemand auf der einen Seite aufstützt?«, hielt Betty dagegen. »Wenn dabei dann jemandem auch noch heiße Suppe über den Schoß läuft, dürfen wir uns in der heutigen Zeit auf eine Schmerzensgeldklage einstellen. Und was glaubst du, wie schnell so was die Runde auf Facebook macht!«

»Ich bin auch dafür, dass wir lieber einen teureren Tisch nehmen und dass wir auch bei den Stühlen nicht geizen«, pflichtete Kathrin ihr bei. »Und ehrlich gesagt, gefällt mir von dem billigeren Kram auch nichts richtig. So unbequem sehen ja nicht mal die Stühle bei uns im Wartezimmer aus, und die empfinde ich schon als Zumutung. Den da mit dem Stahlrahmen und dem Sitz in dieser Korboptik finde ich ansprechend.«

»Ja, schon klar«, sagte Alice. »Die Stühle müssen einladend genug sein, damit sich überhaupt jemand hinsetzt …«

»… und sie dürfen nicht *zu* bequem sein, damit die Gäste es sich nicht dauerhaft gemütlich machen«, ergänzte Kathrin. »Ganz genau.«

»Also sind wir uns einig, dass wir das Modell in Sandbraun nehmen?«, fragte Betty, woraufhin ihre beiden Freundinnen nickten. »Gut, dann werde ich mal nach dem Stuhl suchen, ob der in irgendeiner Vergleichsliste ein paar Euro günstiger auftaucht.« Sie tippte die Bezeichnung ein und bekam Augenblicke später eine Übersicht angezeigt. »Oh, da gibt es ihn tatsächlich fünf Euro billiger. Das macht sich bei hundertvier Stühlen natürlich bemerkbar … mal sehen … oh … ach so …« Sie verzog missmutig den Mund. »Nee, das war nichts. Nur Abholung im Allgäu, und dann gilt der Preis auch erst ab zweihundert Stühlen.«

»Mir kommen unsere hundert Stühle schon unglaublich viel vor«, sagte Kathrin. »Was sollten wir dann mit zweihundert Stühlen?«

»Expandieren«, gab Betty grinsend zurück. »Aber ich weiß. Dass wir so viele Stühle brauchen, würde ich rein instinktiv auch nicht glauben wollen, aber wir haben acht Tische im Lokal, acht davor und zehn auf der unteren Ebene. Deshalb reißen die Stühle und die Tische ja so ein Loch in unsere Kasse.«

»Vom Rest ganz zu schweigen«, ergänzte Alice. »Eine Kaffeemaschine für über dreitausend Euro, ein Kühlschrank für tausendachthundert Euro … das sind alles wirklich gesalzene Preise.«

»Natürlich, aber dafür leisten die Geräte ja auch jede Menge. Und bei einer Kaffeemaschine muss man mittlerweile ja mit so viel Konkurrenz mithalten, dass wir gar nicht anders können. Ich kann schon die langen Gesichter unserer Gäste sehen, kurz bevor sie das Weite suchen, wenn wir ihnen erzählen würden, dass es bei uns nur normalen Oma-Kaffee gibt und sonst nichts. So wie früher eben.«

»Da können wir höchstens mal mit einer Retro-Woche werben«, fügte Kathrin an. »Oma-Kaffee, und auf der Terrasse nur Kännchen. Zucker dazu, keinen Süßstoff. Keine Cola Light, nichts Fettarmes, nichts Zuckerfreies. Das wäre doch mal ein guter Werbegag.«

»Ja, genau«, sagte Alice. »Und die erste Tasse Kaffee verkaufen wir zu dem Preis, den man vor vierzig Jahren dafür bezahlt hat. Schreibt das mal jemand auf?«

»Immer der, der fragt«, entgegnete Kathrin und reichte ihr ein leeres Blatt von ihrem Block.

Während Alice notierte, was ihr an Ideen durch den Kopf ging, reagierte Betty mit einem verwunderten »Hmm?« auf das, was sie auf dem Monitor sah.

»Stimmt was nicht?«, fragte Kathrin.

»Sagt mal, Klein Barkau ist doch nur ein paar Kilometer von hier weg, oder?«, wollte Betty von den beiden wissen.

»Klein Barkau liegt in der Nähe der B vierhundertvier«, antwortete Alice. »Ich weiß das, weil ich den Wegweiser zwei Mal im Jahr sehe, wenn wir nach Bad Segeberg und zurück fahren. Was gibt es denn da?«

»Ein Fachgeschäft für Gastronomiebedarf. Prommer heißt der Inhaber.«

»Prommer?«, wiederholte Alice. »Ziemlich markanter Name. Ist mir aber unterwegs noch nie aufgefallen.«

»Den wirst du auch nicht gesehen haben«, sagte Betty. »Das Geschäft läuft unter einem anderen Namen … wobei ich jetzt ehrlich gesagt nicht weiß, ob der schon immer so hieß oder ob das ein absichtliches Wortspiel ist … und wenn es eines ist, ob ich es nun lustig finden soll oder nicht …«

»Red nicht so lange drumherum, sag's einfach«, forderte Alice sie auf.

»GasPromm.«

Alice und Kathrin mussten laut lachen. Schließlich begann auch Betty zu schmunzeln.

»Was willst du denn?«, erwiderte Kathrin. »Das ist doch perfekt. Den Namen kann man sich gut merken. Und solange wir kein Banner an die Terrasse hängen müssen, auf dem steht ›Alle Stühle und Tische von GasPromm‹, ist das halb so wild.«

»Jetzt fällt's mir ein«, sagte Alice. »Dafür habe ich ein Hinweisschild gesehen. Ich wusste nie, was es damit auf sich hat. Jetzt bin ich schlauer.«

»Man lernt halt nie aus«, kommentierte Betty und widmete sich wieder der Internetseite. Sie tippte und klickte, zwischendurch sah sie auf die verschiedenen Zettel mit den ausgewählten Geräten. Nach ein paar Minuten nickte sie zufrieden. »Das ist gut. Dieser Prommer hat alles im Angebot, was wir uns ausgesucht haben. Der Stuhl kostet zwar zwei Euro mehr, und der Herd ist hundert Euro teurer, aber Prommer kann alles auf einmal liefern, und es fallen auch keine Frachtkosten an, die sonst allein schon bei den Stühlen unverschämt hoch sind. Wir stehen uns günstiger, wenn wir seine höheren Preise hinnehmen, dafür aber für alles einen Ansprechpartner in der Nähe haben.«

»Dann sollten wir ihm morgen einen Besuch abstatten und ein bisschen shoppen gehen«, meinte Kathrin und ließ es tatsächlich so klingen, als würde sie sich darauf freuen, einige tausend Euro für Stühle und Tische auszugeben.

»Das wären dann also einhundertvier Stühle und vier Barhocker, sechsundzwanzig Tische, eine Geschirrspüleinheit, ein Kühlschrank, ein Herd … und eine Registrierkasse«, sagte Gerd Prommer, nachdem er dem Trio die Rechnung vorgelegt hatte, damit sie sie mit ihren Notizen vergleichen konnten. »Brauchen Sie eine Tüte?«

»Eine Tüte?« Betty sah verdutzt von der Rechnung auf – und in Prommers grinsendes Gesicht.

»Der Witz hat zwar schon einen sehr langen Bart, aber er funktioniert immer noch«, meinte er, wurde aber gleich wieder ernst. »Aber Spaß beiseite. Die Elektrogeräte werden morgen Vormittag geliefert und angeschlossen, die vier Hocker bringen wir gleich mit. Zehn Tische habe ich auf Lager, der Rest und die Stühle werden wohl am Mittwoch eintreffen, dann bringen wir die am Donnerstag raus zum Pavillon. Das war alles, oder?«

»Die alten Stühle und Tische wollten Sie mitnehmen«, sagte Alice. »Und entsorgen.«

»Ja, ja, das ist selbstverständlich«, erwiderte er und lächelte sie an. »Sie könnten ja keinen Fuß mehr in den Pavillon setzen, wenn wir die Tische und Stühle einfach dazustellen würden.«

Betty schob das erste Blatt zur Seite und betrachtete die Summe, die sie dann seufzend auf den Scheck übertrug.

»Ja, die Dinge werden leider nicht billiger«, stimmte Prommer ihrer wortlosen Klage zu. »Kein Wunder, dass so viele Geschäfte nach kurzer Zeit wieder schließen, wenn man sieht, was man für eine halbwegs vernünftige Einrichtung bezahlen muss, damit es nicht aussieht wie in einem Billigladen. Dazu dann noch die Ladenmiete und das Gehalt für ein oder zwei Angestellte, und ehe man sich versieht, hat man monatliche Fixkosten von fünfzehntausend Euro und noch nichts verkauft.«

»Da kann einem schwindlig werden«, meinte Kathrin. »Ich kenne das ja von der Tierklinik, in der ich arbeite. Wenn ich sehe, wie viele Mitarbeiter wir haben und was die einfachsten Geräte kosten …«

»Sie arbeiten in der Tierklinik in Kiel?«, fragte der Mann interessiert. Als sie nickte, hakte er nach: »Nehmen Sie noch Patienten an?«

»Immer«, antwortete sie. »Wir haben zwar alle Hände voll zu tun, aber grundsätzlich weisen wir keinen Patienten ab. Um was geht es denn?«

»Ich habe zwei Riesenschnauzer, die ich gern mal richtig gründlich durchchecken lassen möchte«, erklärte er. »Also mit Blutuntersuchung und Röntgen und allem, was dazugehört.«

»Haben Sie denn irgendwelche Auffälligkeiten beobachtet?«, wollte sie wissen.

»Nein, nein, dann wäre ich schon längst zum Tierarzt gefahren«, versicherte Prommer ihr. »Die beiden sind bei Dr. Wennige in Behandlung, aber mit ihm bin ich seit Kurzem nicht mehr so zufrieden. Er kümmert sich lieber um Pferde und Kühe, und er hat die Sprechzeiten jetzt noch weiter reduziert.«

»Kommen Sie ruhig vorbei, wir sind rund um die Uhr da«, sagte Kathrin.

»Das heißt, ich kann auch um sieben Uhr abends bei Ihnen auftauchen? Mit meiner Frau wollen die beiden nicht Auto fahren, deshalb muss ich das machen. Wenn ich fahre, geben die keinen Ton von sich, aber wenn meine Frau am Steuer sitzt, dann bellen die zwei so viel, dass man Angst kriegen kann, sie könnten einen Schlag bekommen.«

»Natürlich. Vereinbaren Sie einen Termin, und dann kommen Sie mit Ihren Hunden vorbei. Falls kein Termin um sieben frei ist und Sie können erst später, dann bestellen Sie der Dame in der Zentrale einen schönen Gruß von mir und sagen Sie, dass die Behandlung zum Normaltarif erfolgen soll. Ab acht Uhr abends gilt nämlich der Notdiensttarif, aber ich werde Bescheid geben, dass Sie nicht früher kommen können.« Sie griff in ihre Handtasche. »Hier ist unsere Visitenkarte. Wenn Sie sich und uns Zeit ersparen wollen, können Sie vorab online das Patientenformular ausfüllen, damit wir alle wichtigen Daten zu Ihren Tieren haben. Das ist gerade für einen Notfall nützlich.«

»Oh, danke, das ist wirklich sehr nett von Ihnen«, sagte der Mann und nahm die Karte an.

»Na ja, Sie sind uns schließlich beim Preis entgegengekommen, da ist das wohl das Mindeste, was wir für Sie tun können.«

Betty schnaufte erschöpft und schob ihm den Scheck über den Schreibtisch zu. »So lange Zahlen kosten verdammt viel Kraft«, sagte sie wehleidig.

»Na ja, aber bedenken Sie, welche Qualitätsware Sie dafür bekommen. Daran werden Sie noch Jahre Freude haben«, versicherte Prommer ihr. »Und Sie wissen ja, wenn es irgendein Problem gibt, rufen Sie an. Übrigens auch, wenn Sie eine Einweisung für die Geräte brauchen.«

»Ach, ich glaube, das kriegen wir schon hin«, meinte sie.

»Täuschen Sie sich mal nicht, was die Kaffeemaschine angeht. Die Anleitung ist so dick wie eine Bibel.« Mit Daumen und Zeigefinger deutete er den Umfang des Handbuchs an. »Wir können gern einen Termin vereinbaren, dann kommt mein Spezialist raus und weist Sie ein. Es gibt da nämlich auch ein paar Tricks und Kniffe, die in der Anleitung nicht zu finden sind.«

»Klingt interessant«, meinte Alice. »Wir könnten das auf den Anfang der nächsten Woche legen, wenn es geht.«

»Lassen Sie uns morgen telefonieren, dann verabreden wir einen Termin.«

Dann verabschiedeten sie sich von Prommer und verließen das Geschäft. »Was bin ich froh, dass wir das hinter uns haben. Und mit weniger Aufwand als befürchtet«, sagte Betty auf dem Weg zum Wagen. »Denkt nur bitte mit daran, dass wir ein neues Schloss für jede der drei Türen kaufen. Ihm habe ich eben unseren vorletzten nachgemachten Schlüssel gegeben, was bedeutet, dass uns drei Schlüssel fehlen, die irgendwelche Monteure oder Azubis noch in der Jackentasche mit sich herumtragen, ohne zu wissen, zu welcher Tür sie gehören. Die Versicherung zahlt keinen Cent, wenn da einer reinspaziert und uns die neue Kaffeemaschine klaut.«

»Na ja, ein bisschen Geld haben wir ja noch«, spottete Kathrin. »Wie viel haben wir jetzt gespart?«

»Prommer hat die Rechnung auf glatt achtzehntausend abgerundet«, antwortete Betty. »Das sind über sechshundert Euro Nachlass. Also umgerechnet etwa drei Tische gratis.«

»Und nicht zu vergessen, was wir bei allen anderen Anbietern noch an Fracht hätten bezahlen müssen«, ergänzte Alice. »Und vor allem ganz zu schweigen davon, welches Chaos es vielleicht noch gegeben hätte, weil die falsche Adresse weitergegeben wurde. Ich kann mir gut vorstellen, dass die Stühle sonst bei mir vor der Boutique abgeliefert worden wären.«

Sie machten sich auf den Weg zurück nach Kiel, Alice setzte Kathrin an der Klinik ab, dann fuhr sie mit Betty zum Büro und ließ sie dort aussteigen, ehe sie zur Boutique weiterfuhr. Betty betrat das Haus und ging nach oben in den ersten Stock. Ihr Mitarbeiter saß mit einem Mandanten im Besprechungszimmer, also ging sie direkt in ihr eigenes Büro. Auf dem Tisch lag die bereits nach Dringlichkeit sortierte Eingangspost, rechts daneben befand sich ein deutlich dickerer Stapel Post, der den Strandpavillon betraf. Betty konnte sich nicht erklären, wer ihre Adresse weitergegeben hatte, auf jeden Fall wurde sie seit einiger Zeit mit Prospekten aller Art überhäuft. Vorwiegend von Getränke- und Lebensmittelgroßhändlern, aber auch Bürobedarf und Computer wurden ihr in einem ständigen Strom aus Prospekten schmackhaft gemacht. Sie hatte schon überlegt, ob der versetzte Elektriker Hütter oder diese ausgeflippte Dachdeckerin etwas damit zu tun haben könnte, doch das passte nicht zusammen. Als Racheaktion hätte sie es gedeutet, wenn jeden Tag ein anderer Pizzabote mit einer Bestellung im Wert von hundert oder mehr Euro vor der Tür gestanden hätte. Oder wenn unter ihrem Namen Staubsauger- oder Versicherungsvertreter herbestellt worden wären.

Vermutlich war das irgendein Automatismus, der durch wen auch immer in Gang gesetzt worden war und der sich trotz wiederholter Aufforderungen nicht abstellen ließ.

Kopfschüttelnd überflog sie die Absender der Briefe, als sie auf einen amtlich aussehenden Umschlag stieß, der von der Stadtverwaltung Heiligenhafen kam. Sie öffnete den Umschlag und zog einen Bescheid in doppelter Ausfertigung heraus, mit dem sie dazu aufgefordert wurde, bis zum 20. Dezember die Jahresgebühr für das Recht auf gewerbliche Nutzung des Strandabschnitts VII der Stadt Heiligenhafen zu zahlen.

Vierzehn

»Fünfzehntausend Euro?«, rief Alice fassungslos. »Wofür denn?«

»Dafür, dass wir im *Strandhus* Kaffee und Hamburger verkaufen dürfen.«

»Aber wir verkaufen doch noch gar nichts!«, protestierte sie.

»Darum geht es nicht«, machte Betty ihr klar. »Das ist eine Jahresgebühr, die uns das Recht einräumt, im Pavillon Getränke und Speisen zu verkaufen. Mehr nicht. Ob wir damit was anfangen oder nicht, ist allein unsere Sache.«

»Aber das ergibt doch keinen Sinn!«

»Dann stell dir einfach vor, du hast eine Jahreskarte für alle Museen der Stadt«, sagte Betty. »Du hast zweihundert Euro ausgegeben und kannst an jedem Tag in jedes Museum gehen, so oft du willst. Aber du *musst* nicht, wenn du nicht willst.«

»Ich hab das schon begriffen«, betonte Alice. »Ich finde das nur prinzipiell idiotisch. Die kassieren für gar nichts.«

»Ich weiß, was du meinst, Alice, aber grundsätzlich haben die damit recht. Auch wenn uns das *Strandhus* gehört, ist das nicht unser Strand. Also müssen wir bezahlen.«

»Das heißt, du bezahlst einfach ohne Widerspruch?«

»Wer hat denn was von ›ohne Widerspruch‹ gesagt?«, gab Betty zurück. »Ich nehme mir gleich ein Taxi, fahre nach Hause und dann direkt nach Heiligenhafen, um bei der Stadtverwaltung anzufragen, warum wir bezahlen sollen, wenn der Pavillon gar nicht in einem vorschriftsgemäßen Zustand ist, um überhaupt zahlende Gäste zu bewirten. Zumindest werde ich versuchen, dass wir nur den Anteil für den Zeitraum bezahlen müssen, seit uns der Pavillon gehört. Mit allem, was davor liegt, haben wir schließlich nichts zu tun.«

»Vielleicht hat sich dieser Boswinkel ja nicht nur davor gedrückt, den Strom zu bezahlen, sondern auch den Bescheid über diese Gebühr in den Papierkorb geworfen«, überlegte Alice. »Es würde zu ihm passen. Apropos, hat unser Makler eigentlich noch mal was in Sachen Boswinkel von sich hören lassen?«

»Oh, das hatte ich völlig vergessen«, sagte Betty. »Er hat mir eine Mail geschickt, dass sein Brief an Boswinkel mit dem Vermerk ›Empfänger unbekannt‹ zurückgekommen ist. Er will versuchen, über das Einwohnermeldeamt den Verbleib unseres Vorgängers zu klären. Außerdem will er über das Internet versuchen, die Namen von Boswinkels Nachbarn herauszufinden, damit er bei ihnen nachfragen kann, ob sie ihm etwas zu dem Mann sagen können.«

»Mit anderen Worten: Boswinkel hat sich abgesetzt, und wir sehen die dreitausend Euro für seinen Strom nie wieder«, kommentierte Alice und klang dabei sehr gefasst. Allerdings war dieser Betrag auch fast kaum mehr als ein Trinkgeld im Vergleich zu den übrigen Summen, zu denen sich alle unerwarteten Ausgaben inzwischen addiert hatten.

»Kannst du denn überhaupt schon wieder deinen Schreibtisch verlassen?«, erkundigte sich Alice. »Du bist doch gerade erst ins Büro gekommen.«

»Na, das wird schon irgendwie gehen«, antwortete Betty, auch wenn sie von ihren eigenen Worten nicht so ganz überzeugt war. Es hatte sich ein nicht ganz unerheblicher Rückstand angesammelt, den sie anders als in den Wochen zuvor nicht am Wochenende hatte aufholen können, da sie die meiste Zeit mit der Suche nach der richtigen Einrichtung verbracht hatte. Außerdem stand dieser Montag ganz im Zeichen zahlreicher Umsatzsteuervoranmeldungen, die mehr als genug Arbeit bedeuteten. Und diese Arbeit musste spätestens bis Mitternacht erledigt sein, wenn sie die Abgabefrist wahren wollte.

»Ich kann den Vormittag über auch die Boutique zumachen und hinfahren«, schlug ihre Freundin ihr vor. »Montagsmorgens ist sowieso nie viel los, da kann ich auch abschließen und erst um drei Uhr wieder aufmachen.«

»Ehrlich?«

»Ja, ehrlich. Wir haben gesagt, wir übernehmen jede die Aufgaben, die mit dem Pavillon entstehen, und wenn ich dir sage, dass ich kein Problem damit habe, diesen Bescheid bei dir abzuholen und nach Heiligenhafen zu fahren, dann meine ich das auch so.« Nach einer kurzen Pause fügte Alice an: »Ich bin in einer Viertelstunde bei dir, dann schaffe ich es ohne Probleme bis um zwölf, bevor bei der Stadtverwaltung jemand auf die Idee kommt, in die Mittagspause zu gehen und mich eine Stunde warten zu lassen.«

»Danke, Alice. Ich halte nach dir Ausschau. Falls ich dich rechtzeitig sehe, komme ich dir entgegen.«

»Alles klar. Bis gleich.«

Alice schaffte es mit knapper Not, um kurz vor zwölf das rote Backsteingebäude am Markt zu betreten, in dem die Stadtverwaltung von Heiligenhafen untergebracht war. Auf der Landstraße war sie durch eine Kolonne aus mindestens fünfzehn Kutschen aufgehalten worden, die sich ohne Rücksicht auf das Wohl der Pferde einfach die Vorfahrt genommen hatten, als sie kurz vor Alice' Wagen von einem Feldweg kommend auf die Landstraße eingebogen waren. Nur eine Vollbremsung konnte einen Zusammenstoß mit der ersten Kutsche verhindern, und danach hatte sie nur warten können, bis ein Gefährt nach dem anderen auf die Landstraße gefahren war. Da sich das Ganze in einer unübersichtlichen Rechtskurve mit vielen Bäumen und hohem Gebüsch abgespielt hatte, war es ihr nicht möglich gewesen, noch schnell die ersten beiden Kutschen zu überholen, um an dem Hindernis vorbeizukommen. So hing sie einige Kilometer weit hinter dieser Karawane, bis die endlich auf einen Parkplatz für Wanderer einbog. In Heiligenhafen war sie dann durch einen Schwertransporter gezwungen gewesen, weit weg vom Marktplatz den Wagen abzustellen, weil der offenbar auf dem Weg nach Fehmarn falsch abgebogen war und nun mangels genügend breiter Straßen nicht mehr den Weg zurück fand.

Sie hetzte die Stufen rauf, riss die Tür auf und stürmte zum Empfang. Eine ältere Frau mit kurzen grauen Haaren saß da, nickte Alice zu, um ihr zu zeigen, dass sie sie bemerkt hatte, und telefonierte weiter. Alice atmete langsam und tief durch, um wieder zur Ruhe zu kommen, während sie geduldig darauf wartete, endlich ihr Anliegen vorzubringen.

Sie schlenderte zu einer großen Infotafel und betrachtete die verschiedenen Plakate, die bereits für Veranstaltungen im nächsten Jahr warben. Zwischendurch schaute sie nach der Frau, aber die war immer noch mit dem Anrufer beschäftigt. Langsam kehrte Alice zur Empfangstheke zurück, da hörte sie auf einmal Teile der Unterhaltung, die die ältere Frau führte.

»… nein, Kind, ich habe dir schon ein Dutzendmal gesagt, dass man Nudeln nur kurz kochen lässt. Nur dann sind sie das, was man al dente nennt … ja, oder bissfest … nein, man schmeißt Nudeln nicht mehr gegen den Kühlschrank und guckt, ob sie kleben bleiben oder runterfallen … nein, wenn sie kleben bleiben, sind sie schon viel zu lange im Wasser … da kannst du sie auch gleich wegkippen, weil so was niemand mehr isst … ach ja? Und du wunderst dich, dass dein Mann dir eine Ohrfeige gibt, wenn du ihm solche Nudeln vorsetzt? Dann überleg das nächste …«

In dem Moment platzte Alice der Kragen. Sie schlug mit der flachen Hand so energisch auf die Empfangstheke, dass der laute Knall durch das ganze Treppenhaus gleich hinter dem Eingangsbereich schallte. Die Frau hinter der Theke zuckte zusammen und sah sie erschrocken an.

»Erstens ist es überhaupt nicht in Ordnung, dass ein Mann seine Frau ohrfeigt, auch nicht, wenn die Nudeln nicht bissfest sind!«, herrschte Alice die Frau an. »Und zweitens unterbrechen Sie bitte Ihre Privatgespräche, wenn ein Bürger sich mit einem Anliegen an seine Stadtverwaltung wendet!« Dann nahm sie der vor Schreck und Fassungslosigkeit wie erstarrt dasitzenden Grauhaarigen den Hörer aus der Hand und sagte: »Junge Frau, ich weiß nicht, wer Sie sind, aber wenn Ihr Mann Sie noch mal ohrfeigen will, sollten Sie ihm den Teller mit den Nudeln ins Gesicht drücken. Was anderes hat er nicht verdient!« Dann hielt sie den Hörer der älteren Frau hin und wartete, bis die ihn wieder an sich nahm.

»Wie können Sie …«, begann sie.

»Stimmt das?«, ertönte in dem Moment eine Männerstimme von rechts.

Alice drehte sich um und sah einen Mann im grauen Anzug aus einem Büro kommen. So weit, wie er bereits in den Flur gegangen war, musste er ihren Wutausbruch mitbekommen haben, ohne dass ihr seine Anwesenheit bewusst gewesen war.

»Frau Johannsen, ich habe Sie etwas gefragt«, sagte der Mann, der Anfang dreißig sein mochte und eines dieser seltsamen modernen Hemden mit dem wie abgeschnitten wirkenden Kragen trug. Er kam noch ein paar Schritte näher. »Stimmt das, was die Dame gesagt hat? Das mit der Ohrfeige? Und mit dem Privatgespräch?«

»Ich … ich hab doch nur …«, begann die Frau, klang aber kein bisschen schuldbewusst, sondern unverhohlen trotzig.

»Ja oder nein?«, unterbrach er sie schroff.

»Ja. Und dazu stehe ich auch«, sagte sie. »Ein Mann hat das Recht …«

»Frau Johannsen, es reicht«, fiel er ihr abermals ins Wort. »Ich habe Sie schon einmal dazu aufgefordert, von Ihrer Einstellung zum Thema Gewalt gegenüber Frauen und Kindern Abstand zu nehmen, und Sie können sich bestimmt noch daran erinnern, welche Konsequenzen ich Ihnen im Wiederholungsfall angedroht habe.«

»Sie können nicht …«, versuchte sie einen erneuten Anlauf.

»Doch das kann ich«, versicherte er ihr. »Packen Sie Ihre Sachen, Sie sind ab sofort vom Dienst freigestellt.« Seine finstere Miene nahm einen freundlichen Zug an, als er sich Alice zuwandte. »Und Sie bitte ich, diesen Zwischenfall zu entschuldigen. Mein Name ist übrigens Frericks, ich bin der Amtsleiter. Wie kann ich Ihnen behilflich sein?«

»Alice Berrendorf«, stellte sie sich vor. »Sehen Sie, wir haben diesen Bescheid erhalten und …«

Weiter kam sie nicht, da die aufgebrachte Frau vom Empfang die Eingangstür mit solcher Wucht hinter sich zugeschlagen hatte, dass eine der eingesetzten Scheiben dabei zerbrochen war und sich die Scherben soeben auf dem Steinfußboden verteilten. Sekunden später wurde die Tür neben der aufgerissen, durch die dieser Frericks gekommen war. Eine jüngere Frau mit kurzen blonden Haaren und modischer schwarzer Brille kam in den Eingangsbereich gelaufen.

»Herr Frericks?«, fragte sie erschrocken. »Ist was passiert?« Im Gegensatz zu ihrem mutmaßlichen Vorgesetzten war sie mit ihrem flauschigen Schlabberpulli und der Jeans leger angezogen.

»Frau Johannsen ist soeben von uns gegangen«, knurrte er. »Allerdings nur im übertragenen Sinn.« Alice hatte das Gefühl, dass er sich ein »leider« verkneifen musste. »Tanja, seien Sie so gut und springen für den Augenblick am Telefon ein, ja? Und sagen Sie Herrn Kuhlmann Bescheid, dass er die Scherben wegfegt und den Glaser bestellt. Ach ja, und bevor er irgendetwas anfasst, muss er die ganze Bescherung unbedingt fotografieren.« Dann drehte er sich zu Alice um. »Frau Berrendorf, bevor ich auf Ihr Anliegen eingehe, möchte ich Sie bitten, sich als Augenzeugin zur Verfügung zu stellen. Frau Johannsen wird mit Sicherheit gegen die Kündigung vorgehen, und Ihre Aussage zu dem, was Sie hier eben erlebt haben, wäre für uns sehr hilfreich, damit wir uns ein für alle Mal von dieser Person trennen können.«

»Ja, natürlich«, sagte Alice sofort zu. »Ich hatte bis gerade eben nicht mal eine Ahnung, wer hier wer ist. Ich könnte ja gar nicht voreingenommen sein.«

»Danke, Frau Berrendorf«, erwiderte er sichtlich erleichtert. »Dann kommen Sie doch bitte mit in mein Büro, da können wir uns in Ruhe unterhalten.«

Sie folgte ihm in ein schlicht eingerichtetes Büro. Auf dem nicht sehr großen Schreibtisch stapelten sich Aktenmappen, die offenen Schränke waren mit Ordnern vollgestellt, und etliche weitere Ordner waren in einer Ecke neben dem linken Schrank aufeinandergestapelt. An der Wand hinter ihm hing ein Terminplaner für das ganze Jahr, der mit Uhrzeiten und Kürzeln übersät war. Wie es schien, hatte der Mann alle Hände voll zu tun.

Alice nahm Platz und schob ihm den Bescheid über den Tisch. »Das haben wir heute in der Post gehabt, und ich wollte mich erkundigen, ob dieser Bescheid seine Richtigkeit hat«, erklärte sie. »Jedenfalls, was die Summe angeht.«

»Hm, was ist das überhaupt?«, murmelte er und sah sich das Schreiben an. »Das *Strandhus*? Ach, ähm, ehe ich das vergesse. Kann ich Sie unter dieser Adresse erreichen, falls wir Ihre Zeugenaussage benötigen? ›Hansen Berrendorf Moll GbR‹?«

»Ja, das würde auch gehen, aber warten Sie.« Sie griff in ihre Handtasche und holte eine Visitenkarte heraus. »Das ist einfacher.«

»Chez Mylène? Eine Boutique? Sie besitzen eine Boutique?«

»Richtig. Und das *Strandhus* ist das gemeinsame Projekt von Betty Hansen, Kathrin Moll und mir.«

»*Strandhus* … dieser Pavillon am Strand? Beim Campingplatz?«

»Ja, genau«, bestätigte Alice und sah ihn verdutzt an. »Ich dachte, das kennt hier im Ort jeder.«

Frericks lächelte sie flüchtig an. »Ich bin mir sicher, dass das hier im Ort jeder kennt. Aber ich bin selbst erst seit drei Monaten im Amt, ich komme ursprünglich aus Lübeck und wurde kurzfristig hierher versetzt. Was Sie da hinter mir sehen«, er deutete auf den vollgeschriebenen Jahresplaner, »ist der Grund, weshalb mein Vorgänger nach einem Herzinfarkt an seinem Schreibtisch nur noch vom örtlichen Bestatter aus dem Gebäude getragen werden konnte.« Er bemerkte, wie Alice ein wenig zurückwich und den Schreibtisch skeptisch ansah. »Nicht an diesem«, versicherte er ihr. »Eigentlich würde mir ein größeres Büro zustehen, aber ich muss zugeben, dass ich Probleme damit habe, in einem Büro zu sitzen, von dem ich weiß, dass mein Vorgänger sich darin zu Tode gearbeitet hat. Ich habe deshalb dieses kleine

Büro hier bezogen, das als Entschädigung immerhin einen Blick auf den Marktplatz bietet. Und damit ich nicht vergesse, was passiert ist, habe ich den Jahresplaner mitgenommen. Der soll mich immer daran erinnern, dass es Grenzen gibt bei der Frage, wie viele Termine man wahrnimmt. Die Hälfte davon hätte mein Vorgänger delegieren können, aber das hat er nicht getan.« Er machte eine kurze Pause, dann fügte er hinzu: »Delegieren heißt nicht, die Arbeit anderen zuzuschieben, sondern Vertrauen in die Mitarbeiter zu zeigen. Vertrauen, dass sie ihre Arbeit souverän erledigen können.«

Alice nickte flüchtig, behielt aber jeden Kommentar zu diesem letzten Satz für sich. So normal dieser Frericks bislang geredet hatte, so stammte diese Anmerkung unüberhörbar aus irgendeinem Lehrbuch für Führungskräfte und war auswendig gelernt. Es war einer von diesen Sprüchen, mit denen das Abwälzen von Arbeit den Betroffenen gegenüber schöngeredet wurde. Nein, ich – dein Chef – bin nicht zu faul zum Arbeiten, ich drücke dir das hier bloß aufs Auge, damit du das Gefühl hast, Verantwortung zu übernehmen. Alice hoffte nur, dass nicht noch mehr von dieser Art folgen würde.

»Tja, also … dafür sind wir gar nicht zuständig«, sagte er schließlich. »Da kann ich Ihnen gar nicht weiterhelfen.«

»Und wer im Haus kann das?«

»Niemand, weil diese Bescheide nicht von uns ausgestellt werden.«

»Aber … da oben … das ist doch diese Adresse hier. Bin ich im falschen Gebäude oder was?«, fragte sie verunsichert.

»Im falschen Gebäude«, bestätigte Frericks. »Und in der falschen Stadt.«

»Wie bitte?«

Er nickte bedauernd. »Dieser Bescheid wird zwar in unserem Namen ausgestellt und Ihnen zugesandt, aber die komplette Bearbeitung wird über eine zentrale Stelle in Flensburg abgewickelt.«

»Flensburg?«, rief sie erschrocken. »Aber wieso in Flensburg? Was haben Sie mit Flensburg zu tun?«

»Wir unmittelbar gar nichts«, erwiderte der Beamte. »Ich kenne mich damit auch nur ganz am Rande aus, aber es hat damit zu tun, dass bei Bauwerken dieser Art in der Natur bestimmte Vorgaben zu beachten sind. Und wenn es wie hier nur diesen einen Pavillon gibt, bedeutet das einen enormen Verwaltungsaufwand, weil wir dann einen Mitarbeiter brauchen, der in der Materie absolut fit ist. Deshalb werden diese Gebäude seit Jahren zentral von Flensburg aus betreut. Das wäre auch Ihre Anlaufstelle, wenn Sie irgendwo anders einen Pavillon eröffnen wollten.«

»Dann wollen Sie mir erzählen, dass ich jetzt nach Flensburg fahren muss?«, fragte Alice, die in sich zusammengesunken auf ihrem Stuhl saß.

»Was genau müssen Sie denn wissen?«, entgegnete Frericks.

»In erster Linie, warum wir fünfzehntausend Euro zahlen sollen, wenn der Pavillon noch gar nicht benutzt werden kann«, sagte sie. »Wir haben jetzt eine neue Heizung einbauen lassen, neue elektrische Leitungen verlegen lassen, das Dach ist neu gedeckt, und der Großteil der Kücheneinrichtung wird in dieser Woche geliefert und eingebaut. Wir wollen auch noch die Fenster austauschen, aber das ist zweitrangig …«

»Wenn diese Woche Ihre Küche in Betrieb genommen werden kann, dann könnten Sie ja auch den Betrieb der Gaststätte aufnehmen«, wandte der Mann zögerlich ein. »Spätestens dann würde dieser Bescheid greifen, obwohl es dem Text nach zu urteilen unerheblich ist, ob Sie den Pavillon öffnen oder noch geschlossen halten.«

»Das kann ja alles sein, damit werden wir uns noch befassen müssen«, sagte sie. »Aber selbst wenn das alles in Ordnung sein sollte, muss doch dieser Betrag anteilig berechnet werden, nämlich für höchstens einen Monat. Wir haben schließlich schon den elften Dezember. Selbst wir morgen eröffnen würden, hätten wir nur noch zwanzig Tage, in denen wir unmöglich so viel einnehmen könnten, um davon eine Gebühr in Höhe von fünfzehntausend Euro zu bezahlen.«

»Ja, ja, ich verstehe schon, was Sie meinen«, entgegnete Frericks. »Wissen Sie was, ich werde da mal anrufen und hören, was ich für Sie herausfinden kann.«

»Das würden Sie tun?«

»Na ja, ich kann Ihnen schließlich keinen Vorwurf daraus machen, dass Sie hergekommen sind, denn wenn ich mir diesen Bescheid ansehe, dann muss man eigentlich schon wissen, dass es diese Stelle in Flensburg gibt. Aus dem Text geht das nur sehr verdreht hervor. Da steht zwar, dass die ausstellende Behörde für Sie zuständig ist, aber wenn ich einen Brief mit dem Briefkopf der Stadtverwaltung Heiligenhafen erhalte, dann muss ich nicht zwangsläufig wissen, dass die ausstellende Behörde auf der Rückseite in der Fußzeile erwähnt wird.« Er griff zum Telefonhörer und wählte die angegebene Nummer. Dann ließ er es lange klingeln, wirklich lange, doch nichts geschah. »Da hilft nur mein alter Lieblingstrick, der funktioniert so gut wie immer.«

»Und was für ein Trick ist das?«

»Eine andere Nebenstelle anrufen, dann so tun, als wäre man von der Zentrale falsch verbunden worden, und sich dann mit der richtigen Durchwahl verbinden lassen. Dann ist der Klingelton ein anderer, weil das Gespräch aus dem Haus kommt, und die richtige Nebenstelle meldet sich.«

Der Trick funktionierte tatsächlich, und nach wenigen Minuten war Frericks bereits in eine Unterhaltung mit dem offenbar richtigen Ansprechpartner vertieft. Er machte sich laufend Notizen, hörte aufmerksam zu, stellte hin und wieder Fragen und beendete nach über einer Viertelstunde das Telefonat.

Dann sah er Alice betrübt an. »Tja, ich wünschte, ich könnte Ihnen etwas Erfreulicheres berichten, aber diese Gebühr ist eine Jahresgebühr, die sich auf das Kalenderjahr bezieht. Wenn man sie auf den Monat umrechnet, ist das eigentlich eine sehr moderate Gebühr, vor allem mit Blick auf die Fläche, die so ein Pavillon mit Außengastronomie in Anspruch nimmt. In jeder Großstadt zahlen Sie deutlich mehr für eine Terrasse am Straßenrand, die nicht mal halb so groß sein dürfte …«

»Aber wir haben den Pavillon doch erst seit ein paar Wochen«, hielt Alice dagegen. »Wieso hat denn der letzte Eigentümer nicht Anfang des Jahres den Bescheid für dieses Jahr erhalten? Dann wäre das doch erledigt gewesen.«

Frericks schüttelte den Kopf. »Es gibt keine Bestimmung, wann der Bescheid ergehen muss. Er kann bis zu zwei Monate nach dem Kalenderjahr ergehen oder auch zwei Monate vor dem nächsten Kalenderjahr. Sie können natürlich Widerspruch einlegen, das ist Ihr gutes Recht, aber wie in der Mehrzahl der Fälle befreit Sie Widerspruch nicht von der Zahlung innerhalb von zehn Tagen.«

»Das heißt, wir sind die fünfzehntausend Euro erst mal los«, murmelte sie resigniert.

»Für dieses Jahr.«

Sie nickte. »Und nächstes Jahr wiederholt sich der Spaß dann.«

»Nein, dieses Jahr«, korrigierte er sie.

»Was?«

»Na, Sie haben hier zwei Bescheide erhalten, einen für dieses Jahr und einen für nächstes Jahr.«

Alice musste erst mal schlucken. »Wie bitte?«

Frericks zuckte mit den Schultern. »Das sind zwei Bescheide.«

»Aber ich … wir dachten, dass das zwei Ausfertigungen sind, so wie man Rechnungen mit Durchschlag bekommt.«

»Oh.« Der Amtsleiter setzte eine mitfühlende Miene auf. »Tja, da muss ich Sie leider enttäuschen. Ich gebe zu, es war von der zuständigen Stelle nicht sehr geschickt, beide Bescheide gleichzeitig zu verschicken. Vom Datum bis zum Aktenzeichen ist alles identisch, nur die Jahreszahl ist eine andere.«

»Das heißt, wir … wir müssen *dreißigtausend* Euro bezahlen? Innerhalb von *zehn* Tagen?«

»Ja.«

Alice saß eine Weile schweigend da und starrte auf die Schreiben, die der Mann ihr hingelegt hatte, damit sie sie wieder einsteckte. Sie atmete angestrengt durch, während sie die beiden Bescheide an sich nahm und in den Umschlag schob, den sie in ihre Handtasche steckte. Wortlos stand sie auf, nickte Frericks zu, um sich bei ihm für seine Bemühungen zu bedanken und um sich zu verabschieden, dann verließ sie sein Büro.

Im Eingangsbereich war ein Mann in kariertem Hemd und blauer Latzhose damit beschäftigt, eine Holzplatte an der Stelle in die Tür einzusetzen, an der sich vor ein paar Minuten noch eine Glasscheibe befunden hatte. Als der Mann sie sah und erkannte, dass sie auf dem Weg nach draußen war, ging er zur Seite, zog die Tür auf und tippte zum Gruß an den Schirm seiner roten Baseballkappe.

Im Vorbeigehen nickte sie ihm zu, und dann stand sie auch schon draußen auf der Straße, wo gerade versucht wurde, den Schwertransporter zu wenden, ohne ihn in eins der Häuser hineinzurammen, die ihm die Weiterfahrt unmöglich machten. Vor etwas mehr als einer halben Stunde war noch eisiger Wind durch die Straßen gefegt, jetzt dagegen war es überraschend warm. Offenbar war die angekündigte Warmfront schon früher eingetroffen, von der abends zuvor in der Wettervorhersage die Rede gewesen war. Sollten sich die Prognosen bewahrheiten, dann war statt mit einer weißen Weihnacht mit Temperaturen im zweistelligen Bereich zu rechnen.

Alice holte ihr Smartphone aus der Tasche und rief zuerst Betty an. Als die sich meldete, sagte Alice ohne Vorrede: »Ich hoffe, du guckst dir deine Steuerbescheide gründlicher an, als du es mit diesem Mist gemacht hast, für den ich nach Heiligenhafen gefahren bin.«

»Alice?«, fragte Betty erschrocken, da sie einen so aufgebrachten Ton von ihr nicht gewöhnt war – jedenfalls nicht, wenn er gegen sie gerichtet war. »Was ist denn los?«

»Erstens steht auf dem Bescheid, dass die zuständige Dienststelle nicht in Heiligenhafen, sondern in Flensburg sitzt«, begann Alice.

»Oh, wieso das denn?«

»Weil es draufsteht!«

»Das könnten sie aber etwas deutlicher vermerken«, wandte

Betty ein, aber ihre Verlegenheit war ihr deutlich anzuhören. »Und … was ist zweitens?«

»Zweitens haben die uns nicht einen Bescheid in doppelter Ausfertigung geschickt sondern zwei verschiedene Bescheide, einen für dieses Jahr, den anderen schon für nächstes Jahr. Fällig sind beide in zehn Tagen.«

»Aber das sind ja dann …«

»Dreißigtausend, ganz richtig«, schnaubte Alice. »Leg dir eine Lesebrille zu.«

»Tut mir leid, Alice«, kam die zerknirschte Antwort. »Ich war noch so im Freudentaumel, dass das mit den Stühlen und allem anderen so gut geklappt hat, da habe ich wohl etwas zu oberflächlich hingeguckt.«

»Ist schon gut«, sagte Alice in versöhnlichem Tonfall. »Der Mann von der Stadtverwaltung war selbst der Ansicht, dass man den Hinweis auf Flensburg deutlicher hervorheben sollte.«

»Und jetzt musst du noch nach Flensburg fahren?«

»Nein, er hat alles telefonisch geklärt. Leider mit dem Ergebnis, dass wir erst mal zahlen müssen. Wir können zwar Einspruch einlegen, aber das wird nicht viel bringen. Und der liebe Herr Boswinkel muss wohl Glück gehabt haben, dass der Bescheid für dieses Jahr an ihm vorbeigegangen ist.«

»Na, großartig. Dann werden wir wohl in den sauren Apfel beißen müssen.« Betty seufzte frustriert. »Okay, ich hole die Bescheide heute Abend bei dir ab und kümmere mich morgen um die Überweisung.«

»Oder ich bringe sie dir rüber, wenn ich zurück bin«, schlug Alice vor.

»Machst du dich gleich wieder auf den Weg?«, fragte Betty.

»Ich werde hier noch irgendwo einen Happen essen. Heute früh hatte ich nicht gefrühstückt, bevor wir zu diesem Prommer gefahren sind, und dann wollte ich im Laden was essen, aber da kam der Bescheid dazwischen … oder besser gesagt: *die* Bescheid*e*. Jetzt habe ich Hunger, aber keine Lust, mit dem Essen zu warten, bis ich wieder zu Hause bin. Hier ist doch irgendwo diese Imbissbude, die diese grandiose Currywurst hatte. Da werde ich erst noch was essen und danach losfahren. Ich rufe an, wenn ich zurück bin.«

»Okay, alles Gute«, sagte Betty und legte auf.

Alice musste nicht weit gehen, um fündig zu werden. Die Imbissbude mit dem auffälligen Namen *Hein & Heinz*, benannt nach den Zwillingsbrüdern, die den Laden Mitte der Siebziger eröffnet, vor etlichen Jahren aber an einen Griechen verkauft hatten, lag nur wenige Schritte entfernt. Da bei der Stadtverwaltung wohl keine Pause war, herrschte noch weitgehend Ruhe in dem mit Holztischen und -bänken eingerichteten Lokal. An einem Tisch saßen zwei ältere Männer, die Fischerkleidung zu tragen schienen, die aber beide zu alt wirkten, um tatsächlich noch mit dem Kutter aufs Meer hinauszufahren. Vermutlich waren sie ihr Leben lang Fischer gewesen und fühlten sich in dieser Kleidung am wohlsten.

Hinter der Theke stand Onassis, wie er von seinen Stammgästen genannt wurde. Der wirkliche Name des gebürtigen Griechen war so lang und so kompliziert, dass die meisten an seiner Aussprache scheiterten. Es war die Idee des Mannes selbst gewesen, sich mit Onassis anreden zu lassen, weil er das nach eigenen Angaben wesentlich leichter ertragen konnte als das, was die Deutschen aus seinem wirklichen Namen machten.

»Hallo«, begrüßte er Alice. »Was sollen sein?«

»Einmal Currywurst und eine große Pommes bitte«, sagte sie und musste sich ein Grinsen verkneifen. Sie hatte den Mann bei ihrem Kurzurlaub mit Kathrin und Betty in akzentfreiem Deutsch mit plattdeutschem Einschlag telefonieren gehört, aber sobald er seine Kunden bediente, verfiel in ein gebrochenes Deutsch mit falscher Betonung, als sei er dann als Grieche glaubwürdiger. Vielleicht war es aber auch so, dass jemand eher Ja sagte, wenn er statt »Mit Salat?« in jovialem Tonfall »Du nemme Salatte dazu, ganz frische Salatte?« gefragt wurde.

Alice setzte sich an den Tisch, von dem aus sie das Geschehen auf der Straße beobachten konnte, das sich nach wie vor darum drehte, den Schwertransporter aus der Stadt zu schaffen. Momentan sah es so aus, als müsste er eine komplette Hecke platt walzen, um sich aus der Ecke zu befreien, in die sein Fahrer ihn manövriert hatte.

Ein Mann mit schmalem Gesicht und leicht eingefallenen Wangen betrat die Imbissbude, und sofort wurde er von den beiden ehemaligen Fischern lautstark begrüßt.

»Na, aus der Kur zurück?«, rief der Bärtige dem Neuankömmling zu.

»Ja, sechs Wochen haben mir gereicht«, gab er zurück. »Länger hätte ich den Diätfraß auch nicht mehr ertragen.« An den Griechen gewandt sagte er: »Eine extragroße Pommes mit drei Mal Majo.«

Auf dass zunichte gemacht wird, was der »Diätfraß« erreicht hatte, dachte Alice sarkastisch.

»Und? Hab ich was verpasst?«, fragte der Rückkehrer. »Die alte Heimat steht jedenfalls noch.«

»Was willst du hier schon verpassen?«, konterte der zweite Fischer. »In China fällt wenigstens ab und zu mal ein Sack Reis um, aber hier?« Er zuckte mit den Schultern. »Immer der gleiche Trott.«

»Stimmt doch gar nicht«, widersprach der Bärtige. »Irgendwer hat wohl das *Strandhus* gekauft!«

Alice spitzte die Ohren. Früher oder später musste ja jemand im Ort etwas davon mitbekommen. Sie hatten sich noch nicht als die Käuferinnen zu erkennen geben wollen, daher war sie jetzt umso interessierter, was über sie geredet wurde.

»Eeecht?!«

»Ja, echt. Neulich hat es da von Handwerkern gewimmelt«, ergänzte der Bärtige.

»Hat der alte Boswinkel doch tatsächlich einen Dummen gefunden? Alle Achtung«, meinte der dritte Mann anerkennend.

Alice saß da und hatte das Gefühl, dass sich ihr jeden Moment der Magen umdrehen musste. »Einen Dummen gefunden«? Was sollte das denn heißen?

»Und wen hat es erwischt?«

»Tja, du, keine Ahnung. Wir haben den ollen Claasen befragt, aber der sagt, dass Boswinkel ihm vor ein paar Monaten das Objekt entzogen hat, um sich einen neuen Makler zu suchen, der den Schuppen besser loswerden kann.«

»War wohl ‚ne kluge Entscheidung von Boswinkel, wenn er ihn jetzt los ist. Wo ist Boswinkel eigentlich hin?«

Alice kam es so vor, als hätte sie sich aus der Realität verabschiedet und würde in einer Blase durchs All treiben, wo sie alle Stimmen nur noch aus sehr weiter Ferne wahrnahm. Das konnte doch nicht wahr sein! Nein! Nein, nein, nein!

»Weiß keiner so genau. Der hat wohl jedem was anderes erzählt. Spanien, Italien, Marokko, alles in Richtung Süden. Am Ende hat er sich vielleicht nur über die Grenze nach Dänemark abgesetzt.«

»Das würde dem Drecksack ähnlich sehen. Wie lange stand das *Strandhus* jetzt leer?«

»Fast vier Jahre«, antwortete einer der Männer. Wer es genau war, kümmerte sie nicht, sie musste nur raus hier. Raus hier. Weg hier, nur weg.

Fünfzehn

»Vier Jahre?«, wiederholte Kathrin ungläubig. »Wie ist das denn möglich?« Sie drehte sich zu Betty um. »Du hast doch die Bilanzen gesehen. Der Laden ist eine Goldgrube, hast du gesagt.«

»Ich weiß, was ich gesagt habe«, gab Betty ein wenig gereizt zurück.

Nach der Rückkehr aus Heiligenhafen hatte Alice zunächst sie aus dem Büro abgeholt, ohne ihr jedoch zu sagen, was eigentlich los war. Dann waren sie zur Tierklinik gefahren, wo sie über eine halbe Stunde hatten warten müssen, bis Kathrin endlich für ein paar Minuten die Sprechstunde hatte verlassen können. Auf dem Parkplatz vor der Klinik hatte Alice dann die Bombe platzen lassen.

»Da muss eine Verwechslung vorliegen«, sagte Kathrin.

»Könnte auch eine ›Verwechslung‹ sein«, meinte Alice.

»Was?«

»Na, eine Verwechslung in Anführungszeichen«, erklärte Alice. »Eine Verwechslung, die keine war.«

»Du meinst, Absicht oder so?«, fragte Kathrin.

»Oder so.«

»Sag das doch einfach. Ich bin im Moment etwas zu mitgenommen von dem, was du erzählt hast. Da kann ich nicht um die Ecke denken.«

Alice winkte ab. »Ist auch egal. Tatsache ist, dass wir betrogen wurden. Diese Bilanzen sind doch offensichtlich geschönt worden …«

»Nicht nur geschönt, Alice«, korrigierte Betty sie. »Die Bilanzen sind komplett erfunden, damit wir irgendwelche Fantasiezahlen zu sehen bekommen und denken, dass der Laden am laufenden Band Gewinne einfährt. So was ist arglistig … das ist kriminell!«

»Kommt, wir knöpfen uns Lowitz vor«, rief Kathrin. »Der soll uns bloß nicht wieder einen vom Pferd erzählen, dass er von nichts weiß. Und er soll uns vor allem nicht noch länger vormachen, dass er nicht weiß, wo sich Boswinkel aufhält. Der Kerl weiß ganz genau, was da läuft. Er hat uns schamlos betrogen und uns um unser Geld gebracht.« Sie drehte sich weg. »Ich gehe nur kurz rein und sage Bescheid, dass ich für eine Stunde nicht da sein werde, und dann fahren wir zu ihm.«

»Nein, das werden wir nicht machen«, entschied Betty. »Wenn der Makler von Boswinkel eingeweiht wurde, dann weiß er, dass wir früher oder später die Wahrheit erfahren. Irgendjemand in Heiligenhafen wird uns gegenüber eine Bemerkung darüber machen, dass der Pavillon jahrelang geschlossen war. Das ist nur eine Frage der Zeit, und wir dürfen ihn nicht vorwarnen, indem wir jetzt zu ihm gehen und ihn morgen bei der Polizei anzeigen. Dann kann er sich darauf einstellen, Beweismaterial verschwinden lassen und so weiter. Wir müssen zuerst zu einem Anwalt gehen, ihm die Situation erklären und ihm die Fotos der Bilanzen zeigen. Er muss uns sagen, wie wir am besten gegen Boswinkel und Lowitz vorgehen können. Wenn wir das wissen, können wir uns den Makler vorknöpfen. Aber nicht vorher.«

»Also brauchen wir einen Anwalt«, murmelte Alice. »Und woher nehmen wir den?«

»Wir rufen die Anwaltskammer an«, sagte Kathrin, holte ihr Smartphone aus der Tasche und suchte im Internet nach der Nummer. »Die sollen uns jemanden nennen, der auf Vertragsrecht bei Haus- und Grundbesitz spezialisiert ist. Mit dem setzen wir uns zusammen, damit wir auf der sicheren Seite sind.«

Der Anwalt war schnell gefunden, allerdings konnte er ihnen erst für den nächsten Tag einen Termin kurz vor Mittag geben. Wegen ihres berufsmäßigen Umgangs mit Gesetzestexten erklärte Betty, dass sie den Termin wahrnehmen würde. Mit dieser Absicht ging sie auch noch am Morgen ins Büro, wo ihr Blick auf den Schlüsselbund in der Schublade fiel, an dem sich die verbliebenen Nachschlüssel für die diversen Handwerker befanden. Da war ein Schlüssel zu viel.

»Wie kann das denn sein?«, überlegte sie halblaut und versuchte sich zu erinnern, wo sie den Schlüssel herhatte, den sie am Tag zuvor Prommer übergeben hatte, damit dessen Leute die Geräte in den Pavillon tragen konnten.

Als sie die Schublade darunter aufzog, wurde es ihr klar. Sie kommentierte es mit einem wüsten Fluch. Irrtümlich hatte sie ihm einen Schüssel von dem Reserveschlüsselbund gegeben, nach dem sie immer dann griff, wenn sie eilig weg musste und den eigentlichen Schlüsselbund nicht schnell genug fand.

»Verdammt, jetzt kommen die nicht in den Pavillon«, murmelte sie und griff nach dem Telefon. Unter Prommers Nummer meldete sich nur der Anrufbeantworter und ließ sie wissen: »Sie rufen außerhalb unserer Geschäftszeiten an. Bitte hinterlassen Sie eine Nachricht nach dem Signalton.«

Betty sah auf die Wanduhr. Kurz vor neun. Wenn sie sich beeilte, konnte sie Prommer und seine Leute vielleicht noch erwischen, um ihnen den richtigen Schlüssel zu geben. Dann würde sie es auch noch gerade eben zurück ins Büro schaffen, um einen Mandanten zu empfangen, den sie wegen des Hin und Her rund um den Pavillon schon zwei Mal hatte vertrösten müssen. Bei einem dritten Mal würde sie den Mandanten womöglich verlieren.

Um kurz vor halb zehn hatte sie Klein Barkau erreicht und stellte den Wagen quer in die Zufahrt zum Lager, damit die Monteure ihr nicht davonfahren konnten, während sie im Geschäft nach Prommer suchte. Weit kam sie allerdings nicht, da die Tür zum Ladenlokal verschlossen war. Von innen war ein Zettel aufgehängt worden. »Liebe Kunden, wir sind zurzeit auf Montage. Bitte hinterlassen Sie auf unserem Anrufbeantworter Ihren Namen und Ihre Nummer, wir rufen Sie umgehend zurück.« Darunter war die gleiche Telefonnummer vermerkt, die sie vom Büro aus angerufen hatte. Frustriert schüttelte sie den Kopf. »Das kann doch alles nicht wahr sein!«, fauchte sie und ging zum Wagen zurück. Sie stieg ein, rief den zwei Mal versetzten Mandanten an und machte ihm weis, dass bei einem anderen Mandanten zwei Beamte aufgetaucht waren, die die Maschinen pfänden wollten, ohne die ihr Mandant seine Produktion einstellen musste. Daher könne sie den Termin um halb zwölf nicht wahrnehmen. Es gelang ihr, den Termin auf halb eins zu verschieben, ohne dass der Mandant verärgert reagierte. Tatsächlich war er sogar froh, dass sie ihn angerufen hatte, weil er noch etwas Dringendes zu erledigen hatte, das er lieber früher am Tag tun wollte. Erleichtert legte sie auf und wollte losfahren, da fiel ihr der Termin beim Anwalt ein, der sich jetzt mit dem anderen Termin überschnitt. Sie hatten am Tag zuvor so auf die Sekretärin eingeredet, dass sie unbedingt so schnell wie möglich ihren Fall vortragen mussten, da konnte sie unmöglich absagen. Also musste Ersatz her.

»Das geht nicht«, lehnte Kathrin sofort ab. »Wir haben einen Außentermin auf einem Bauernhof, da müssen wir zu dritt hin.«

»Okay, dann werde ich sehen, ob ich Alice erreiche«, erwiderte Betty.

Dieser nächste Anruf war deutlich erfolgreicher, da Alice sich ohne Zögern einverstanden erklärte, an ihrer Stelle den Anwaltstermin wahrzunehmen. Damit war für Betty der Weg frei, um nach Heiligenhafen weiterzufahren und den Monteuren den richtigen Schlüssel zu bringen.

Es war kurz nach halb elf, als sie in die schmale Straße einbog, die zum Pavillon führte. Betty stutzte, da sie keinen Lastwagen sah, der eigentlich nötig gewesen wäre, um all das herzubringen, was von ihrem Großeinkauf auf Lager war. Auch auf dem angrenzenden Parkplatz stand kein Wagen der Firma Prommer. Irritiert fuhr sie bis zum Ende der Straße, stieg aus und lief auf die Terrasse. Wie zu erwarten, war alles geschlossen, aber es fand sich auch nirgends eine Benachrichtigung, dass man wegen des falschen Schlüssel unverrichteter Dinge wieder zurückgefahren war.

»Konnten die mich nicht anrufen?«, zischte sie verärgert. Der Mann hatte für alle Fälle sämtliche Nummern notiert, um eine von ihnen telefonisch erreichen zu können, sollte es irgendwelche überraschenden Entwicklungen geben, die die Lieferung verhinderten.

Vielleicht hatte er sich aber auch bei Alice gemeldet oder bei Kathrin, überlegte sie, schüttelte aber gleich darauf den Kopf. Nein, das war ausgeschlossen, denn beide hätten sofort bei ihr angerufen. Also hatten die gleich wieder kehrtgemacht, als ihnen klar geworden war, dass sie nicht in den Pavillon gelangen konnten.

War das wirklich so unmöglich gewesen, sich bei ihr zu melden? Oder wollten Prommers Angestellte Zeit schinden, um den Tag mit nur einem Auftrag über die Runden zu bringen? Auf dem Weg hierher war ihr kein Laster oder auch nur ein Transporter begegnet, also mussten sie eine andere Strecke genommen haben. Vermutlich hatten sie sich nur knapp verpasst, aber da sie nicht wusste, wo entlang sie zurück nach Klein Barkau unterwegs waren, blieb ihr nichts anderes übrig, als auch umzukehren und zu Prommers Firma zu fahren, um den Schlüssel dort zu übergeben.

Um halb zwölf kam sie dort an, aber auch jetzt war kein Mensch zu sehen. Im Geschäft war es dunkel, der Zettel hing noch an der Tür, als ihr der Gedanke kam, dass die Monteure womöglich zuvor noch einen anderen Auftrag erledigten, der Vorrang hatte. Letztlich war es ihr egal, ob die Geräte um neun Uhr morgens oder um zwei Uhr am Nachmittag eingebaut und angeschlossen wurden. Es kam nur darauf an, dass es auch wirklich erledigt wurde.

»Wollen Sie zu Prommer?«, riss eine tiefe, durchdringende Stimme sie aus ihren Gedanken.

Sie drehte sich um und entdeckte einen schmächtigen Mann vor dem Wohnhaus auf der gegenüberliegenden Straßenseite. »Ja, wissen Sie zufällig, wie ich ihn erreichen kann?«

Der unrasierte Mann grinste breit und zeigte dabei seine schiefen Zähne. »Nein, leider nicht. Wenn ich das wüsste, hätte ich ihn mir längst vorgeknöpft.«

»Vorgeknöpft?«

»Ja, weil er den Laden dichtgemacht hat. Pleite, Konkurs, aus und vorbei«, redete der Mann verärgert drauflos. »Aber einen Tag vorher tut er noch ganz wichtig und bittet mich, zwei Kühlschränke für ihn anzunehmen, weil er mit seinen Leuten den ganzen Tag auf Montage unterwegs ist. Ich nehme die Monsterschränke an, er kommt abends zurück, holt die Kühlschränke mit dem Gabelstapler von meinem Hof und stellt sie in sein Lager. Am nächsten Tag taucht da drüben kein Mensch mehr auf, und auf einmal fordert der Lieferant von mir, ich solle die Kühlschränke herausgeben, da Prommer die Rechnung nicht bezahlt hat. Ich Idiot hab die Kühlschränke quittiert, aber mir natürlich nicht von Prommer quittieren lassen, dass er die Dinger zu sich geholt hat. Warum auch? War ja all die Jahre nicht nötig. Und jetzt soll ich die Kühlschränke herausgeben oder sie bezahlen. Fünfunddreißigtausend Euro. Ich hab die Schränke quittiert, weil ich meinem Nachbarn behilflich sein wollte, und das ist jetzt die Strafe dafür. Darum passe ich immer auf, ob sich hier was tut und ob er plötzlich doch noch mal auftaucht.«

»Dann waren Sie gestern Morgen nicht zu Hause?«

»Nein, wieso?«

»Weil er gestern Morgen im Geschäft war«, erklärte Betty. »Ich war mit meinen Geschäftspartnerinnen hier, um etwas zu kaufen.«

Der Mann schaute missmutig drein. »Dann will ich für Sie hoffen, dass Sie ihm kein Geld gegeben haben«, sagte er.

Betty zögerte nur einen winzigen Moment lang, der wohl nicht genügte, um sie zu verraten. »Nein, Geld haben wir ihm nicht gegeben.« Nur einen verdammt dicken Scheck!

Sie holte eine Visitenkarte aus der Tasche und gab sie dem Mann. »Wenn Sie Prommer sehen sollten, sagen Sie mir doch bitte Bescheid. Ich habe mit dem Mann auch noch eine Rechnung offen.«

»Ja, kann ich gern machen«, bestätigte er. »Kann ich zu irgendwelchen Zeiten nicht anrufen?«

»Wenn Sie diesen Prommer sehen, können Sie mich jederzeit anrufen«, versicherte sie ihm. »Und rufen Sie vor allem auch gleich die Polizei an. Der soll sich ruhig seinen Gläubigern stellen.«

Der Mann grinste breiter als zuvor. »Sie haben ihm doch Geld gegeben, richtig?«

Betty zuckte mit den Schultern. »Einen Barscheck.«

»Den hat er längst eingelöst«, versicherte er ihr, während sie ihre Bank anrief. Nach einer endlos langen Zeit nahm endlich jemand den Hörer ab. Und dann brauchte sie keine zwei Minuten, um zu erfahren, dass der Scheck am Vortag noch vor der Mittagspause eingelöst worden war.

»Sie müssen gar nichts sagen, Ihre Miene verrät alles«, sagte der schmächtige Mann und sah sie mitfühlend an.

»Aber wieso war Prommer gestern Vormittag hier in seinem Laden, wenn er pleite ist und auch noch untergetaucht ist?«, wunderte sie sich.

»Der kommt von Zeit zu Zeit her und schafft kleinere Sachen weg, die er dann wohl auf ebay verscherbelt«, erklärte der Mann. »Ich hab das dokumentiert und immer wieder Fotos durch das Schaufenster gemacht. Prommer muss sich irgendwo versteckt halten und warten, bis ich das Haus verlasse. Was zwischen zwei Fotos verschwindet, ist nicht viel mehr als das, was man in zwei großen stabilen Taschen wegtragen kann. Vermutlich kommt er durch den Wald her und räumt nach und nach seinen Laden leer. Merkt ja keiner. Die Lieferanten, so wie der mit den Kühlschränken, sitzen über ganz Deutschland verteilt. Von denen hat keiner Zeit, sich hier hinzustellen und darauf zu warten, dass ihm Prommer über den Weg läuft.«

Betty nickte verstehend, verabschiedete sich und fuhr zurück nach Kiel. Als sie endlich wieder im Büro war, zeigte die Uhr kurz nach zwölf. Sie hatte es noch gerade vor ihrem Termin geschafft, musste aber einen Blick in die Unterlagen werfen, um ihr

Wissen über den Stand der Dinge aufzufrischen. Trotzdem musste sie unbedingt noch Alice erwischen, damit die neben der Sache mit dem Makler auch die Prommer-Pleite zur Sprache brachte. Der Kerl hatte sich allem Anschein nach mit ihren achtzehntausend Euro aus dem Staub gemacht, die sie mit ziemlicher Sicherheit abschreiben konnten. Nicht nur das, sie würden auch noch mal mindestens den gleichen Betrag ausgeben müssen, um all das ein zweites Mal zu kaufen, was ihnen nicht geliefert worden war.

Wenn sie die Gebühr für dieses und das nächste Jahr dazurechnete, die sie früh am Morgen überwiesen hatte, dann war der verbliebene Lottogewinn inzwischen auf hundertsechzigtausend Euro zusammengeschrumpft – und sie hatten noch nicht einen Euro Umsatz gemacht.

Wobei es auf einem ganz anderen Blatt stand, ob sie überhaupt jemals einen Euro Umsatz machen würden. Wenn sie dem Makler arglistige Täuschung nachweisen konnten, würde sie das vielleicht in die Lage versetzen, den Kaufvertrag rückgängig zu machen. Das würde ihnen zwar nicht das investierte Geld zurückbringen, denn Boswinkel war ja nicht auffindbar, die Handwerker hatten alle ihre Arbeit geleistet, also konnte man nichts von ihnen zurückfordern, die bestellte Treppe war bereits bezahlt und in Arbeit, Prommer war so wie Boswinkel mit ihrem Geld auf und davon, und die Behörde, die die Strandbenutzungsgebühr einkassiert hatte, würde die Summe auch nicht ohne Kampf wieder herausgeben. Aber selbst wenn diese Beträge alle verloren waren, würden sie nicht länger Eigentümer des *Strandhus* sein, und sie würden das restliche Geld untereinander aufteilen. Etwas mehr als fünfzigtausend Euro waren immer noch ein ordentliches Taschengeld.

Aus ihrem Telefon ertönte das Freizeichen, aber Alice meldete sich nicht, und schließlich sprang die Mailbox an. »Ruf mich sofort an, wenn du das hörst. Es ist dringend!«, war alles, was sie ihr als Nachricht hinterließ, dann legte sie auf.

Alice war heilfroh, als sie nach der dritten vergeblichen Runde um den Häuserblock endlich einen Parkplatz fand, auch wenn der nicht so nah an der Kanzlei lag, wie es ihr lieb gewesen wäre. Sie sah auf die Uhr im Armaturenbrett: fünf vor zwölf. Sie musste sich beeilen, wenn sie noch pünktlich sein wollte, also lief sie los, nachdem sie noch schnell einen Parkschein gezogen hatte. Die ausgedruckten Fotos, die die angeblichen Bilanzen des Strandpavillons zeigten, hatte sie in die Handtasche gesteckt, um sie ja nicht im Wagen zu vergessen. Auf diese Fotos kam es ja schließlich an. Sie waren der Beweis, mit dem sie Lowitz wegen Betrugs drankriegen konnten.

Als sie das Bürogebäude erreicht hatte, in dem sich die Kanzlei befand, stürmte sie durch die Eingangstür und stieß mit einem Mann zusammen, der dort stand und wohl auf jemanden wartete. Der Schwung, mit dem sie gegen ihn rannte, genügte, um ihn zwei Schritte nach hinten taumeln und den Halt verlieren zu lassen. Zum Glück lief der Sturz glimpflich ab, da der Mann auf einem Sofa der Sitzgruppe landete, die man im Foyer gegenüber vom Empfang aufgestellt hatte. Alice fand sich quer auf seinem Schoß wieder, die Arme um seinen Hals geschlungen, während er sie fest an sich drückte.

Sekundenlang sahen sie sich in die Augen. Alice konnte nicht anders, als feststellen, dass es sich normal und richtig anfühlte, in den Armen dieses wildfremden Mannes zu liegen, der so verdammt gut aussah und der rein gar nichts von ihrem Jugendschwarm oder von ihren beiden Ex-Männern an sich hatte. Er war einfach … perfekt.

»Alles in Ordnung?«, fragte er besorgt. Dieselbe Sorge spiegelte sich auch in seinen steingrauen Augen wider.

»Ich … ich bin Alice«, entgegnete sie und lächelte ihn verzückt an, während eine Stimme in ihrem Hinterkopf lautstark lospolterte und wissen wollte, was denn das für eine Antwort sein sollte. *Wieso stehen Sie so dämlich im Weg, wenn ich da gerade lang muss? So muss das heißen,* beharrte die Stimme.

»Alice? Freut mich, dich kennenzulernen, Alice. Ich bin Gregor.«

»Gregor … ein seltener Name, glaube ich«, sagte sie verträumt. »Gregor wie …« Plötzlich wurde ihr etwas bewusst. »Gregor wie in Gregor Heldt?«

Er nickte, und als er dabei lächelte, bildeten sich links und rechts von seinem Mund kleine Grübchen, die ihr einen leisen Seufzer entlockten. Sie zuckte zusammen und riss sich abermals aus ihrer Träumerei. Schließlich war sie nicht zum Vergnügen hier, sie hatte eine Aufgabe zu erledigen. Hastig nahm sie die Arme weg, stieß sich von seinen Schultern ab und stand auf. »Entschuldigen Sie, Herr Heldt, das ist … ich … ich bin Alice Berrendorf, und ich nehme den Termin wahr, den Frau Hansen mit Ihnen vereinbart hat.«

»Ah, ich weiß, sie hatte gestern angerufen.« Er erhob sich ebenfalls von der Couch und sah sie freundlich an. »Aber wir müssen doch nicht zum Sie zurückwechseln, oder?«

»Wäre doch angebracht, oder?« Sie sah ihn fragend an.

»Nun, es ist so, dass ich dich … Sie … egal, dass ich dich fragen wollte, ob wir die Angelegenheit beim Essen bereden können. Gleich um die Ecke ist ein exzellenter Italiener. Ich habe nachher noch einen Termin, der mindestens vier Stunden dauern wird, und dafür muss ich entsprechend gestärkt sein. Sonst stehe ich das nicht durch.«

Sie zuckte mit den Schultern. »Von mir aus gern, Herr … Gregor.«

»Na, bitte, geht doch«, sagte er erfreut und hielt ihr den Arm hin, damit sie sich bei ihm unterhakte.

Das Essen war tatsächlich hervorragend, überlegte Alice, als sie eine Dreiviertelstunde später auf dem Weg zurück zu ihrem Wagen war. Außerdem war dieser Gregor ein sehr sympathischer Mann … er war sogar mehr als das, auch wenn sie darüber jetzt absolut nicht nachdenken wollte. Er konnte zuhören, er ließ sie ausreden, er war charmant, aufmerksam, aber nicht aufdringlich. Er war intelligent, und er sah wirklich gut aus. Blendend. Er sah blendend aus, korrigierte sie sich.

Und er war wirklich nicht so wie ihr Schulschwarm oder wie ihre beiden Ehemänner, was Betty ihr ja vorgehalten hatte. Zu Recht, wie sie zugeben musste.

Sie hatte ihren Wagen erreicht und schloss die Tür auf, stieg ein und entdeckte ihr Smartphone in der Ablage der Mittelkonsole. »O Gott, das habe ich ja ganz vergessen«, murmelte sie und nahm das Handy an sich. Auf dem Display wurde angezeigt, dass Betty in der Zwischenzeit vier Mal angerufen und sechs SMS geschickt hatte.

Kurzerhand rief sie Betty an, anstatt erst noch die Mailbox abzuhören oder die SMS zu lesen. Nach dem zweiten Klingeln meldete sich Betty mit den Worten: »Und? Wie war's? Was hat er gesagt?«

»Was?«, gab Alice verdutzt zurück. »Wovon redest du?«

»Von unserem Pavillon natürlich!«, fuhr Betty sie an. »Von diesem hinterhältigen Makler! Wovon denn sonst?«

»Ich …«, begann Alice ohne zu wissen, was sie sagen wollte. Die Zeit schien mit einem Mal stillzustehen, als ihr bewusst wurde, dass sie mit Gregor … mit ihrem Anwalt über alles geredet hatte, nur nicht über die Angelegenheit, die sie überhaupt hergeführt hatte. O Gott, was würden Betty und Kathrin bloß zu so viel Dummheit sagen?

»Hallo?«, tönte es aus dem Lautsprecher.

»Betty, bist du noch da?«, rief sie spontan. »Hörst du mich?«

»Jetzt ja, aber davor war die Leitung tot. Hast du etwas erreichen können? Haben wir gegen …«

»O verdammt!«, fiel Alice ihr ins Wort. »Ich habe meine Tasche liegen lassen. Ich muss zurück in die Kanzlei. Ich rufe dich später wieder an!« Dann legte sie auf, bevor Betty noch etwas sagen konnte, und hetzte zurück zur Kanzlei.

Sie stürmte in dem Moment ins Vorzimmer, als Gregor den Mandanten in sein Büro vorgehen ließ, von dem er gesprochen hatte und der der Grund war, wieso das Mittagessen so kurz ausgefallen war.

»Gregor«, rief sie und lief zu ihm. Die Empfangsdame wollte

aufspringen, um sie aufzuhalten, aber der Anwalt gab ihr ein Zeichen, dass alles in Ordnung war.

»Alice! Ich hätte nicht gedacht, dass ich dich so schnell wiedersehe«, sagte er. »Ist irgendetwas passiert?«

»Nein, passiert ist genau genommen überhaupt nichts«, erwiderte sie und zog die ausgedruckten Fotos der Bilanzen aus der Tasche. »Aber in der Sache hätte etwas passieren müssen.«

»In der Sache …?« Er stutzte, dann musste er lachen. »Wir haben gar nicht über den Fall gesprochen, nicht wahr?«

»Keine Silbe«, bestätigte sie.

»Hm, das ist nicht gut«, stellte er fest und sah zur Tür zu seinem Büro, dann sagte er zur Empfangsdame: »Eva, bringen Sie Herrn Weber bitte einen Kaffee und sagen Sie ihm … ach, sagen Sie ihm, es dauert noch ein paar Minuten, weil ich hier einen Notfall habe, und zeigen Sie ihm unsere neue Kaffeemaschine. Er wird von dem kleinen Wunderwerk so begeistert sein, dass er gar nicht merkt, wie die Zeit vergeht.«

»Wird erledigt«, sagte die Frau und ging in sein Büro. Dabei warf sie Alice einen sehr, sehr skeptischen Blick zu.

»Komm mit.« Gregor fasste Alice am Ellbogen und dirigierte sie in einen kleinen Besprechungsraum links von der Empfangstheke.

Ihr fiel auf, dass er die Tür offen ließ, wohl um dieser Eva zu zeigen, dass es tatsächlich um einen Fall ging und in dem Zimmer nichts Ungehöriges passierte.

Er nahm die Ausdrucke an sich, während Alice ihm erklärte, was sich zugetragen hatte. Gregor hörte aufmerksam zu und nickte, dabei machte er auf einem bereitliegenden Block Notizen. Schließlich fragte er: »Und das sind Fotos der Bilanzen, die dieser Lowitz euch gezeigt hat?«

»Ja.«

»Und er hat auch gesagt, dass es sich um die Bilanzen eures Strandpavillons handelt?«

Alice musste kurz nachdenken. »Nein … nein, das hat er nicht gesagt.«

»Was hat er stattdessen gesagt?«

»Ich … lass mich überlegen. Er hat dazu gar nichts gesagt«, antwortete sie zögerlich.

»Gar nichts? Dann … dann hat er euch die Bilanzen wortlos hingehalten?«, fragte er verwundert.

»Ähm … nein, nein, er hat gar nichts gemacht. Er hat sie nur auf den Tisch gelegt.«

»Kommentarlos?«

»Ja. Ich kann mich nicht daran erinnern, dass er irgendwas dazu gesagt hat.«

Der Anwalt sah sie abwartend an, bis sie den Kopf schüttelte und bekräftigte: »Er hat diese Mappe nur auf den Tisch gelegt.«

»Und er hat euch einfach die Mappen durchsehen lassen? Ohne etwas dazu zu sagen?«

»Nein, da war er ja schon wieder weg«, sagte sie.

Gregor zog die Augenbrauen hoch. »Er war weg?«

»Ja, er musste überraschend weg, weil er noch einen anderen Termin hatte. Er sagte zu uns, wir sollten einfach die Tür zuziehen, wenn wir gehen, dann könne man sie von außen nicht ohne Schlüssel öffnen.«

»Und nachdem er weg war, habt ihr euch diese Bilanzen angesehen?«

Sie nickte. »Vorher nicht.«

»Und?«

»Was und?«

»Was ist dann passiert?«

»Betty hat alle Seiten fotografiert, weil wir da ja keine Möglichkeit hatten, etwas zu kopieren«, sagte Alice.

»Habt ihr ihm das gesagt?«, fragte Gregor. »Dass ihr alles fotografiert habt?«

Sie schüttelte den Kopf. »Nein, warum?«

»Weil es doch sein könnte, dass hier irgendein Irrtum oder eine Verwechslung vorliegt«, gab er zu bedenken. »Wenn ihr ihm gesagt hättet, dass ihr euch seine mitgebrachten Unterlagen angesehen und sie abfotografiert habt, wäre es ihm möglich gewesen, einen eventuellen Irrtum aufzuklären, bevor ihr den Pavillon kauft.«

»Okay«, lenkte sie ein. »Das ist zwar richtig, aber in dem Fall ist ja ein Irrtum ausgeschlossen, weil auf jedem Blatt in der Kopfzeile das *Strandhus* erwähnt wird. Wenn da *Zur Miesmuschel* gestanden hätte, wären uns die Bilanzen egal gewesen. Aber so hatten wir wenigstens einen Anhaltspunkt … allerdings einen gefälschten«, fügte sie betreten hinzu.

Während er sich weiter Blatt für Blatt ansah, wurde sie aus einem unerfindlichen Grund immer unruhiger. Obwohl … so ganz unerfindlich war der Grund ja nicht. Ihre eigenen Antworten waren der Grund, denn je länger sie darüber nachdachte, desto mehr musste sie zugeben, dass Lowitz ihnen eigentlich gar nichts zur Vorgeschichte des *Strandhus* erzählt hatte, weil ihm der Verkauf ja erst kurz zuvor aufgetragen worden war.

Gregor tippte etwas auf dem Laptop ein, der auf dem Konferenztisch stand, schließlich fragte er: »Wie heißt euer Pavillon?«

«Strandhus.«

»Nur *Strandhus*? Nichts davor, nichts dahinter? Kein *Im Strandhus*? Oder *Kleines Strandhus*? Irgendetwas in dieser Art?«

Sie schüttelte nachdrücklich den Kopf. Das wusste sie mit absoluter Sicherheit.

Wieder tippte er etwas ein, betrachtete konzentriert den Bildschirm und nickte schließlich. »Da haben wir es ja«, murmelte er.

Alice sah ihn fragend an, während er missmutig den Mund verzog und tief durchatmete.

»Tja, wir können zwar mit einem gewissen Recht Herrn Lowitz fragen, warum er diese Bilanzen mitgebracht hat«, begann er. »Aber das wird irrtümlich geschehen sein. Und da er zu keinem Zeitpunkt etwas zu den Unterlagen gesagt hat, kann man ihm auch keine Täuschungsabsicht nachweisen.«

»Wieso bringt er denn überhaupt Bilanzen der letzten vier Jahre, wenn das Lokal in den vier Jahren gar nicht geöffnet hatte?«, argumentierte sie dagegen. »Selbst wenn er nichts gesagt hat, sind das doch offensichtlich gefälschte Bücher.«

Der Anwalt schüttelte den Kopf. »Diese Bilanzen betreffen ein Lokal mit dem Namen *Het Strandhus* bei Travemünde, euer Pavillon heißt einfach nur *Strandhus*. Das ist zwar nur ein kleines Wort, aber es bedeutet einen himmelweiten Unterschied. Das *Het Strandhus* ist derzeit geöffnet, du kannst dort für heute Abend einen Tisch reservieren. Und es wird seit Kurzem im Bestand des Immobilienmaklers Lowitz geführt. Offenbar hatte er diese Unterlagen bereits übergeben bekommen, als er euch euren Pavillon verkauft hat. Eine Täuschungsabsicht ist damit so gut wie ausgeschlossen. Jeder Richter wird euch fragen, wie genau ihr die Bilanzen gelesen habt und ob ihr nicht mal wisst, wie euer eigenes Lokal heißt. Ihr könntet auf keinen Fall damit argumentieren, dass ihr euch geirrt habt, weil man bei solchen Dingen nun mal genau hinsieht. Aber ihr habt noch schlechtere Chancen als ›Normalbürger‹, weil Betty Hansen Steuerberaterin ist, und von ihr kann man erst recht erwarten, dass sie die Augen aufmacht. Ich würde ohnehin davon abraten, den Makler zu verklagen, weil eigentlich alles gegen euch, aber nichts gegen ihn spricht. Vor allem aber würde ich dringend von so einer Argumentation abraten, weil eure Steuerberaterin sich damit nur selbst schaden könnte. Wenn das hier ein findiger Reporter mitbekommt, der gerade Langeweile hat, macht er daraus eine Geschichte über ein Frauentrio, das nicht richtig lesen kann, sich über den Tisch ziehen lässt und dann auch noch zu klagen versucht. Und wenn er schon dabei ist, wird er es sich bestimmt nicht nehmen lassen, über diese Betty ganz besonders herzuziehen. In Zeiten von Facebook und Twitter macht so was so schnell die Runde, dass ihr euch wünschen werdet, niemals auch nur einen Ton gesagt zu haben.«

Alice saß zusammengesunken da, woraufhin er um den Tisch herumging und eine Hand auf ihre Schulter legte. »Alice, es tut mir ja leid. Ich hätte euch gern geholfen, aber ich würde euch nur falsche Hoffnungen machen, und die würden euch nur noch mehr Geld kosten.«

»Ja, ich versteh das schon«, murmelte sie und legte ihre Hand auf seine. »Es ist nur so, dass wir diesen wunderschönen Traum vom eigenen Strandpavillon hatten, und Stück für Stück wird dieser Traum durch einen Albtraum ersetzt. Vielleicht wäre es das Beste für uns alle, wenn eine Sturmflut kommt und den Pavillon wegspült. Dann bekommen wir wenigstens von der Versicherung ein paar Euro zurück. Hoffe ich jedenfalls. Ich muss unbedingt Betty fragen, ob Sturmflutschäden mit abgedeckt sind. Bei unserem Glück vermutlich nicht.«

»Jetzt lass den Kopf nicht hängen, Alice«, sagte Gregor und zog sie von ihrem Stuhl hoch, damit er sie ansehen konnte. »Ihr bekommt das schon in den Griff. Wenn deine Freundinnen genauso engagiert sind wie du, dann werdet ihr einen Weg finden, um euch euren Traum zurückzuholen. Davon bin ich überzeugt.«

»Wenigstens einer«, gab sie ironisch zurück. »Okay, danke, dass du dir die Zeit genommen hast. Die Adresse für die Rechnung maile ich dir nachher noch rüber, einverstanden?«

»Eine Rechnung muss ich nicht schreiben«, erwiderte er amüsiert. »Eine solche Beratung wie gerade eben wird mit der Annahme meiner Einladung zum Abendessen in einem Restaurant deiner Wahl beglichen.«

Alice musste lachen. »Das ist nicht dein Ernst.«

»Doch, absolut«, beteuerte er. »Ich hoffe, dass du meine Beurteilung eurer Chancen nicht persönlich nimmst und wir uns wiedersehen werden.«

Sie nickte bedächtig. »Ich glaube, ich kann Privates von Beruflichem ganz gut trennen.«

»Freut mich, das zu hören, Alice.«

»Aber … jetzt muss ich wirklich gehen, Gregor. Ich will meine Freundinnen nicht noch länger auf die Folter spannen.« Sie verabschiedete sich und machte sich auf den Weg zu ihrem Wagen. Als sie eingestiegen war, wählte sie zunächst Bettys Nummer. Es war besser, ihr die schlechten Neuigkeiten zuerst mitzuteilen. Kathrin konnte sich das alles anhören, wenn ihr Dienst vorüber war, sonst würden noch während der Behandlung einer kranken

Katze ihre Gedanken um diese neuesten Entwicklungen und die möglichen Folgen kreisen und sie würde womöglich einen schrecklichen Fehler machen.

»Ja?«, meldete sich eine sehr ungeduldig klingende Betty.

»Ich hoffe, du sitzt«, begann Alice mit leiser Stimme.

Am darauf folgenden Freitag saßen Betty und Alice an einem der Tische auf der Terrasse des *Strandhus* und schauten hinaus auf die Ostsee.

»Von unserem Meerblick können wir uns dann auch nichts mehr kaufen, wenn das stimmen sollte«, sagte Alice und tippte auf die Zeitung, die vor ihr auf dem Tisch lag.

»Warten wir erst mal ab, was Kathrin zu hören bekommt«, meinte Betty beschwichtigend.

»Denkst du wirklich, dass wir mit diesem Laden tatsächlich mal irgendwas Positives zu hören bekommen, was darauf hoffen lassen würde, dass wir irgendwann ein paar Euro verdienen werden?«

Betty zuckte mit den Schultern. »Jede Talfahrt hat mal ein Ende.«

»Ja, und zwar im Tal, und wenn man erst mal im Tal zu stehen steht, fehlt einem die Kraft, um noch mal einen Aufstieg zu schaffen.«

»Da kommt Kathrin«, sagte Betty in der Hoffnung, Alice aus ihrer düsteren Stimmung herauszuholen. Das war nicht nur für Alice nötig, sondern auch für sie selbst, weil es ihr schon schwer genug fiel, ihren eigenen wackligen Optimismus zu bewahren.

Als Kathrin die Terrasse betrat, wusste Betty, dass sie vergebens gehofft hatte. Die Miene der Tierärztin verriet, dass sie keine Entwarnung geben konnte.

»Und?«, rief Alice ihr zu.

Kathrin schüttelte niedergeschlagen den Kopf. »Der Artikel trifft zu. ›Camping-Klausi‹ will seinen ganzen Platz sanieren und für mindestens neun Monate schließen, beginnend Anfang Januar oder Anfang Februar«, sagte sie und zog einen Stuhl heran.

»Das heißt, wir haben nicht nur eine Bruchbude gekauft, die seit vier Jahren im Dornröschenschlaf gelegen hat und uns inzwischen rund zweihundertfünfzigtausend Euro gekostet hat«, zählte Alice auf, »sondern wir müssen jetzt auch noch ein Jahr lang auf gut und gerne die Hälfte der Einnahmen verzichten, die uns die Leute vom Campingplatz eingebracht hätten?«

»So sieht es aus«, gab Kathrin leise zurück.

»Na ja, wir haben ja immer noch unseren Meerblick«, fügte Alice zynisch hinzu. »Teuer erkauft, aber er gehört uns.«

»Wir warten, bis wir die verdammten Fenster haben, und dann arrangieren wir einen große Pressetermin, um unseren umweltfreundlichen und emissionsarmen Pavillon vorzustellen«, hielt Betty dagegen.

»Ja, ja«, murmelte Alice und winkte desillusioniert ab. »Vielleicht geschieht ja auch ein Wunder, und gleich kommt uns ein Scheich besuchen, der uns den Pavillon für hundert Millionen Euro abkaufen will.«

Kopfschüttelnd drehte sich Alice weg und sah hinaus aufs Meer. Der einzige, mikroskopisch kleine Trost bestand darin, dass es mit vierzehn Grad für Mitte Dezember ungewöhnlich warm war. Deshalb konnten sie hier draußen sitzen, die Sonne genießen und sich einen lauen Wind um die Nase wehen lassen.

»Entschuldigen Sie?« Eine jung klingende Frauenstimme ertönte hinter ihnen. Sie drehten sich um und entdeckten eine blonde Zwanzig-, vielleicht sogar erst Achtzehnjährige, die zögernd um die Ecke des Pavillons schaute. »Sind Sie hier noch mit Renovieren beschäftigt oder haben Sie schon geöffnet?«

»Wir renovieren noch«, antwortete Betty und wollte anfügen, dass sie ihr allenfalls einen Becher Kaffee aus der Thermoskanne anbieten konnten.

»Hervorragend. Ich bin gleich wieder da!« Dann eilte die junge Frau in Richtung Straße davon.

Kathrin, Alice und Betty sahen sich an.

»Was war das denn?«, fragten sie gleichzeitig.

Sechzehn

»Sehen Sie, in unserer Geschichte geht es darum, dass ein weltbekannter Schriftsteller vor Jahren abrupt untergetaucht ist und niemand etwas über seinen Verbleib weiß«, erklärte die Frau mit der wilden roten Lockenmähne, nachdem sie sich ihnen als die Filmproduzentin Janette Cavalla vorgestellt hatte. »Da er Amerikaner ist, denken natürlich alle, dass er sich dort auch immer noch aufhält. Weil sie in den falschen Zug eingestiegen sind, verschlägt es ein US-Touristenpaar auf Deutschlandreise hierher an die Ostsee. Obwohl die beiden eigentlich Hamburg besuchen wollten, gefällt es ihnen in dem kleinen Fischerdorf so gut, dass sie dort einfach noch eine Weile bleiben. Eines Tages sitzen sie in einem kleinen, etwas heruntergekommenen Strandpavillon ...« Sie hob beschwichtigend die Hände. »Verstehen Sie das bitte nicht so, als wäre Ihr Strandpavillon heruntergekommen, wir müssten hier noch einiges umdekorieren ... auf jeden Fall werden sie auf den Besitzer des Pavillons aufmerksam, der dem verschwundenen Schriftsteller verblüffend ähnlich sieht, natürlich zehn oder fünfzehn Jahre älter als bei seinem letzten öffentlichen Auftritt, aber er scheint es zu sein.« Sie nickte nachdrücklich. »Und dann beginnt ein Katz-und-Maus-Spiel, weil die beiden herausfinden wollen, ob er der Gesuchte ist oder nicht. Der Besitzer verhält sich auch ein wenig seltsam, sodass man als Zuschauer immer wieder verunsichert und auf eine falsche Fährte gelockt wird.«

»Und so etwas wird hier gedreht?«, fragte Betty erstaunt.

»Ja, die Geldgeber kommen mittlerweile aus aller Welt, und wenn ein deutscher Geldgeber für ein Viertel der Produktionskosten aufkommt, hat er auch ein Mitspracherecht, was die Besetzung und die Crew und die Drehorte angeht«, erklärte Janette. »Das ist einer der Gründe, warum Filme in den Babelsberger

Studios gedreht werden, obwohl man das Gleiche auch in Hollywood filmen könnte. Ein anderer Grund sind steuerliche Vergünstigungen und Zuschüsse, zum Teil auch der Einfluss der Gewerkschaften, der in den USA viel größer ist als bei uns.«

»Hm, das klingt alles sehr interessant, Frau Cavalla«, erwiderte Alice. »Ich kann Ihnen momentan nur in einem Punkt nicht folgen: Warum erzählen Sie uns das alles?«

Die Rothaarige atmete tief durch. »Ich erzähle Ihnen das, damit Sie wissen, um was es geht, bevor ich Ihnen die eigentlich entscheidende Frage stelle. Wenn Sie die Umstände nicht kennen, sagen Sie womöglich Nein, und ein Nein wäre … nun, sagen wir, das wäre etwas unpraktisch.«

»Und wie lautet diese alles entscheidende Frage?«, hakte Kathrin nach.

»Dazu komme ich gleich, Frau Moll«, sagte die Produzentin, die sich zwingen musste, nicht nach ihrem Smartphone zu greifen, obwohl zu hören war, dass eine SMS nach der anderen einging.

»Sie sind wohl sehr gefragt«, stellte Alice fest.

»Manchmal ja«, gab Frau Cavalla zu und nickte ernst. »Aber tatsächlich ist es so, dass mich Dutzende Leute in ihren SMS-Verteiler aufgenommen haben. Sobald die etwas verschicken, bekomme ich automatisch eine Nachricht, ob sie mich nun interessiert oder nicht. Aber egal. Zu meinem Anliegen: Wir hatten eigentlich geplant, diesen Film in einem ähnlichen Pavillon einige Kilometer westlich von hier zu drehen. Unser Location Scout hatte da den idealen Pavillon entdeckt, das ganze logistische Umfeld stimmte. Unser Wagentross war schon dorthin unterwegs, weil wir uns da gestern niederlassen wollten. Und jetzt ist das Gebäude durch einen technischen Defekt in Flammen aufgegangen und vollständig niedergebrannt. Wir haben noch gestern begonnen, nach einem Ausweichdrehort zu suchen, und dabei sind wir auf Ihren Pavillon gestoßen. Er entspricht nicht ganz den Anforderungen, die das Drehbuch stellt, weil das von den Abläufen her auf das zerstörte Lokal zugeschnitten war. Dort war die Theke anders angeordnet, und wenn wir hier filmen sollten, müssten die Anweisungen für die Schauspieler geändert werden, dass sie zum Beispiel nach links und nicht nach rechts gehen müssen, wenn sie hinter der Theke hervorkommen sollen. Aber wenn wir Ihr Einverständnis bekommen, kann man diese Anpassungen bis morgen früh einarbeiten.«

»Dann lautet Ihre Frage also, ob wir einverstanden sind, dass Sie diesen Film in unserem Pavillon drehen?«, entgegnete Betty erfreut.

»Ich denke, das ist offensichtlich geworden«, bestätigte Janette lächelnd. »Und? Was sagen Sie dazu?«

»Da sagen wir natürlich …«, begann Betty.

»… dass wir erst etwas mehr darüber wissen müssten, wie lange die Dreharbeiten dauern werden und was das konkret für uns bedeutet«, wurde sie von Alice unterbrochen, die ihr einen warnenden Blick zuwarf.

»Also konkret sieht das so aus, dass wir von zweiundvierzig Drehtagen ausgehen, möglicherweise etwas mehr«, antwortete Janette. »Der Regisseur möchte der eigentlich gemächlichen Geschichte viele verschiedene Einstellungen entgegensetzen, die auch viele Schnitte bedeuten. Wenn ich seine Notizen richtig in Erinnerung habe, gibt es einige Dialogszenen, die aus zwölf Perspektiven gefilmt werden sollen, aber natürlich nicht gleichzeitig, also wird die Szene zwölf Mal gedreht, und natürlich werden ihm die ersten drei Anläufe *gar nicht* gefallen.« Sie verdrehte die Augen und lächelte. »Künstler halt. Und Leute wie ich müssen dann dafür sorgen, dass wir im Zeitplan und im Budget bleiben. Diese voraussichtlich zweiundvierzig Drehtage beginnen am siebenundzwanzigsten Dezember, weil die wichtigen Schauspieler und der Regisseur erst noch zu Hause Weihnachten feiern wollen. Bis dahin liegt aber ein enger Zeitplan vor uns, weil die meisten Szenen ein paar Mal vorab durchgespielt werden, um festzulegen, wo die Scheinwerfer hinkommen, wo Platz für die Kamera ist und so weiter. Das soll alles dazu beitragen, dass zügiger gearbeitet werden kann, wenn die teuren Stars eintrudeln.

Wenn diese Szenen alle im Kasten sind, werden der Regisseur und die Stars wieder abreisen, und ein zweites Kamerateam filmt dann noch Ansichten vom Strand, den Pavillon aus allen möglichen Perspektiven und zu allen Tageszeiten, außerdem Nachtbilder, Sonnenuntergänge, vorbeifliegende Möwen, Hunde, die am Strand herumtollen. All der Kleinkram, mit dem sich der Regisseur nicht befassen will, weil er ihn kreativ gesehen unterfordert. Glücklicherweise ist das so, möchte ich sagen, weil er viel zu gut bezahlt wird, um sich darum zu kümmern.«

»Das heißt, Sie machen es sich ab heute hier gemütlich, und am siebenundzwanzigsten beginnen dann die zweiundvierzig Drehtage«, rechnete Alice aus. »Damit wären wir in der zweiten Februarwoche, und der Rest nimmt wie viel Zeit in Anspruch? Eine Woche? Also ungefähr Mitte Februar, richtig?«

»Ja, plus ein paar Tage Reserve, falls irgendetwas nicht nach Plan läuft«, erwiderte Janette. »Also mit Tendenz zum zwanzigsten Februar. Würde Ihnen das passen?«

»Das wäre …«, begann Kathrin, doch Alice kam ihr zuvor.

»Frau Cavalla, wir müssten uns kurz unseren Zeitplan ansehen, weil hier noch verschiedene Dinge erledigt werden müssen und weil wir auch noch auf eine neue Kücheneinrichtung und neue Tische und Stühle warten. Wenn Sie bis zum zwanzigsten Februar bleiben, dann können wir ja nicht am zwanzigsten Januar die neuen Stühle hinstellen und die alten wegwerfen, während Sie noch hier filmen.«

»Ja, natürlich, gut, dass Sie daran denken«, sagte die Produzentin. »Ich werde die Zeit nutzen und nachsehen, wer alles was von mir wollte.« Sie nickte den dreien zu und ging nach draußen.

»Hast du irgendeinen Terminplan für diese Bude hier, in der auch nur ein Termin eingetragen ist?«, wollte Kathrin wissen.

»Natürlich nicht, aber das muss sie ja nicht wissen«, entgegnete Alice. »Und jetzt lasst mich mal ein paar Minuten recherchieren.«

Betty und Kathrin sahen ihr zu, wie sie nach ihrem Tablet griff, zunächst die Internetseite der Produktionsgesellschaft aufrief und sie überflog. »Ah, da ist er ja. Sieh an, Matt Damon spielt die Hauptrolle, Daisy Ridley und Chris Hemsworth sind das Touristenpaar. Hui, hundertfünfzig Millionen Dollar Bugdet. Stolze Summe. Und jetzt das noch …«

»Google Earth? Was suchst du? Heiligenhafen? Du weißt doch, wo wir sind.«

»Ich will was ganz anderes rauskriegen, das weiß ich nämlich nicht auswendig«, gab Alice zurück und schaltete die Karte auf Satellitenbild um. Dann zoomte sie die angezeigten Strandbilder heran, um sie Stück für Stück zu betrachten. Nach ein paar Minuten nickte sie vor sich hin, als hätte sie die Bestätigung für irgendetwas erhalten. Was das sein mochte, war für ihre Freundinnen nicht ersichtlich. »Lasst mich mit den Leuten verhandeln, ich weiß, was ich tue, okay?« Als die beiden nach kurzem Zögern nickten, wandte sie sich an Kathrin: »Könntest du bitte Frau Cavalla sagen, dass wir fertig sind?«

Augenblicke später saß die Produzentin den drei Freundinnen erneut gegenüber. »Ich hoffe, Sie konnten in Ihrem Terminplan etwas Zeit für uns finden.«

»Ja, das konnten wir tatsächlich«, sagte Alice. »Grundsätzlich sieht das ganz gut aus. Die Lieferung der neuen Stühle und Tische und der Kücheneinrichtung können wir noch nach hinten schieben, das ist kein Problem.«

»Hervorragend«, erwiderte die Produzentin. »Auch wenn Ihr Lokal noch nicht eröffnet ist und Ihnen kein Einnahmenausfall entstehen wird, würden wir Ihnen ein Nutzungsentgelt in Höhe von tausend Euro pro Woche zahlen.«

Alice schüttelte den Kopf. »Tausend pro Tag.«

Aus dem Augenwinkel sah sie, wie ihre Freundinnen sich zwingen mussten, nicht einfach dazwischenzugehen und dem Vorschlag der Produzentin zuzustimmen.

Die Produzentin dachte kurz nach, schüttelte dann aber ebenfalls den Kopf. »Unser Budget ist sehr knapp bemessen.«

»Dann müssen wir Ihnen leider absagen«, erwiderte Alice gelassen.

Die Produzentin sah sie lange eindringlich an, aber Alice ließ sich nichts anmerken und verzog keine Miene. Es schien, als würde Janette etwas im Kopf durchrechnen, dann seufzte sie schwer und sagte: »Also gut, ich kann auf zweitausend pro Woche erhöhen.«

»Zweitausend pro Tag«, kam Alice‘ postwendende Entgegnung.

»Wie bitte?« Die rothaarige Frau stutzte. »Was ist das denn für eine Art zu handeln? Man trifft sich in der Mitte. Jedenfalls normalerweise.«

»Sie haben mich gehört«, gab Alice zurück und verzog noch immer keine Miene.

Janette schüttelte verständnislos den Kopf. »Dreitausend pro Woche?«

»Dreitausend pro Tag.«

»Sie wissen, wie viel das ist, nicht wahr?«, fragte die Produzentin.

»Mehr als das, was Sie uns zahlen wollen«, antwortete Alice.

»Alice, du kannst doch nicht …«, begann Betty.

Alice hob die Hand und sah ihre Freundin ernst an. »Ich habe gesagt, ihr sollt mich das machen lassen.« Dann schaute sie wieder der Produzentin in die Augen. »Ich höre.«

Ungläubig zuckte die Frau mit den Schultern. »Viertausend.«

»Pro Tag?«

»Natürlich pro Woche.«

»Viertausend pro Tag.«

»Ich kann das nicht mitansehen«, warf Kathrin ein und verzog sich hinter die Theke.

»Sagen Sie, Frau Berrendorf, wie lange wollen Sie noch mit mir pokern?«

Alice zeigte sich nach wie vor völlig unbeeindruckt. »Das hängt ganz von Ihnen ab.«

»Fünftausend«, sagte die Produzentin.

»Pro Tag.«

»Pro Woche. Sechstausend.«

Als hätte sie ein Full House in der Hand, gab Alice zurück: »Sechstausend pro Tag.«

»Also gut, es reicht mir, Frau Berrendorf. Wenn Ihnen sechstausend pro Woche nicht genügen, dann werden wir eben woanders drehen. Es gibt noch einige Strandpavillons, bei denen wir sicher willkommener sind als hier.«

»Oh, Frau Cavalla, Sie sind hier außerordentlich willkommen«, beteuerte Alice, als die Frau aufstand und langsam Richtung Tür ging. Betty wollte ihr hinterherlaufen, aber Alice hielt sie zurück und fügte an: »Willkommen ist nur nicht Ihr Versuch, uns für dumm zu verkaufen und uns mit einem Trinkgeld abzuspeisen.«

Janette blieb stehen und drehte sich zu ihr um. »Ein Trinkgeld? Für dumm verkaufen? Ich bin bereit, Ihnen sechstausend Euro für jede Woche zu zahlen, die wir in Ihrem Pavillon verbringen, und Sie reden von Trinkgeld. Wir reden hier über acht Wochen, das sind achtundvierzigtausend Euro.«

»Sie dachten aber, wir würden uns auch mit acht Wochen zu je tausend Euro begnügen«, machte Alice ihr klar. »Und Sie denken, Sie könnten uns unter Druck setzen, indem Sie damit drohen, dann eben einen anderen Pavillon zu nehmen.«

»Das werden wir machen müssen, wenn Sie sich so querstellen, Frau Berrendorf. Ich habe das Gefühl, dass Ihre Geschäftspartnerinnen liebend gern zusagen würden. Die scheinen klug genug zu sein, keine Beträge zu fordern, die ich nicht zahlen kann.«

»Selbst wenn die beiden zusagen möchten, sind nur einstimmige Beschlüsse gültig, und solange ich nicht einverstanden bin, kommen wir hier nicht weiter.«

Janette hob in einer hilflosen Geste die Hände. »Dann kommen wir eben nicht weiter. Viel Erfolg mit Ihrem Pavillon.« Sie nickte in die Runde und verließ das Lokal. Auf der Terrasse wartete ein junger Mann auf sie, der sie erwartungsvoll ansah. Dann begann sie aufgebracht zu gestikulieren, doch der Mann schüttelte immer wieder den Kopf und zeigte dabei auf den Pavillon.

»Kannst du mir mal sagen, was das jetzt sollte?«, fauchte Betty Alice an. »Wir haben so viel Geld in diesen Pavillon gesteckt, da könnten wir die fast fünfzigtausend Euro sehr gut gebrauchen.«

»Ja, aber wir können fast dreihunderttausend Euro noch viel besser gebrauchen«, gab Alice lächelnd zurück.

»Und wer soll uns diese dreihunderttausend geben?«

»Na, Frau Cavalla natürlich.«

Betty schnaubte wütend. »Frau Cavalla setzt sich gleich in ihr Auto und fährt zum nächsten Pavillon, wenn sie keiner aufhält!« Wieder wollte sie loslaufen, doch auch jetzt hielt Alice sie zurück. Kathrin stand immer noch hinter der Theke und verstand die Welt nicht mehr.

»Sie kommt gleich wieder«, versicherte Alice ihr.

»Wie kannst du nur so was erzählen? Sie steht da draußen und bespricht mit ihrem Assistenten, wohin sie jetzt fahren werden.«

»Hab ich euch mal von dieser Regisseurin erzählt, die mir bei meiner Boutique unwissentlich Starthilfe gegeben hat?«, fragte Alice die beiden.

Kathrin schüttelte den Kopf. Betty erwiderte: »Was hat das hiermit zu tun?«

»Das werde ich dir sagen: Ich habe dank einer Filmproduktion kurz nach der Eröffnung meiner Boutique mein Startdarlehen in einer Summe zurückzahlen können. Eine Regisseurin, die im Stau stand und zufällig vor meinem Laden festhing, sah das dekorierte Schaufenster und hat noch am gleichen Tag einen Transporter mit drei Leuten vorbeigeschickt, damit sie meinen *gesamten* Bestand aufkaufen, weil die Kollektion exakt dem entsprach, was die Regisseurin auf der Leinwand sehen wollte. Die haben nicht mal nach einem Mengenrabatt gefragt, die haben anstandslos das bezahlt, was auf den Preisschildern stand. Als sie weg waren, stand ich in einem komplett ausgeräumten Laden. Mit einer rappelvollen Kasse, weil ich darauf bestanden habe, dass sie bar bezahlen.«

»Ehrlich?«, fragte Betty. »Aber noch mal: Was hat das hiermit zu tun?«

»Es hat insofern hiermit zu tun, als das hier sozusagen *unsere* gesamte Kollektion ist und sie diese Kollektion haben will«, antwortete Alice.

»Versteh ich nicht«, rief Kathrin von ihrem Platz hinter der Theke.

»Wirst du gleich verstehen«, sagte Alice und fügte ein »Und du auch« hinzu, als sie Bettys ratlosen Blick bemerkte. »Da kommt sie nämlich schon wieder.«

»Frau Berrendorf, mir gefällt Ihr Pavillon, aber er ist nun mal nicht der Einzige. Trotzdem möchte ich zu gern wissen, warum Sie dieses Spiel treiben und immer höher gehen, sobald ich Ihnen entgegenkomme. Ich verstehe nicht, wieso Sie das machen.«

»Weil Sie jetzt so wie vorhin abermals versuchen, mich zum Narren zu halten, indem Sie behaupten, Sie könnten das nicht verstehen«, konterte Alice.

»Ich will niemanden zum Narren halten, Frau Berrendorf. Ich habe einen Film zu produzieren und keine Zeit für irgendwelche taktischen Spielchen.«

Alice musste lachen, aber es klang nicht freundlich. »Passen Sie auf, ich werde Ihnen sagen, was Sache ist. Unter einer Bedingung: Wenn ich komplett falsch liege, erklären wir uns mit sechstausend pro Woche einverstanden. Wenn ich Sie aber auf den Punkt genau durchschaue, bekommen wir sechstausend pro Tag.«

Janette grinste siegessicher. »Mit dem größten Vergnügen. Dann stelle ich Ihnen schon mal einen Scheck über achtundvierzigtausend Euro aus.«

»Lassen Sie den Betrag lieber weg, sonst müssen Sie den Scheck womöglich zerreißen«, riet Alice ihr. »Nehmen Sie doch wieder Platz.«

Die Produzentin setzte sich ihr gegenüber hin. »Ich bin ganz Ohr.«

»Also, der Film, der hier entstehen soll«, begann Alice zu erklären, »hat ein Budget von hundertfünfzig Millionen Dollar. Allein Matt Damon bekommt zwölf Millionen Dollar. Sie haben einen eng gesteckten Zeitplan einzuhalten, weil alles aufeinander abgestimmt ist. Sie hinken momentan diesem Zeitplan um einen Tag hinterher, was noch vertretbar ist. Allerdings haben wir Freitagmittag, und in diesen Minuten schließen überall hier in der Gegend die Rathäuser. Also ist bis Montagmorgen niemand zu erreichen, der Ihnen eine Drehgenehmigung erteilen kann. Die benötigen Sie aber, wenn Sie auf öffentlichem Grund und Boden filmen wollen. Selbst wenn Sie am Montag gleich um acht Uhr die Genehmigung erhalten sollten, wären Sie schon vier Tage in Verzug. Vier Tage, die Ihnen für die notwendigen Vorbereitungen fehlen, wenn am siebenundzwanzigsten Dezember die Stars anrücken. Wenn die hier eintreffen und denen zu Ohren kommt, dass noch gar nichts passieren kann, weil die vorbereitenden Arbeiten nicht abgeschlossen sind, werden die alle ziemlich ungehalten reagieren, und sie werden womöglich mehr Gage fordern, da sie ja vier Tage lang nichts tun können und in der Zeit irgendwo anders noch einen Werbespot hätten drehen können.«

Die Produzentin ließ keine Gefühlsregung erkennen, dennoch wusste Alice, dass sie auf dem richtigen Weg war. »Dazu kommt noch ein anderes logistisches Problem«, redete sie weiter. »Wenn Sie vier Tage später anfangen, sind Sie auch erst vier Tage später fertig, aber die Schauspieler und auch die Leute aus Ihrer Crew haben in vielen Fällen bereits Verträge für andere Projekte unterschrieben, die nahtlos anschließen. Wenn Sie hier zu spät fertig werden, laufen Ihnen entweder die Leute weg, die anderswo erwartet werden, oder man macht Ihnen die Hölle heiß, weil die anderen Projekte in Verzug geraten, da Kameraleute oder Tontechniker oder Darsteller fehlen.« Alice machte eine kurze Pause. »Womit wir beim dritten Problem wären, das noch viel schwerer wiegt, weil daran die gesamte Produktion scheitern könnte. Sie haben gar keine andere Wahl, als hier zu filmen.«

Als die Produzentin verdutzt die Augenbrauen hochzog, wusste Alice mit absoluter Gewissheit, dass sie ins Schwarze getroffen hatte.

»Außer dem abgebrannten Pavillon ist nur noch dieser hier für Sie und Ihren Wagentross gut zu erreichen. Nirgendwo sonst haben Sie einen Parkplatz direkt neben der Kulisse. Hier gehen Sie zehn oder zwanzig Meter und sind am Set. In den kleinen Fischerdörfern ist zum einen gar nicht genug Platz für die großen Lastwagen, und allein deshalb würde man Ihnen keine Dreherlaubnis geben. Zum anderen gibt es nirgendwo sonst eine Straße so wie diese hier. Die Pavillons liegen am Strand, und der Weg dorthin führt über Sand, aber damit kommt keiner von Ihren Lastwagen klar. Also müssen Sie jedes Teil sechs-, sieben- oder achthundert Meter weit tragen, weil Rollcontainer und Ameisen vor dem Sand kapitulieren. Es sei denn, Sie legen ein paar Hundert Bretter hintereinander, die Sie aber sicher gleich wieder entfernen müssen, damit niemand darüber stolpert und zu Fall kommt.« Sie schüttelte den Kopf. »Das Ganze wäre ein logistischer Albtraum, der Ihren ohnehin gefährdeten Zeitplan nur noch mehr aus den Fugen bringen würde. Stellen Sie sich vor, an einer Jacke löst sich eine Naht, und die Schneiderin soll zum Set kommen, um die Stelle zu vernähen. Die sitzt natürlich in ihrem Wagen und arbeitet an den Kostümen für spätere Szenen, also wird sie angerufen und zum Set geschickt. Bei einer Strecke von achthundert Metern dauert das schon eine Weile, bis die Schneiderin an Ort und Stelle ist, und so lange kann nicht gedreht werden. Zehn Minuten hier und fünf Minuten da addieren sich zu ein, zwei Stunden, und auf einmal fehlen Ihnen noch zwei Drehtage. Hier jedoch existiert keines dieser Probleme, und wie Sie zweifellos gesehen haben, sind der Zufahrtsweg und der Parkplatz Privatgelände, also müssen Sie sich nicht um eine Drehgenehmigung kümmern. Der Weg und der Parkplatz gehören beide zum Campingplatz, aber wir haben Wegerecht, was allerdings nur die Mitarbeiter und Handwerker betrifft. Sie müssen Ihre Wagen auf dem Parkplatz abstellen und sich mit dem Besitzer der Campinganlage einigen. Und kommen Sie nicht auf die Idee, da einen Euro pro angefangene Stunde zu bieten. Wir werden uns mit dem Betreiber unterhalten, der Ihnen immer noch ein Platzverbot erteilen kann, wenn er herausfindet, dass Sie ihn mit einem *Trinkgeld* abgespeist haben.«

Sie sah die Produzentin an, deren Miene einen leicht ungläubigen Zug angenommen hatte.

»Sie sind nicht so zufällig hier, wie Sie uns glauben machen wollen«, ergänzte Alice. »Sie haben sich alle anderen Pavillons hier oben angesehen, aber außer dem *Strandhus* keinen gefunden, der Ihren Anforderungen entsprechen könnte. Zwischen dem abgebrannten und unserem Pavillon gibt es noch zwei Strandlokale, aber Sie dürften sehr zielstrebig hergekommen sein, weil Sie gar keine andere Wahl haben, außer natürlich die Produktion zu stoppen, noch bevor sie begonnen hat. Aber das würden Sie nicht machen, weil das ungeheure Kosten verursachen würde. Außerdem weiß jeder in Ihrer Crew Bescheid, und irgendjemand wird sich sicher bei den Geldgebern einschmeicheln wollen und Sie anschwärzen, weil Sie ihn möglicherweise mal angebrüllt haben. Irgendjemand wird etwas sagen. Und dann wird man Sie fragen, wieso Sie wegen lächerlicher dreihunderttausend Euro einen hundertfünfzig Millionen Dollar teuren Film haben scheitern lassen.« Sie sah die Produzentin genauso ausdruckslos an, wie sie von ihr angestarrt wurde. »Trifft das so ›in etwa‹ den Sachverhalt, für den wir Ihrer Ansicht nach zu dumm sind?«

Schließlich reagierte Janette mit einem anerkennenden Lächeln. »Ich bin beeindruckt, Frau Berrendorf. Sie haben in jedem einzelnen Punkt recht. Es ist tatsächlich so, dass nur das Strandhus als Alternative infrage kommt. Ansonsten hätten wir Probleme, den Film überhaupt zu drehen. In einem Punkt haben Sie allerdings nicht recht, nämlich dass ich Sie drei für dumm verkaufen wollte.«

»Sondern?«, fragte Betty argwöhnisch.

»Nun, Sie werden verstehen, dass ich nicht hier hereinstürmen und auf die Knie fallen konnte, um Sie anzuflehen, damit Sie uns den Pavillon für unsere Dreharbeiten überlassen«, erklärte sie. »Damit hätte ich mich Ihnen völlig ausgeliefert, und Sie hätten die absurdesten Forderungen stellen können. Ich möchte mich bei Ihnen allen entschuldigen, wenn der Eindruck entstanden ist, ich würde Sie für dumm halten.«

»Entschuldigung angenommen«, erwiderte Alice, und ihre Freundinnen nickten zustimmend.

»Danke«, sagte Janette lächelnd. »Dann sind wir uns einig?«

»Sechstausend pro Tag, pauschal auf fünfzig Tage gerechnet, also insgesamt dr…«

»Ist schon gut. Fünfhunderttausend pauschal«, sagte Janette grinsend und zwinkerte den dreien zu. »Immerhin haben Sie einen hundertfünfzig Millionen Dollar teuren Film gerettet. Da sollte man immer auf die nächste halbe Million aufrunden.« Sie dankte jeder von ihnen mit Handschlag und fügte ironisch an: »Dann werde ich jetzt mal sehen, um wie viel der Betreiber der Campinganlage mich erleichtern will. Wir sehen uns ja in nächster Zeit noch öfter.«

Die drei warteten geduldig, bis Janette Cavalla vom Pavillon zum Campingplatz gegangen und zwischen den hohen Hecken verschwunden war. Dann fassten sie sich an den Händen und begannen wie eine Horde Zwölfjähriger zu kreischen und zu johlen.

Siebzehn

»Ich kann da keinen Haken entdecken, der es der Produktionsfirma ermöglichen könnte, sich aus der Zahlung der vereinbarten Summe herauszuwinden«, erklärte Gregor, nachdem er sich zu den drei Freundinnen gesetzt hatte. Noch am Mittwochnachmittag hatte die Produzentin einen Vertrag aufsetzen lassen, um die Vereinbarung über die Nutzung des Pavillons für Dreharbeiten festzuhalten. Dann hatte Alice bei Gregor angerufen und ihn gebeten, sich diesen Vertrag anzusehen, ob sie ihn bedenkenlos unterschreiben konnten, ob die Zahlung der ausgemachten Summe nicht an irgendwelche Bedingungen geknüpft war und ob es nicht eine geschickte Formulierung gab, die es der Produktionsfirma erlaubte, diese Summe auch in Sachwerten zu zahlen. »Nicht, dass die uns fünf Millionen Lollis liefern dürfen und damit ihre Schulden beglichen haben«, hatte Betty noch gesagt, die seit dem Desaster mit den falschen *Strandhus*-Unterlagen extrem vorsichtig geworden war.

»Das habt ihr gut gemacht«, lobte er sie.

»Das ist allein Alice‘ Werk gewesen«, betonte Kathrin. »Wir hätten uns mit den tausend Euro pro Woche zufriedengegeben. Alice hat den Preis gnadenlos in die Höhe getrieben.«

»Da hätte sich jemand aber sehr gefreut«, meinte er und sah Alice an. »Meine Hochachtung. Ich hätte dir einen so eiskalten Poker eigentlich gar nicht zugetraut.«

»Da siehst du mal, wie man sich in einem Menschen täuschen kann«, gab sie zurück.

»In deinem Fall aber nur zum Guten, und zwar immer nur zum Guten«, beharrte Gregor, lächelte sie so an, als wären sie beide ganz allein im Raum und wandte sich erst dann wieder ihren Freundinnen zu. »Ihr könnt das bedenkenlos unterschreiben. Diese Frau Cavalla hat sogar noch einen Passus reingepackt, der es euch erlaubt, weitere Nutzungsgebühren neu auszuhandeln, sollte das angegebene Schlussdatum der Dreharbeiten wider Erwarten überschritten werden. Ausgenommen ist da nur höhere Gewalt, wenn zum Beispiel ein Orkan über die Küste zieht und Überschwemmungen ein Weiterarbeiten unmöglich machen sollten.«

»Vielen Dank für deine prompte Hilfe, Gregor«, sagte Betty. »Was schulden wir dir?«

»Ein Abendessen mit Alice auf meine Kosten«, sagte er und grinste in die Runde. »Damit habe ich dann schon zwei Essen mit dir gut, Alice. Das gefällt mir. Kann ich euch noch einen rechtlichen Rat geben? Wollt ihr noch irgendwas wissen?«

»Ich nehme an, du spekulierst auf ein drittes Abendessen«, erwiderte Betty amüsiert.

»Schuldig im Sinne der Anklage«, gestand er lachend und stand auf, um sie zur Tür zu begleiten.

»Bist du dir sicher, dass du das willst?«, fragte Kathrin, als sie auf dem Weg zu Alice' Wagen waren.

»Dass ich *was* will?«, erwiderte Alice und sah in die besorgten Gesichter ihrer Freundinnen.

»Tu doch nicht so«, stöhnte Betty. »Ich weiß, dass Gregor dir ziemlich den Kopf verdreht hat. Du müsstest dich mal sehen, wie du eben dagesessen und ihn angehimmelt hast.«

»Habe ich nicht«, widersprach Alice, merkte aber selbst, dass sie nicht sehr überzeugend klang.

»Hast du wohl«, beharrte Kathrin.

»Selbst wenn: Entspricht er dem Typ, auf den ich sonst reinfalle?«, fragte Alice.

Betty schüttelte den Kopf. »Überhaupt nicht. Ich hätte bei ihm auch kein schlechtes Gefühl.«

»Danke für deinen Segen, Mutter«, gab Alice ironisch zurück. »Vielleicht sind ja wirklich aller guten Dinge drei, und er ist der Richtige.«

»Lass dich erst mal von ihm zum Abendessen ausführen«, riet

ihr Betty. »Wenn er dir nicht gleich am ersten Abend an die Wäsche will, wäre das schon mal ein gutes Zeichen.«

»Und wenn *ich ihm* an die Wäsche will?«, fragte Alice und streckte den beiden die Zunge raus.

»Hm, das wäre dann vermutlich kein gutes Zeichen, aber das ist dann ganz allein Gregors Sache und nicht unsere«, konterte Kathrin und stieg in Alice' Wagen ein, den sie soeben entriegelt hatte. »Jetzt werden wir erst mal Frau Cavalla anrufen und ihr sagen, dass ihr Film grünes Licht von uns hat.«

»Wow, das hört sich ja an, als wären wir das Filmstudio, das über ihren Film entscheidet«, meinte Alice, nachdem sie eingestiegen waren.

»Na ja, über ihren Film entschieden haben wir ja in gewisser Weise schon«, überlegte Betty. »Hätten wir gesagt, dass wir sie nicht bei uns drehen lassen, dann wären eine Menge Leute erst mal ohne Arbeit gewesen und das Studio hätte viel Geld in den Sand gesetzt.«

»Und jetzt setzen sie das Geld tatsächlich in den Sand«, meinte Kathrin und lächelte versonnen. »Dafür aber mit echtem Meerblick.«

Als Betty am nächsten Morgen nach Heiligenhafen fuhr und in die Zufahrtsstraße zum *Strandhus* einbog, staunte sie nicht schlecht, als sie die Masse an Lastwagen und Transportern sah, die auf dem Parkplatz links der Straße standen. Mit einem mannshohen Zaun war das gesamte Areal abgesperrt worden, und ein paar Helfer waren soeben damit beschäftigt, eine blaue Plastikplane am Zaun zu befestigen, um das Geschehen vor neugierigen Blicken abzuschirmen. Sie hielt das für eine reine Routinemaßnahme, da sie sich nicht vorstellen konnte, dass von ein paar Heiligenhafenern abgesehen irgendjemand herkommen würde, um einen Blick auf die Dreharbeiten zu werfen.

Von dieser Ansicht musste sie sich aber keine zwei Minuten später verabschieden, denn als sie auf den Privatparkplatz des Pavillons einbiegen wollte, hatten sich dort rund zwei Dutzend Jugendliche mit Klappstühlen häuslich niedergelassen. Die bunt gemischte Gruppe aus Jungen und Mädchen bewegte sich irgendwo zwischen vielleicht elf und fünfzehn Jahren; ausnahmslos alle hatten ein Smartphone in der Hand, auf das sie beharrlich starrten. Nur wenn sich hinter dem Zaun, mit dem auch der Weg zwischen dem Parkplatz und dem Zugang zum Strand und zum Pavillon abgesperrt war, etwas bewegte, sahen sie hastig auf und hielten das Smartphone hoch, um alles filmen und fotografieren zu können, sollte sich dort etwas tun – was immer das auch sein mochte.

»Ähm, Leute könnt ihr mal den Platz räumen, ich will da parken«, rief Betty ihnen durchs geöffnete Seitenfenster zu.

Zwei Jungs sahen hoch. »Haben Sie mit dem Dreh zu tun?«, fragte einer von ihnen.

»Nein, mir gehört der Pavillon.«

»Können Sie uns mit reinnehmen?«, wollte ein anderer wissen.

»Nein, der Pavillon ist während der Dreharbeiten für Besucher geschlossen«, antwortete sie wahrheitsgemäß.

»Dann nicht«, antwortete der erste Junge und widmete sich wieder seinem Smartphone. Der andere Junge begann etwas zu tippen.

»Dann nicht? Was soll das denn heißen?«

»Dass wir nicht weggehen«, erklärte das jüngste Mädchen. »Wir haben den perfekten Platz.«

»Den perfekten Platz für was?«, rief Betty, bekam aber keine Antwort. Entweder hatte man sie nicht gehört oder man hatte keine Lust auf eine Diskussion, oder aber die Jugendlichen waren der Meinung, dass jeder wusste, was hier los war, und dass nichts erklärt werden musste.

Frustriert stellte Betty den Motor ab und ließ ihren Wagen mitten auf der Straße stehen, was letztlich auch egal war: Außer ihr gab es niemanden, der einen Grund hatte, bis zum Ende dieser Straße zu fahren. Wer mit der Filmproduktion zu tun hatte, für den stand der Parkplatz zur Verfügung. Sie stieg aus und ging zu den Jugendlichen. »Kann mir einer von euch verraten, auf wen ihr wartet?«, fragte sie in die Runde.

»Auf Jelly Belly Elly«, sagte ein Mädchen.

»Auf Rüdiger den Prankster«, kam von woanders eine Antwort.

»Auf die Woodwalker«, erwiderte der Junge, der von ihr hatte wissen wollen, ob sie mit den Dreharbeiten zu tun hatte.

»Auf wen?«

»Die Woodwalker.«

»Was sind denn Woodwalker?«, wunderte sie sich, woraufhin sich rund zwei Dutzend Augenpaare auf sie richteten. Manche schauten sie mitleidig an, andere waren voller Verachtung, und die restlichen schienen einfach ratlos, als könnten sie schlichtweg nicht begreifen, wie jemand eine solche Frage stellen konnte. Es war so, als hätte sie gefragt, wer denn Justin Bieber sein sollte – nur mit dem Unterschied, dass sogar sie wusste, wer das war.

»Die Woodwalker gehen durch Wälder, Alter«, antwortete der Junge und stellte damit Betty vor das große Rätsel, ob er nun sie mit »Alter« angesprochen hatte oder ob das nur eine Floskel wie »Mensch« oder »O Mann« war. Niemand sagte »O Frau«, das war ihr klar. Aber wie sich das bei »Alter« verhielt, war eine ganz andere Frage. Andererseits war sie froh, dass er sie nicht mit »Alte« angesprochen hatte.

»Und?«

»Was denn ›und‹?«

»Ich meine, was machen die dann, wenn die durch den Wald gehen?«

»Na, die *gehen*. Die zeigen Bäume und Blätter und Büsche, und du hörst die ganzen Geräusche aus dem Wald. Komplett krass, ne?«

Betty zuckte mit den Schultern. »Vermutlich ja.«

»Isses auch. Du denkst, du bist draußen und gehst mit denen durch den Wald. Das ist so oberkrass!«

»Darf ich dich etwas fragen?«, erkundigte sie sich, obwohl sie nicht so recht wusste, ob sie die Antwort tatsächlich hören wollte.

»Was?«

»Warum gehst du nicht selbst in den Wald?«

»Warum denn?«

»Na ja, dann würdest du das alles selbst sehen und hören können.«

Der Junge verzog völlig ratlos das Gesicht. »Wofür denn das? Ich seh das doch hier.« Dabei hielt er sein Smartphone hoch.

»Aber im Wald hättest du eine ... eine viel größere Bildschirmdiagonale als da«, erklärte sie so formuliert, dass sie vielleicht zu dem Jungen durchdrang.

»Ja, aber hier ist die Auflösung viel besser«, beharrte er und wandte sich wieder seinen Freunden zu. Wortfetzen wie »null Ahnung« und »scheintot« drangen an ihre Ohren.

Während sie sich immer noch fragte, wie denn ein Bildschirm die Natur in höherer Auflösung darstellen konnte, als es der Natur selbst möglich war, ging sie zum Zaun und winkte einen der Sicherheitsleute zu sich.

»Tut mir leid, junge Frau«, antwortete der recht korpulente Mann, dessen Bauch sie vor die Frage stellte, wie er eigentlich jemanden verfolgen wollte, der vor ihm wegrannte. »Nur die Crew darf hier durch.«

»Ich möchte zu Janette Cavalla und ihr diesen Vertrag bringen«, erklärte sie dem Mann und hielt einen großen Briefumschlag hoch. »Mein Name ist Betty Hansen. Sie können ihr das ja sagen, dann wird sie Ihnen sicher erklären, dass Sie mich passieren lassen können.«

»Sie sind Frau Hansen?«, fragte er, seine wohl berufsbedingt mürrische Miene hellte sich sofort auf. »Sie sind eine von den drei Frauen, denen wir unsere Jobs verdanken? O Mann, ich weiß gar nicht, wie ich Ihnen danken soll. Wir alle sind wirklich heilfroh, dass Sie hierfür Ihr Einverständnis gegeben haben. Sonst wäre das erst mal das Ende gewesen.«

»Danke für so viel Lob«, gab sie zurück und erhaschte einen Blick auf sein Namensschild. »Aber fairerweise muss ich auch sagen, dass wir nicht völlig selbstlos gehandelt haben, Herr Röhm.«

Der Wachmann zuckte mit den Schultern. »Na und? Ist doch Ihr gutes Recht, wenn Sie dafür entschädigt werden, dass Sie den Pavillon während der Dreharbeiten nicht nutzen können.«

Betty nickte und beließ es dabei. Jeglicher Hinweis darauf, dass sie den Pavillon ohnehin noch nicht nutzen konnten, hätte nur eine endlose Liste an Erklärungen nach sich gezogen. Der Wachmann ließ sie passieren, sie nickte ihm zu und ging zum Pavillon. Helfer eilten hin und her, um volle Koffer und Transportkisten zum Gebäude und leere zum Parkplatz zu schaffen. Janette Cavalla hatte die einzelnen Tische so zusammenstellen lassen, dass ein großer, langer Konferenztisch entstanden war, an dem schätzungsweise fünfunddreißig bis vierzig Leute saßen. Sie alle hörten aufmerksam der Produzentin zu, die dem Team den Tagesablauf erklärte. Als sie aus dem Augenwinkel bemerkte, dass jemand den Pavillon betreten hatte, drehte sie sich um, erkannte Betty und stand sofort auf, um ihr entgegenzugehen. »Mädels, Jungs«, rief sie dabei in die Runde. »Eine unserer drei Heldinnen! Betty Hansen! Ohne sie könntet ihr am Montag alle zum Amt laufen und euch arbeitslos melden!«

Tosender Beifall und Jubelrufe stürmten auf Betty ein, die so viel Begeisterung noch nie erlebt hatte.

»Danke, danke, danke«, erwiderte sie. »Ich hoffe, Ihnen gefällt unser kleiner Pavillon, und ich hoffe, Ihr Film wird ein voller Erfolg.« Während weiter Beifall geklatscht wurde, gab Betty Janette den Briefumschlag. »Wissen Sie, dass vor dem Zaun ein Rudel Jugendliche herumsitzt, die auf irgendwelche Leute warten, die sich im Wald filmen?«

»Ja, das sind die Fans unserer YouTuber, und das da draußen ist erst der Anfang«, erwiderte Janette. »Jemand hat gestern Abend auf Facebook und Twitter und Instagram die ersten Fotos vom *Strandhus* gepostet und verbreitet, dass die Dreharbeiten hier stattfinden.«

»Aber was hat das mit Leuten im Wald zu tun?«, wunderte sich Betty.

»Sehen Sie, die meisten Filme sind heute internationale Produktionen. Die Studios verteilen die Produktionskosten auf zig Geldgeber, und wer Geld dazugibt, der darf auch Ansprüche stellen. Wir bekommen von einem deutschen Investor fast ein Drittel des Films bezahlt, und im Gegenzug lassen wir ein paar deutsche Schauspieler mitmachen. Dieser Investor ist besonders daran interessiert, junge Menschen anzusprechen. Die Jugendlichen bekommt man heute nicht mehr mit Stars wie George Clooney oder Angelina Jolie. Sogar eine Jennifer Lawrence ist manchen Zielgruppen viel zu alt. Was Sie brauchen, sind YouTuber.«

»Hab ich schon mal gehört, aber ich hab mich noch nie näher damit befasst«, musste Betty zugeben.

»Das sind die Stars der jungen Generation. Die präsentieren sich mit ihren selbst gedrehten Filmen auf YouTube, und die Kinder und Jugendlichen kriegen sich vor Begeisterung kaum noch ein. Das sind die neuen Idole – Gleichaltrige, die Schminktipps geben, die ihr Hobby präsentieren, die ihre Einkäufe vorführen …«

»… und sich dabei filmen, wie sie durch den Wald laufen? Warum gucken die nicht gleich jemandem beim Essen zu?«

Janette musste lachen. »Es gibt YouTuber, die längst mehrfache Millionäre sind, weil sie sich beim Essen filmen und dabei Millionen Zuschauer haben. Sie haben keine Kinder oder?«

»Einen Sohn«, sagte Betty. »Aber der ist zum Glück schon neunzehn.«

»Seien Sie froh«, erwiderte Janette. »Danke für den Vertrag. Ich muss mich jetzt nur leider schon wieder von Ihnen verabschieden, weil wir heute noch ein enormes Pensum zu bewältigen haben. Ich hoffe auf Ihr Verständnis.«

»Ja, natürlich«, sagte Betty. »Ich will Sie nicht von Ihrer Arbeit abhalten.«

»Aber Sie und Ihre Freundinnen sind jederzeit hier willkommen«, ergänzte Janette. »Sie können gern bei den Dreharbeiten zusehen und mit den Schauspielern reden, schließlich verdanken die Ihnen ebenfalls, dass sie hier arbeiten können.«

»Darauf komme ich garantiert zurück«, versprach Betty ihr und machte sich wieder auf den Weg. Der Wachmann hielt ihr den Durchgang im Zaun auf, und sie ging zum Wagen. Sofort wurden gut drei Dutzend Smartphones auf sie gerichtet; es hätte ja sein können, dass sie eine wichtige und prominente Persönlichkeit war. Aber zwei Dutzend davon waren die Smartphones der Besitzer, die Betty bereits kannten. Diese zwei Dutzend wurden gleich wieder runtergenommen, während das dritte Dutzend Neuankömmlingen gehörte, die in den letzten zehn Minuten eingetroffen waren. Sie filmten noch ein paar Sekunden lang, dann rief ihnen ein Mädchen zu: »Das ist niemand!« Prompt war sie auch für diese Gruppe nicht mehr interessant.

Sie ging weiter und bemerkte einen Hünen, der um ihren Wagen herumkam und sie anlächelte. »Sie sind bestimmt Frau Hansen«, sagte er mit einer leisen Stimme, die so gar nicht zu seiner Statur passen wollte.

Betty nickte. »Und Sie sind …?« Egal, wer er war, er war mit Sicherheit kein YouTuber, sonst wäre die Meute auf dem Pavillonparkplatz längst auf ihn losgestürmt.

»Klausi. Vom Campingplatz«, stellte er sich breit grinsend vor und hielt ihr die Hand hin.

»Entschuldigen Sie die blöde Frage«, erwiderte sie verblüfft. »Aber wie kann man zwei Meter groß sein und dann Klausi genannt werden?«

»Weil ich das Nesthäkchen der Familie bin«, antwortete er und grinste noch breiter. »Soll man nicht für möglich halten, wie?«

Unwillkürlich musste sie lachen. »Nein, wirklich nicht«, sagte sie und beugte sich wieder nach hinten, um dem Mann ins Gesicht zu sehen, der gut eineinhalb Köpfe größer war als sie. »Freut mich, Sie kennenzulernen … Klausi.«

»Ganz meinerseits. Hören Sie, Sie haben doch den Kindergarten da drüben gesehen.«

»Mehr als nur gesehen. Was ist damit? Halten die sich bei Ihnen auch auf?«

»Die zelten bei mir«, erklärte der Campingplatzbetreiber. »Und das ist erst der Anfang. Heute Nachmittag kommen noch mehr; morgen wollen mindestens siebzig Leute ihr Zelt bei mir aufschlagen. Ich habe mich mal erkundigt, welcher Rummel um diese YouTube-Leute gemacht wird, und so wie es aussieht, werden die hier alles belagern, und zwar bis zum Ende der Dreharbeiten.«

»Vielleicht sollten Sie ein Bierzelt mieten und die Leute da übernachten lassen«, schlug sie vor. »Da bekommen Sie mehr untergebracht als in einzelnen Zelten, und das würde vor allem die freuen, die gar kein Zelt haben. Ist ja schließlich Winter.«

Klausi sah sie beeindruckt an. »Das ist eine gute Idee, Frau Hansen. Ich glaube, das mache ich.« Er zog einen Zettel und einen Stift aus seinem Parka, dann schrieb er etwas auf. »Ich wollte Sie aber auch noch etwas fragen. Sehen Sie, ich darf meinen Platz nur an Camper vermieten, aber niemanden bewirten. Auf dem Parkplatz dürfte ich es, aber da ist kein Platz mehr. Bleibt nur der Zufahrtsweg. Diese Massen von Jugendlichen müssen ja zwischendurch mal was essen, und die wollen ja am liebsten gar nicht weg von hier, weil sie ihre Idole nicht verpassen dürfen. Deshalb habe ich mir überlegt, den Zufahrtsweg an drei oder vier von diesen Foodtrucks verpachten. Die würden das Geschäft ihres Lebens machen, und wir würden auch davon profitieren, weil sie uns an ihren Umsätzen beteiligen müssten.«

Betty dachte darüber nach und nickte. »Das ist wirklich gut. Da vorn gibt es nur die Landstraße, da können sie nirgendwo stehen, und die Stadt wird ihnen keine Erlaubnis geben, die Foodtrucks vor den Lokalen aufzustellen.« Sie betrachtete die Straße. »Ja, das passt. Wenn die ganz am Rand parken, ist immer noch genug Platz für die Feuerwehr, wenn die im Notfall bis an den Strand fahren müsste. Erledigen Sie das?«

»Ich dachte mir, dass Sie damit einverstanden sein würden«, sagte er. »Ich habe bereits vier Interessenten, die nur auf mein Okay warten. Die Verträge sind auch schon vorbereitet, und ich würde sagen, wir teilen uns die Einnahmen.«

»Dann geben Sie ihnen das Okay«, erwiderte sie. »Je eher die hier auftauchen, umso besser. Nicht dass die lieben Kleinen vor lauter YouTube-Eifer noch vergessen zu essen. Ach ja, und Sie könnten auch den Rettungsdiensten Bescheid geben, was hier los ist. Die sollten ein paar Sanitäter in Bereitschaft herschicken.«

»Nicht nötig. Die Filmcrew hat eigene Sanitäter mitgebracht, die kümmern sich um die Fans und fordern notfalls Verstärkung an.«

Betty nickte beruhigt. »Kann uns nur recht sein.«

Klausi verabschiedete sich und kehrte auf den Campingplatz zurück. Als Betty in ihren Wagen einstieg und in Richtung Pavillon sah, war das Einzige, was ihr in diesem Moment fehlte, der gewohnte Meerblick. Während sie sich mit dem hünenhaften Klausi unterhalten hatte, waren die Zäune mit blauer Folie zugehängt worden, was die jugendlichen Fans nicht zu stören schien. Aber das hing vielleicht auch nur damit zusammen, dass auch jetzt wieder alle auf ihre Smartphones starrten und von ihrer Umgebung nichts mitbekamen.

Zum ersten Mal seit dem Tag, an dem sich die erste Katastrophe rund um ihren Pavillon offenbart hatte, fuhr Betty mit einem guten Gefühl von hier weg. Sie war davon überzeugt, dass die Talsohle endgültig hinter ihnen lag.

Bettys gutes Gefühl sollte sie nicht enttäuschen. Vielleicht hatte ja am Anfang alles so katastrophal verlaufen müssen, um dann eine Wendung hin zum Besseren folgen zu lassen, doch darauf hätte Betty gern verzichtet. Vor allem die nicht abreißende Serie von immer höher werdenden Kosten hätte sie sich gern erspart.

Umso erfreulicher war es, dass seit dem Tag, an dem das Filmteam beim *Strandhus* aufgetaucht war, alles nach Wunsch und noch viel besser verlief. Die Dreharbeiten waren ein wahrer Segen, der über das hinausging, was die Produzentin ihnen für die Nutzung des Pavillons zahlte. In so gut wie jedem Beitrag, den das Filmteam auf den offiziellen Facebook-, Twitter- und anderen Accounts veröffentlichte, wurde das *Strandhus* namentlich erwähnt, und jedes Mal konnte man mit einem Klick auf die eigene Seite des Pavillons gelangen, auf dem die drei Freundinnen mittlerweile ihr persönliches Tagebuch von den Dreharbeiten veröffentlichten. Kathrin gelang dabei noch ein besonderer Coup, da es zwischen ihr und dem Schauspieler Christian Carlsen funkte, was die beiden nicht nur auf ihren eigenen Seiten im Internet publik machten. Auch die Medien wurden auf die erwachende Romanze zwischen dem Schauspieler und der jungen Tierärztin aufmerksam, und wenn darüber berichtet wurde, nannten die meisten Reporter im gleichen Atemzug den Strandpavillon und die Kieler Tierklinik als die beiden maßgeblichen Wirkungsstätten der Frau an der Seite des vormaligen Soap-Darstellers, der den Sprung hin zum seriösen Schauspieler schaffen wollte.

Die drei YouTuber trugen ebenfalls einen beträchtlichen Teil dazu bei, dass der Name *Strandhus* in aller Munde war und so schnell nicht vergessen werden sollte. Sie führten ein Videotagebuch von den Dreharbeiten, mal im Pavillon aufgenommen, mal auf der Terrasse, mal unten am Strand, und immer war das *Strandhus* irgendwie im Bild oder es wurde namentlich erwähnt.

Von den drei US-Stars bekamen sie alle nur wenig zu sehen, da die sich jeden Morgen per SUV am Strand vor dem Pavillon absetzen ließen und dort auch wieder abgeholt wurden. Selbst Betty, Alice und Kathrin kamen nicht an die drei heran, da sie permanent von Leibwächtern abgeschirmt wurden, die jeden potenziellen Autogrammbittsteller schon so früh aufhielten und wegschickten, dass die Schauspieler gar nichts davon mitbekamen. Ob das alles in deren Sinne war, stand auf einem anderen Blatt. Dafür waren die weniger bekannten Schauspieler umso sympathischer, da sie keinerlei Allüren erkennen ließen. Sie alle hatten ihre eigene kleine und offenbar sehr treue Fangemeinde, da ständig irgendwelche Fans an der Einfahrt zum Parkplatz zu finden waren, die darauf warteten, ihren persönlichen Liebling mit Handschlag zu begrüßen.

Aber das war alles Kleinkram im Vergleich zu dem Trubel, den die drei YouTuber auslösten. Sobald ein Fan durch eine Lücke im zugehängten Zaun einen dieser … Leute entdeckte – Betty weigerte sich genauso beharrlich wie Kathrin und Alice , sie als »Stars« zu bezeichnen –, ging ein Aufschrei durch die nach wenigen Tagen auf nahezu eintausend Anhänger angewachsene Menschenmenge, und sofort drängte alles in Richtung Gitter, die schon nach wenigen Tagen massiv verstärkt worden waren, um nicht unter dem Ansturm niedergewalzt zu werden. An den Wochenenden schien die Menge sogar auf das Doppelte anzuwachsen, was an manchem anderen Standort zu erheblichen Problemen hätte führen können. Hier war dagegen »nur« der überlaufene Zufahrtsweg zum *Strandhus* noch ein bisschen überlaufener als üblich.

Die Foodtrucks und die Bierzelte waren zwei richtig gute Ideen gewesen, da einerseits für die Verpflegung der Kinder und Jugendlichen gesorgt war und sie andererseits ein Dach über dem Kopf hatten. Zwei Dinge wunderten Alice ganz besonders. Da war zum einen die Tatsache, dass ihre beiden Töchter sich für keinen dieser kurzlebigen »Stars« begeistern konnten, worüber sie angesichts des unglaublichen Trubels aber auch heilfroh war. Es war schon ganz gut, die beiden nicht ständig in der Menge suchen zu müssen. Zum anderen konnte sie nicht begreifen, dass die Eltern sich gar nicht um ihre Kinder zu kümmern schienen. Die meisten Kids waren wohl per Bus gekommen, vielleicht wurden ein paar auch von den Eltern abgesetzt, die sie später wieder abholen würden. Doch das änderte ja nichts daran, dass sie hier auf sich gestellt waren, auch wenn sie von noch so vielen Altersgenossen umgeben waren. Es mochte ja sein, dass die Eltern ihren Nachwuchs per Smartphone überwachten, aber das sagte in erster Linie etwas über den Standort aus, und der änderte sich nicht, ganz gleich, ob die Tochter kreischend in der Menge stand oder ob nur noch ihr Handy irgendwo im Gebüsch lag und das Kind selbst bereits verschleppt worden war.

Da er auf Facebook Hunderte Kommentare von Fans der YouTuber gelesen hatte, denen es zeitlich nicht möglich gewesen war, im Rahmen der Dreharbeiten nach Heiligenhafen zu kommen, die aber in den nächsten Wochen anreisen wollten, um den Ort zu sehen, an dem sich ihre Idole aufgehalten hatten, beschloss »Klausi«, den Campingplatz vorerst doch nicht zu schließen. Er würde stattdessen die Sanierung in Etappen vornehmen, zumal er damit rechnete, dass nach dem Filmstart im Sommer Fans herkommen würden, die auf das *Strandhus* aufmerksam geworden waren und die es leibhaftig sehen wollten.

Selbst das Wetter war auf ihrer Seite, da es ihnen einen warmen Winter bescherte. Bei Temperaturen, die nie unter zwölf Grad sanken, war es den Schauspielern möglich, dem Drehbuch entsprechend in Badekleidung an den Strand zu gehen, ohne dabei erfrieren zu müssen. Dadurch war es möglich, die vorgesehenen Szenen in kürzerer Zeit zu drehen und den Drehplan nicht nur einzuhalten, sondern sogar fünf Tage eher fertig zu werden.

Am 8. Februar fand das abschließende Treffen mit der Produzentin statt, bei dem das *Strandhus* von Betty, Alice und Kathrin abgenommen wurde. »Die Mikrowelle haben wir bereits ersetzt, nachdem unser großer Star nach etwas zu viel Alkoholkonsum eine Tüte Kartoffelchips erhitzt hatte«, erklärte Janette Cavalla, die einen Punkt nach dem anderen auf ihrer Liste durchging. »Ich hätte nicht gedacht, dass man damit eine Mikrowelle zerstören kann.« Sie verzog missmutig den Mund. »Wir haben Ihr Gerät durch das größere Modell ersetzt, das Platz für zwei Teller hat. Ich hoffe, das stört Sie nicht.«

»Nein, das stört uns nicht«, entgegnete Alice. »Nur dieses Modell da kostet ja mindestens …«

»Wir haben es dem Star von der Gage abgezogen«, ließ Janette sie wissen.

»Dann habe ich nichts gesagt. Wenn er nicht mal zu einem Autogramm zu bewegen ist, geschieht es ihm ganz recht.« Alice zuckte mit den Schultern.

»So, damit wären wir eigentlich durch, allerdings habe ich noch ein Anliegen«, redete die Produzentin weiter. »Wie Sie vielleicht wissen, haben wir mit den Hauptdarstellern vorsorglich Verträge für zwei Fortsetzungen abgeschlossen, damit die uns nicht mit maßlosen Gagenforderungen ein Bein stellen können. Weil diese Fortsetzungen nahtlos an diesen Film anschließen werden, ist es natürlich unverzichtbar, dass das *Strandhus* dann immer noch so aussieht wie jetzt …«

»Aber wir …«, begann Kathrin einzuwenden.

»Ja, ich weiß, Sie haben mir sogar die Fotos der künftigen Einrichtung gezeigt«, fuhr Janette fort. »Und die sollen Sie auch haben. Aber damit diese Tische und Stühle nicht auf dem Sperrmüll landen, würde ich gerne in den nächsten Tagen alles abholen lassen, um es für die Fortsetzung einzulagern.«

»Aber bis wir …«

Mit einem verständnisvollen Nicken brachte Janette die Tierärztin zum Verstummen. »Da ich weiß, dass das zum Teil Wochen dauern wird und Sie nicht so lange Zeit auf Tische und Stühle verzichten können, möchte ich Ihnen gern einen Handel vorschlagen. Wir bekommen das alles hier, und ich überlasse Ihnen die gewünschte Anzahl Stühle und Tische aus unserem Bestand. Wir hatten mit einem Künstler einen Arthaus-Film auf den Weg gebracht, der den Arbeitstitel ›Zweihundert Stühle und hundert Tische‹ trug. Für den Film waren exakt so viele Stühle und Tische erforderlich, wobei das ausgewählte Design jeden Stuhl mit fünfhundert Euro und jeden Tisch mit achthundert Euro zu Buche schlagen ließ. Dann starb der Künstler, als er daheim ausgerechnet über einen Stuhl stürzte und mit dem Kopf auf die Tischkante aufschlug. Wir haben dadurch jetzt Möbelstücke am Hals, die wir für nichts mehr gebrauchen können. Warten Sie, ich glaube, ich habe ein Foto davon gemacht.« Sie durchsuchte den Ordner auf ihrem Handy. »Ja, richtig, da sind sie.« Dann hielt sie den drei Freundinnen das Telefon hin. Denen genügte ein Blick aufs Display, dann waren sie sich einig.

»Einverstanden«, sagte Betty, während Alice und Kathrin zustimmend nickten.

»Gut, dann werden sich meine Leute in Kürze bei Ihnen melden«, erwiderte Janette und schlug die Mappe mit der Übergabeliste zu. »Jetzt bleibt mir nichts anderes mehr zu tun, als Ihnen nochmals für Ihr Entgegenkommen zu danken und Ihnen viel Erfolg mit dem Strandpavillon zu wünschen.«

»Und wir wünschen Ihnen viel Erfolg mit dem Film«, sagte Kathrin. »Das hat er verdient.«

»Ja, der Meinung sind wir alle«, gab die Produzentin zuversichtlich zurück und ging zur Tür. »Wir sehen uns spätestens bei der Premiere.«

»Ach, eine Frage hätte ich noch«, merkte Alice an. »Sie sprachen eben davon, dass Sie mit den Schauspielern Verträge für zwei Fortsetzungen geschlossen haben, damit die Gagen nicht hochgetrieben werden können. Wieso haben Sie das bei unserem Vertrag nicht gemacht? Wenn Sie eine Fortsetzung drehen wollen, könnten wir doch eine höhere Entschädigung für die Zeit der Dreharbeiten fordern.«

Janette sah sie einen Moment lang an, dann zwinkerte sie vielsagend in die Runde und meinte lächelnd: »Na, so was. Dann habe ich das wohl vergessen.«

Epilog

Drei Monate später

Applaus brandete auf, als die letzte Szene über die riesige Videowand am Strand vor dem Pavillon gelaufen war und der Nachspann einsetzte. Der Abend war so traumhaft wie der Film, den alle geladenen Gäste wie gebannt verfolgt hatten. Hunderte Klappstühle waren von Helfern vom Parkplatz an den Strand getragen und auf dem Sand platziert worden, damit von den Stars und den Machern des Films über Lokalpolitiker und Journalisten bis hin zur ersten Garde der überall präsenten Prominenz jeder einen Platz hatte, um einen Film zu erleben, der von verlorener und wiedergefundener Liebe, von alten Geheimnissen und falschen Identitäten erzählte und das alles zu einem ausgefeilten Verwirrspiel verwoben hatte. Nach der scheinbar letzten Wendung folgten gleich noch ein paar Enthüllungen mehr, die die Auflösung in ein immer neues Licht rückten.

»Die Vorabkritiken sind unglaublich gut ausgefallen«, berichtete Janette Cavalla, nachdem sie auf die Terrasse des *Strandhus* gekommen waren, die von den drei Freundinnen und ihren Angehörigen als exklusive Loge genutzt worden war, um sich den Film von dort anzusehen. Ihnen waren die neidischen Blicke der eitlen Promis nicht entgangen, von denen einige versucht hatten, den Wachmann zu bestechen, damit er ihnen Zutritt zur Terrasse gewährte. Aber niemand außer den Menschen, die Betty, Alice und Kathrin wirklich wichtig waren, hatte den Film von dort oben genießen können. »In den USA genauso wie hier in Europa. Die wichtigsten Kritiker sind der nahezu einhelligen Meinung, dass sie einen kommenden Klassiker zu sehen bekommen haben.«

»Dann wird das *Strandhus* ja vielleicht so unsterblich wie Rick's Café in *Casablanca*«, sagte Kathrin.

»Na, hoffentlich nicht so unsterblich wie dieses Hotel in *Shining*«, warf Alice zur allgemeinen Belustigung ein.

»Super Film«, kommentierten Alice' Töchter Caro und Miriam einhellig, nachdem sie sich vorher mit Händen und Füßen dagegen gesträubt hatten, sich »so was« anzusehen.

»Ich hoffe, ihr zwei meint nicht *Shining*«, sagte Gregor, der sich mit Alice' Töchtern bestens verstand und dem es besser als ihrer Mutter gelungen war, vor allem Caro von ihrer trotzigen Tour und der ständigen Verweigerungshaltung abzubringen. Alice bewunderte ihn dafür, allein schon, weil er damit mehr geleistet hatte als der leibliche Vater der beiden Mädchen.

»Nein, wir meinen diesen Film gerade eben«, beteuerte Miriam. »Am schönsten fand ich die Szene mit dem Heiratsantrag. Spielt die doch mal nach!«

»Was?«, fragte Alice verdutzt.

»Ja, spielt die doch mal nach!«, forderte jetzt auch Caro. »Das könnt ihr bestimmt ganz toll.«

»Kinder, jetzt bringt den armen Gregor doch nicht so in Verlegenheit«, ermahnte Alice ihre Töchter, doch der Anwalt winkte lässig ab.

»Ist doch nur ein Spiel«, sagte er. »Tun wir deinen Kindern den Gefallen, okay?«

Alice seufzte gedehnt. »Na gut, wenn es dir nichts ausmacht und wenn ihr zwei dann Ruhe gebt.«

Gregor nickte zufrieden. »Na, bitte, geht doch.« Dann kniete er sich hin und nahm ihre Hand. »Meine Liebe, mein Leben lang habe ich nach dir gesucht. Ich war bereits davon überzeugt, dir niemals zu begegnen und bis zum Ende meiner Tage allein bleiben zu müssen. Ich bitte dich von Herzen, mich zu heiraten und mich zum glücklichsten Mann der Welt zu machen. Sag Ja, meine liebste Alice, sag einfach nur Ja.«

Während sie vor ihm stand und auf ihren Einsatz wartete, lächelte sie versonnen. Wenn er ihr jetzt tatsächlich einen Antrag machen würde, dann … dann würde sie tatsächlich Ja sagen. Aller guten Dinge waren schließlich drei, und als ihr dritter Ehemann würde Gregor zweifellos der Beste sein.

»… sag einfach nur Ja«, hörte sie ihn sagen, und dann antwortete sie drehbuchgerecht: »Ich muss nicht lange überlegen, wenn du um meine Hand anhältst. Ja, ich will dich heiraten, Gregor. Ich …« Sie stutzte. »Augenblick mal, die weibliche Hauptrolle heißt Cassandra, aber du hast Alice gesagt. Du …«

Gregor lächelte sie strahlend an. »Wie sollte ich dich sonst dazu verleiten, Gregor anstelle von Anthony zu sagen?«

Sie hielt sich erschrocken die Hand vor den Mund. »Habe ich wirklich …?«

In dem Moment wurde ihr von links und rechts ein halbes Dutzend Handys hingehalten. »Du kannst es dir gern noch mal ansehen und anhören«, sagte Betty voller Begeisterung über diese Entwicklung.

»Ihr habt das alle gefilmt?«, fragte sie ungläubig. »Wieso ausgerechnet … Moment mal … ihr habt das alle gewusst?«

»Wir wollten nur sichergehen, dass du dich anschließend nicht rausreden kannst«, sagte Kathrin.

»Du hast nur ausgesprochen, was dein Herz dir diktiert hat«, ergänzte Gregor, der sich wieder hingestellt hatte.

»*Der* Satz stammt aber nicht aus dem Film«, erwiderte Alice.

»Nein, der stammt tatsächlich von mir«, versicherte er ihr. »Tut mir leid, wenn der Antrag selbst aus zweiter Hand war, aber das musste sein.« Dann schloss er sie in die Arme und küsste sie.

Kathrin sah ihren Freund Christian an und hob warnend einen Finger, als sie merkte, dass er etwas sagen wollte: »Komm ja nicht auf dumme Gedanken. Das hier ist im Augenblick die Geschichte von Alice und Gregor. Unsere Geschichte heben wir uns für die Fortsetzung auf, einverstanden?«

Er zögerte kurz, dann nickte er und lächelte sie an: »Auf die freue ich mich schon. Ich hoffe nur, dass die bald kommt.«

»Das wird sie, Christian«, murmelte sie und küsste ihn.

»Okay, jetzt haben alle hier lange genug geknutscht«, ging

Betty dazwischen und kommentierte das »Ich aber nicht« ihres Mannes mit einem ausgelassenen Lacher. »Wir stoßen jetzt auf das nächste Kapitel an«, verkündete sie und gab dem Kellner ein Zeichen, der am Eingang zum Pavillon mit einem Tablett Sektgläser wartete.

»Das nächste Kapitel?«, rief Alice erschrocken. »Dann bleibt dieser völlig verkorkste Anfang etwa drin, den wir lieber alle vergessen würden?«

»Na klar, sonst wüssten wir doch gar nicht zu schätzen, wie viel besser es uns inzwischen geht«, entgegnete Kathrin, die sich an ihren Christian schmiegte.

Alice seufzte und sah Gregor an. »Also gut, auf das nächste Kapitel. Möge es ohne Katastrophe auskommen, aber niemals ohne Meerblick«, sagte sie und hob ihr Glas, um mit den anderen anzustoßen.